베트남 설화 (I)

역사와 삶에 대한 자긍심과 성찰이 담긴 신화와 전설

건국대 서사와문학치료연구소
다문화 구비문학대계 4

베트남 설화 (I)
역사와 삶에 대한 자긍심과 성찰이 담긴 신화와 전설

2022년 5월 10일 초판 인쇄
2022년 5월 15일 초판 발행

지은이 신동흔 외
펴낸이 이찬규
펴낸곳 북코리아
등록번호 제03-01240호
전화 02-704-7840
팩스 02-704-7848
이메일 ibookorea@naver.com
홈페이지 www.북코리아.kr
주소 13209 경기도 성남시 중원구 사기막골로 45번길 14
우림2차 A동 1007호
ISBN 978-89-6324-854-7 (94810)
978-89-6324-850-9 (세트)

값 18,000원

건국대 서사와문학치료연구소
다문화 구비문학대계 4

베트남 설화 (I)

역사와 삶에 대한 자긍심과 성찰이 담긴 신화와 전설

신동흔 박현숙 김정은 오정미
조홍윤 김영순 황혜진 강새미
김민수 김자혜 김현희 엄희수
이승민 이원영 한상효 황승업

북코리아

머리말 : 현장에서 만난 1,364편의 생생한 이야기

캄보디아, 베트남, 필리핀, 중국, 일본, 인도, 카자흐스탄, 에스토니아, 브라질….

세계 여러 나라에서 온 이주민 화자들이 한국어로 구술하는 설화들을 들으면서 마치 꿈속의 한 장면에 들어와 있는 듯했다. 그들의 입에서 가지각색 설화들이 술술 흘러나오고 있는 광경이 거짓말 같았다. 책에서나 볼 수 있었던, 아니 책으로도 볼 수 없었던, 깊은 재미와 의미가 차락차락 우러나는 원형적 이야기들! 그 보물 같은 이야기들을 현장에서 만날 수 있다는 것은 최고의 축복이었다.

한국에 이주해서 생활하는 외국 출신 제보자들을 대상으로 한 설화 조사를 계획하면서 기대보다는 걱정이 컸다. 한국과 달리 설화 문화가 유지되고 있어서 구전설화를 기억하고 전해줄 수 있으리라는 기대가 있었지만, 30~50대가 주축을 이루는 제보자들이 설화를 오롯이 구연할 수 있을지 의문이었다. 모국어가 아닌 한국어로 구술해야 하는 상황이라서 더 그랬다. 한국생활이 쉽지 않을 이주민들이 선뜻 마음을 열어줄까 하는 걱정도 없지 않았다.

결과는 기대 이상이었다. 수많은 이주민 제보자들이 기꺼이 자국 설화 구연에 나서 주었다. 모국의 이야기와 문화를 알린다고 하는 책임감과 자부심이 주요 동기였지만, 그들은 곧 설화 구연이 매우 즐겁고 유익한 일이라는 사실을 깨달았다. 그들은 한 명의 문학적 주체가 되어서 자신이 아는 이야기들을 성심성의껏 들려주었다. 고향에 계신 어른들에게 연락해서 묻거나 숨은 자료를 찾아서 구연해 주기도 했다.

모든 이야기는 책이나 자료를 읽어주는 형태가 아니라 내용을 기억하고 새겨서 말로 구술하는 형태로 조사를 수행했다. 마음으로 기억해서 재현한 것이라야 화소(話素)와 스토리가 살아있는 진짜 구비문학 자료가 되는 것이기 때문이다. 제보자들이 구술로 전해준 이야기들 속에는 실제로 구비문학적 힘이 생생히 깃들어 있다. 재미있고 의미심장하며, 현장감이 넘친다. 그 언어는, 살아 있다.

조사 과정에서 이야기를 들으면서 놀란 적이 한두 번이 아니다. 이주민 제보자들은 평균적인 한국 사람들보다 훨씬 이야기를 잘했다. 한 사람이 수십 편의 설화를 유려하게 구술한 사례가 여럿이며, 한 편의 설화를 30분 이상 완벽하게 구연한 경우도 꽤 많았다. 캄보디아의 킴나이키 제보자 같은 경우는 한 편의 설화를 2시간에 걸쳐 생생하게 구연하기도 했다. 한국의 유력한 이야기꾼들에게서도 좀처럼 보기 어려운 모습이다.

10여 명으로 구성된 조사팀이 만 3년에 걸친 현지조사를 통해 만난 화자는 150명 이상이며, 수집한 자료는 약 2,000편에 이른다. 이 중 공개 동의를 얻지 못한 이야기와 완성도가 낮은 이야기들을 제외하고 가치 있는 것들을 선별한 결과 27개국 130여 명 제보자가 구술한 1,364편의 이야기 자료가 추려졌다. 자료마다 기본 구연정보와 줄거리(개요) 등을 갖추어서 정리하니 분량이 단행본 20권을 채우게 되었다. 양적·질적 측면에서 '한국구비문학대계'에 비견될 '다문화 구비문학대계'라고 해도 좋겠다고 생각해서 이를 총서명으로 삼았다. 『한국구비문학대계』(1980~1988; 전 82권)는 한국 구비문학 조사사업의 빛나는 성과이자 인류의 소중한 문화유산으로서, 갈수록 가치가 증대되고 있는 구술자료집이다. 우리의 『다문화 구비문학대계』도 그와 같은 역할을 하게 될 것으로 믿는다. 세계 각국의 설화를 생생한 한국어로 집대성했다는 점에서 전에 없던 새롭고 특별한 언어문화 자료집이다. 이와 같은 현지조사 성과는 세계적으로도 유례없는 일임을 강조하고 싶다.

다문화 구비문학대계는 20권의 자료집과 1권의 연구서로 구성되어 있다. 자료집 구성은 다음과 같다.

1~2권 : 캄보디아 설화 (64편)
3권 : 태국·미얀마 설화 (53편)
4~5권 : 베트남 설화 (114편)
6권 : 필리핀·인도네시아·대만·홍콩 설화 (72편)
7~9권 : 중국 설화 (186편)
10권 : 몽골 설화 (92편)
11~12권 : 일본 설화 (149편)
13권 : 인도·네팔 설화 (78편)
14권 : 카자흐스탄 설화 (61편)
15권 : 러시아·중앙아시아 설화 (55편)
16권 : 유럽·중동·중남미 설화 (57편)
17권 : 세계의 문화와 풍속 이야기 (93편)
18권 : 세계의 속신·금기와 속담 (160편)
19권 : 세계의 신과 요괴 전승 (91편)
20권 : 한국 이주 내력 및 생활담 (39편)

1~16권까지 각국 설화를 나라별로 정리해 실었고, 17~20권에는 세계 여러 나라 문화 이야기와 속담, 생애담 등의 구술담화를 모아서 수록했다. 15권의 '중앙아시아'에는 우즈베키스탄, 키르기스스탄, 타지키스탄이 포함되며, 16권에는 에스토니아, 스웨덴, 터키, 아제르바이잔, 사우디아라비아, 도미니카공화국, 칠레, 브라질, 파라과이 등 9개국 자료가 실려 있다. 다 합치면, 설화가 수록된 나라는 총 27개국에 이른다. 중국편 자료가 가장 많은데, 한족과 조선족 자료를 포괄한 것이다. 7권에 한족 제보자의 구술자료를, 8~9권에 한국계 중국인 제보자 구술자료를 수록했다. 설화는 각 나라마다 앞쪽에 신화와 전설에 해당하는 것들을 싣고 뒤쪽에 민담을 실었다. 같은 유형의 자료를 한데 모으고 서로 내용이 통하는 자료를 이어서 배치함으로써 효과적으로 내용을 견줘볼 수 있게 했다.

27개국 총 1,364편에 해당하는 설화 자료 가운데는 한국에 처음 소개되는 것들이 매우 많다. 1, 2권에 해당하는 캄보디아 설화는 대부분 길고 흥미로운 것들인데, 모두가 한국어로 처음 출판되는 것들이다. 필리핀과 몽골, 인도, 카자흐스탄 등의 수많은 이야기들도 대부분 새로운 것들로 구성돼 있다. 베트남과 중국, 일본 설화 가운데는 한국에 알려진 유명한 이야기들도 포함돼 있지만, 새롭게 소개되는 것들도 많다. 각국의 대표 설화, 예컨대 베트남 설화 〈의붓자매 떰과 깜〉이나 일본 설화 〈복숭아 동자 모모타로〉 같은 경우는 제보자마다 이야기를 구술해서 최대 7~8편에 이르는 각편을 수록했는데, 세부 내용상 크고 작은 차이가 있다. 각편(各篇)마다 미묘한 차이가 있는 것은 구비설화의 본래적 특징으로, 이는 중요한 연구대상이 된다. 각국 주요 설화의 구술자료 각편들을 생생한 구어로 풍부하게 갖춘 것은 해당 국가에도 없던 일로서, 본 자료집의 가치를 더욱 높여주는 요소가 된다.

구비문학에 낯선 독자들로서는 구술을 녹취한 본문이 처음에 다소 어색하게 여겨질 수도 있을 것이다. 하지만 찬찬히 읽어나가다 보면 구술 담화의 맛과 가치를 생생히 느끼게 되리라고 믿는다. 구술자의 다양한 목소리가 귀에 쟁쟁 울려오는 듯한 경험을 할 것이다. 이주민 구술자들에 대하여, 이들은 오롯한 문화적·문학적 주체이자 구비문학 아티스트라고 말하고 싶다. 설화를 전공하는 한국인 연구자들에게 한국어 구술로 큰 감동과 깨우침을 안겼으니 특별한 아티스트가 아닐 수 없다. 현지조사 과정에서도 틈나는 대로 부탁했거니와, 이들이 앞으로도 적극적인 설화 구술로 21세기 한국어문화의 한 주역이 되어 주기를 기대한다.

본 자료집은 구비문학 연구와 언어문화 연구, 다문화 한국사회 연구를 위한 기초 자료로 널리 활용될 수 있다. 학술연구 외에 문화콘텐츠와 교육용으로도 본 자료집은 큰 의의를 지닌다. 작가와 기획자들에게 새롭고 특별한 소재를 제공할 것이며, 각급 학교와 평생교육 기관 등에서 다문화 교육자료 등으로 활용될 것이다. 아울러 본 자료는 일반 독자들에게도 재미있고 소중한 문학적·문화적 경험을 전해줄 것이다. 한국인 독자들은 외국의 문학과 문화에 대한 이해를 넓히는 한편으로 이주민들에 대한 인식을 일신할 것이며, 이주민과 다문화가정 구성원들은 문화적 정체성과 자부심을 내면화할 것이다. 아무쪼록 이 책이 한국사회 구성원들이 열린 마음으로 서로를 이해하는 가운데 상생적 화합과 발전을 이루어나가는 데 기여하기를 바라는 마음이다.

3년간의 현지조사와 정리 작업은 한국학중앙연구원 한국학 토대연구 지원 사업에 힘입어 진행되었다. 꼭 필요한 지원이 이루어져서 좋은 자료들을 널리 수집할 수 있게 된 데 대해 감사의 뜻을 밝힌다. 자료의 출판은 연구지원과 별개로 이루어진 것으로, 출판사의 후의와 결단에 의해 이루어졌다. 자료집의 가치를 이해하고 기꺼이 출판을 맡아준 북코리아 이찬규 사장님과 편집부 김수진 과장님께 깊은 감사 인사를 드린다.

이 자료집이 나올 수 있었던 것은 현지조사와 자료정리의 실무를 맡아 수고한 전임연구원과 연구보조원들이 있었기 때문이다. 팀장을 맡아서 일련의 길고 힘든 작업을 훌륭히 감당해준 박현숙, 김정은, 오정미, 조홍윤 박사와 이원영, 황승업, 김자혜, 김현희, 한상효, 김민수, 이승민, 엄희수, 강새미 등 여러 연구원의 노고에 감사와 사랑의 마음을 전한다. 공동연구원으로서 현지조사와 연구작업을 적극 뒷받침해준 김영순, 황혜진 선생님께도 깊이 감사드린다.

이 책은 기꺼이 이야기를 들려준 여러 제보자들에 의해 이루어진 것이다. 낯선 조사자들을 반갑게 맞이하고 바쁜 시간을 쪼개어 열성껏 이야기를 풀어내 주신 130여 명 제보자들께 머리 숙여 인사드린다. 본 자료집이 특별하고 귀중한 문화유산으로 자리 잡아 오래도록 널리 활용됨으로써 제보자들의 열정과 노고가 빛을 발할 수 있기를 바라 마지않는다. 모두들 행복하게 씩씩하게 잘 지내면서 한국사회의 실질적 주역 구실을 해주시기를 기원하며, 다시 만나 많은 이야기들을 즐겁게 나눌 수 있기를 기대한다.

2022년 5월
저자를 대표하여
신동흔

목차

일러두기

1. 본 자료집은 한국에 와 있는 세계 여러 나라 이주민이 한국어로 들려준 설화와 생애담, 문화 이야기 등을 화자가 구술한 대로 녹취하여 정리한 것이다. 현지조사는 구비문학 전공자들이 만 3년에 걸쳐서 진행했으며, 구비문학 조사 및 정리 방법에 따라 자료를 수집 정리했다. 27개국에서 온 130명 이상의 제보자를 직접 만나서 구술 자료를 녹음했다. 제보자의 주축은 결혼이주민이며, 유학생과 이주노동자도 포함돼 있다.

2. 자료집은 총 20권으로 구성되어 있으며, 총 1,364편의 구술 이야기 자료가 수록되어 있다. 1~16권에는 각 나라별로 신화와 전설, 민담 등 설화자료를 실었고, 17~20권에는 여러 나라 문화 이야기와 속신·속담, 신과 요괴 전승, 생애담 등을 종합해서 실었다. 별권으로 연구서 『다문화 이주민 구술설화 연구』를 갖추어 조사사업의 성격과 의의를 밝히고, 자료 총목록을 제시했다.

3. 모든 자료마다 조사일시와 장소, 제보자와 조사자 등 기본 구연정보를 제시하고, 이야기 줄거리(또는 개요)를 제시하여 이해의 편의를 도왔다. 그리고 모든 설화와 생애담 자료에 '구연상황'을 제시하여, 해당 이야기가 어떤 맥락에서 구술되었는지 알 수 있게 했다. 설화집에 해당하는 1~16권 말미에는 나라별 제보자에 대한 정보가 제시되어 있다. 제보자 인적사항과 특성은 조사 당시를 기준으로 삼은 것으로, 추후에 변동되었을 수도 있다.

4. 이야기 본문은 녹음된 내용을 그대로 받아 적었으며, 현장 상황을 생생히 전하기 위해 조사자와 청중의 반응 부분을 함께 담았다. 한국어 어법에 맞지 않는 구술도 그대로 반영하여 전사했으며, 오해의 소지가 큰 경우 괄호 속에 표준어 표기를 제시했다. 내용 이해를 위해 필요한 경우에는 각주를 달아서 보충 설명을 했다.

5. 이야기 본문에서 제보자의 구술 외에 조사자와 청자의 반응은 [ ] 속에 넣어서 정리했으며, 기타 보충설명은 ( ) 안에 제시했다. 여러 조사자가 발언한 경우 '조사자 1', '조사자 2' 등으로 표시했는데, 번호는 구연정보의 조사자 순서에 준한다. 본문은 이야기 전개 흐름에 따라 문단을 나누었으며, 대화에 해당하는 부분은 행을 바꾸어 표현했다. 대화에 부수되는 언술은 행을 달리하되, '고'나 '구'는 구어체 특성을 살려 대화문 뒤에 붙였다. 2인 이상의 제보자가 공동으로 구술한 자료는 각 제보자와 조사자의 발화를 단위로 삼아 단락을 나누는 방식으로 편집했다.

6. 본 자료집에 자료를 수록한 모든 제보자들에게는 사전에 자료공개 동의를 받았다. 다만, 생애담 등의 구술에서 사적 정보가 노출될 수 있는 부분은 내용을 일부 삭제하거나 **로 표시하기도 했다. 조사장소도 개인정보 보호를 위해 번지수와 같은 세부정보를 삭제했다.

백 명의 자식을 낳은 시조신 락롱꿘과 어우꺼 [1]

● 구연정보

조사일시 : 2017. 11. 13(월) 오전
조사장소 : 충청북도 청주시 가경동
제 보 자 : 팜티루엔(김민주) [베트남, 여, 1987년생, 결혼이주 10년차]
조 사 자 : 오정미, 한상효, 엄희수

● 구연상황

조사자가 제보자에게 혹시 락롱꿘과 어우꺼 이야기를 아느냐고 묻자 제보자가 안다면서 자연스럽게 이야기 구술을 시작했다.

● 줄거리

락롱꿘은 로우꿘*(어우꺼)과 결혼하여 백 명의 아들을 낳았다. 한 개의 알이 부화하자 백 명의 아들이 알에서 나왔고, 그 백 명의 아들이 백월의 시조가 되었다. 락롱꿘은 아들 오십 명을 데리고 바닷가 지역을 중심으로 생활했고, 어우꺼는 나머지 오십 명의 아들들과 산으로 가서 살았다.

[조사자: 그 갑자기 왕 얘기하시니까 생각났는데, 베트남 이야기 중에 그 이야기 혹시 아세요? 그, 신, 신인데 이제 산, 산으로 가는 신이 있고.] 응. 있어요. 있어. [조사자: 바다 물로 가는 신 있고. 그죠?] 그거는 아 베트남에, 옛날에 어 그러니까. 베트남이 어떻게 생기는지 그 이야기거든요. [조사자: 어어, 그 이야기 그냥 아시는 대로 편하게 해주시면 되세요.]

그거는 아 뭐라고 해야 하지. 그 처음에 어떻게 생각 안 나는데. 그냥 남, 아 그 왕자, 그 남자가 원래 산에서 살아요. [조사자: 맞아요,

● 제보자의 발음상 표기는 로우꿘이지만 어우꺼(Âu Cơ)를 의미함.

맞아요.] 산에 암튼 산에 사는 어떻게 또 어떻게 불렀잖아요, 바다에 저기 사는 사람하고 산에 사는 사람. 그 남자는 그쪽에 왕자고, 여자는 이쪽에, 이쪽에 저기 공주이고 그래서 둘이 만나서 사랑했어요. 근데 반대했거든요. 양쪽으로.

"니가 산에 사니까 바다 갈 수 있냐?"고.

"살 수 있냐?"고.

[조사자: 남자가 산이고 여자가 바다였나요?] 네. 네. 네. 예 그런데 둘이 사랑해서 같이 살아서 여기 아기가 났어요. 근데 이제 그거 이야기했잖아요. 우리는 아기, 아기 한 명씩 한 명씩 나는(낳는) 거 아니고 그거는 알 하나를 낳았어요. 거기 안에는 그 백 명 아기가 태어났어요. [조사자: 알을 하나 낳았는데.] 네. 네. 남자 오십 명 여자 오십 명 아마 정확하게 얘기는. [조사자: 맞아요. 맞아요.] 예.

엄마가 둘이도 진짜 어른 말처럼 산에서도 못 살고 바다에서도 못살잖아요. 그래서 이야기 남편하고 이야기해서,

"그럼 당신이 오십 명 아기는 산으로 데려가고 나는 아기는 오십 명을 바다로 데려가겠습니다."

라고.

"우리 잘 살고 가끔 만나자."고.

그래서 산에 가고 바다에 갔어요. 근데 그렇게는, 저기 뭐지, 세월이 지나가서 그 산에 있는 사람 바다에 있는 사람 만나서 결혼해서 아기 낳고 또 계속 그렇게 이렇게 같이 혼합해서 그래서 베트남이 이렇게 생겼다고.

근데, 근데 이거는 진짜, 진짜 아닌. [조사자: 아 괜찮아요. 근데 저희는 이렇게 꾸며낸 이야기지만 이런 이야기들이 재밌는 거죠. 산에 사는 그래서 그 부모가 각자 산과 바다에 오십 명씩 데려갔는데 나중에 이 둘이 만나서 낳은 아이들이 베트남 사람들이라는 거죠?] 어릴 때는 저는 그렇게 된 줄 알았어. [조사자: 진짠 줄 알았어.]

[조사자: 그 신들의 이름도 있지 않았나요?] 그 있어요. 남자는 락롱뀐, 락롱뀐. [조사자: 락롱뀐.] 여자는 로우뀐(어우꺼). [조사자: 여자는, 맞아. (다른 조사자에게) 로우뀐(어우꺼). 락롱뀐 로우뀐(어우꺼) 한번 찾아

볼래. 요기 보면?]

[조사자: 근데 막 그냥 각자 따로 나눠서 데리고 살고 나중에 어떻게 만나는 거예요?] 그냥 그 왜냐 왜냐면은 살아본 적이, 부모님 또 돌아갔잖아요. 그 사람 그 사람은 만나면 자기 형제를 몰랐잖아요. [조사자: 이제 오십 명씩 떨어져 살았기 때문에.] 네. 그치. 완전 남남이잖아요. 이렇게 살았는데, 그 그렇게 이야기 정확한 그렇게 정확한 이야기 아니지만, 그냥 뭐 오십, 오십 나눠서 그렇게 베트남 사람 이렇게 뭐처럼 생겼다고 그런 소리 하지만은. 생각해보니까 부모님 만약 부모님 돌아가면 당신 형제 아니냐고 확인할 수 없잖아요. 옛날에. 그래서. [조사자: 그래서 둘이 결혼해서 베트남에 계속 남았다.] 계속, 계속 남았다.

[조사자: 이 이야기도 베트남 사람들이면 거의 다 아는?] 네, 거의 다 다 알아요. [조사자: 이런 이야기를 해주셔도 되는 거예요. 이렇게 막. 어렸을 때는 이 이야기 들으면서 무슨 생각 드셨어요?] 저는 그런 생각, 그 진짜라고 생각 들어서

'어, 이렇게 생겼구나, 그렇구나.'

그래서 나중에 학교 가서 공부하고 아니라고,

'그 그건 그냥 이야기구나. 옛날이야기 사람의.'

진짜 제가 그런 줄 알거든요 이런 진짜로. 저기 어릴 때 어렸을 때.

백 명의 자식을 낳은 시조신 락롱뀐과 어우꺼 [2]

● **구연정보**

조사일시 : 2017. 12. 07(목) 오전
조사장소 : 인천광역시 미추홀구 용현동
제 보 자 : 융티탄프엉 [베트남, 여, 1988년생, 유학 3년차]
조 사 자 : 오정미, 한상효, 엄희수

● **구연상황**

〈대나무에 걸린 밥솥〉 구연이 끝나고, 조사자가 베트남의 민족 구성에 대하여 질문했다. 그러자 베트남 인구의 대부분을 차지하고 있는 비엣족의 시조에 대한 이야기를 시작했다.

● **줄거리**

베트남의 창세신화이다. 락롱뀐과 어우꺼라는 신이 만나 결혼을 하여 커다란 보자기에 남자 오십 명과 여자 오십 명이 있는 알을 낳았다. 이후 락롱뀐은 오십 명의 자녀를 데리고 바다로 갔고, 어우꺼도 오십 명의 자녀를 데리고 산으로 갔다. 이들은 이후에 비엣족의 시조가 되었다.

[조사자 2: 근데 베트남도 민족이 다양하잖아요.] 근데 여기 와 있는 사람은 다 같은 민족이에요. [조사자 2: 비엣족?] 비엣족. 네. [조사자 1: 한국에 와 있는?] 네. [조사자 1: 아 진짜?] [조사자 2: 비엣족이 가장 크잖아요. 비엣족의 뭐 조상 이야기라던지, 신화 같은.] 아, 있죠. 있죠. [조사자 1: 처음 비엣족을 만든 사람이라든가.] 네. 네. 네.

락롱뀐Lạc Long Quân과 어우꺼Âu Cơ라고 하는데. 락롱뀐 그리고 어우꺼는 다 사람 이름이에요. 신 이름이에요. [조사자 1: 그거 지난번에 해주시긴 하셨는데.] 그쵸? [조사자 2: 그게 비엣족의 시조신이에요?] 네.

단군처럼. [조사자 2: 단군처럼?] [조사자 1: 아니다. 지난번에 자세하게 안 해주셨다. 그거 해주실 수 있으세요?] 네.

그니까 그, 락롱뀐이라는 신이 어우꺼하고. 어우꺼는 여신이고 락롱뀐은 남신인데 둘이 만나서 결혼했어요. 결혼하고 어우꺼가 임신을 해서 태어났는데 그냥 한 명 태어나는 거 아니고, 그 큰 보자기에 백 개의 알이 낳어요. 그 알이 낳아서 백 명이 태어났어요. 그 알에서. 그 큰, 큰 알에서 그 백 알이 있고, 그 백 알에서는 백 명이 태어났어요. 그래서 오십 명은 여자, 오십 명은 남자였나? 성별은 모르겠는데 아무튼 그다음에. [조사자 1: 맞아요. 오십 명은 남자, 오십 명은 여자.]

그다음에 어우꺼가, 그 와이프, 어우꺼가 다 오십명을 데리고 가서, 바다에 가서 정착하고 남편인 락롱뀐도 오십명을 데리고 가서, 산에 가서 정착했어요. 그때부터 비엣족이 생겼어요.

[조사자 2: 그러면, 산에 있는, 산에 남편에 데려간 쪽이 비엣족이에요? 바다로 간 쪽이?] 다 비엣족이에요. [조사자 2: 다 비엣족이에요?] 왜냐면 우리나라 지형은 바다가, 산이 다 있는 그런 나라라서 그 정착하는 것도 산에서도 하고, 바다에서도 한다는 의미예요. 네.

[조사자 1: 베트남 민족에 비엣이라는 민족이 있는 거죠? 중국의 한족이.] [조사자 2: 주로 민족이죠. 비엣남Vietnam이 원래 베트남이 비엣남.] [조사자 1: 비엣, 비엣이라고 하는 거구나. 그러면 비엣족이 대부분인 거죠?] 팔십육 프로인가요? 어, 거의. 오십사 개 민족인데 팔십육 프로 정도가 비엣족이에요. 저는 비엣족 사람이니까 비엣족 설화만 아는데 다른 민족은 모르겠어요. 아마 다 있겠죠.

[조사자 1: 락롱뀐하고 어우꺼는 다 많이들 아시더라구요. 이 이야기는.] 네, 다 알아요.

아, 락롱뀐이 용이었어요. 용이고, 어우꺼는 선녀였어요. 그래서 우리나라 사람들은 용과 선녀의 자녀들이라고 그래서 자긍심을 부여하는 그런 전설이에요. 네. 그냥, 그냥 일반 사람들이 아니고 그런 혈통이 있었다고. 그래서 네. 용과 선녀의 손, 그, 족손? 속존? 자손이라고 해요. 네.

백 명의 자식을 낳은 시조신 락롱뀐과 어우꺼 [3]

● **구연정보**

조사일시 : 2018. 11. 04(일) 오후
조사장소 : 충청북도 진천군 진천읍 벽암리
제 보 자 : 웬태휴 [베트남, 여, 1987년생, 결혼이주 12년차]
조 사 자 : 황혜진, 오정미, 한상효

● **구연상황**

제보자가 〈호랑이의 털이 얼룩덜룩하고 물소의 윗니가 없어진 이유〉 이야기를 마친 뒤 준비한 이야기를 더 들려달라고 하자 이 이야기를 시작했다.

● **줄거리**

바다에 사는 용과 산에 사는 선녀가 만나 사랑을 했고 선녀가 백 명의 아들을 낳았다. 살다가 보니 용이 자신이 원래 살았던 바다로 돌아가려고 했다. 그래서 아들을 오십 명씩 나누어 각각 바다와 산에서 살기로 했다. 이때부터 산에 사는 사람들과 바다에 사는 사람들이 나뉘었는데 베트남에서는 모두 같은 민족이라고 생각한다.

얘기 하는 거는 저기, 용과 선녀 이야기. [조사자 1: 드래곤, 용 얘기 하시는 거예요?] 용. 근데 용은 원래 저희 나라는 부모님처럼이라고 해요. [조사자 1: 음? 용이 부모님이라고?] 부모님이라고.

왜냐하면 저기 전설을 옛날을 용과 선녀 만나면서, 애기, 알을 백 개를 낳고 그런 거 있었어요. 아마 다 들었는지. [조사자 2: 이 나라의 부모님이라는 거예요?] 나라의 부모님 자손이. 그래서 베트남 사람을 거의 다 그 한 부모님이라고 생각해요. 저희는.

[조사자 1: 락롱뀐 얘기하시는 거예요?] 네네. [조사자 1: 해주세요.

저도 잘 몰라요. 해주세요.] 네, 맞아요.

락롱꿘, 옛날부터 락롱꿘, 옛날부터 락롱꿘 저기 원래 용이라고 하는데 바다에서 살았잖아요. 그래서 가끔씩 저기 육지에 올라가가지고 사람들에게 많이 도왔대요. 농사지은 법도 알려주고 고기 잡는 법도 알려주고, 병을 치료하는 법도 알려줬대요.

사람들한테 약간 많은 도움을 주는데 그래서 그 배 고기 잡은 사람들한테, 약간 옛날에는 괴물이 많이 있었대요. 바다에서, 바다에서 괴물이 많이 있었는데, 그 락롱꿘 덕분에 또 괴물을 물리치고, 그 사람들에 그 배를 만들 때에는 약간 양쪽 노를, 양쪽 노를, 저기 그려야 된다고 알려줬대요. [조사자 1: 그 배 앞쪽에 눈을 그려] 네, 앞부분에 눈, 양쪽에 그려야 된대요.

"그래야 저기 괴물이 보면서 무섭다고 하면서 저기 저 피할 수 있다."고.

"공격을 피할 수 있다."

고 알려줬대요.

그래서 여태까지도 뭐 고기 잡는 배, 다 눈이 있어요. 저희도 또 뭐 배가 큰 배 저기 물건 팔고 사는 것도 눈 다 그려요. [조사자 2: 그럼 눈이 있으면 베트남 배라는 거 알겠네.] 다른 동남아 쪽에 모르겠지만 저희는 저기 있어요. 양쪽 눈이 있어요.

그래서 어느 날에 저기 산에, 산에 올라갔는데 거기에서 선녀를 만난 거예요. [조사자 2: 용이?] 네, 그 선녀 이름은 어우꺼라고 해요, 어우꺼. [조사자 2: 어우꺼.] 만나가지고 서로 저기 사랑했대요. 사랑하면서 결혼했어요. 결혼하고 나서 한 얼마 안 돼서 어우꺼 임신이 되었던 거예요. 임신하고 한 7일 되니까, 한 백 알 정도 낳았대요. [조사자 2: 아 7일 만에] 네네. [조사자 2: 용의 알을] 용의 알을 백 알을 임신했는데 한 7일 만에 저기 백 알 그 깨면서 사람, 저기 백 명 남자 아이 나오는 거예요. 잘생기고 그런 거 백 명이 나왔는데, 서로 사랑하면서 저기 행복하게 살았대요.

그런데 용이 원래 바다에서 사니까 산에서 계속 살면 안 된대요. 그래서 가끔 아내하고 그 백 명 아들 두고 산에 두고 [조사자 2: 바다로] 바다로 가는 거예요. 그래서 항상 동쪽 있는 바다 바라보면서 남편 기다리는 거예요. 그리웠어요, 많이. 근데 계속 그렇게 반복적으로 되니까 서로도 안 되니까 락롱퀀 그 용이 선녀한테 말했대요.

"나는 용이니까 바다에서 살아야 되는데 당신은 선녀이니까."

아, 잠시만요.

(베트남 친구가 찾아와서 잠시 구술을 멈춤.)

"내가 용이라서 저기 바다에서 살았는데 당신은 선녀, 산에서 사니까 나랑 같이 산, 바다로 내려가는 것도 어렵고, 그러니까 이제 애기도 컸으니까 다 컸으니까 부모님 고향 대해서 알아야 되지 않겠냐? 그래서 얘기도 바다에서 살고, 산에서도 살아야 될 거 같애. 당신 생각이 어때?"

선녀가 남편 말이 맞다고 생각해요. 왜냐하면 한 쪽에서만 살아도 좀 그렇고. 그래서 서로 나누면서 살면 더 좋은 거 같애. 그래서 오십 명씩, 오십 명씩 나누는 거예요. 오십 명은 저기 용을, 따라가고 오십 명은 선녀랑 산에 남고, 그래서 용이 오십 명 아들을 데리고 바다에서 잡는 거, 고기 잡는 법이나 또 바다에서 해, 할 수 있는 거 그 먹거리 그 알려주는 거예요. 거기에서 살고, 또 오십 명은 산에서 사니까 어 선녀가 또 땅에 저기 뭐 나무 심는 거랑. 사는 방법도 살고 먹는 방법도 알려줬대요.

그래서 어느 동안에, 그 해가 진화하면서도 이제 먹는 거 풍부해지는 거예요. 다양하게 풍부하고. 저기 누리면서 풍부하고 누리면서 되게 좋대요. 이제 저기 어, 오십 명의 사내, 오십 명 아들을 산에 사는 중에서 어, 큰형이라고 얘기해야하나. 제일 큰형이 왕이 되는 거예요. 근데 원래 각자 좋아하는 지역에 머무르면서 막 하고 사는 거예요.

그중에서는 큰 형이 왕이 되고, 베트남 나라인 옛날에는 베트남어로는, 반랑• 나라라고 해요. 여기 거꾸러져 반낭이라고 했는데 그

• 락롱퀀과 어우꺼 사이에서 태어난 백 명의 아들 중 어머니 여신 어우꺼를 따라 산으로 간 아들들 중 가장 강한 큰 아들 훙 브엉(Hùng Vương, 雄王)이 건국했다고 전해지는 베트남 최초의 부족 국가 반 랑(Văn Lang, 文郎) 왕국을 말한다.

나라를 세웠대요. 그 큰 그 아들은, 반난 저기 새우고, 약간 훙, 훙, 훙왕, 훙왕이라고 해요. 훙 왕조라고 해요. [조사자 1: 흥?] (베트남어 발음을 확인한 후) 훙이라고 해요. 'ㅎ' 'ㅜ'이랑 'ㅇ'. [조사자 1: 훙.] 훙 왕이라고 하는데 그 훙 왕 저기 18대까지 거쳐서 이제 나라를 세웠대요. 18대. 그래서 세우면서 나라를 많이 저기 다스렸고. 또 약간 부강한 나라 만들었대요. 베트남 나라를 부강한 나라로 저기 되었는데 그래서 지금까지도 베트남 사람들이 입에서 입으로 전하는 이야기는 있어요. 뭐 베트남 사람이라면,

"어디 가더라도 훙 왕? 훙 왕의 제삿날을 3월 10일● 잊지 말거라."

이렇게 얘기해요, 다. 그래서 그런 시처럼 약간 시처럼 있어요, 사람들이 다 알아요. 그래서 아직까지 베트남 사람들은 저희 한 부모인 영웅의 선녀 자손이라고 생각해요. 저희도. 어디 들어가도 그렇게 얘기 들어요.

[조사자 2: 지금도 3월 10일을 기억하고 무슨 명절이에요?] 무슨 명절처럼 해요. 약간 저기 훙 왕조 저기 있는 저기 묘지, 그런 지역 아마 있는 거 같애요. 저는 남쪽이라서 모르는데 아마 북쪽에서 있는 거예요. 그 북쪽 사람들이 아마 그날 되면 제사하고 요즘이 많이 변했는데 그전에 다 약간 제삿날처럼 크게 만들어요, 그 지역에서는.

[조사자 2: 용 인형 같은 거도 동원해도 춤추고 그런 것도 있어요?] 네네, 그런 거 있어요. 약간 베트남에서 사자춤 같은 거 그거도 해요. [조사자 2: 용 밑에 들어가서 사람들이 갖고 다니는 거. 궁금한 게 또 이게 남자를 낳잖아요. 근데 자손 퍼뜨려지려면.] 왜냐하면 위에서 사람도 있잖아요. [조사자 2: 사람이 있구나.] 사람이 있어서. 남자 그 백 명 남자 사람이 만나서 그렇게 결혼하고 하는 거라. [조사자 2: 그 사람들은 원

● 베트남 정부는 3월 10일을 국조기념일의 날로서 국가공휴일로 지정했다. 훙 왕조에 대한 숭배 의식은 매년 음력 3월 초에 시작해서 여러 날 동안 진행되는데 그중 음력 3월 10일을 가장 중요한 날로 여긴다. 특히 베트남의 푸토(Phú Thọ) 성 응이어린(Nghĩa Lĩnh) 산에 있는 훙(Hùng) 사원에서 열리는 훙 왕조 조상 기념 숭배 의식은 국가적인 수준의 민속의식이며, 2012년에는 유네스코 인류무형문화유산으로도 등재된 바 있다. 유네스코 인류무형유산 유네스코한국위원회 홈페이지 참고. https://heritage.unesco.or.kr

래 있었고.] 선녀하고 용의 자식들만 또 새로이 베트남에 나온 거고.

[조사자 2: 그게 또 오십 명, 오십 명씩 나눴잖아요. 얘네들도 바꿔서도 했나? 너 아빠한테 너네 오십 명 가 있었으니까 아빠한테 가서 많이 배웠으니까 여기 남아서] 그렇게 아니에요. [조사자 1: 말하자면 오십 명, 오십 명이 시조, 민족의 시조가 된 거잖아요.] 네.

[조사자 1: 정확히 산으로 간 민족이 이름이 있고, 그 바다로 간 민족의 이름이 있지 않아요?] 민족 이름이 없어요. 저희는 옛날에는 그냥 한 민족의, 약간 그래서 그냥 용과 선녀 자손으로 다 한꺼번에 생각하는 거예요, 저희는.

[조사자 2: 우리는 한민족인데, 동폰데 일부 사람들은 바다에도 살고 일부 사람들은 산속에서 살고. 근데 하늘에, 산에 사는 선녀와 바다에 사는 용이 결합한 민족이기 때문에 우리나라 사람들은 산속에도 바다에도 여기 저기 퍼져 산다.] 네네.

백 명의 자식을 낳은 시조신 락롱뀐과 어우꺼 [4]

● **구연정보**

조사일시 : 2019. 01. 30(수) 오전

조사장소 : 경기도 안양시 만안구 석수동

제 보 자 : 도티탄(이정민) [베트남, 여, 1989년생, 결혼이주 8년차]

조 사 자 : 오정미, 한상효

● **구연상황**

제보자가 〈해골야자〉를 이야기 구연을 마친 뒤에 이어서 다음 이야기를 시작했다.

● **줄거리**

어느 고귀한 신분의 부부가 아들을 낳았다. 이 아이의 이름은 락롱뀐으로 불렸다. 사람들은 국가의 어려운 일이 있으면 락롱뀐을 찾았다. 그는 바다의 괴물을 격퇴하고 구미호를 처치했다. 인근에 있는 왕이 어우꺼라는 딸을 데리고 락롱뀐의 나라로 갔다. 락롱뀐은 어우꺼를 만나 반하게 되었고 둘은 결혼하게 됐다. 얼마 후 어우꺼는 임신을 했고 아이들을 백 명을 낳았다. 아이들이 훌륭하게 성장했을 때 락롱뀐은 다시 수궁으로 돌아가야겠다고 생각했다. 락롱뀐은 어우꺼에게 자신은 바다 용으로 살고 어우꺼는 선녀로 산에 살아야 하기 때문에 서로 오랫동안 함께 살 수는 없다고 했다. 락롱뀐과 어우꺼는 각자 아들 오십 명씩을 데리고 바다와 산으로 가서 살면서 어려운 일이 있으면 서로 돕기로 했다.

이거 한 개는 베트남에서는 락롱뀐하고 어우꺼인데 이거는 베트남에서 되게 유명하고 교과서도 나왔던 교수님 들었을 거예요. 이거는 하도 오래 해서 기억날락 말락 한데.

이거는 뭐 되게 힘이 세고 되게 힘이 세고 그래서 땅 위에도 걸을 수 있고 바다 속 물속에도 걸을 수 있는 재주 갖고 있는 남자 한 명 있었어요. 그래서 이 남자는 이 남자하고 되게 귀한 집 딸 하고 결혼해서, 결혼해서 락롱꿘이라는 아들 낳았어요. 락롱꿘은 락롱꿘도 되게 아빠처럼 되게 힘이 세고 땅 위에서 걸을 수 있고, 그 물속에서도 걸을 수 있는 재주가 있어, 있었어요.

근데 그래 가지고 어느 이 사람, 사람 되게 도와주고 그 힘으로 도와주고 그랬는데 어느 날은 그 나라에서 그 남의, 그 나라인데 락롱꿘이 살고 있는 나라인데 그 침해 오는 나라 사람 거기 와서 자기 나라 침해하겠다. 침해? [조사자: 침략.] 침략하겠다고 근데 많은 사람도 데리고 오고 그중에 하인, 여자 하인 많이 데리고 왔고 자기 예쁜 딸도 데리고 왔어요. 그 나라에 락롱꿘 사는, 사는 나라에.

근데 그래 가지고 이 사, 근데 락롱꿘, 락롱꿘은 이 소식 아니고, 전에서는 그 그거 전에선 저는 왜 락롱꿘은 힘이 세 가지고 무슨 물고기 있는데 그 물고기는 되게 오래 사, 오랫동안 살아가지고 이제는 그 괴물 물고기, 물고기 변신해서 그전에서는 그 괴물 물고기로 변신해서 또 그래 가지고 이 락롱꿘은 괴물 물고기 물리치고 물고기 머리는 어디 던져가지고 무슨 섬 생겼다고. 베트남 지금 그 섬 있어요. 또 몸통도 어디 던져서 무슨 섬 생겼다고 해요. 거기도 마찬가지로 섬은 지금은 베트남 있어요. 그거 아마 왜 그 섬 생기는지, 그 그러나 봐요.

또 그다음에는 무슨 여우, 고리 여우 아홉 개 있는, 여우도 잡아가지고 머리 잘라서 무슨 섬 생겼다고 그래서 지금은 베트남 그 섬 다 있고 그 마을 다 있어요. 그래서 그전에는 그렇고. 그 섬에서는 그 섬 마을 사람 도와주는 여우, 여우 머리 잘라서 그래서 그전에 그 여우는 그 그냥 그 마을에 가서 처녀, 처녀라고 해야 하나요? 처녀는 뭐 잡아먹고 그랬대요.

그래서 마을사람 사는 사람들이 거의 살지 못하고 떠나는 경우 많았어요. 그 락롱꿘은, 그 여우는 물리치고 그 다시 그 마을 사람 살던 마을 사람들은 다시 돌아와서 살게 되어서 그래서 고마운 마음 전달하려고 해서 그 마을 사람들이 자기 사는 땅에 되게 멋지는 궁

궐 만들어서 락롱꿘한테 거기서 사라고(살라고) 했는데 근데 락롱꿘은 거기는 살지 않고,

"그냥 나는 내가 살던 데로 물속에 살던 데로 가서 살겠다. 무슨 일 있으면서 바다 항(항구)에서 부르면 내가 나타나서 도와주겠다."

고 했어요.

그 이후에는 얼마 후에는 다른 나라 이 나라 와서 침략하고 뭐 자기 성 만들고 그랬는데 근데 그 섬 안 되는 거는 거기 많이 사는 거기 사는 사람들이 되게 힘들게 했대요. 무슨 먹지 못하고 맨날 궁궐 만들고 그랬대요.

그래서 거기 사는 사람들이,

"어 도저히 안 되겠다 도와 달라."

고 해서 바다 항에서 불렀어요.

이번 바로 나타나가지고. 그래서 얘기 듣고 자기는 되게 멋진 청년으로 변신해서 또 옆에는 많은 병, [조사자: 병사?] 병사들이 데리고 와 가지고 그냥 모른 척 지나가서 그 침략하는 사람이 궁궐 앞에 지나갔어요. 궁궐 앞은 그쪽은 지나가니까 그 지나가는 사람, 아빠는 어, 지나가는 사이는 없고, 그냥 예쁜 딸하고 옆에는 하인 많이 있었어요. 근데 지나가서 근데 '어우꺼이(어우꺼)'라고 해요. 어우꺼이는 락롱꿘의 모습 보고 여기 마음에 들었던 거죠. 마음이 들어서 따라 갔어요. 따라가 가지고 그래서 락롱꿘 사는 궁궐에 가서 살게 되었어요.

근데 한편으로는 어우꺼이의 아빠는 자기 딸 찾으려고 헤맸어요. 근데 헤맸는데도 락롱꿘은 자기 병사 시키고 거기에서 오는 만약 그 사람들 오면은 막 죽이고 그랬어요. 그래서 그 아빠가 그 보니까 되게 무서워 가지고 자기 나라로 돌아가게 되었어요. 그 그때는 락롱꿘 어우꺼이는 행복하게 살고 얼마 후에는 어우꺼이는 임신해서 얘기 낳는데 알 백 개 낳았어요. 알 백 개가 낳는데 그중에는 아들 백 명인가 낳았어요.

근데 얼마나 한참이 지나서 되게 행복하게 살았는데 어느 날 갑자기 락롱꿘은 용으로 변해서 자기 엄마 아빠 계신 곳으로 가겠다.

[조사자: 용? 용으로 변해서.] 근데 어우꺼는 말렸어요.

"우리 이렇게 행복하게 살고 있는데 어떻게 우리 버리고 애들도 버리고 갈 수 있겠냐?"

그래서 락롱뀐 말했어요.

"나는 용이고 당신은."

그 베트남에서는 하늘에 내리는 뭐였더라? 선녀? 선녀.

"당신은 선녀인데 같이는 살 수 없다. 그러니까 무슨 일 있은 때는 나를 불러 다오."

그렇게 하고서는 자기 엄마아빠 계신 곳에 갔어요. 근데 한편으로는 어우꺼는 혼자 아들 백 명 키워가지고 너무 힘들고 남편도 보고 싶고 그래서 어느, 어느 날은 산 위에 올라가서 남편 불렀어요.

"애들 아빠."

했더니 락롱뀐 나타나가지고 그래서 똑같이 말했어요.

"나는 지금 너랑 같이 우리는 이렇게 다른데 같이 살 수 없다. 그러니 나는 아들 오십 명 나눠서 나는 오십 명 가지고, 바닥으로 내려가고 당신은 오십 명 가지고 가서 이 땅이 지켜서 서로 도우면서 지키자."

그래서 그 그렇게 되었어요. 그거는 오십 명, 백 명은 베트남 왜 생겼는데 베트남이라는 그때는 반랑이라는 나라인가 왜 생겼는지 대한 얘기인 거 같아요.

[조사자: 그래서 오십 명, 오십 명이.] 그래서 이렇게 각자 그쪽에서 살고 나라 지키고 그래서 반랑(文郎)Văn Lang이라는 나라 만들어졌다. [조사자: 완냥?] 반랑.

용과 불사조가 낳은 백 명의 자식

● **구연정보**

조사일시 : 2016. 11. 21(월) 오후
조사장소 : 강원도 고성군 토성면 봉포리
제 보 자 : 호민두 [베트남, 남, 1997년생, 유학 1년차]
조 사 자 : 조홍윤, 황승업, 김자혜

● **구연상황**

제보자는 〈의붓자매 떰과 깜〉을 구연한 뒤 초등학교에 들어가서 가장 먼저 배우는 베트남 건국신화를 들려주겠다고 했다. 조사자가 제목을 묻자 〈용과 신의 자식〉이라고 했다. 구연을 마친 뒤 용의 자손들은 어떻게 되었는지 물었는데 제보자는 그에 대해서는 잘 모른다고 대답했다. 제보자가 구연하는 동안 원황하이이옌 제보자가 청자로 참여하여 구연을 경청했다.

● **줄거리**

옛날에 용과 불사조가 결연하여 불사조가 알을 백 개 낳았는데, 그 안에서 각각 오십 명의 남성과 여성이 태어났다. 그 후 용과 불사조는 서로 생활 여건이 맞지 않아서 헤어질 수밖에 없었다. 그래서 용은 자식 오십 명을 바다로 데려갔고, 불사조는 나머지 자식 오십 명을 산으로 데려갔다. 시간이 흘러 불사조와 함께 산으로 간 인류가 베트남을 건국했다.

그것은 건국신화 [조사자 1: 건국신화? 건국신화면 다른 제목은 있어요?] 다른 제목은 〈용과 신의 자식〉? [조사자 1: 〈용과 신의 자식〉?] 네.

그거는 베트남 옛날에 용하고 불사조 [조사자 2: 불사조?] 네. 불사조 서로 사랑했어요. 시간이 얼마 지나지 않아서 불사조 알 백 개 낳았어요. 그런데 신기하게도 알에서 남자 오십 명하고 여자 오십 명 태어났어요. 그들이 무럭무럭 자라서 먹을수록 멋있는 남자하고 예쁜 여자들 되었어요.

근데 용하고 불사조는 생활조건 서로 안 맞았는데, 용은 물 없으면 못 살았어요. 반면에 어, 뭐지? 반면에 불사조 물에 있다면 또 못 살았어요. 그래서 둘 다 헤어져서 용은 남자, 용 자식 오십 명 바다에 가져갔고, [조사자 1: 바다로 데려갔어요?] 네. 그리고 불사조는 남은 자식들이(자식들을) 산에 가져가기로 결정했어요. 그때부터 불사조하고 같이 산에 (간) 자식들이 베트남 당시 나라 건립했습니다.

[조사자 1: 아, 불사조의 자식들이 산에서 베트남을 건국을 했어요? 그러면 용의 자식들은 어떻게 됐어요?] 그거 저는 더 몰랐어요. [조사자 1: 그 용 아들들은 어떻게 됐는지 몰라요?] 네. 그거는 베트남에서 누구나 그 이야기 알고 있었어요. 그거 통해서 자식, 우리 같은 학생들이 나라에 대한 많은 의미가(의미를) 알게 되었어요.

[조사자 1: 이거를 언제 들어요? 초등학교 때 들어요?] 초등학교, 네. 고등학교• 1학년 [조사자: 고등학교 1학년?] 네. 배웠어요. 베트남 사람들의 기원은 용하고(처럼), 멋지고 용감하고 불사조처럼 아름답고, 아름답고 귀중한(귀중하다는) 것이(것을) 알게 되었어요. 그 이야기 통해서 우리 애국심하고 조국에 대한 자부심이(자부심을) 가지게 되었어요. 그래서 베트남에서 아이들이 처음 학교 들어가서 처음으로 수업이 되었어요.

• 맥락상 고등학교가 아닌 초등학교를 잘못 이야기한 듯하다.

산신과 수신의 대결

● **구연정보**

조사일시 : 2017. 11. 02(목) 오전
조사장소 : 인천광역시 미추홀구 용현동
제 보 자 : 융티탄프엉 [베트남, 여, 1988년생, 유학 3년차]
백옥장 [베트남, 여, 1982년생, 유학 10년차]
조 사 자 : 오정미, 한상효, 엄희수

● **구연상황**

제보자가 〈두꺼비가 이를 갈면 비가 오는 이유〉에서 비에 대한 이야기를 한 뒤에 베트남에 많이 일어나는 홍수에 대한 설화를 구연했다. 백옥장과 융티탄프엉 제보자가 함께 도와가며 이야기를 진행했다.

● **줄거리**

옛날 베트남의 열여덟 번째 훙왕(Hùng Vương, 雄王)이 예쁜 딸이 있어, 사위를 구하고 있었다. 그래서 산신인 선띤과 바다신인 튀띤이 나섰는데 둘의 우열을 가리기가 힘들었다. 그래서 훙왕은 어려운 조건을 제시했다. 아홉 개의 코가 있는 코끼리, 아홉 개의 발톱이 있는 닭, 아홉 개의 갈기가 있는 말을 구해오라고 했다. 그러자 동물들이 많이 살고 있는 산을 관장하는 산신 선띤이 더 유리하여 결국 딸과 결혼할 수 있게 되었다. 이에 바다신 튀띤은 화가 나서 전쟁을 일으켰고, 그때마다 바닷물이 넘쳐서 홍수가 많이 나게 되었다.

융티탄프엉 : 제가 먼저 하고, 언니 뭐, 도와주세요. 어, 옛날에 어떤 왕이,

백옥장 : 훙, 훙, 훙, 훙. 십팔 세.

융티탄프엉 : 아, 열여덟째 왕.

백옥장 : 훙왕.

융티탄프엉 : 흥왕, 열여덟째 흥왕이 우리나라 건국시기에는 흥왕이 있었는데, 그 흥왕은 여러 사람이 이어서 했어요. 그래서 열여덟 번째, 열여덟 번째 흥왕이 예쁜 공주 하나 있는데 공주가 시집 갈 나이가 돼서, 어, 왕이 약간 그런 지시가 있었어요. 온 나라한테, 나라 국민들한테 사위를, 그니까 선정하고 있으니 자기 왕의 조건에 맞는 사람은 사위가 될 수 있다는 그런 공고를 했, 냈어요. 그래서 엄청 많은 저기.

백옥장 : 청년.

융티탄프엉 : 사람들이 찾아왔죠. 근데 그중에서 선떤하고 튀띤 이 두 사람이 있었어요.

백옥장 : 제일,

융티탄프엉 : 제일 먼저.

백옥장 : 제일 우수.

융티탄프엉 : 제일 우수한 두 사람이 이 사람이었어요. 한 사람은 산에 있는 신이고, 한 사람은 바다에 있는 신이에요. 튀띤은 그 바다신이거든요? 그래서 두 사람이 이제 우수자였는데, 제일. 이제 어, 왕의 조건이 이런 거였어요. 두, 그니까 내,

백옥장 : 왜냐면 "내가 딸 하나 있는데,"

융티탄프엉 : 하나밖에 없어서.

백옥장 : "두 사람한테 다 줄 수 없기 때문에."

융티탄프엉 : 엄청 어려운 조건을 내렸어요. 왕이. 그래서 그 조건이 뭐였냐면, 코끼리는 원래 이 코가 하나, 하나밖에 없잖아요? 근데 아홉 개의 코가 있는 코끼리. 그리고 (두 제보자가 베트남어로 상의한 뒤에 이어서) 그 닭도 보통 발이, 발톱, 아니 발가락 네 개밖에 없잖아요? 아홉 개 있는 닭을 가져와라. 그리고 (다시 두 제보자가 베트남어로 상의한 뒤) 말 위에 있는 털 있잖아요. 그것 아홉 개 있는 말을.

조사자 1 : 갈기, 그걸 갈기라고 해요.

융티탄프엉 : 갈기?

조사자 1 : 말 위에 갈기. 슉슉슉 된 거 얘기하는 거죠? 맞아요?

백옥장 : 털, 털 맞아요.

융티탄프엉 : 털 있잖아요? 이렇게 보통 말은 하나밖에 없잖아요. 아홉 개 있는 말을.

조사자 1 : 데려와라.

융티탄프엉 : 또 뭐 있죠? (두 제보자가 베트남어로 상의한 뒤) 그다음에 무슨 찹쌀 몇 백.

백옥장 : 몇 톤.

융티탄프엉 : 바구니, 그런.

백옥장 : 예물들을 다 준비하라고.

융티탄프엉 : 다 조건, 예, 그런 예물을 해오라고. 네. 그래서 둘이 가서 열심히 찾았는데 결국은 왜냐면 선띤이 산의 신이잖아요. 이런 건,

백옥장 : 다 산에서 찾을 수 있어요.

융티탄프엉 : 찾을 수 있는 거니까 그래서 선띤이 먼저 찾아서 왕한테 올렸어요. 그래서, 그래서 공주하고 결혼하게 됐어요. 그래서 튀띤 바다신이 화가 난 거예요. 그래서 선띤하고 많이 싸웠어요. 그래서 싸울 때,

조사자 1 : 누가? 선띤과 그 아까 왕이?

융티탄프엉 : 아니요.

조사자 2 : 바다신.

조사자 1 : 바다신과.

융티탄프엉 : 아니요, 튀띤이 바다신이고 선띤이 산신이에요. 그런데 산신이 이겼죠. 그래서 산신이 공주하고 결혼할 수 있는 사람이었죠? 그래서 바다신 튀띤이 화가 나서 전쟁 났어요. 두 신이.

조사자 1 : 아, 선띤과 튀띤이? 아, 오케이.

백옥장 : 그래서, 근데 싸울 때 튀띤이 바다신이니까 계속 바닷물을 올려서, 높이. 높이 올려서 선띤하고 싸웠어요. 그래서 그때부터 홍수가 많이 난거라고. 그래서 매년 튀띤이 화날 때마다 바닷물을 올려서 높이, 에. 끝인가요?

융티탄프엉 : 네.

백옥장 : 짧네요.

융티탄프엉 : 끝이에요.

조사자 1 : 그래서 베트남에 홍수가 많이 난다? 만약에 산신한테 시집보내지 않고 바다신한테 시집보냈으면 어떻게 됐을까요? 지진이 많이 날까요?

융티탄프엉 : 지진이 많이 날까요? (웃음)

백옥장 : 근데 그럴 수밖에 없는 게 왜냐면 우리나라 원래 강가 많잖아요. 강가가 많은 나라들은 홍수 많이 찾아오기 때문에 그 현상에 대한 설명해주는 거.

융티탄프엉 : 그니까 맞춰주는 거죠.

조사자 1 : 그렇지.

백옥장 : 그니까 선띤은 바로 우리 사람이에요. 산신은 우리 사람, 홍수, 그 수신이 바다. 우리 매년 그 전쟁해야 돼요. 지금까지 매년. 그러니까 왜 그러, 우리나라에 왜 그런, 다 뭐죠? 참아야 되는지 설명해주는 거.

조사자 1 : 어, 오케이. 감사합니다.

달 속으로 간 사내와 나무 [1]

● **구연정보**

조사일시 : 2019. 01. 30(수) 오전

조사장소 : 경기도 안양시 만안구 석수동

제 보 자 : 도티탄(이정민) [베트남, 여, 1989년생, 결혼이주 8년차]

조 사 자 : 오정미, 한상효

● **구연상황**

제보자는 〈엄마 젖의 맛이 나는 과일 까이 부 스아〉 이야기를 구연한 다음, 전에 들려줬던 이야기가 들쭉날쭉했던 것 같아서 다시 한다면서 이 이야기를 시작했다.

● **줄거리**

꿔이라는 청년이 있었다. 하루는 나무를 하러 가는데 새끼 치타 네 마리가 있었다. 꿔이가 치타들을 죽였는데 어미 치타가 와서 나뭇잎으로 새끼 치타를 살렸다. 꿔이가 신기해서 그 나뭇잎을 가지고 왔다. 길을 가는데 죽어가는 할아버지가 있어 꿔이가 그 나뭇잎으로 할아버지를 살렸다. 할아버지는 고맙다고 하며 그 나뭇잎에 더러운 물을 주면 안 된다고 했다. 꿔이는 나뭇잎으로 다른 사람들을 계속 도와주었고 마을에 부잣집 딸도 도왔다. 결국 꿔이가 살려준 부잣집 딸과 결혼했다. 하루는 꿔이가 산에 나무를 하러 갔는데 도둑이 들어와서 아내를 죽였다. 도둑은 아내가 되살아나지 못하도록 아내의 내장을 바다에 버렸다. 남자가 나뭇잎을 먹여도 아내는 살아나지 않았는데 집에서 키우던 개가 자기 내장을 아내에게 주라고 했다. 아내는 개의 내장을 가지고 되살아났지만, 전과 달리 건망증이 매우 심했다. 아내는 남편의 말을 깜박 잊고 나무에 오줌을 누었다. 그러자 나무가 하늘로 날아가기 시작했고, 꿔이가 나무를 잡다가 함께 하늘로 올라갔다. 둥그런 달을 잘 보면 남자와 나무가 보인다.

청년 있어요. 그 청년은 항상 나무에 산에 올라가서 나무 캐고 오고 아니면은 그 땔감 가져왔어요.

근데 어느 날은 그 청년은 가다가 그 사자? 사자라고, 치타? 치타 봤어요. 치타 네 마리, 애기 치타 네 마리 봤어요. 그 토끼 자기, 토끼라고 해야 되나요? [조사자: 도끼] 도끼, 맞아요. 도끼 가져와서 치타 애기 치타 네 마리 머리에 때려가지고 치타가 죽었어요. 근데 갑자기 엄마 치타 나타나서 그 일하는 청년이 바위 뒤로 숨었어요.

근데 보니까 다 죽어가는 애기가 엄마 갑자기 숨는 곳 근처에 가서 나뭇잎 따가지고 이렇게 씹어서 다시 치타 입에 넣으니까 다시 살아나는 거예요. 그거 봐 가지고.

'이거 신기한 나무이구나.'

생각해서 그 나무 그 나무 가져와서 집에 가져가는 중이었어요.

근데 집에 가져 가는 중이었는데 그 쓰러져 있는 할아버지 봤어요. 그 나뭇잎 가지고 할아버지 자기 약간 씹고 할아버지 입에서 넣었어요. 하나씩 다시 살아났어요. 그래서 할아버지 물어봤어요.

"왜 어떻게 되는 거냐?"

그 애기 듣고 할아버지가 말했어요.

"이거 정말 신기한 나무이구나. 이거 가져가서 아프거나 죽어가는 사람 도와줄 수 있겠구나. 근데 이 나무는 주의해야 하는 점은 더러운 물 주면 안 된다."

그래서 그거 가져와서 많은 사람 도와줬어요. 막 죽는 사람이 소리 나면은 직접 이 꿔이라는 사람이 직접 나뭇잎 가져가서 살리고 그랬어요.

그래서 어느 날 그 마을에 사는 사람 부자인 사람이 있는데 그래서 그 사람 딸이 아파서 그랬나 아파서 꿔이한테 도와달라고 했어요. 꿔이도 나뭇잎 가져와서 그 자기 딸 그 부잣집 딸이(딸을) 살렸어요. 그래서 그 부잣집 딸이 되게 고마워하고 그래서 자기 딸하고 결혼하라 해서 꿔이랑 같이 결혼했어요.

그래서 같이 행복하게 살았는데 어느 날 꿔이도 또 산에 올라갔는데 집에서는 지금 있는 말, 뭐하고 하는지 모르겠지만 지금은 도

둑, 그냥 도둑처럼 지나가서,

"이 집에서 귀한 나무 있다."

얘가 들어와서 꿔이 아내 죽여가지고 죽이고 그래서 다시 살릴 수 없도록 매장(내장)을 꺼내가지고 바다에 갖다 버렸어요.

근데 꿔이 들어와 보니까 자기 아내는 죽어있고 되게 속상, 나무에 그 나뭇잎이 아무리 집어넣어도 다시 살아 돌아오지 않아요. 되게 속상하고 슬퍼하는데 그전에서 꿔이는 강아지 구했어요. 강아지 구해서 집에서 같이 살았는데 그래가지고 해서 그 옆에서 지켜보는 슬퍼하고 속상하는 모습 지켜본 강아지가,

"그러면 자기 내장 가지고 여기 놔 봐요. 혹시나 살아나는지."

그래서 꿔이는 강아지 말대로 이렇게 강아지 내장 가지고 와서 이렇게 해서 나뭇잎 넣어더니 아내가 살아났어요.

그래서 꿔이도

"강아지 어떻게 살릴까."

생각해서 강아지는 흙으로 만, 만들어서 강아지 내장 만들어서 강아지 매장 넣고 나뭇잎 넣었는데 강아지 살아났어요. 이때는 같이 행복하게 살았는데 근데 아쉽게도 그 이후에서는 꿔이 와이프가 무슨 병 걸렸나면 기억 안 나요. 무슨 말해도 기억 안 나요. 그래서 되게 평소처럼 건강하고, 건강한데 단지는 기억 안 나가지고 어느 날도 항상 꿔이 말했어요.

"그 나무는 동쪽에 있거든요. 그러니까 동쪽에서 오줌 마렵더라도 동쪽 가지 마라. 서쪽 가라."

했는데 아무리 말해도 기억 안 나, 나지 않으니까 꿔이는 그날도 어디 멀리 산으로 가서 와이프 혼자 집에 있는데 집에 있는데 와이프가 그 나무에 있는 자리에서 오줌 눈 거예요.

그래서 꿔이 마침내 들어왔어요. 근데 땅이 막 흔들리고 나무가 막 땅이 올라하는, 올라가는 거 봤어요. 보니까 토끼(도끼)로 나무 잡았는데 근데 나무도 [조사자: 누가?] 꿔이. [조사자: 꿔이가.] 마침 꿔이 오니까 토끼 자기 갖고 있는 토끼로 나무 잡았는데 나무도 내려오잖아요. 꿔이도 나무 붙잡고 달에 올라갔어요.

그래서 그때는 달에서 살게 되어서 베트남에서 뭐 달이(달을) 보면은 꿔이하고 커다란 나무, 꿔이는 커다란 나무 밑에 앉아 있는 거 보여요.

달 속으로 간 사내와 나무 [2]

● **구연정보**

조사일시 : 2017. 12. 11(월) 오전
조사장소 : 충청북도 청주시 서원구 모충동
제 보 자 : 팜티루엔(김민주) [베트남, 여, 1987년생, 결혼이주 11년차]
조 사 자 : 신동흔, 오정미, 한상효

● **구연상황**

설화 구연을 마친 띵티름 제보자한테 다른 이야기가 없냐고 묻자 하나밖에 준비하지 않았다고 했다. 아는 대로 이야기해 달라고 했으나 기억이 잘 나지 않는다고 했다. 그래서 팜티루엔 제보자의 이야기 구연을 들으면서 생각나면 이야기를 하기로 하고 팜티루엔이 구연을 시작했다. 띵티름 제보자가 청자로 참여했다.

● **줄거리**

예전에 한 남자가 산에서 새끼 호랑이들을 죽였는데 어미 호랑이가 나타났다. 남자가 나무 위로 숨었을 때 어미 호랑이가 한 나무의 나뭇잎을 먹이자 새끼 호랑이들이 되살아났다. 신기하게 여긴 남자가 그 나무를 뽑아서 가져왔다. 남자가 굶어 죽은 거지에게 나뭇잎을 먹이니 되살아났다. 이후로 그는 계속 강아지와 부자 등을 살렸다. 뭇할아버지가 나타나서 남자에게 나무는 반드시 깨끗한 물을 줘야 한다고 알려주었다. 그러던 중 나쁜 사람이 소문을 듣고 남자의 집에 도둑질하러 왔다가 그 아내를 죽였다. 도둑들이 아내의 내장을 다 판 까닭에 남자가 나뭇잎을 먹여도 아내는 살아나지 못했다. 그때 남자가 살려줬던 개가 나타나 자기 내장을 아내에게 주라고 했다. 덕분에 아내는 되살아났지만, 전과 달리 망각이 심했다. 어느 날 아내는 남편의 말을 깜빡 잊고 나무에 더러운 물을 주었다. 나무가 하늘로 날아가려고 하자 남자가 나무를 잡고 함께 하늘로 올라갔다. 그 후로 둥그런 달을 잘 보면 남자와 나무가 보인다. 1년에 한 번씩 나뭇잎이 바다로 떨어진다고 한다.

저기 주꿔에공챠라고, 우리 달 저기 달. 달 있잖아요. 달. 동그란 십오일 날 동그랗잖아요. 그거는 우리 물론 과학적으로 연구해서 그거는 아무 거 없지마는. 우리 멀리 보면은 그거 밤에 약간 그 나무하고 사람 거기 앉아 있었잖아요. 옛날 사람이. 에. 그런 이야기를 들려드릴게요.

그 어느 마을에 그 한 남자. 그 청소년이라 하지. 청소년 사람 있는데. 그날에 그 산에 들어가서 호랑이 새끼 네 마리에 저기 잡았어요. 죽, 죽였지. 암튼 그거로 죽였죠. [조사자 2: 아, 남자가 산에 들어가서 호랑이, 어미 호랑이를 죽였어요?] 아뇨. 새끼. 새끼. [조사자 1: 새끼 호랑이.] [조사자 2: 아, 새끼 호랑이를.] 새끼 호랑이. 죽였어요. 근데 저기 집에 가, 왈, 갈 중간에 저기 호랑이 엄마 나타났어요. 그럼 무서웠지. 그거 이만큼 호랑이 엄마가 나타나면은 자기 잡아먹겠다해서 생각해서 나무 올라가서 숨었어요.

아 저기 호랑이 엄마가 그 왔는데 아기가 죽였다고, 그거 보고, 그 살금살금 또 나무 밑에 것 또 다른 나무 있어요. 그 잎, 나무를 뜯어서 자기 새끼한테 먹여줬어요. 먹여줘서 그 새끼 저기 호랑이 새끼 네 마리도 살아 다시 살았어요. 그래. 그거보고 그 저기 청소년이 그분이 보고,

'어. 이상하네. 이 나뭇잎이. 죽은 상태에서 다시 살았다.'고.

지켜보고 호랑이 가서 자기 살살 내려오고 그 나무를 뽑았어요. 이거 있으면은 많은 사람을 도와 해줄 수 있겠다. 그래서 뽑았죠.

뽑아서 집에 가는 길에 그, 그 할아버지 그 할아버지 그 갑자기 기억 안 나네.

"저기 저기 돈 주세요."

그 할아버지 있잖아요. [조사자 2: 거지.] 거지 할아버지 배가 너무 고파서 길거리에서 죽었어요. 근데 그것도.

'혹시 이거는 할아버지 살릴 수 있냐.'

그런 생각해서 나뭇잎 뜯어서 할아버지 먹였어요. 진짜로 할아버지 다시 살았어요. 그래서

'어! 그럼 이거 있으면은 나는 많은 사람을 살릴 수 있겠다.'고.

그래서 그렇게 집에 갔어요.

가서 그 나무에 그 나무 자기 집에 심어서, 근데 그거는 깨끗한 물로 저기 줘야 안 그러면은 그거 그 나무가 저기 하늘에 날아간다고 그, 그 뭇할아버지 나타나서 이야기해줬어요. 그래서 그 매일매일 깨끗 물을 주구, 또 그 강아지가 한 마리도 살려줬고, 또 동네에. 동네에 같이 사는 그 부잣집 딸도 살려줬어요.

근데 그 이 청소년이 그 아가씨 살려줘서. 그 아가씨 고마워서

“그럼 나는 나 당신이랑 결혼해준다.”고.

그래서 결혼했죠. 둘이 행복하게 살았는데.

근데 그 소식이 이 남자 사람을 많이 살려준다고 많이 살려준다는 능력 있다고 나쁜 사람에서 자기 그 남자 집에 나무 생각 못 하고 혹시 보물 있는지 그래서 그거를 훔쳐서 갔는데 그 사이에 이 남자 집에 없고 아내만 집에 있어요. 근데 보물은 못 찾고 또, 또 그 아내가 죽였어요. 죽였는데 그 남자는 집에 돌아왔는데 아내가 죽었어요.

그래서, 아! 맞다. 죽었는데 그냥 죽은 게 아니고 그 내장, 배 속의 내장을 다 팠어요. 근데 나뭇잎을 먹여줘도 안 일어나요. 저기 안 살았, 저기 다시 살았지 않아요. 왜냐면은 이거 내장 없으면은 그 살 수 없잖아요. 그래서 그런 상황을 보고 그 이 남자가 옛날에 살려준 강아지 있잖아요.

“그럼 자기 내장에 그 아내분한테 대신해 줄 수 있으면 해주라.”고.

그래서 남자도 되는지 안 되는지 확인 못하잖아요. 그냥, 그냥 해보고 해보지 뭐. 그냥 결심하고. 강아지가 강아지 내장을 자기 아내에게 해줬어요. 해주고 나서는 나뭇잎 먹여주구. 아내는 다시 살았어요.

가려는데 그 고, 고마운 강아지가 그렇게 보낼 수 없어서 그, 그 찰흙 있잖아요. 그거는 똑같이 내장이 이거 만들어줘서 강아지 배 속에 넣어줬어요. 그리고 그 후에는 나뭇잎 먹여주고 강아지 또다시 살았어요.

근데 강아지도 살았고 아내도 살았는데 그날 때부터는 아내가

저기 성격도 변하고 다 깜박깜박해요. 자기 무슨 말 하는지도 금방 잊어버리고. 그날에 그 남자가 저기 산에 산 올라가서 나무 패러 간다고 아내한테 그래서,

"집에서 이 나무 물주면 깨끗한 물 줘라. 더러운, 더러운 물 주면 안 된다."

라고. 세 번 네 번 아내한테 얘기했는데 아내가,

"알았다."고.

"알았다."고.

"말 너무 많아. 알았다."고.

그랬는데 남편이 가고 나서는 금방 잊어버린 거예요. 그래서

"아. 남편은 나한테 이 나무는 더러운 물 주라고 말했어요."

자기 그렇게 표현하고. 소는 원래 풀 줘야 하잖아요. 근데 닭알. 닭알 저기 소한테 갖다줘서 아 소가 이 알을 병아리 만들 수 있다고 그 갖다 주고. 또 풀, 풀은 저기 닭을 갖다 주고. 그건 완전 반대지. 잊어버린. 사람이 이 식으로 안 하더라도.

그래서 더러운 물이 나무 갖다 줬어요. 뭇할아버지 말대로 그 나무가 부르릉 화가 나서, 화가 나는 그 뜻이 그래. 그래서 그 날아. 하늘으로(로) 날아갔어요. 그 순간에 그 남자가 집에 돌아왔어요. 그 나무 보고,

"안돼! 안돼!"

하고 잡았어요.

뿌리 잡았는데, 그래도 힘은 없잖아요. 나무 힘. 그걸 따라 올라갔어요. 남자도 나무랑 같이 달으로 갔어요.

그래서 우리는 애들한테 얘기했잖아요. 그 동근(둥근) 달 때 보면 약간 나무 모양하고 사람 모양 거기 앉아있다고. 그런 이야기 했어요. 저도 어릴 때는 진짜 그런 말 믿었어요. 거기 둥근 달에 멀리 보면 안에는 달 안에는 그 약간 무슨 모양 있긴 있어요. 그거 보고 믿었어요. [청자: 올라가고 싶었지.] 아니, 아니.

아 그리구 그때부터는 일 년 한번 나뭇잎이 저기 바다에 떨어졌어요. 어떤 물고기가 그 나무를 먹게 되면 영원히 사는 거예요. [조사

자 1: 바다에 떨어지네.] 네. 꼭 바다에 떨어져요.

[조사자 1: 나중에 그 아내, 강아지 어떻게 됐다는 이야기는.] 강아지는 그때 그 그냥 뭐 저기 내장에 그 넣어줘야 될 과정도, 저기 흙 찰흙 만든 거 갖다 넣어줘 그, 다시 살아, 그 살아 살지만은 강아지는 더 이상 안 나와요. 그 이야기 속에서.

그리구 그 뭐 일 년에 한 번에 나무, 바다에 떨어지잖아요, 왜 바다에 떨어졌냐. 그냥 여기 떨어지면 우리 중에서 누가 먹으면 영원히 살았잖아요. 근데 사실 우리 영원히 사는 사람 없잖아요. 그러면은 그냥 바다에 떨어졌어요. 그런데 바다에 어떤 물고기 영원히 살았는지 우린 모르잖아요. 그거 확(확인) 할 수 없잖아요. 그런 식으로 이야기해 주고.

[조사자 2: (띵티름 제보자에게) 이 이야기는 베트남 사람들이면 대부분 다 아시는 이야기예요? 아세요? 이 이야기?] [청자: 어릴 때 많이 들었죠. 저도 진짜 달 안에는 사람 있는 줄 알았어요.] 우리 어릴 때는 그런 이야기 다 믿어요. 나중에 학교 가서 공부하면서 이거, 이거 저기 과학적으로 연구하면은 아니라고 하는데, 어릴 때는 그거 다 믿었어요.

[조사자 1: 내장이란 게 심장이란 거 이렇게 따로 그렇게 얘기는 안 했고 그냥 내장만?] 그냥 내장만 이야기했어요. [조사자 1: 재밌는 게, 사람 영혼이 내장에 있다는 그런 관점이라서 재밌는 것 같아요. 보통 머리에 영혼이 있다고 하는데, 어디서는 심장 안에 영혼이 있다고도 하는데, 내장 안에 영혼이 있다는 뜻이잖아요. 굉장히 재밌는 것 같아요.] 어. 그렇구나. [조사자 1: 몸 안에 마음이 깃들어있다는.]

달 속으로 간 사내와 나무 [3]

● **구연정보**

조사일시 : 2018. 12. 13(목) 오전
조사장소 : 서울시 서초구 양재동 카페
제 보 자 : 도티탄(이정민) [베트남, 여, 1989년생, 결혼이주 8년차]
조 사 자 : 오정미, 김민수

● **구연상황**

〈남편의 오해로 죽은 여자〉 구연을 마친 뒤 제목에 대한 여러 이야기를 하다가 조사자가 다른 이야기가 있냐고 묻자 이 설화를 구연했다.

● **줄거리**

한 남자가 아내의 병을 고치기 위해 산에 올라갔다가 상처를 낫게 만드는 나무를 발견했다. 남자는 그 나무를 집으로 가져와 키우면서, 아내에게 주변에 쓰레기를 버리면 나무가 죽으니 조심하라고 주의를 줬다. 그러나 아내는 병을 앓고 있어서 기억력이 떨어진 상태였다. 아내가 나무 근처에 더러운 것을 버리자 나무가 하늘로 올라가기 시작했다. 남자가 나무를 붙잡으려다가 함께 달로 올라갔다. 그래서 지금도 달에 나무와 남자가 보인다.

[조사자: 자 시작, 이거 제목을 뭐라고 할까요?] 〈주꿔잉뭐고께이라이〉라는 얘기인데. [조사자: 한국말로?] 한국말로는 그, 나무 무슨 '나무 밑에 앉은 사람', 앉은 사람이라고 해야 하나요? [조사자: 아이?] 응, 아이. 나무 밑에. 어떻게 그거 봐야 정확히 제목이 나오는데 정확히 기억 안 나가지고 [조사자: 저희도 이 이야기는 못 들어 본 거라 궁금해서.]

그 나무 남자가 산에 올라갔는데 그 나무 발견하게 되는 거죠.

발견하고 그 나무는 상처났는데 바르면 상처 낫고 [조사자: 잠깐만요 나무를 발견했는데?] 그 나뭇잎이 상처 난 데는 바르면. [조사자: 나무가 상전한데?] 상처. 상처 난 데 바르면 상처 아물고 그래서 나무가 되게 신기하고 그래서 나무 가지고 와서 집에 키운.

아마 근데 그 나무는 어떻게 발견되냐면 무슨 할아버지 있잖아요. 그런 일이 그전에 그런 일이 있었어요. 그런데 제가 기억 안 나가지고 그냥 그 나무 가지고 와서 집에 키우게 되는 거죠. 그래서 키우게 됐는데 그 나무 조건이 깨끗한 것. 쓰레기 거기 버리지 말아야 되고.

그랬는데 근데 와이프 그때는 그 당시는 와이프 때문에 산에 올라갔거든요. 와이프 약 구하기 위해서 산에 올라갔어요. 그 나무 그래서 그날 보니까 자기 아내한테 도움이 될 것 같다고 해서 가지고 와서 키웠는데 근데 아내 그 당시 무슨 병 걸렸냐면 기억이 안 난대요. 어떻게 쉽게 말하면 치매? 걸렸, 걸려서 그래서 근데 이 나무는 더러운 것이나 쓰레기가 나오면 나무가 죽는다고 하더라구요. 그래서 아내한테 얘기했어요.

"이건 쓰레기 저기다 버리면 안 된다. 더러운 거 버리면 안 된다."

그런데 아내는 기억을 못 하니까 어느 날 거기서 뭐 버리는 거죠.

나무가 하늘에 올라가는 거예요. 딱 그 모습 보고 남자가 나무 붙잡고 같이 하늘 달에 올라갔어요. [조사자: 남자가 그래서 나무를 따라 하늘에 올라갔다구요?] 네. 네.

그래서 한국 달에서 토끼 보이잖아요. 저희는 달에서 이 사람하고 나무 보여요. [조사자: 아하, 그럼 베트남 분들은 달 보면서 거뭇거뭇한 걸 그 남자를 생각하는 거예요?] 네. 네. 그 나무하고 남자. 그래서 되게 비슷해요. 보기에도 되게 신기하거든요. 하늘에 달을 보면 딱 그거 그림이 나와요. [조사자: 아 재밌다.]

달 속으로 간 사내와 나무 [4]

● **구연정보**

조사일시 : 2016. 11. 17(목) 오전

조사장소 : 강원도 횡성군 횡성읍 읍상리

제 보 자 : 누구엔티미두이엔(원지영) [베트남, 여, 1989년생, 결혼이주 6년차]

조 사 자 : 박현숙, 김현희

● **구연상황**

제보자가 〈대나무 속의 작은 여인〉 구연을 마친 뒤, 조사자에게 꿔이 이야기를 하겠다면서 구연을 이어나갔다. 제보자 자녀가 종종 제보자에게 와서 말을 걸어서 구연이 잠시 중단되기도 했다.

● **줄거리**

옛날에 개구쟁이 꿔이가 일찍 부모님을 여의고 숙부집에서 살았는데, 짓궂은 장난으로 숙부와 숙모를 힘들게 했다. 숙부와 숙모는 꿔이를 버리려고 대나무 바구니에 꿔이를 집어넣어 강가에 두었다. 꿔이가 지나가던 장님을 속여 바구니를 열게 하여 도망갔다. 어느 날 꿔이는 어미호랑이가 할아버지 신에게 받은 나무의 잎사귀로 새끼를 살리는 모습을 보았다. 꿔이는 그 나뭇잎으로 부잣집 딸을 살리고 그 딸과 결혼했다. 꿔이는 부잣집 딸에게 나무에게 깨끗한 물을 주어야 한다고 당부했다. 그런데 부잣집 딸이 꿔이와 다투다가 화가 나서 나무에 더러운 물을 쏟았다. 그러자 나무가 하늘로 올라갔고, 나무를 잡고 있던 꿔이도 함께 달 속으로 들어갔다. 매달 보름이면 꿔이가 고향이 그리워서 고향 쪽을 바라본다.

달의 꾸이* 할까요? 달, 보름달 속의 꾸이. [조사자: 네네.]

* 제보자가 주인공 이름을 '꾸이'라고 표현했으나 제목과 줄거리는 다른 자료와의 통일성과 DB검색의 용이성을 고려하여 '꿔이'로 표기했다.

옛날에 한 부모님 일찍 돌아가가지고 한 어린이가 작은아빠와 작은엄마와 살았어요. 그런데 그 어린이 되게 개구쟁이에요. 어느 날 작은엄마가,

"어디 잠깐 갔다 온다."고.

"집 지키라."고.

그랬는데, 자기 친구들 막 초대해가지고 와서, 돼지 집에 작은엄마 키운 돼지, 잡고 갖다 팔고. 판 돈으로 과자 막 다 사먹고 친구들이랑. 꼬리는 안 팔고 갖고 있는 거예요. 자기가. 근데 그 꼬리 갖고 땅속에 집어넣었어요. 꼬리 조금 나오게. 작은엄마 올 때 자기 깜짝 놀라는 표현, 막 소리 지르면서,

"아, 작은엄마 어떡해. 우리 집의 돼지 땅속으로 도망갔어."

막 꼬리 잡고 있었어요.그 작은엄마 진짜 들어간 건 줄 알고 와서 같이 도와주고. 도망갈까 봐. 잡고 이렇게 빼려고 했는데, 딱 빼니까 꼬리밖에 없는 거예요. 그래서,

"돼지가 도망갔어요."

그런 거예요. 땅속으로. 그런데 자기는 팔았는데.

그래 그렇게 작은엄마만,

"아이고, 우리집 돼지, 우리집 돼지 어떡해."

그런 거예요.

그래 그 다음번에 작은아빠랑 같이 나무 베러 갔는데. 갔다가 대나무 바구니로 갖고 장난 막하고 그랬는데, 갑자기 새가(를) 잡았다고. 자기가. 이렇게 덮으면서, 그 작은아빠보고,

"이거 지켜 달라."고.

자기가,

"잠깐 집에 가서 망 가져온다."고.

그리고,

"움직이지 마."

새가 도망갈 거라고. 그래서 작은아빠는 진짠 줄 알고 있는데 자기는 도망갔어요. 그러니까 그 자리가 계속 지키고 있었어요.

그 원님이기(이) 거기에 그 동네에 제일 관장. 지금은 관장인데

옛날에는 원님이죠. 그래 갈 때는 그냥 걸어간 거 아니라 그물침대에 놓이고 양쪽 두 명 건장한 남자 어깨에 그 나무 올리고, 자기는 눕기만 하면 되는 거예요. [조사자: 누워서 다녀요?] 네네. [조사자: 그거를 뭐라고 해요 베트남 말로? 사람들 눕는 거 그거를 뭐라고 그래요? 우리는 가마.] 그냥 '그물침대' 이렇게 해요. 거기 눕고. 양쪽 두 명이 어깨에 걸치고. [조사자: 어깨에다 걸치고 가는 거예요?] 네.

그 앞에도 실랑이 있죠. 작은아빠보고 비켜달라고 하는데 작은아빠는,

"지켜야 된다."고.

"가면 안 된다."고.

원님은,

"가는 길이라."고.

"빨리 비키라."고.

그랬는데,

"못 비킨다."고.

"왜 그러냐?"고.

"여기서 이쁜 새 있다."고.

원님 또 욕심냈죠. 자기도 새 있으면 가져가서 좀 키우고 그러는데 딱 열어보니까 거기 똥이 있었어요. 조카가 장난을 치는 거예요. 그게. 그래서 작은아빠가 한 대 맞았죠. 원님은, 원님 싫어하는 사람 막 때리고.

어디, 원님, 원님 잡을 때 탁 열고 잡는 거 아니라 손을 살살 집어넣고 잡는 거예요. [조사자: 새니까 못 날아가게?] 네. 그래서 딱 잡았어요. 똥을. 열받고 막 짜증나고, 사람 시켜서 짜증나고 막 때렸어요. 그때 너무 막 아프고 그런데. 그래 집에 가서 조카한테 되게 혼냈어요.

"왜 그런 장난을 치냐?"고.

그래서 작은아빠 작은엄마가 자기 갖다 버릴라고, 조카가 되게 말 안 듣는다고. 그 옛날에 돼지 잡을 때 대나무로 만든 그 바구니 있잖아. 그거 조카 거기에 집어넣고 문 이거 딱 묶고, 못 나가게. 거기 강 옆에 갖다 놨어요. 그 시간 되면 갖다 버리려고. 배가 오면. 근

데 자기 거기서 그 갖다놓고 그 막,

"사람 살려 달라."고.

"이거 좀 열어 달라."고.

아무도 없으니까. 갑자기 지나간 사람이 있는 거예요. 근데 그 사람이 눈이 안 보이는 거예요. 그러면 앞 불르면서,

"이거 열어 주면은 자기 눈 잘 보이게 해 주는 방법이 있다."고.

그래서 그 사람, 사람 손으로 열어줬어요. 딱 열어보니까 도망가 버렸어요.

"아이, 눈 안 보이는 사람 어떻게 보이게 해줄 수 있을까."

그래 도망가고, 가면서 먹을 거 없어서 막 이거저거 잡고 먹고.

그래 어느 날 자기 그 옆에 그 나무 거기까지 가서 놓고, 신이 할아버지, 한 할아버지가. [조사자: 할아버지 신이?] 네. 그렇게 다니면서 켰어요. 좀 까불댔어요. 그래서 그 자기 할아버지, 신 할아버지 만났는데, 그 나무가 옆에 할아버지 그 사람, 그 총각보고,

"이 나무 잘 키워야 한다. 깨끗한 물 줘야지, 더러운 물 주면 안 된다."

그래서 자기 가져가서 키웠어요. 키워서 그 나무.

(구연을 잠시 멈추며) 아니다 빠졌다. 자기 그 그때. 그 나무를 갑자기 잘 가다가 그 호랑이. 많은 호랑이하고, 애기호랑이하고, 엄마호랑이 있었는데, 엄마 잠깐 먹을 거 잡으러 갔는데 여기서 그 동물 잡는 사람이 애기호랑이가 다치게 했어요. 다리를. 그래가 그 자기 그 나무, 엄마호랑이 왔을 때 잠깐 그 나무 올라가서 숨었어요. 엄마호랑이 그 나뭇잎은 씹고 애기호랑이 다치는 데에 이렇게 발라줬어요. 그래서 나았어요. 그래 그 욕심내고 그 나무 가져갔지. 가져가서, 갖다가 어려운 사람들, 다친 사람들 도와주고 그 자기 사람들은 고맙고 도움 막 주고 그래서,

어느 날 그 큰 부자 그 집에 그 나무 잎사귀 갖고 그 사람 살려주고 그래 그 사람 고마우니까 그 딸내미 시집 보내줬어요. 이 사람한테. 그 자기가 그 원님 딸내미 데려와서 같이 살고. 그런데 자기는 맨날 돌아가면서 어려운 사람 도와주고 그런데, 그래서 마누라가 약간

좀 남편 없으니까 심심하잖아요. 그래 어느 날 시장에 갔는데, 지나갈 때 아줌마들 자기 남편 이름이 '꾸이'라고 했어요.

"꾸이가 진짜 어려운 사람 도와주려고 다닌 건지. 다른 여자 만나러 다닌 건지 누가 알겠어."

그래 그 말 듣고 열받았어요. 근데 남편 가기 전에 이야기했는데 마누라한테,

"이 나무 깨끗한 물 줘야 한다."고.

"더러운 물 주면 안 된다."고.

그래서 마누라가 신랑 왔을 때 막 미워하고 싸우는데, 마누라 열받아서 더러운 물 딱 쏟았어요. 나무에. 그래서 나무가 올라갔어요. 하늘에. 점점에 올라갔는데 꾸이가 그 나무를 잡으려고 막 따라가서 이렇게 잡고 있었어요. 그래서 점점 나무하고 꾸이 같이 달 속에 들어갔어요.

그리고 꾸이도 고향 보고 싶고 그래서 매월 15일, 16일 날 그때 보름달이잖아요. 그때는 꾸이 모습 보여요.

[조사자: 매달 15일 보름달이 뜨면 꾸이의 모습이 거기서 나타나요? 모습이?] 네. (몸을 움츠리면서) 이렇게 앉으면 고향 보여요. 고향 쪽을 보려고. [조사자: 어느 쪽 보려고?] 고향. 자기 고향. [조사자: 이렇게 움츠리고 앉아서 고향을 쳐다보고 있는 모습이 보여요?] 네. 그래 15일, 16일마다. 보름달 돼야지 보여요.

[조사자: 그 나무도 같이 보여요?] 네. [조사자: 그 나무 혹시 부르는, 나무 이름이 있어요?] '깨라'.

검은 할머니 산 누이바냉

● 구연정보

조사일시 : 2017. 06. 03(土) 오후
조사장소 : 전라남도 진도군 진도읍 성내리 공공도서관
제 보 자 : 엔티터번(이연아) [베트남, 여, 1984년생, 결혼이주 11년차]
조 사 자 : 박현숙, 김현희

● 구연상황

베트남의 호티홍녀 제보자와 필리핀의 메리안 제보자가 이야기판에 청자로 참여했다. 호티홍녀 제보자와 엔티터번 제보자가 베트남의 십이지지 유래담 〈쥐가 열두 띠의 첫 번째가 된 이유〉에 관한 구연을 마쳤을 때, 조사자가 필리핀이나 베트남에서 유명한 산천 유래와 관련된 이야기가 없냐고 물었다. 메리안 제보자는 필리핀에 유명한 화산이 있는데 이야기를 잊어버렸다고 했다. 이때 엔티터번 제보자가 고향에 있는 산 유래담 구연을 시작했다. 구연 도중 호티홍녀 제보자가 한국어 표현을 도와줬다.

● 줄거리

옛날 베트남에 중국군이 쳐들어와 전쟁을 일으켰다. 그때 한 나쁜 장군이 남편을 전쟁터에 보내고 홀로 집을 지키고 있는 여인을 겁탈하려고 했다. 여인이 높은 산으로 도망을 쳤고 결국 산 아래로 뛰어내려 스스로 목숨을 끊었다. 사람들은 검은 피부를 지닌 이 여인을 기리기 위해 산 이름을 검은 할머니라는 뜻의 누이바냉이라고 불렀다. 사람들은 수시로 사당에 찾아가서 가족의 안녕과 소원을 빈다.

그 옛날 전쟁 있잖아요, 얘기 있어요. 등? [청자 2(메리안): 우린 화산 있는데 화산 잊어버렸어요.] (호티홍녀 제보자에게 베트남어로 한 단어를 물어보더니) 한국말로 어떻게 말하지? [조사자: 음, 뭘까?] [청

자 1(호티홍녀): 그 옛날 이제 왕 비슷한, 왕 밑에 있는 사람들이.] [조사자: 신하?]

그 전쟁, 중국 있잖아요. 중국. 신하하는 전쟁, 나라 지켰잖아요. 그래 중국 나쁜 사람 들어왔잖아요. 여자 그렇게 된 게 그 잡아먹고,

(엔티터번 제보자가 호티홍녀 제보자에게 베트남어로 물어봄.)

[청자 1(호티홍녀): 아! 그 인제 여기는 지금 성폭력 같은 건데. 강제?] [조사자: 강간?] 네, 그 사람, 이 여자 있잖아요. 신랑 나갔는데 전쟁 나가 지켰잖아요. 집에 있는데 그 왔어요.

그렇게 하면 이 여자 산 올라가요. 여기 위에서 밑에 깊으니까 떨어져 죽어요. 자기 신랑 위해서 내가 몸 하면 안 되잖아요, 바로 그 산 내려와 죽었어요. [조사자: 산에서? 뛰어내렸어요?] 네, 뛰어내려 죽었어요. 그 사람 지금 **산 지금 있어요, 우리 고향. 근데 여자잖아요.

[청자 1(호티홍녀): (호티홍녀 제보자가 이전에 엔티터번 제보자가 물어봤던 단어를 찾아서 알려주며) 장군.] 아. 장군. 그 여자, 죽었잖아요. 근데 그 산에 사람 올라갔잖아요. 그 자기 원하던 가족, 그, 어떻게 했지? 원했잖아요.

그거 옛날 진짜 많이 있어요, 그거. 자기가 아파하는데 그, 물론 뭐라고 하는데. 어떻게 할까? 지금 있어요, 그거 그, 베트남 사람 돈 다 모으고 지켜요 그 사람. 부처님처럼. [조사자: 사당 같은 거. 그 사람을 이제 그, 죽은 것을.] 그 자기 원하는 거. 식구 건강해 주고, 올해 장사 잘 되고. 근데 진짜 해줘요.

[조사자: 그러면 마을에서 그 특별하게 제사 지내는 날이 있어요? 그런 날은 없고 아무 때나 가서, 거기 가서 이제 사람들이 빌어요?] 네. 자기 하고 싶은 과일, 꽃하고 갖다 주고. 그렇게 우리 식구 건강하고 아프지 말고, 그 빌은 사람한테는 다 해줘요. 그거 지금, 그 산 지금 관광객, 사람 많이 와요. 설날이든지 그렇게 많이 와요.

[청자 1(호티홍녀): 거기, 여기 비슷한 아들 낳으라고 뭐, 그런 거 있어요.] [조사자: 그 산 이름이 뭐예요?] 누이바냉. 그 여자 피부 색 까매요. 새까매요. 근데. [청자 1(호티홍녀): '누이'는 산이고, '바'는 이제 할머니, '냉'은 검정.] 피부색. [청자 1(호티홍녀): 까만색. [조사자: 그러면 까만색

할머니가 죽은 산. 뭐 이런 건가요?] 아, 그거 이름요, [청자 1(호티홍녀): 그 뜻이에요.] 그 뜻이에요. 지금 엄청 커요, 이뻤어요. [조사자: 그 산이?] 응. 지금 관광 사람 많이 와요.

[조사자: 그 산이 그럼 까매요?] 아니요, 아니에요. [조사자: 그렇진 않아요? 할머니 피부가 까맸다. 그 떨어져 죽은 여인의 피부가 까맸다는 거고. 그러면 그 죽은 여인을 모신 사당 같은 걸, 사당 같은 건 부르는 이름이 있어요?] 이름이요? 그거 없는데요. [조사자: 없어요?] 그거 이름은 몰라요. 그 진짜 옛날 유명해요, 그 누가 그 산 올랐잖아요.

[조사자: 어, 그럼 누이바냉은 어디에 있는 거예요? 베트남?] 어, 제 고향이요. '따이닝.' [조사자: 따이닝? 응.]

하노이 환검호수 유래 [1]

● **구연정보**

조사일시 : 2017. 10. 14(토) 오후
조사장소 : 경기도 안산시 단원구 원곡동 세계문화체험관
제 보 자 : 전티흐엉 [베트남, 여, 1992년생, 결혼이주 6년차]
조 사 자 : 김정은, 강새미

● **구연상황**

제보자가 한국 이주내력을 들려준 뒤 호수에 대한 전설을 구연했다. 호수가 오래됐지만 색이 변하지 않아서 베트남 사람들이 좋아하는 호수라고 하면서 이야기를 시작했다.

● **줄거리**

베트남에 전쟁이 있을 때였다. 하노이 호수에서 어부가 물고기를 잡으려고 하는데 물고기는 잡히지 않고 자꾸 철이 올라와서 내버렸다. 세 번째도 철이 올라와서 보니 검(劍)이어서 구석에 던져두었다. 도망간 군인들이 다시 모여서 전쟁을 하던 중에 그 검의 자루를 발견했다. 한 군인이 하늘이 검을 내렸다고 생각하고 다시 군인을 모아서 적을 물리쳤다. 뒷날 그 군인이 왕이 되어서 호수에서 배를 타는데 호수에서 오래 산 거북이가 그 검은 호수의 왕이 빌려준 것이니 다시 돌려줘야 한다고 했다. 왕이 검을 내주자 거북이는 그것을 가지고 물속으로 들어갔다. 그전에는 하늘처럼 파랗다는 뜻의 '룩튀 호수'였는데, 이후에 이 호수의 이름은 '호수로 다시 검이 돌아갔다'는 뜻으로 환검(호그엄) 호수가 되었다.

이거는 많이 들은 거이기도, 그리고 옛날에 초등학생들이 그, 초등학생 책에는 들어오는 내용도 있어요. 이 전설 얘기는. 그 초등학생 책이 내용이 또 들어오고 그래서 대부분 애들이 다 아는 거예요.

그리고 이거는 반만 전설하고 반만 진심? 진짜 하는 일이에요. [조사자 1: 아 실화로 있었던 일이구나?] 네. 조금 더 뭐지 조금 더 뭐 약간 영화처럼 또 만들어서, 그래서 이제는 그거는 내 지금 증명하고 싶은 거예요.

[조사자 1: 제목도 혹시 얘기해주실 수 있어요?] 제목은 〈호그엄 전설〉● [조사자 1: 호그엄이 사람인가요?] 아니요 그 호수예요. 이 호수는 베트남 수도는 하노이에서 있는 호수예요. 이 호수는 하노이, 수도는 그 뭐지 증상, 상징? 어떻게 한국말 맞아요? [조사자 2: 상징?] 네. 그 상징이 옛날 오래오래 옛날에 그 역사 때부터 많이 있는 호수예요. 이 호수는 베트남 사람들이 다 아는 호수예요, 유명하고.

그리고 특히는 그 호수는 왜 유명, 아직까지 왜 유명하냐면 그 호수 속에서는 아직까지 그 오래, 오랬던(오랫동안) 살아오고 있는 거북이 한 마리 있어요. 지금은 그거는 진짜 하는지 뭐 그냥, 그냥 뭐 들었는, 그냥 사람들 말했는지 잘 모르지만. 근데 지금에는 오백 년이라고 그렇게 들었고, 또 그 거북이는 지금 그냥 시체만 있어요. 그 전에는 두 마리 있는데, 그 거북이 오백년에는 지금 시체만 있어요. 지금 보관하고, 그냥 사람들이 와서 구경하는 거. 그리고 하나는 남은 거 이제는 백 살 넘었어요. 그 거북이는, 근데 진짜 아직은 있어요. 그 거북이는. [조사자 1: 그 거북이 살아있구나.] 네. 그래서 그 거북이는 역사는 조금 상관이 있어서, 그래서 사람들이 그렇게 만드는 거예요. 그 전설 만드는 거예요, 옛날 때부터.

그리고 그 거북이는 어떻게 됐냐면, 그 옛날에, 옛날에는 강도? 강도들이 와서, 베트남 나라 와서 전쟁이 났잖아요, 옛날에. 그때는 왕 시대예요. 왕 시대. 그래서 와서 그 강도 사람들이 와서, 전쟁이 나서, 그때는 베트남 사람들이 일어나서 같이 싸우는 거예요. 하지

● 호안끼엠 호수(Hồ Hoàn Kiếm, 還劍湖)는 베트남 하노이에 있는 호수이다. 호안끼엠(還劍)이라는 말은 반납한 검이라는 의미로 호금(Hồ Gươm, Sword Lake)이라는 이름으로 불리기도 한다. 제보자가 '호그엄(Hồ Gươm)'이라 표현했으나 제목과 줄거리는 다른 자료와의 통일성과 검색의 용이성을 고려하여 일반적으로 알려진 '환검'으로 표기했다.

만 그 베트남 얼마 안 돼서 그래서 약하고, 그래서 이기지 못했어요. 그래서 베트남 사람들이 약간 군인들, 군인이나? 어떻게 말하죠? 그 사람들이 그냥 잠깐 도망가서, 그래서 이제는 시민들이 많이 힘들고 많이 불쌍하게 하잖아요.

그래서 그때는 한 군인은 바, 바다 아니고 강에 가서 그 생선 잡는 (던지는 손동작을 하면서) 그거 [조사자 1: 어부?] 네. 그거 이렇게 내서 생선 잡는 거예요, 생선 잡고. 하지만 그때는 무거운 느낌이 들어왔는데 (당겨 올리는 동작 하면서) 땡겨 올라가서, 하지만 생선이 하나, 한 마리도 없어요. 무겁지만 하나도 없어요. 그냥 하나, 절? 전? 그

(단어가 기억나지 않아 핸드폰으로 검색함.)

[조사자 1: 무슨 생선인가보다.] [조사자 2: 구슬?] 아니요 철. 그 아 이론iron, 그 철만, 철 막대기 하나만 들어왔어요. 그래서 이 사람이 너무 실망하고,

"나 그냥 생선 잡고 먹으려 했는데. 그래서 나 필요 없어!"

그래서 다시 강에서 버렸어요. 버려서 또 다른 데 가서 또 한 번 생선 잡아 보고, 두 번째는 또 그 철이 들어왔어요. [조사자 1: 또 철이에요?] 네 그 첫 번째 철, 똑같은 철 들어와서 그래서 화났어요. 화나서,

"나 필요 없다."고.

"나 그냥 배고파!"

이렇게 하고 또 버렸어요. 또 다시 버려서 또 한 번 다른데서 가서 또 한 번 그렇게 반복했어요. 삼 번째, 세 번째. 근데 또 드디어 그 철 또 들어왔어요.

그래서 사람이 놀래서,

'이상하네. 나는 세 번째 똑같은 철이 잡았는데.'

그래서 좀 최대한 보고, 보고 뭔지 좀 닦아보고 그래서 그 검이라고. [조사자 2: 금?] 아니 금 아니고 검(劍). [조사자 1: 철이 검이었구나.] 네. 좀 닦아보고 검이에요.

그래서, 그래도 사람이 그 이 검이 특이한 검인지 무슨 검인지, 그냥 꼼꼼한 거 아니고 그냥 집에 가서, 집에 가서 그냥 넣어뒀어요.

그냥 뭐 관심 없어서 그냥 넣어뒀어요.

그다음 이제는 베트남 그 옛날 잠깐 도망간 군인들 다시 만나서, 또 다시 모아서 전쟁 다시 싸우는 거예요. 그래서 전쟁하고 또 졌어요. 또 져서 이번에도 도망가니까, 그래서 이번에 군인, 어 뭐지 그 군인들이 제일 높은 사람이. [조사자 1: 아 장수가요?] 네 장군? 네 장수에 따로 가서, 도망가서 이제는 산속에서 들어왔어요.

그래서 이제는 군사는 그 나무, 나무 위에는 반짝반짝하는 검, 검잡이(검자루). [조사자 2: 손잡이?] 검, (손으로 무언가를 꽉 쥐는 동작하면서) 검잡이. 검잡이만, 올라가서 검잡이라고 그거만. [조사자 1: 검자루가 있었구나.] 응 그거만, 그거만 찾았어요.

그래서 이제는 그 아까, 아까 또 돌아와서, 돌아와서 그 검잡이는 챙기고 돌아와서 그 군인들 다시 만나서. 그래서 이제는 군인, 그 아까 검잡는 군인 집에 돌아와서 그냥 돌아와서. 근데 갑자기 그 검에는 또 반짝반짝이 봤어요. 그래서 또 아까 똑같은 검잡이 반짝반짝이. 그래서 봤는데, 이제는 그 검이 보고 저기는 그 검 위에는 한 단어 있어요. '퇸티언' 베트남어 이름은 '퇸티언'이라고 말하는 거예요.

(조사자가 베트남어를 받아 적느라 잠시 구연이 멈춤.)

'퇸티언' 무슨 뜻이 있냐면 '티언'은 하늘이에요. (위를 가리키며) 하늘. '티언'은 하늘. 그리고 '퇸'은 음 뭐지 그 사람 명령하면 저도 따라 하고 충성하는 거예요. [조사자 1: 음 하늘의 명령에 따르겠다 이건가요?] 네 그런 뜻이에요. 그래서 이 군인은 이제는 손, (하늘로 두 손을 올리면서) 두 손을 들고

'아! 이거는 하늘…'

[조사자 1: 하늘의 뜻이구나.] 네.

'이제는 하늘이 우리한테는 도와준다.'고.

그래서,

"이제는 군사는 이거는 받드십시오."

그래갖고 우리도 충성하게 군사도 따라가서, [조사자 1: 따라서 충성하겠다.] 이제는 강도 사람들이 다시 싸우고 없어지게 그렇게 하는 거예요. 그래서 이제 거기 군사랑 그 검을 넣어서, 이제는 다시 가서

강도들 사람들 다시 싸우는 거예요. 싸우고 이겼어요. 다 없어버리고. [조사자 1: 그 칼이 대단했나보다.] 네. 다 없어버리고 그때는 또 완전 뭐죠, 신 도와주는 거, 뭐지 신이 주는 검이 그렇게 또 생각 안하고 그냥 그래서 이제는 강도가 다 없어버렸어요.

이제는 그 군사는 왕이 됐어요. 다시 올라가서 왕이 됐어요. 왕이랑 군인 되는, 몇 명 군인은 배에 올라가서 (단어가 기억나지 않아서 잠시 고민하고) 배에 올라가서 그냥 쉬는 거예요. [조사자 1: 유람했구나.] 네.

그렇게 유람하기만 하고, 그 가다가, 그때는 이제는 이 호수는, 호그엄 호수에서는, 그때는 이 '호그엄'이 호수 이름 아니에요. '룩튀(綠水湖)hồ Lục Thuỷ'•라고 부르는 거예요. '룩튀'는 무슨 뜻이냐면 '룩'은 초록, 아 파란색이에요 파란색. '튀'는 물이에요. 그때는 물이 완전 파란색이에요. 호수이지만 완전 파란색이라서. [조사자 1: 파란물?] 네 파란 물이라는 그 뜻이에요.

자 이제 그 룩튀 호수에서 지나가고 있는데 그때는 갑자기 그 왕이 검이, 귀한 검이 같이 움직여요. 그때는 갑자기 이 거북이도 호수 밑에부터 올라와서 그 거북이, 그 큰 거북이는 올라와서, 나타나서 말하는 거예요. [조사자 1: 거북이가.] 네. 말 안 되는데, (웃으며) 말하면서, 이거는 (잠시 고민하며) 그 물속에서 왕 아니고 그 무슨 [조사자 1: 용왕? 물속에 사는 용왕이었구나, 거북이가.] 네. 거북이 말하는 거,

"왕이 빌려주는 검이야. 검이라서 이제 강도 사람이 다 없어졌으니까 이제 검은 왕한테 다시 달라."고.

그래서 말했어요. 그래서 왕 이제는 다 알고 계세요. 이제 다 이해되고, 이제는 검을 잡고 던졌어요. 거북이는 입이 크게 열어서 이 검이 들어왔어요. 들어서 그때는 바로 잡자마자 물속에서 내렸어요.

그때는 왕은, 그 군사들은 왕은 이제 감사하고 이제는 그 호수 이름은 '호그엄'이라고 부르지만, 똑같은 이름이지만 다른 이름도 '호환검(湖還劍)'. '호환검'이 무슨 뜻이냐면 '호'는 호수. 아마, 아마

• 이 호수의 본래 이름은 룩투이(hồ Lục Thuỷ, 綠水湖)이다.

그 한자인가 봐요. '호'는 호수, '환'은 다시 갔다. [조사자 1: 검이 다시 갔다는 뜻인가 봐요.] 그 뜻이고 '검'은 검이에요. 이제는 그 뜻이 아시죠? [조사자 1: 네 '검이 호수로 다시 돌아가다' 이런 뜻인가 봐요.] 네. 그 '검은 다시 갚았다' 그런 뜻이. [조사자 1: 아 검을 다시 갚았다. 이게 더 낭만적이네요.]

그래서 그렇게 되는 거예요. 이제 이름은 그렇게 바꿨어요. '호그엄'은 그냥 간단, 조금 줄여서 부르는 거예요. 근데 원래 이름은 '호환검'이라고 부르는 거예요.

하노이 환검호수 유래 [2]

● **구연정보**

조사일시 : 2018. 11. 05(월) 오후
조사장소 : 서울시 관악구 신림동 서울대학교
제 보 자 : 쩐티빅프엉 [베트남, 여, 1977년생, 기타]
조 사 자 : 황혜진, 오정미, 엄희수

● **구연상황**

제보자가 〈신기한 물병〉 이야기를 마쳤을 때 조사자가 생각나는 이야기나 아들에게 해주었던 이야기를 자유롭게 구연해 달라고 했다. 그러자 제보자가 바로 〈환검호수〉 이야기를 시작했다.

● **줄거리**

레 왕조 시대에, 어부가 호수에서 '순천'이라는 글씨가 쓰인 검을 건졌다. 어부가 그 검을 레 태조에게 주었다. 레 태조는 전쟁 중에 검의 집을 발견했다. 그 이후 레 태조는 전쟁에서 매번 승리하여 레 왕조를 설립했다. 그 후 레 태조는 배 앞에서 항상 인사를 하는 거북이에게 그 칼을 던져주었다. 더 이상 전쟁이 일어나지 않을 것이라는 평화의 바람으로 행한 일이었다. 레 태조가 거북이에게 검을 돌려준 호수는 '환검(환끼엠) 호수'로 현재 하노이에 있다.

그, 이젠 그 후금이, 그, 원래 하노이에 그 보통 그, 한국 사람들이 하노이에 갔을 때, 환겸호수에 꼭 구경. [조사자 1: 환겸?] 환검호수● 있잖아요, 그거. [조사자 1: 잘 모르는데. 환검호수.] 하노이에 있는 호

● 호안끼엠 호수는 베트남의 북부 도시인 하노이의 중심지에 있는 호수이다. 호안끼엠(還劍)은 검을 돌려준다는 뜻이다.

수예요. [조사자 1: 베트남어로는 뭐예요?] '환끼엠'이구요. '호환끼엠(湖還劍)Ho Hoan Kiem'. [조사자 2: 저 가봤어요.] 그쵸? 가보셨죠?

그건 좀 설화보다는 전설이 붙어있는 그, 예. 전설 있구요, 그냥 '호환끼엠'. [조사자 2: 호가.] '호'는 호수구요. '환끼엠'은 환검. 그, 검은 돌려주는 그런 뜻이구요. 그런 그, 원래 그 왕조시대. 레 왕조시대에 좀 관련된 이야기구요. 레 있잖아요, 그 태조, 왕, 왕조. 레 왕조 태조. [조사자 1: 레 왕조를 세운 사람이 레 태조.] 네. 태조에 관련된 이야기이구요. [조사자 1: 재미있겠다.]

그 원래, 그, 전에는 레, 레로는 처음에는 그 뭐지, 뭐라고 할까? 까먹었어요. [조사자 2: 괜찮아요. 저희가 단어 말씀드려도 돼요. 영어로 말씀하셔도 되고.] 아, 잠시만요. [조사자 1: 이 레 태조가 몇 년도 정도? 신라보다 전이에요?] 15세기요. 그때 있잖아요. 전 왕조에 망명했을 때는 1400, 잠시만, 1406년 때는 명가 들어, 명나라가 침략했을 때 그런 그때는 좀. [조사자 1: 비슷하네요. 조선이 건립된 해랑. 그럼 명나라도 새로 생겼고. 조선도 새로 생겼고. 베트남도 새로 생겼네요.]

그때 그, 그때는 그냥 그, 명나라 그 들어왔을 때, 침략했을 때, 왕, 그, 레는 그 뭐라고 할까? [조사자 1: 장군 아니에요, 장군?] 장군. 그때는 장군이었구요. 기병? [조사자 1: 기병이면 말을 타고 이렇게 다니는데. 말은 아니에요? 그냥 병사?] 그거 아니구요. 그 뭐라고, 그때는. [조사자 1: 수군? 군대?] [조사자 2: 기다려 주세요.] 갑자기 말이 생각 안 나요. 그 처음에는 의군은 일으키는. [조사자 1: 의병.] 의병 일으키는 거. 아주 힘들었을 때, 그런 그때는 좀 뭐지? 그, 군대가 좀 약하고 좀 병기가 별로 없었고. 그리고 힘이 없었을 때는 그…

어떤 때가 어느 날, 음, 좀 그, 어, 지인 집에 가서 병, 뭐지? 군사에 대한 의논했을 때는 그 뭐, 검. [조사자 2: 검?] 검, 칼. 좀 발견하게 됐거든요? 그, 칼에 대해서 물어봤더니 그 사람이 그 얘기해 줬어요. 그 사람이 원래 그 뭐 물고기 잡는 사람이에요. 뭐라고? [조사자 1: 어부.] 어부이라는 사람인데, 그 사람이 그 밤, 어느 밤에 그 물고기를 잡으러 갔는데 계속 그 뭐라고? 그. [조사자 1: 밤에?] 밤에. 그, 그 강에 나가서 그냥 물고기 잡으러 뭐지? [조사자 1: 그물.] 그물 던져서 여러 번 던져서, 그 던져서 그냥 물고기를 잡는데 아무것도 없구요. 그냥 그냥, 그냥 뭐지? 쇠덩어리 한 개만 잡았어요. 여러 번.

그런데 그냥 너무 이상… 던졌는데도 또 잡히고 또 잡히고 그래 갖고 그냥 너무 이상하게 그래서 그냥, 가지고 집에 가서, 집에 가서 좀 봤는데. 그런 그 쇠덩어리 안에 뭐가 그 글자가 쓰여 있구요. 뭐라 그럴까? 어. [조사자 1: 무슨 글자가 써 있었어요?] '순천(順天)'. 순천, 네. 그 뭐지? 하늘에 따르는. (조사자가 한자를 확인함.) 그런, 그 순천이라는 글자가 써 있다고 그래요.

그래서 그냥 그런데 그냥, 이런, 이런 쇠덩어리가 뭘, 무엇에 쓸지 몰라고 그냥 집에 두고 있어요. 근데 그래서 그냥 원래 어부라서 이런 글자가 못 읽어요. 못 읽어서 그냥 글자가 있기는 있는데 그냥 무슨 글자인지, 무슨 뜻인지 몰라서 그냥 두고 있고요. 그래서 레러이(레 태조가) 가서 보니까,

'아, 이런 글자겠구나.'

그래서,

"어, 나한테 줘."

그래서 그냥 어부가 주었어요. 드렸어요. [조사자 2: 누구한테?] [조사자 1: 처음에 그 라, 라 태조가.] 레 태조. [조사자 1: 라 혹은 레 태조가 처음에 이 명나라 군사들이 침입했을 때, 여러 사람들한테 다니면서 이렇게 군사 자금이나 의병을 모집하려고 했는데. 어느 집에 들어갔더니 어부가 자기가 얻은 쇠덩어리 얘기를 하는 거야.]

그래서 그 얻은 내력에 대해서 얘기해 주었어요. 얘기하면서 이런 쇠덩어리를 보여주었어요. 그래서 그냥, 그 레 태조 그런 글자 담겨 주었어요. [조사자 1: 레 태조한테 주었네요? 내력과 함께, 내력을 들려주면서.] 네, 주었어요.

그래서 그냥 그거만 줬는데 어떤 때 태조가, 그 어떤 때, 음, 어느 날 레 태조가 그냥 패배, 명, 명 군사를 싸웠을 때 져서, 뭐지? 져서 도망쳤을 때 어떤 곳에 숨었구요. 어떤 그냥, 뭐지? 나무에 숨었는데 그 쳐다보니까 그, 나무, 나뭇가지에서 뭐가 달려 있어요. 그거 칼에 뭐지? 칼집? 칼집이 있더라고요. 그래서 내려보니까 그냥 딱

맞더라고요. 그 칼, 칼에 끼워보니. 딱 맞더라고요. 그래서 자기가,

'아, 이거는 하늘이 내려준다.'

는 생각이 들어요.

그때부터는 그냥 그 어떤, 어디서나 그냥 그 명 군사, 명 군사와 싸울 때마다 이겨요. [조사자 1: 그전에는 막 지고 도망가고 그랬는데.] 막 지고 도망가고. 그때부터는. [조사자 1: 그 칼을 써서 이겨요? 아니면 그 칼을 내가 갖고 있다는.] 써서 이겨요. [조사자 1: 칼을 써서도 이기고? 네.] 그, 그래서 그냥 그때 싸워서 이기고. 뭐지? 그 군, 명 군사를 물리쳐요.

그리고 그래서 그냥 그 거기 탕롱 있잖아요. 탕롱 수도를 삼고. [조사자 1: 수도로 삼아서.] 삼아서 레 왕조를 네. 설립해요. [조사자 1: 그럼 레 왕조, 왕조 이름은 '레'고 나라 이름은 뭐예요?] 그때는 그냥 '라이 비엣'이라고 해요. (제보자가 발음을 다시 알려줌.)

그런, 그래서 그때는 그냥 아주, 그때는 나라가 평화롭게 하니까 태평. [조사자 1: 평화로우니까.] 평화로우니까 그, 뭐지? 그 임금님이 호수에 배를 태워서 그 경치를 좀 구경하려고 하는데. 그때는 그, 어, 그때 뭐지? 거북이? 거북이가 올라가서, 올라가서. [조사자 1: 배 위로 올라가서?] 배 앞에. 임금의 배 앞에 올라가서 계속 이렇게 이렇게 해요. [조사자 1: 인사를?] 인사드리고.

그래서 어느 날 임금 배, 칼은 꺼내서 던져주고. 던져주고 그래서 그냥 거북이가 그냥 뭐지? 삼켜주고 그냥 그 물속으로 들어가요. [조사자 1: 그럼 그 거북이가 칼을 삼킬 정도로 굉장히 컸겠네요?] 네. 그래서 이제 아직 그냥 그 환끼엠 호수에는 그냥 거북이 그거 있잖아요. 아주 큰 거북이. 그런 전설이 있대요.

[조사자 2: 그러면 그 이후로 칼을 본 사람은 아무도 없네요? 그쵸?] 네. [조사자 2: 거북이가 삼켰으니까.]

[조사자 1: 그러면 그다음에는 베트남 전쟁이 또 없었나요? 명나라와? 명나라가 계속 침공하지 않았어요?] 네 그래서 그때부터 쭉 100년 동안 평화롭게. [조사자 1: 아, 평화롭게. 아, 명나라가 그러니까 베트남을 쳐들어가지 않았네요?] 네. 좀, 250 정도 평화롭게 지냈어요.

[조사자 1: 하긴 그래, 우리나라도. 나도 가 본 거 같애. 어디서 들어 본 거 같애.] [조사자 2: 이게 하노이 가운데 커다란 호수가 있고 거기 그 자전거 투어하고 이렇게 이렇게 돌고.] [조사자 1: 여기서 배 띄워 가지고 여기서 회 먹어.] 거기도 회 먹어요.

[조사자 3: 보니까 '호안끼엠'이 한자로 환검(還劍). 검을 반납한다는.] 네, 맞아요. 반납한, 맞아요. [조사자 1: 아, 환검.] 환검, 맞아요. 네, 검을 반납하는 그런 뜻이에요.

[조사자 2: 근데 궁금한 게, 왜 반납했을까요? 선생님 생각에.] 왜냐면 이제는 전쟁이 끝났으니까 그냥. [조사자 1: 근데 앞으로 전쟁이 또 있을 수도 있잖아요.] (웃음) [조사자 2: 영원히 전쟁이 끝났다고 생각을 해서.] [조사자 1: 아니면 전쟁을 준비하다 보면 실제로 전쟁이 일어나니까. 전쟁에 대한 생각을 없앰으로써 진짜 평화를 만들고 싶다. '아무도 이 칼을 쓰지 않는 시대가 오면 좋겠다.'] 그런 뜻도. [조사자 2: 선생님이 민담을 만드셔.] (일동 웃음)

(조사자와 제보자가 잠시 베트남과 국제관계에 대한 이야기를 나눔.)

[조사자 2: 하나만, 이 전설에 관해서 질문이 있는데. 그 호수에 보면 사당 같은 게 있잖아요? 그 사당이 그러면 이 레 왕조에 대한 사당인 거예요? 그 사당이 있던데, 호수에.] 사당. 거기 그 원래 사당이, 안에는 뭐지? 탑도 있잖아요. 거긴 그래서.

[조사자 1: 얼마 전에 갔었나 보네?] [조사자 2: 네.] [조사자 1: 거북이를 기리는 사당은 아니에요?] [조사자 2: 거북이가, 큰 거북이 상이 있어요.] 있어요. [조사자 2: 있고, 사당이 또 따로 있는데. 저희는 뭐가 뭔지 모르니까.]

(조사자 3이 관련 사진을 찾아 확인함.)

[조사자 2: (사진을 보며) 이게, 이게 레 왕조 사당인 거예요?] [조사자 1: 레 왕조 사당이야, 아니면 태조?] 그거 사당 아니구요. 여기는 사당이라는 거는 그 뭐지? 여기는 좀, 여기 어, 여기는 베트남 그 뭐지? 신당에 관련된 그 뭐, 그 뭐지? 무신? [조사자 1: 신당이래, 신당. 어떤 신이 저기 그렇게 모셔져 있어요?] 어, 여기 물론 그 뭐지? [조사자 3: 그런

데 여기는 이름이 터틀 타워Turtle tower라고 되어 있어요.] 어, 물론 거북이. 거북이 관련된 그 예.

[조사자 1: 거북이가 이제 물의 신이에요?] 네. [조사자 1: 그럼 신령한 거북이네. 그럼 여기가 물의, 물의 신인 거북이를 모시는 신당이에요?] 네. [조사자 1: 자신없어 하시네.] [조사자 2: 모르실 수도 있어요. 부담 안 가지셔도 돼요.] 여러 가지 있어요.

[조사자 2: 얘 말고, 호수 안에 이렇게 들어가 보면.] 그거는 거기, [조사자 2: 절 같은 것도 있구.] 그거는 뭐지? 전원, 그리고 사원. 사원이에요.

여기는 그냥, 아시죠? 천 왕조. 천 왕조 그거 장군 있잖아요. 장군 있고. 흥다오흥, 그, 흥다오흥 천국이잖아요. 거기는 뭐지? 이순신 좀 비슷한 그 장군. [조사자 2: 아. 그러면 이 이야기랑 관련한 거는 아니에요?] 네. [조사자 2: 이 이야기랑 관련 없이?]

[조사자 1: 그러면 천 왕조 다음에 레 왕조예요? 천 왕조의 유명한 장군은, 장군을 모시는 사당도 여기에 있는 거고. 그 장군은 어떤 역할을 했는데요? 이순신?] 좀 비슷한 역할. 아주 비슷비슷한 역할. [조사자 1: 이순신이랑요, 아니면 레 태조랑요?] 그 이순신. [조사자 1: 이순신이랑.] 이순신이랑 아주 비슷한 역할. [조사자 1: 아, 그래요? 베트남의 이순신 장군.] 네.

하노이 환검호수 유래 [3]

● **구연정보**

조사일시 : 2019. 01. 03(목) 오후
조사장소 : 서울시광진구 화양동 건국대학교
제 보 자 : 팜하뷔 [베트남, 여, 1993년생, 유학 1년차]
조 사 자 : 신동흔, 오정미, 엄희수, 박현숙

● **구연상황**

제보자가 〈우물 안의 개구리〉 이야기를 짧게 구연한 뒤, 조사자들이 제보자로 하여금 다른 이야기를 떠올릴 수 있도록 자료들을 보여주었다. 제보자가 〈환검호수〉 이야기를 떠올려서 기억을 되살려가며 이야기를 구연했다.

● **줄거리**

베트남 하노이에 있는 환검호수에는 전설이 있다. ‘환검’은 검을 돌려준다는 뜻이다. 옛날 베트남 레 왕조 때 전쟁이 일어난 적이 있었다. 왕이 호수에 배를 타고 가며 전쟁에서 이길 방법을 생각하고 있을 때, 호수에서 거북이가 나와 왕에게 검을 주었다. 나중에 전쟁이 끝난 후에 거북이가 다시 검을 돌려달라고 해서 왕이 호수에 검을 던졌다. 거북이는 검을 물고 호수 안으로 사라졌다. 원래 호수 이름이 있었는데, 이 사건 이후로 환검(호안끼엠) 호수라고 이름을 바꾸었다. 현재에도 호수에 거북이가 살고 있으며, 베트남 사람들은 그 거북이를 매우 소중하게 생각한다.

환검 이야기 할까요? 그 호수. (사진을 보여주며) 이 호수예요.

그 호수에는, 아 하노이에는 중심. 그거는 이름이 두 개 있는데 똑같은 호수예요. 금이나 그거는 다 ‘검’이에요. 환검 이름이면 검이 돌리는 거? 돌려주는 거. 다시 돌려주는 거 그거는 ‘호안(還)hoan’이고, ‘끼엠(劍)kiem’은 그냥 검.

그 검은 옛날에 누가 전쟁이 있을 때, 왕과, 그때는 배를 타고 그 호수에는, 호수에 배를 타고 구경하고. 그리고 나라가 전쟁이 있으니까 방법도 생각할 때 그때는 거북이? 그 호수 안에는 거북이 하나 있어요. 그 거북이는 왕한테는 검을 줬어요. 이 검으로 사용하고 전쟁에 끝나기 위해 그런 의미가 있어요. 나중에는 전쟁이 끝난 후에, 끝나도 왕은 항상 그 검의 옆에 있어요. 검을 옆에 가져오고.

전쟁이 끝날 때 다시 그 호수에는 구경하고 그때는 거북이가 다시 나타나고 그 검에는 돌려달라고 해서 왕은 그 검을 물로 이렇게 던지고 거북이는 검을 다시 물고 이렇게 물로 사라질 것 같아요. 그 검은 그때 나라가 전쟁 있을 때만 그때만 나타난 검이에요. 나온 검.

원래는 그 호수는 다른 이름 있는데 그 이야기한 후에 이름이 바뀌었어요. 지금 이름으로. 그래서 지금은 그 호수 안에는 거북이 있어요. 진짜. 몇 백 년, 백 년 거북이도 있고. 죽은 거북이도 몇 마리 있는데 아직 지금 큰 거북이가 몇 마리 있고, 작은 거북이도 있어요. 몇 년 전에는 거북이가 좀 아파서 정부에는 돈을 주고 그 거북이는 살렸어요. 살리고 어쨌든 그쪽에는 거북이가 좀 존중하는 동물. 그 호수에는 거북이는 존중하는 동물이라서 최대한 살릴 수 있게 거북이를 만들 거예요.

[조사자 2: 그러면 그 이후에도 나라가 위기에 처하거나 전쟁이 나면 검을 물고 간 거북이가 다시 그 검을 돌려줘요 그때마다?] 사실 거북이가 검은 한 번만 줬어요. 근데 그 전쟁이 다 끝날 때까지 뭔가 태평 때까지는 거북이가 다시 나타나고 검을 돌려 달라고 했어요. 베트남 설화에는 항상 뭔가 나중에는 다시 돌린 거예요.

[조사자 1: 그 호수가 어디에 있는 호수?] 하노이요. [조사자 1: 하노이에 있는 그 큰 호수?] 제일 큰 건 아니에요. 근데 그 호수에는 중심에. [조사자 1: 시내 한 가운데 있는 호수?] 네. 그 호수의 중간에는 탑 있잖아요. 그 탑에는 들어갈 수 없어요. 그 탑에는 이름은 뭔가 거북이 탑처럼 한국어로 번역하면. 거북이 탑. 그쪽에는 거북이 집인 것 같아요. 어쨌든 일반 사람은 갈 수 없으니까 저도 잘 모르는데.

[조사자 2: 그 사원은 그 관련된 무슨 왕을 기리는 사원이라고 하고, 그

호수에 들어가는 입구에 보면 거북이가 이렇게 상이 있는데 그게 이제 환검 그 이야기와 관련된 거라고 하더라고요.] 네. 그것도 있어요. 그 이야기는 제일 많이 들어요. 어렸을 때부터 어쨌든 그거는 역사적으로 왕 이름도 있는데 기억 안 나요. 근데 그거는 역사도 나오고 그냥.

[조사자 2: 레 태조. 레 왕조. 맞죠?] 아마 맞아요. 근데 어쨌든 진짜 뭔가 역사 쪽도 있고 그냥 문학적 작품도 있어요. 진실인지 그냥 만든 건지 모르는데 그냥 다 베트남 사람은 다 이렇게 믿어요.

바베호수 생겨난 사연

● 구연정보

조사일시 : 2018. 11. 05(월) 오후
조사장소 : 서울시 관악구 신림동 서울대학교
제 보 자 : 쩐티빅프엉 [베트남, 여, 1977년생, 기타]
조 사 자 : 황혜진, 오정미, 엄희수

● 구연상황

제보자가 〈하노이 환검호수 유래〉 이야기를 마치고 조사자들이 또 다른 이야기를 부탁했다. 그러자 제보자가 하노이 근처에 있는 바베호수에 관련된 전설을 구연했다.

● 줄거리

옛날에 사람들이 거지 할머니의 동냥을 모두 거절하자, 가난한 과부와 아이가 거지 할머니를 자신의 집에 모셨다. 밤에 할머니의 코 고는 소리가 시끄러워 방에 가보자, 할머니가 큰 이무기의 모습을 하고 있었다. 거지 할머니가 과부 모자에게 내일 큰일이 일어날 것이라며 어디 가지 말라고 당부했다. 과부가 동네 사람들도 구할 방도를 묻자, 거지 할머니가 쌀겨 두 개를 주었다. 할머니가 떠나자마자 땅에서 물이 솟구쳤고, 난리가 났다. 과부가 쌀겨 두 개를 땅에 내려놓자, 쌀겨가 배로 변했다. 모자는 배에 동네 사람들을 모두 태웠다. 동네는 호수로 변했다. 과부의 집만 섬이 되었다.

그리고 그냥, 여기 북쪽 있잖아요 그냥. 혹시 아시, 가시면 모르겠지만 거기 호바베Ba Bể* 있잖아요 그냥. 가보신 적 있나요? 호바베.

* 베트남에 있는 가장 큰 자연호수로, 북부지방 박깐성에 있다.

(조사자들이 호바베 발음을 확인하며 기록함.)

거기는 그냥 전설이구요. 거기. [조사자 2: 호바베가 지역 이름인가요?] 지역 이름하고, 원래. 여기 박깐에 있는, 박깐성에 있는 호바베. 아주 유명한 그 뭐지? 관광지이구요. (조사자가 베트남어로 적어달라고 부탁한 뒤) 아주 좋아요. 박깐성에 있는 호바베이구요. [조사자 3: 어, 엄청 넓다.] 어, 엄청 커요. [조사자 3: 하노이 더 위에] 위쪽에 있어요, 북쪽에 있는.

베트남 원래 불교 많잖아요. 그 신앙에 되게 많구요. 원래 불교 뭐지? 그 불교 뭐지? [조사자 1: 도교?] 불교에 따르는 사람이 별로 없는데. 그 불교 신앙이 되게 많아요, 그냥. [조사자 1: 불교를 따르는 사람이 없다구요? 지금은?] 많지 않은데 그냥 불교. [조사자 1: 불교 신자는 많지 않은데] 네, 신자는 많지 않은데 그냥 절에 그냥, 그, 음력, 음력 그 첫날이랑 그냥 그믐에 그 절에 다녀는 사람이 되게 많아요. [조사자 1: 아, 이해했어요. 불교 신자는 많지 않은데 절에서 하는 행사는 많네요?] 응. 그냥 기도하는 거나, 뭐 그렇게 하는 사람 되게 많구요.

그리고 중요한 거는 음력, 음력 정월. 1월 15일이나 그냥 4월 8일, 8일 날. 그리고 7월 15일, 15일. [조사자 1: 4월, 7월도 다 음력이죠?] 다 음력이에요. 그래서 이런 이야기 배경을 그, 그 음력 1월 15일 있구요. 원래 그냥 불, 부처님의 그냥 제사 지낼 때 그, 아주 큰 행사. 그 첫날 그 뭐죠? 첫 행사 있잖아요. 새해 첫 행사이라서, 아주 큰 행사이라고 해요. 사람들이 보통 여러 음식을 준비하고 부처님을 그 뭐지? 뭐라고 할까? 공? [조사자 2: 공양.] 공양, 공양을 많이 해요. 부처님에게 공양을 많이 하는데.

그중에는 거지, 한 사람 할머니, 할머니는 좀 뭐라고 할까? 그, 그, 좀 밥을 달라고 밥을 달라고. 거지 할머니는 뭐라고 할까? [조사자 3: 시주?] 네, 시주. 그 시주 아니라. 그 시주는 스님이 하는 거죠? [조사자 2: 동냥.] 아, 동냥. 동냥하러 왔어요. 하러 왔는데 그 동네 사람들이 다 그냥 주지 않았어요. 그냥, 그냥. [조사자 1: 절에 동냥하러 온 게 아니라 그 마을에 동냥하러 왔네요?] 네, 마을. 멀리에서 그냥 그 어디서나 모르겠는데 그 동네로 동냥하러 왔어요. [조사자 1: 이게 그니까 1월 15일에.] 네.

1월 15일에 동냥하러 왔는데 사람들이 그냥 모르는 척해요. 그냥 아무 사람도 관심 없어요. 모르는 척하는데. 그냥 그냥, 어,

"내가 너무 배가 너무 고파서 좀, 밥 좀 주세요. 밥 좀 주세요."

그렇게 아주 막 좀, 좀 아주 힘이 없는 소리로 했는데도 사람이 모르는 척해요. 그런, 그러하면서 그냥 음, 과부. 과부, 과부 한 사람하고 어린아이 시장에 갔다 오는 길에 이런 모습을 보니까,

"우리 집에 오세요. 우리 집에 오세요."

했어요. 그래서 그, 할머니, 거지 할머니를 데리고 왔어요.

그래서 밥 해주고. 나눠서 먹어요. 원래 그 과부 아줌마? 과부 아줌마가 아주 가난한 사람이에요. 또, 그냥 밥도 많이 못하고 그냥. 조금 나눠서 같이 먹어요. 그리고 그냥 집이 너무 작아서 자기, 자기가 집에 한 침대, 침대인가? 침대 아니라 그냥 뭐지? [조사자 1: 이불?] 이불 아니구요. 베트남에서는 아주 전통 침대 있잖아요. 그냥, 나무로, 대나무로 만든 아주 튼튼하지 못한 침대 하나밖에 없구요. 그래서 그냥 그 거지 할머니 양보해 주고 자기하고 아이를 좀 안쪽으로 잤어요.

그런데 밤중에 아주 큰 소리로 그냥, 뭐랄까? 콧소리. [조사자 1: 코 고는 소리?] 뭐라고 할까? [조사자 1: 코 고는 소리. 코 고는 소리.] 응, 소리를 아, 좀 놀래서 그냥 깼어요. 할머니 소리 깼어요. 잠에 깼는데, 해보니, 나가보니 할머니 아니라 뭐랄까. [조사자 1: 거인이야?] 거인 아니고. 그 용처럼, 뭐지? 그 용 아니고. 이무기? 이무기. 이무기예요. 그냥. [조사자 1: 구렁이?] 구렁이 아니고 이무기. 이렇게는 좀 하고 있어요.

너무 무서워서 그런데 밤중이라서 들어갔어요. 그래서 계속 애기도, 알고 잤구요. 아침에 일찍 일어나서, 일찍 일어났는데 그때도 그냥 이무기 아니라 할머니, 거지 할머니가 벌써 일어나서 짐을 챙기고 있어요.

그리고 할머니, 그 거지 할머니는

"오늘은 꼭 큰일이 난다."

고 그래요. 그래서

“그냥 나, 내 일은 잘 따라 하라.”

고 해요. [조사자 1: 내 말을 잘 따르라고?] 응.

그래서 그냥 그 뭐지? 어, 음. 그 뼈? 뼈, 벼. 벼 아니고 [조사자 1: 보리?] 그거 아니구요. 원래 쌀, 쌀을 그 뭐라고 할까? 저도 까먹었네요. 원래 쌀 하기 전에 뭔가 벼를 이거. 그 벼. [조사자 1: 나락?] [조사자 2: 벼 맞아요. 껍질을 까지 않은, 쌀을.] 쌀 껍질? 쌀 껍질을 뭐라고 할까요? [조사자 1: 껍질만?] 쌀 껍질. 뭐라고 할까? 까먹었어요.

(제보자와 조사자들이 함께 고민함.)

두 개, 그거는 두 개 주면서 내 말을 잘, 그거 주면서,

“오늘 다른 그, 다른 곳을 가지 말고 집에 있어라.”

[조사자 1: 볍씨? 볍씨 아니에요? 요만한 거? 볍씨를 두 개 줬어요? 이렇게?] 아, 이거. [조사자 1: 볍씨 두 개를 주면서 “오늘은 다른 데 나가지 말구 집에만 있어라.”] 볍씨 아니라 이거는. [조사자 3: 겨?] 겨 맞아요. 겨, 쌀겨. 두 개 주고, 주면서 한 개만, 그거 두 개 아니라 한 개만. 그거 아니, 아직 주지 말고. 제가 착. 그거 아직 그냥,

“오늘 어디 가지 말고 집에 잘 있어라.”

그렇게 하구요. 그래서 그냥 그, 과부 과부는 침착해서 이렇게 물어봐요.

“혹시 일이, 일이 생기면 어떻게 동네 사람들을 구할 수 있을까요?”

그렇게 물어봐요. 그래서 그 거지 할머니가 한참, 한참 동안 생각하다가 그 겨, 쌀겨를 두 개 꺼내주고 말해요.

“이거를 써서 구해요.”

[조사자 1: 어, 쌀겨를 써서 구하라?] 그래요. [조사자 2: 두 개를 주고?] 두 개를 주고. 주고요.

그리고 이 할머니, 그 떠나자마자 어, 갑자기 뭐지? 땅속으로는 물, 뭐지? 쏟아져요. 쏟아져요. [조사자 1: 땅속에서 물이 막 샘솟아요?] 샘솟아요. 네. [조사자 1: 솟구쳐요, 솟구쳐.] 쏟아져요. [조사자 1: 솟구쳐. 이렇게 물이 확 이렇게 분수처럼.] 네, 그래요. 쏟아져요.

그래서, 그래서 그때는 막 축제 있잖아요. 축제 있으니까 사람들이 막 혼동해요, 축제. [조사자 1: 축제여서 사람들이, 아, 막 사람들이 한꺼번에 모여 있었구나.] 한꺼번에 모여 있잖아요. 네. 그래서 좀, 막 그때는 갑자기 뭐지? 바다처럼 좀, 그 뭐지? 동네가 변했죠. 바다로 변했어요.

어쩔 수 없이 그, 그, 아줌마. 그 과부가 벼 놓아서 [조사자 1: 쌀겨를] 쌀겨. 쌀겨를 두 개를 딱 놨더니, 놨더니 그냥 막 그냥 배가 됐어요. 돼요, 배가 돼요. 그래서 그냥 과부 아줌마와 아이가, 아들과 함께 그냥 동네 사람들이 그렇게 살려줬구요. 다 그래서 그냥 그때는 동네, 집들이 다 무너져서, 무너져서 호수가 돼요. 그런데, 그런데 그 과부, 과부의 집만 계속 올라요. 올라서 그냥 그때는, 이제는 뭐지? 그 언덕이 돼요, 이거는.

[조사자 1: 장자못 이야기가] 좀 비슷해요. 저도 그렇게 생각해요. [조사자 1: 근데 장자못 이야기는 이렇게 얄짤없거든요.] (조사자들 웃음) [조사자 1: 이거는 좀 뭔가, 구할 방도도 주고 그러네요.] [조사자 2: 재밌다.]

[조사자 3: 그러면 그때 물 위에 올라와서 호수가 된 게 바베호수예요?] 네, 호수가 됐죠. [조사자 2: 음, 근데 아까 호수 이름이 호바베?] 바베. 이렇게 생긴 호바베이라고 해요. [조사자 2: 아, 호수니까 호(湖)고, 바베 호수.]

[조사자 1: 바베가 뭐라구? 바베가 무슨 뜻이라고?] [조사자 3: 바베 뜻이 있어요?] 네, 이렇게는 있잖아요. 이렇게 생기고. [조사자 2: '바베'가 가진 의미, 뜻이 있어요?] '바' 그, '바'는 세 개. [조사자 1: 3.] 3. '베'는. [조사자 1: 그렇죠, 3이네.] [조사자 2: (호수 지도를 보며) 이렇게 3. 3 모양 숫자 3 모양.] 3, 네, 3.

[조사자 2: 그러면 요기 언덕이, 언덕이 있잖아요.] 언덕이 가운데 있잖아요. [조사자 2: 요 점이 언덕인 거예요? 그러면?] 네. [조사자 2: 신기하다.] [조사자 1: 언덕이 아니라 섬.] 네, 섬. 섬, 섬이 된 거예요. 아, 그렇게 해요. 재미있죠? (일동 웃음) [조사자 2: 처음 들어요.]

[조사자 1: 아니 이게 비교하니까 더 재미있네요. 이게 사실 그렇잖아. 소돔과 고모라 얘기랑도 비슷하잖아. 불로 막 했는데. 그, 이 우리는 이제 돌

아보지 말라는 그, 금기를 어겼다고 해서 돌이 되잖아요?] 네, 그거. [조사자 1: 근데 거기서는 금기를 어기거나] 그거 없어요. [조사자 1: "절대 뭐 하지 말아라." 이렇게 하는 거 없어요?] 없어요, 그거.

[조사자 2: 아까 궁금한 게 그 할머니 코 고는 소리 듣고 가보니까 할머니가 이무기라고 했잖아요.] 네, 이무기. [조사자 2: 그게 이무기 맞아요? 큰 용으로 승천하기 전에] 용처럼 생긴 거. 근데 용 아니고 용이랑 비슷한 거. [조사자 2: 그럼 이무기 맞아요.] 이무기예요. [조사자 1: 그러니까 용은 하늘로 올라가고, 이무기는 지하에 그 물을, 지하에만 사니까.] 지하에 맞아요. [조사자 1: 물을 관장해서] 맞아요.

[조사자 1: 이무기라고 하는 거야. 우리 용은 물에서도 살고 하늘에서도 살고 그러거든요. 근데 이무기는 용보다 못한 존재로 용의 능력에는 미치지 못해요. 그렇게 우리는 이무기를 알고 있는데 베트남은 '용은 물을, 지상의 물을 담당하고. 이무기는 지상의 물을 담당하고 용은 하늘의 물과 기운을 담당한다.' 이렇게 나누어서 생각을 하시는구나.]

바다 괴물 물리치고 바위가 된 아버지와 아들

● **구연정보**

조사일시 : 2018. 03. 09(금) 오후
조사장소 : 강원도 강릉시 성산면 오봉리 자활센터 수공예실
제 보 자 : 저우티탄융 [베트남, 여, 1985년생, 결혼이주 9년차]
조 사 자 : 박현숙

● **구연상황**

제보자가 〈괴물 퇴치하고 공주와 결혼한 닷산〉 이야기 구연을 마친 뒤 잠시 쉬었다가 고향 마을과 관련된 전설이 없냐고 묻자 제보자가 자기 고향이 바닷가라면서 고향의 바위 전설 구연을 시작했다. 조사자는 이야기 구연을 마친 뒤, 2015년 태풍으로 아버지 바위 일부가 훼손되었다면서 아쉬움을 나타냈다. 조사자에게 휴대폰으로 훼손된 바위를 찾아서 보여주기도 했다.

● **줄거리**

옛날 어느 섬 바다에 무시무시한 괴물이 나타나 어부들을 괴롭혀 마을 사람들의 생계가 곤란해졌다. 이 마을에 아버지와 아들이 살았는데, 아버지가 괴물을 잡겠다며 온몸에 독약을 바르고 아들 몰래 바다로 나갔다. 아버지가 바다 괴물에게 머리가 먹혀 죽음을 맞이했다. 괴물의 몸에 독이 퍼져 괴물도 죽었다. 아들은 아버지가 돌아오지 않자 해변가로 아버지를 찾아 나섰다가 파도에 떠밀려온 아버지의 시신을 발견했다. 아들은 아버지를 안고 슬피 울었다. 그런데 아버지 몸에 바른 독이 아들의 몸에 옮아 아들도 그 자리에서 죽고 말았다. 아버지와 아들이 죽은 자리에 두 개의 바위가 솟아올랐다. 사람들은 큰 바위가 아버지, 작은 바위가 아들이라고 생각하고 두 바위를 부자 바위라고 부른다.

원래 저쪽에서 고향은 다 바다예요. 바다하고 섬. [조사자: 고향이?] 네, 섬하고 거기 거의 사람들은 물고기 잡으러 배 타고 많이 나

가요. 배 타고 나가는데.

그 옛날이야기는 그 뭐지? 생선 잡으러 다니는 사람을 어부라고. 어부 마을이 있어요. 거기 원래 생선 바다 나가서 생선 잡고 평화하게 사는데 어느 날에 거기 용 같은, 용 같은 괴물이 나타났어요. 뱀 같은 길쭉한 게 용도 아니고. [조사자: 뱀도 아니고.] 네. 뱀도 아니고 약간 무시무시한 괴물이 나타났는데 배가 나가는 사람들이 다 잡아먹혀요. 근데 거기는 섬이 거기 거의 다 바다 나가야 가족한테 먹일 게 있으니까 안 갈 수도 없고 안 가면 먹는 게 없고. 근데 가면 다 죽어, 먹히게 되는 거예요.

그래서 그 마을에서 부자가 살고 있어요. 그 아버지하고 아들은 아버지가 어느 날에 자기가 힘이 없으니까, 사람들이 힘이 없으니까 괴물을 못 죽이니까 자기가 독을 최대한 많이 만들어서 먹으면서 바라는 거예요.

'내가 죽더라도 이 괴물이 죽어야 된다.'

그 마음으로 아들한테 몰래 얘기 안 하고 독을 몸에 다 바르고 배 타고 바다 나갔어요. 바다 나갔는데 딱 자기가 생각한 게 똑같애요. 바다 나갔는데 배 세우고 기다렸다가 갑자기 괴물이 나타나는 거예요. 그 괴물이 뛰어 올라와서 아버지 머리를 딱 잘라서 먹었어요. 근데 먹으면서 목에 넘어가니까 그 괴물도 죽었어요. 죽었는데 그 아들내미가,

'아빠가 바로 그날에 어두울 때까지 왜 안 오시나?'

계속 기다리다가 아버지 찾으러 갔어요. 해변가에서 찾으러 다니다가 아버지 우연히 아버지 시신을 보는 거예요, 머리가 없이.

그 아들이 아버지 안고 있으면서 울고 너무 슬픈데 아버지 몸 안에 있는 독을 모르는 거예요. 그러다가 자기한테 옮기니까 자기도 죽고 거기서 그 자리에서 신기하게도 돌의 섬처럼, 작은 섬처럼 돌이 두 개 생겼어요. 그 죽는 자리 두 부자가 죽은 자리에서. [조사자: 죽은 자리에서 돌이 두 개가 우뚝 섰어요?] 네, 돌이 딱 섰어요. 그래서 사람들이 항상 얘기하는 건 큰 돌은 아버지이고 약간 작은 돌은 아들이고 그래서 부자돌이라고 이름 붙여줬어요.

[조사자: 그러면 그 돌에다가 마을 사람들이 뭐 제를 지낸다거나 그런 건 없어요?] 제사 지내지 않지만 사람들이 다 거기 와서 구경하고, 관광하고 그러고 그거 너무 옛날 옛날 이야기라서 위에 사람인 할아버지, 할아버지한테 얘기해준 사람 진짜로 있는지 없는지는 모르니까 제사 지내는 건 없어요.

[조사자: 그럼 탄융은 이 이야기를 어디서 들었어요? 할아버지한테 들었어요?] 할아버지한테 들었어요.

[조사자: 근데 이 아버지가 몸에 머리부터 발끝까지 온몸에 바른 게 뭐예요?] 그 독약이 있어요. [조사자: 독약이 있어요?] 그 나무 독에 약초 끓이다가 자기 거기에서 몸에 싸우는 것처럼 바르고 그리고 자기가 죽겠다고 생각하고 배에 타고 나가는 거예요. 배에 타고 나가니까 자기 생각하는 대로 그 괴물 나타났고, 아버지 머리를 잘라갖고 먹으니까 괴물이 죽었고.

지금은 그 둘이 2015년에 태풍 때문에 아버지 돌이 머리가 떨어졌어요. [조사자: 아.] 너무 아쉽게도 떨어지고 (휴대폰으로 훼손된 바위를 찾아 보여주며) 여기 있어요. 어부들이 다 뭐라고 돼 있지. [조사자: 바다 한가운데 있네요, 바위가.] 네. 바다 한가운데에 돌 두 개 생기고 이쪽 [조사자: 아버지 바위고 아들 바위고?] 네. [조사자: 근데 이게 머리가 다 떨어져 나가서?] 작은 거는 괜찮은데 [조사자: 음, 큰 게.] 이전 치면서 이 정도가 떨어져 나갔어요.

오빠와 결혼했다가 바위가 된 여인

● **구연정보**

조사일시 : 2016. 11. 12(토) 오후
조사장소 : 강원도 횡성군 횡성읍 읍하리
제 보 자 : 누구엔티미두이엔(원지영) [베트남, 여, 1989년생, 결혼이주 6년차]
조 사 자 : 박현숙, 김현희, 김민수

● **구연상황**

카자흐스탄의 우쿠자노바디나 제보자가 <어머니의 심장> 구연을 마친 뒤, 조사자가 누구엔티미두이엔 제보자에게 한국의 망부석 설화를 언급하여 베트남에 비슷한 이야기가 있냐고 물었다. 제보자가 비슷한 이야기가 있다면서 구연을 시작했다. 오숙민 작가와 우쿠자노바디나 제보자가 청자로 참여했다.

● **줄거리**

옛날에 남매가 있었는데 오빠가 동생을 어릴 때 잃어버리게 됐다. 나중에 성인이 된 둘이 만났으나 서로 알아보지 못하고 결혼을 했다. 어느 날 남편이 아내 머리의 이를 잡다가 상처를 발견하고 아내가 잃어버린 동생임을 알았다. 남편은 결국 아내를 떠났고, 아내는 남편이 돌아오기를 기다리다 강 앞에서 바위가 되었다.

옛날에 그 한 집에 오빠하고 동생이 하나 있었는데, 그 어느 날에 그 오빠가 동생을 잃어버렸어요. 그래서 그냥 잃어버린 다음에 자기 혼자 크니까 또 여동생도 따로 크니까 커서 다시 만났고, 만났는데 동생을 모르는 거예요. 크니까 얼굴이 틀려지잖아요. 그거 모르고 결혼하고 같이 한집에 살아요.

그래서 어느 날에 그 남편이 마누라 머리 이 잡아주려고 머리 이렇게 했는데 머리에 딱 상처 보이는 거예요. 그 상처, 동생이 어렸을 때 넘어질 때 그 상처인데 그 자기 동생인지 이제 알죠. 그래서 미안해서 자기가 말도 안 하고 도망갔어요. 멀리 멀리서.

그 마누라 집에서 남편 기다렸다가 바위가 되었어요. 강 앞에서. 그 남편 언제 오나 그 자리에서 앉아서 매일 매일 기다렸다가 또 바위 돼 버렸어. [청자: 그러면 여동생은 자기 오빠인지 모르고? 끝까지?] 네. 끝까지 모르고, 오빠만 알고 있는 거예요.

[조사자: 그 바위가 지금 어디에 있어요? 베트남?] 모르겠어요. (웃음) [조사자: 그 바위가 됐다는 얘기만 있어요?] 네.

물배추 여신

● 구연정보

조사일시 : 2017. 12. 07(목) 오전
조사장소 : 인천광역시 미추홀구 용현동
제 보 자 : 융티탄프엉 [베트남, 여, 1988년생, 유학 3년차]
조 사 자 : 오정미, 한상효, 엄희수

● 구연상황

제보자가 뭇할아버지에 대한 이야기를 마친 후, 조사자가 뭇할아버지가 등장하는 이야기가 더 없는지 물었다. 그러자 제보자가 물배추(물상추)에 얽혀있는 전설을 구연하기 시작했다.

● 줄거리

옛날에 흉년이 들어 벼농사를 망친 소녀가 울고 있었다. 그때 뭇할아버지가 나타나서 소녀에게 자신에게 가장 귀한 것을 주면 벼를 살릴 수 있다고 알려주었다. 소녀가 죽은 어머니의 유품인 귀걸이를 뭇할아버지께 드리자 뭇할아버지는 그 귀걸이를 논에 던지라고 알려주었다. 소녀가 귀걸이를 던지자, 논에 갑자기 물배추가 나타났다. 그 후로 귀걸이 모양의 물배추가 번식해서, 그것을 비료로 만들어 벼농사를 잘 지을 수 있게 되었다. 나중에 소녀가 죽은 후 사람들이 소녀를 모시는 사당을 지었다. 그 후부터 현재까지 물배추 여신을 기리는 축제가 열린다.

우리나라말로는 매화저우인데. 매화저우. [조사자 2: 찾았어요. 부레옥잠.] [조사자 1: 부레옥잠 맞어. 그걸 부레옥잠이라고 해요.] [조사자 2: (핸드폰 속 사진을 보여주며) 이거 아닌가요?] 비슷해요. 네 맞아요. [조사자 2: 물배추인가?] [조사자 1: 물배추라고 해도 돼. 비슷하다.] 물배추요? [조사자 1: 부레옥잠.] 부레옥잠. [조사자 2: 요거예요?] 네. [조사자

2: 네. 물배추.] 물배추.

[조사자 1: 물배추로 할까? 이 제목을?] 아, 그게 아니고 물배추, 여자 신을 뭐라고 해요? [조사자 1: 여신.] 여신? 그럼 여신이라고 할게요. [조사자 1: 물배추 여신?] 네. (웃음)

[조사자 1: 그러네, 맞어. 물배추 여신, 재밌다.] (직접 찾은 핸드폰 속 사진을 보여주며) 이거 맞죠? [조사자 1: 네. 맞아요. 똑같아요. 신기하다.] 한국에서 이거 먹어요? [조사자들: 먹진 않아요.] 아, 근데 왜 물배추라고? [조사자 1: 아 배추가 있어서?] [조사자 2: 비슷하게 생겨서.] 아. 그 양배추랑 비슷하게 생겨서. 아 그래요? 우리나라도 먹진 않는데 돼지한테 먹여주는 거 같기도 하고. 모르겠어요. 아무튼. 네.

옛날에 어떤 마을에서 어떤 착하고 성실한 소녀가 있었어요. 근데 그해에는 가, 그해에는 음, 수확이 잘 되지 않았어요. 그니까 벼농사를 짓는 마을인데 아, 되게 그니까. 흉년. [조사자 1: 흉년.] 아, 그해에는 흉년이었어요. 이 소년이, 여자 아기예요. 이 소년이 그 벼, 논을 보고 너무 마음이 아파했어요. 그거 보고 울었어요.

울어서 뭇할아버지, 뭇할아버지가 나타났어요. 그니까,

"왜 우니?"

뭇할아버지가. 뭇할아버지는 항상 나타나는 거는 어떤 사람이 울 때. 울 때 할아버지가 나타나서,

"왜 우니?"

라고 물었어요.

그래서 이 아이가, 여자아이가, 그니까,

"올해 벼가 잘 되지 않아서 울었다."

고 했더니 뭇할아버지가,

"그럼 너는 이 벼들을 구해주고 싶니?"

이렇게 물어봤어요. 그니까

"네. 그럼요."

해서,

"그럼 이 벼들을 구해주고 싶으면 너는 니가 가지는 가장 귀한 것을 나한테 줘야 된다."

그랬어요.

그래서 이 여자 아이가 목걸이를, 근까 이 소년한테, 이 소녀한테 그 목걸이가 제일 귀중한 거였어요. 어머니가 돌아가셨을 때 이 아이한테 목걸이, 아, 아, 죄송해요. 귀걸이. 계속 목걸이라고 했죠? 죄송해요. 귀걸이. 그니까 어머니가 돌아가셨을 때 이 귀걸이를 어, 이 여자아이한테 줬는데 그때 하신 말씀이,

"이 귀걸이는 우리 가족의 귀중 물품이기 때문에 잃어버리면 안 된다."고.

어머니가,

"잃어버리는 사람은 벌을 받는다."고.

근데 진짜 이 여자아이는 귀한 거는 그 귀걸이밖에 없기 때문에 한참 고민했다가 그다음에 결국 뭇할아버지한테 드렸어요, 그 귀걸이를. 그 귀걸이를 주면, 뭇할아버지한테 그 귀걸이를 드리면서 그 얘기를 했어요.

"이거는 우리 가족에서 가장 중요한 거고, 잃어버린 사람은 벌을 받을 거라."고.

그래서 뭇할아버지가 되물었어요. 근까,

"그런, 그래도 나한테, 그래도 벼를 구해주고 싶니?"

그래서 이 소녀가,

"네. 벼를 구할 수 있다면 벌을 받을 수, 벌이라도 받겠다. 벌 받겠다."고.

그래서 근까, 무릎을 꿇으면서 뭇할아버지한테 그 귀걸이를 줬어요.

그다음에 뭇할아버지가 이 소녀를 음, 세워 일으키고, 그니까 이렇게 절을 하고 있잖아요. 아니, 아 뭐지? 무릎을 꿇으고 있으니까. [조사자 1: 무릎을 꿇고 절을 하고 있으니까.] 절을 안 하고 그냥 이렇게 하고 하는데. 그니까, 세워 일으키다? 세워 일으키면서 그 어떤, 그 벼농사는 항상 그 연못 같은 거, 연못 같은 거 많이 있잖아요? 그래서 그 연못을 가리키면서,

"이 귀걸이를 거기에다가 던져라."

했어요.

[조사자 1: 벼, 벼가 있는?] 음. 음. [조사자 2: 벼 없고 그냥 물만 고여 있는?] 음, 잠깐만요. 아니 벼에 그냥, 근까 벼, 논에, 물이 있는 논이었어요. 물이 있는 논. 그래서,

“논에다가 던지라, 던져라.”

그래서 이 소녀가 따라 했어요. 그니까 던졌어요.

던졌는데 갑자기 그 귀걸이가 밝아지면서, 근까 빛나게 밝아지고 물밑으로 가라앉았어요. 그다음에 물배추가 나타났어요. 어. 그, 물배추는 모양이, 그 귀걸이 모양이었어요. 그래서 뭇할아버지가 이 소녀한테 말했어요. 이, 이 물배추를…

잠깐만요. 사전 찾아볼게요. [조사자 1: 분명히 한국어 공부에도 도움이 되실 거예요. (웃음)] 그 어떤 나무를 여러 가지로 만드는 걸 뭐라고 해요? [조사자 1: 나무, 나무를 여러 가지? 조각?] 아, 그니까 나무 하나를. [조사자 2: 쪼개는 거?] 아니요. 쪼개는 거 아니에요. 잠시만요 찾아볼게요. [조사자 1: 천천히 해도 돼요.]

[조사자 2: 그 물배추를 물상추라고, water lettuce라고 한대요. 영문이름으로는. 그 상추랑 닮아서 물상추, 물배추 이렇게 부른대요.] [조사자 1: 그래. 이런 게 베트남에도 많을 거야. 캄보디아에도 많고.]

번식? [조사자 1: 번식?] 번식시켜서? [조사자 1: 아, 나무를?] 네. [조사자 1: 아, 나무를 이렇게 잘라서, 하나의 나무를 여러 개로 만들었다는 거죠. 지금?] 네. [조사자 1: 그 맞아요, 번식시킨 거.] 아 그래요? 오케이.

번식시켜서, 그니까, 그니까, 많이 많이 번식시켜서 그, 벼 논의, 근까 비료처럼 [조사자 1: 물배추를?] 사용하라고. [조사자 1: 그니까 물배추를 여러 개로 번식하게 해서] 많이 번식해서 [조사자 1: 물배추가 있으면 벼농사가 더 잘 되게.] 그니까 비료처럼 사용하는 거예요. [조사자 1: 아, 오케이.] [조사자 2: 그거를 이렇게, 크면 이렇게 수거를 해가지고 비료로 쓰는 거예요?] 네. 네. 네. 네. [조사자 2: 우리 거름 준다 하는 것처럼.] 거름처럼. 네, 거름처럼. 네.

그래서 그렇게 해서 그 해에 벼가 진짜 잘 자라고, 풍년이 됐죠. 그랬어요, 그래서 그해에는 그 마을 사람들이 진짜 수확을 많이 했

는데 어느 날 그 소녀의 아버지가 딸의 귀를 보고,

"그 귀걸이 어디 갔냐."

고 물어봤어요. 그래서 어, 어, 그 소녀가 그 얘기를 다 해줬어요. 그래서 아버지가 소녀를 안으면서,

"뭇할아버지의 말씀이 맞는다."고.

"니가 이 마을을 구해줬으니까 벌은 안 받을 거라."고.

그래서 네. 그래서 그 이 소녀가 나중에, 그 후에 마을 사람들이 이 소녀를 모시는 사당을, 아, 사당? 제당? [조사자 1: 사당.] 사당? 사당을 예, 지어서, 그 물배추 여신이라고 했어요. 모셨어요. 네.

[조사자 1: 실제로 가면 이런 그, 물배추 여신 사당이 있어요?] 이, 여기에는 그 지명까지 나오더라구요. 타이빈성에서. [조사자 1: 그럼 전설이네. 사당까지 있으면.] 라번 마을, 타이빈성. 이렇게 북쪽에 하노이 근처. [조사자 2: 하노이 근처 타이빈성?] 네. 타이빈성 라번 마을에. [조사자 2: 라번 마을. 약간 그거네요. 당신앙.] [조사자 1: 그렇다 진짜. 진짜 당신앙이다. 이건. 재밌어요. 선생님.]

죄송해요. 제가 많이 알지 않아서. [조사자 1: 아니에요. 너무 잘하고 계세요. 선생님.] [조사자 2: 재밌다. 진짜.] [조사자 1: 진짜 재미있어.]

(핸드폰으로 관련 자료를 찾아본 후) 아, 진짜 그런 축제가 있네요. 그, 물배추 여신 축제가 있어. [조사자 1: 축제가 있을 거 같애. 왜냐면 농사와 관련된 거잖아요.] 네. 네. [조사자 2: 되게 좋은 얘기다, 그쵸?] [조사자 1: 이런 얘기 선생님한테나 들을 수 있어. (웃음)] 네? [조사자 1: 선생님께만 들을 수 있다구요. 이런 수준의 이야기가. 너무 좋아요. 이 이야기.]

왜, 사실 이, 왜냐면 이런 이야기는 책에 없어요. 교과서에 없어요. 그니까 '떰 깜'이나 아, 아, 지난번 우리가 했던 얘기들은 다 다, 교과서에 있으니까 사람들이 다 많이 알고 있어요. 이거는 제가 말씀드렸다시피 저 그냥 얘기를 위해서 찾아보고. [조사자 1: 너무 좋아요.] [조사자 2: 딱, 그 베트남의 농사 문화라든지 이런 거 다 알 수 있는.] 맞아요. 이 타이빈성에는 이 물배추가 제일 많이 난대요. 이 지역에는.

[조사자 1: 그리고 실제로 선생님 이런 얘기를 아이, 어린 애기들한테 되게 좋대요, 선생님.] 네. 제 애기도 좋아했어요. 딸이 되게 좋아했어

요, 이 얘기. [조사자 1: 굳이 막 교훈, 주제를 우리가 강조 안 해도 아이는 이야기를 엄마가 해 준 거 들으면서 이 소녀의 용기, 또 소녀의 희생 이런 걸 배우게 되잖아요.]

근데 저는 진짜, 아, 저는 이 애기, 애기가 못 들었을 거라 생각을 하면서 되게 열심히 해줬는데, 애기는 그냥 가만히, 그니까 되게 열심히 들었던 것 같았는데, 제가 얘기 다 끝나고 나서 애기가 한 말이

"아, 예전에 들었던 얘기 다시 듣게 됐네."

이러는 거야. 그래서

"야, 너 어디서 들었어?"

그래서 자기가 스스로 유튜브에서, 그 유튜브에서 그 베트남 옛날이야기 그런 거 있거든요. 다 들었대요. 어쩌면 애기가 저보다 더 많이 알걸요? (웃음) 아무튼 그때 조금 그랬어요. (웃음)

[조사자 1: 그럴 수 있어요, 애기가.] [조사자 2: 똑똑하다.] 근데 몇 번 들었는데도 얘기해 주면 열심히 들어요. 되게 좋아해 하면서, 좋아하고. [조사자 2: 애기들은 아는 얘기 해줘도 좋아하더라구요.] 네. 들었던 얘기를 다시 했는데도.

수박의 유래

● **구연정보**

조사일시 : 2017. 12. 11(월) 오전
조사장소 : 충청북도 청주시 서원구 모충동
제 보 자 : 띵티름(이지우) [베트남, 여, 1983년생, 결혼이주 9년차]
조 사 자 : 신동흔, 오정미, 한상효

● **구연상황**

팜티루엔 제보자의 이야기가 끝났을 때 띵티름 제보자도 이야기가 생각났다고 했다. 베트남 수박을 아느냐고 조사자들에게 물으면서 구연을 시작했고 함께 온 팜티루엔 제보자가 이야기판 청자로 참여했다. 띵티름 제보자의 구술이 끝나자, 청자 팜티루엔이 자신이 아는 결말과 다르다며 다른 버전의 줄거리를 소개했다.

● **줄거리**

베트남어로 수박은 마이안띰인데, 수박을 처음 개발한 사람의 이름이다. 왕이 마이안띰을 사위로 삼았는데, 마이안띰은 스스로 무언가를 만드는 것을 좋아했다. 괘씸하게 생각한 왕이 마이안띰을 공주와 함께 무인도로 보냈다. 아무 걱정 없이 섬에서 살던 마이안띰은 새가 물어온 씨를 땅에 심었다. 씨에서 자란 것이 수박이다. 마이안띰이 수박을 어부와 물물교환했는데, 왕이 수박을 먹고서 마이안띰을 다시 궁으로 데리고 왔다. 마이안띰이 수박에 자신의 이름을 새겨서 바다에 던졌고 그것을 주운 사람이 왕에게 가져다줘서 왕이 다시 마이안띰을 궁으로 불렀다는 이본도 있다.

그러면 제가. 동화는 수박이에요. 수박도 뭐 색깔은 초록색 수박도 있고 약간 파란색, 검정색처럼 보이는 수박도 있잖아요. 똥그란 수박. 그 수박은 베트남에 또 따로 있어요. 이름 그 수박, 그 수박 이

름은 마이안띰이라고 해요. [조사자 2: 마이안띰.] 마이안띰.

근데 그 마이안띰 수박은 사실은 마이안띰은 사람 이름이에요. [청자(팜티루엔): 재배한 사람. 이 수박을 재배한 사람. 처음에, 첫 번째.] 그래서 제가 여기. 보고 하겠습니다. (웃음) 저는 하나만 준비해 와가지고. 네.

저, 그. [청자: 옛날에는 어, 왕, 열여덟 번째 왕이 있었어요.] [조사자 2: 열여덟 번째.] 열여덟 번째 왕. 그 왕은 뭐 홍봉. [청자: 홍봉, 홍봉.] 그래서 마이안띰은 남자 이름이었구요. 그 남자는 너무 착하고 일도 열심히 하고, 사람이 또 성격이 좋아요. 홍봉왕은 그 사람은 사위로 봤어요. 딸이 그 마이안띰한테를 시집을 보냈어요.

근데 원래 마이안띰은 욕심도 없고 자기 그냥 평범한 사람으로 살고 싶어서 그래도 왕 사위이지만 욕심이 없어서 자기 스스로 하고 뭐든지 다 자기 스스로 만들어 내는 거는 좋아해요. 그래서 홍봉왕은 재산을 물려주거나 뭐 선물 같은 걸 보내줘도 마이안띰은 별로 그렇게 반갑지, 반갑고 그렇게 하지 않아요. 신하들은, 어 신하들은 마이안띰은 원래 그런 사람이라서 그래서 왕한테는 보고했죠. 그래서. 제가 지금부터 보고 할게요.

[청자: 왕이 화가 나서 섬으로 쫓겨났어요.(왕이 화가 나서 마이안띰을 섬으로 쫓아냈다.)] 왕이 화가 나서 좀 멀은 섬. 사람이. [청자: 사람이 없는. 사람이 안 사는 섬.] 안 사는 섬, 바다에 있는 섬에 보냈어요. 마이안띰하고 왕의 딸, 공주님이죠. 둘이하고 자식들도 같이 보냈죠.

그래서 보냈는데 그 사람이 없는 섬에서 먹고 살기는 힘들잖아요. 왕이 그 왜 보낸 거냐면 아 그럼 마이안띰이 왕의 힘이 필요 없어서 자기 스스로 살겠다고 해서 그 사람이 없는 섬에 가서 살 수 있는지 확인하러 보낸 거예요.

근데 공주는 많이 걱정하는데 마이안띰은,

"걱정하지 마라. 내가 손이 있으니까, 힘도 있으니까 스스로 내가 왕한테 내 힘을 보내주겠다."

갔는데 처음 가서는 먹는 것 없고 아무것도 없어요. 근데 새 새가 그 섬을 지나가서 지금은 마이안띰 수박이지만 그때는 무슨 씨앗

인지 몰라요. 씨앗을 떨어뜨렸어요. 그래서 마이안띰 생각은,

'아! 이 씨는 새도 먹을 수 있는데 당연히 사람도 먹을 수 있겠다.'

생각을 하고 그 씨앗으로 심었어요. 심었는데 열심히 물주고 열심히 이게 키웠는데 시간이 지나서 이상한 열매가 생긴 거예요. 원래는 수박은 없었어요. [청자: 모르지.] 이렇게 크고 이상한 열매가 생겼는데 그거를 먼저 먹어봤어요. 마이안띰이 그걸 먹고 그래서 섬에 왔다갔다 지나가는 그 어부들, 고기 잡는 어부들한테,

"그 수박을 이건 진짜 먹을 수 있다. 그래서 나는 당신을 이거는 드릴 거니까 당신은 나한테 고기 줄 수 있냐?"고.

그래서 어부들한테 거래를 했어요. 어부들은 그걸 또 먹고 마이안띰한테 물고기도 주고 또 땅에서 가져온 쌀도 주고. 또 여러 가지 다 물품을 마이안띰한테 갖다 줘서 그 수박으로 바꿔서 땅에서 가져가서 그 수박을 파는 거예요. 근데 그거는 어부들은 마이안띰한테 물어봤어요.

"이거 무슨 열매냐?"고.

사실은 마이안띰도 몰라요. 그냥

"내가 내 이름은 마이안띰이니까. 내가 심었으니까 마이안띰 수박으로 불러줘라."

그래서 그 시장에서 그 수박은 아주 인기가 많았대요. 그래서 왕한테도 그 소식가고, 왕은 듣고 나서

"아. 내 사위 마이안띰이 자기 스스로 해낼 수 있구나."

그래서 신하들을 불러서,

"가서 마이안띰하고 딸애 데리고 와라."

그래서 데리고 왔어요. 왕궁에서 행복하게 살았어요. 그래서 수박의 전설.

[조사자 2: 수박의 전설. 맞아요. 그 마이안띰이 베트남에서도 마이안띰 사고 싶으면 마이안띰 수박이라고.] 마이안띰 수박이라고. [청자: 아니, 이제는 사람 그렇게 부르지 않아요. 그냥 수박, 그냥 수박이라고 부르고.] [조사자 2: 수박을 수박이라 부르고 더 이상 마이안띰.] [청자: 마이안띰 수박이라고 많이 안 불러요.]

근데 이 수박은 똥그랗고 색깔도 약간 까만, 아주 파란, 씨 씨앗도 커요 다른 수박보다. [조사자 2: 씨가 유독 커요?] 씨가 크죠. 마이안띰 수박. 다른 수박보다 씨가 크죠. [조사자 1: 맛있어요?] [청자: 네, 맛있어요.]

그거는 제가 그전에 들어도 몰라서 못 느꼈어요. 근데 지금 생각해보면 그건 아마 스스로 전설 같아요. 자기 스스로 자기 힘으로. [조사자 1: 맞아요.]

자기도 많이 들었어? [청자: 많이 들었어.] [조사자 2: 아. 이 이야기.]

[청자(팜티루엔): 근데 저 이 이야기는 그 어부랑 같이 하는 거 아니고 자기 바다로, 자기 이름에 그 수박 껍질에서 자기 이름이 저기 했어요.] [조사자 2: 새겼어요. 수박껍질에.] [청자: 그리고 바다에 던졌지. 저기 밀물하고 왔다갔다해서. 들어갔어. 들어가서 사람이 주웠어요. 어! 이거는 이름이 마이안띰이고. 잘라먹어봤어요. 맛있다고. 어떤 사람이 그거는 왕궁에 갖다 줬어요. 왕에게. 조금씩 좀 뒷부분이 달랐는데.]

[조사자 2: 괜찮아요. 다른 부분도 듣고 싶어요.] [조사자 1: 그래서 왕이 다시 부른 거예요?]

[청자: 그래서 그전에는 원래는 왕이 어떤 거 주면은 감사하다고 뭐 저저 감사의 마음을 표현하잖아요. 그런 마이안띰은 부담스러워해요. 그걸 받으면 부담스러워해요. 자기 스스로 만들고 하는 거 아니고 누구한테 주는 거는 부담스러워하고. 그래서 원래 자기 주면은 감사하고 뭐 어떻게 표현하는데 그걸 못 받으니까 좀 밉고, 그래서 아까 이지우 씨 말한 그런, "너 멀리 섬에 가서 나 도움 없이 살 수 있는지 가보라."고. 그래서 내쫓겼죠. 근데 진짜로 그 살았어요. 살아, 살아본 존재뿐만 아니고 자기 손으로 수박 열매는 또 심었으니까 능력 있는 사람 인정하고 그러고.]

[조사자 1: 왕의 사위가 됐으면 원래는 어떤 집안 사람이다 라는 이런 이야기는?] 왕이요? [조사자 2: 사위가.] [청자: 사위는 그렇게, 그냥 사위라고만 했는데.] [조사자 2: 그냥 평범한 사람? 평민.] [청자: 착하고 마음, 열심히 하는 사람이라고 나왔어요.] [조사자 2: 왕족은 아니었던 거예요?] 왕족 얘긴 안 나왔는데요.

[청자: 제가 왕씨 족이에요. 그냥 다른 나라 왕. 만약에 다른 나라 왕이

면은 자기 이렇게 아들 멀리 섬으로 쫓겨내면 그 나라에서 가만 있을 수 없잖아요. 안 그래요? 내 아들 왜. 거기 못 살면 나 나라 오라고 하지.]

[조사자 1: 딸을 데려가서 살지 않고 왕국에 산 거보면은 원래 좀 약간 가난하거나 집안이 좀 좋은 집안 아니었지 않나 생각이 들어서 그래서 물어봤어요. 이야기 하여튼 재밌어요.] [청자: 감사합니다.]

옥수수의 유래

● 구연정보

조사일시 : 2017. 12. 07(목) 오전
조사장소 : 인천광역시 미추홀구 용현동
제 보 자 : 융티탄프엉 [베트남, 여, 1988년생, 유학 3년차]
조 사 자 : 오정미, 한상효, 엄희수

● 구연상황

제보자가 〈하늘과 땅을 닮은 떡 반쯩과 반자이〉 이야기를 마친 뒤에 이어서 곡물과 관련된 이야기로 〈옥수수의 유래〉 구연을 시작했다.

● 줄거리

베트남 남부에서는 옥수수를 빱이라고 부르고, 북부에서는 응오라고 한다. 베트남 사신이 중국 오나라에 갔다가 옥수수를 처음 먹어본 후, 몰래 그 씨앗을 베트남으로 가져왔다. 그래서 북부지역에서는 옥수수를 응오라고 한다.

옥수수 얘기는 아는데. [조사자 1: 그거 해주세요. 선생님 아시는 거로 해주세요.] 아시는 거? 아는 걸로요? [조사자 1: 네. 아는 거 해주세요.] [조사자 2: 편하신 걸로. 거기 옥수수도 많이 먹나요?] 네. 그죠.

근데 옥수수는 그, 우리나라에서는 빱, 남부에서는 빱이라고 하는데. 빱은 그 모양이거든요? 그 옥수수 모양이 이렇게 네, 그런. 아무튼 옥수수 모양은 우리나라는 그냥 빱이라고 하는데. 그 북쪽에서는 응오Ngô라고 해요. 응오라고 하는데 응오는 이런 전설이 있었어요. 그니까 그, 응오라고 하는 이유는, 아 이게 표준어예요. 그니까 남부 말이 사투리고. 응오가 표준어인데.

옛날 중국 오나라가 있죠. 오나라라고 하나요? 어, 그 오나라, 그 오는 우리나라 말로는 응오예요. 근데 그때 우리나라 어떤 사람이 사신이 중국 출장을 갔는데 그 중국 사람들이 그 옥수수를 먹는 거 보고, 아 중국에서 그 옥수수를 먹어봤는데 너무 맛있는 거예요. 그래서

"아, 이 맛있는 건 우리나라에 가져갈 수 있었으면 좋겠다."

하고 했는데.

그래서 아, 이 사신이 퐁칵콴이에요. 우리나라 진짜 그, 관료 이름이에요. 이 사람이 우리나라 사신으로 중국 갔는데, 옥수수를 너무 맛있게 먹어서 꼭 씨앗을 우리나라에 가져오고 싶었어요.

근데, 그 경계지역에서는 뭐라고 해요? 세관? 그 검사하는 부서가 되게 철저하게 하잖아요. 그래서 이 퐁칵콴이라는 사신이 같이 가는 사람들한테 그 몇 개씩, 몇 알씩 나눠줘서 꼭 자기, 그, 자기 몸처럼 진짜 잘 보관하라고 해서 아무튼 그 통과됐어요. 그래서 그때부터, 그니까 그래서 베트남에 가서 그 씨앗을 심어서 번식시키기 시작했고, 그래서 그다음부터 우리나라에서도 옥수수를 먹게 되는 거래요. 그래서 네, 그다음에 그랬고.

[조사자 1: 그래서 북쪽 지역에서는.] 응오라고. [조사자 1: 옥수수의 이름을 응오라고.] 그니까 오나라예요, 오나라에서 온 거라고. 이게 진짠지 아닌지 모르겠지만. (웃음)

[조사자 1: 우리 목화씨 가져온 거] [조사자 2: 문익점.] [조사자 1: 문익점 떠오르지.] 중국에서는 옥매라고 불렀대요. 옥매, 뭐 아무튼 그 매는 미같은 그런 뜻이고 옥은 좀, 음, 옥은 그 진주 같은. 옥. 그래서 그렇대요. 그 얘기에서는 그런 거 나왔어요.

[조사자 1: 지금은 베트남에서 옥수수가 많죠?] 많아요. [조사자 1: 맛있죠. 옥수수. 재밌다. 그래서 표준어로는 응오고, 남부지역을 가면] 그 모양을 흉내내서. [조사자 1: 그 모양을 흉내내서 빠삐.] 빱. 이없고 그냥 빱이예요. [조사자 1: 이게 약간 길다랗다?] 약간 길고 동그랗고, 근까 이런 모양은. 근까 이런 모양은, 근까 여기도 빱따이라고 하거든요? 그니까 어 이런 모양, 아무튼 조금 이렇게 나오고. [조사자 2: 빱이라

고 하면 그냥 옥수수구나.] 네. 옥수수. 네.

[조사자 1: 재밌다. 베트남 가서 나 한 번 응오, 응오 사먹어 봐야 되겠다.]

쩌우까우 유래 [1]

● **구연정보**

조사일시 : 2016. 11. 12(토) 오후
조사장소 : 강원도 횡성군 횡성읍 읍하리
제 보 자 : 누구엔티미두이엔(원지영) [베트남, 여, 1989년생, 결혼이주 6년차]
조 사 자 : 박현숙, 김현희, 김민수

● **구연상황**

제보자가 〈모자 바꿔 쓰고 살아난 일곱 형제〉 이야기를 마친 뒤 이어서 구연할 이야기를 잘 떠올리지 못하여 조사자가 쩌우까우 이야기 내용을 조금 들려주자 제보자가 '쩌우까우' 하면서 구연을 시작했다. 구연을 끝낸 뒤 제보자는 조사자에게 베트남 전통 혼례 때 쩌우까우 먹는 법을 설명해 주었다. 오숙민 작가와 카자흐스탄 국적의 우쿠자노바디나 제보자가 청자로 참여했다.

● **줄거리**

옛날에 쌍둥이 형제가 있었다. 형은 결혼한 뒤에도 동생과 함께 살았는데, 동생이 형수를 좋아하게 되었다. 형이 집을 비운 어느 날, 동생이 형수의 방에 들어가자 형수는 시동생이 남편인 줄 알고 동침했다. 동생은 죄책감에 집을 나가 돌아다니다가 죽어서 바위가 되었다. 형은 동생을 찾아다니다가 동생이 변한 바위 위에서 죽어 나무가 되었다. 형의 아내가 남편을 찾아다니다가 형제가 변한 바위와 나무가 있는 자리에서 죽어서 나무를 감아 올라가는 덩굴이 되었다.

옛날에 그 쌍둥이 형제가 있었는데 형아가 장가 가가지고 근데 가난했기 때문에 따로 살지 못해요. 동생이랑 같이 한집에 그렇게 살다가 그 동생도 형수님한테 정이 들은 거예요. 자기 혼자서 마음에 담고 있는 거예요.

그래서 어느 날에 형이 어디 멀리 갔었는데 그 동생 분이 그때 들었는데 마누라가 남편 들어온 줄 알았다고 그래서 막 와서 뽀뽀하고 그래서 같이 잤어요. [조사자: 남편인 줄 알고?] 네, 남편인 줄 알고. 그래서 그 동생도 원래 형수 좋아하니까 그걸 거절하지 못하는 거예요. 그래서 그다음 날에 진짜 그다음 날에 남편이 들어온 거예요.

그 동생 사람이 미안해가지고 그래서 자기 혼자 편지 써가지고 집을 나가는 거예요. [조사자: 뭐라고 쓰고 나가요? 편지의 내용을?] 그러니까 자기 찾지 말라고 [조사자: 자기 찾지 말라고?] 네. 그래서 마누라가 그때는 아직 몰랐어요. [조사자: 그게 시동생이라는 걸 몰랐어요?] 네. 그래서 동생만 알고 있어서, 자기 마음에 걸려서 편지로

'형아, 나 찾지 말라고. 나 멀리 갈 거라고 일하러.'

그래서 먼저 짐 싸고 나갔어요. 근데 아주 오래 안 들어오니까 형도 동생 찾으러 가는 거예요. 근데 동생이 찾으러 가서 멀리멀리 가서 앉았다가 돌이 되는 거예요. [조사자: 돌이?] 바위, 큰 바위. [조사자: 큰 바위가.] 그렇게 돼 버리고 그 형아가 찾다가 또 그쪽에까지 가서 또 돌이 먼저 생긴 건가요? [청자(오숙민): 응. 돌이 먼저.] 그쵸? 그래서 형도 그쪽까지 가가지고 그 바위에 앉았다가 또 그 나무가 되는 거예요. [조사자: 바위 위에 나무가 되었어요?] 네.

그리고 또 마누라도 남편 찾으러 가는 거예요. 가서 그 자리에까지 갑자기 멈추는 거예요. 거기까지. 남편 보고 싶다고 부르고, 남편 이름 부르고 근데 그때 그 사람도 듣고 있는 거예요. 신이처럼, 신이. 아직 안 죽은. 그래서 그 마누라도 거기 앉아서 막 울고 그러니까 또 그 [청자: 덩굴.] 덩굴이 되는 거예요. 그 나무 옆에 둥글둥글 [조사자: 그래서 나무를 감고 올라가요?] 네. 그거까지.

그래서 그 옛날 할머니들 그 먹을 때 바위 갈아가지고 그 색깔을 내는 거잖아요. 바위로. [청자: 바위에 가루하고.] 네. 가루하고 그 나무에서 나오는 열매가 잘라서 그 이렇게 작게 잘라요, 얇게. 그리고 잎사귀 이렇게 올라가는 거. [조사자: 덩굴.] 네. 거기서 싸서 이렇게 먹는 거예요. [조사자: 먹는 거예요?] 네. 그 세 가지 같이 먹어야 해요. [청자: 그게 우리나라에 번역된 그게 뭐더라? 나무하고 풀이름? 그게 뭐

지?] 쩌우까우. [청자: '쩌우까우' 이야기 그거예요. 그게 우리나라에 그림책으로 번역되어 있거든요.]

[조사자: 그게 돌가루랑 덩굴 잎이랑 열매랑 같이해서 먹어야 되는 거예요?] [청자: 그 나무가 뭐죠? 쩌우인가? 까우인가?] 까우.

[청자(오숙민): 까우 나무랑 쩌우 덩굴. 그래서 그 얘기해 줘야지. 결혼식 때 그거 한다고. 쩌우까우 열매를 씹는다며.] 아, 그렇죠. 그 결혼식 전통 그 결혼할 때 그 패물 그거 꼭 있어야 해요. [조사자: 쩌우까우가?] 네. 그래야지 부부 오래 산다고.

[청자: 신의를 지키는 그런 거래요. 그 씹다가 버린다고 하더라고. 그래서 할머니, 할아버지들이 이빨이 빨갛게 물든대.] 네. [조사자: 그 버리시는 건 그냥 삼키지는 못해요?] 네. 그냥 씹다가 버리는 거예요.

쩌우까우 유래 [2]

● **구연정보**

조사일시 : 2016. 11. 21(월) 오후
조사장소 : 강원도 고성군 토성면 봉포리
제 보 자 : 원황하이이엔 [베트남, 여, 1997년생, 유학 1년차]
조 사 자 : 조홍윤, 황승업, 김자혜

● **구연상황**

조사자의 요청으로 호민두 제보자가 베트남의 유명한 설화 〈쩌우까우 유래〉 구연을 시작했으나 혼동되는 내용이 있어 원황하이이엔 제보자와 의논한 끝에 이야기를 더 잘 알고 있는 원황하이이엔 제보자가 주도적으로 구연을 이끌어갔다. 제보자는 이야기를 잘 기억하고 있고 한국어 능력이 상당함에도 입을 열기를 주저했는데, 이 이야기에 대해서만큼은 적극적인 태도를 나타냈다. 호민두 제보자가 청자로 참여했다.

● **줄거리**

옛날에 우애 좋은 쌍둥이 형제가 있었다. 그중 형이 먼저 결혼을 했는데, 형제가 밖에서 일을 하고 돌아올 때 동생이 먼저 집으로 들어갔다. 형수는 동생을 형으로 착각하고 끌어안았다. 이 모습을 본 형이 상심하여 밖으로 나갔다. 형은 강을 건너려 했으나 배가 없어 건너지 못하고 그 자리에서 나무가 되었다. 뒤따라간 동생이 형을 발견하고 슬퍼서 돌이 되었고, 형수도 그 모습을 발견하고 나무가 되었다. 지금도 결혼식 때 쩌우까우 열매를 먹는 풍습이 있다.

[조사자: 〈쩌우까우〉 알면은 해주셔도 돼요.] (웃음) 베트남어밖에 기억 안 나요. [조사자: 아, 베트남 말밖에 기억 안 나요?] 네. (웃음) [조사자: 그러면은 호민두 학생은 어때요? 그냥 생각나는 대로 해주시면 돼요. 안 정확해도 돼요.]

(두 제보자가 베트남어로 대화를 함.)

[청자(호민두): 베트남에서 어떤 가족에서 아들 두 명 같이 나왔어요. 근데] 두 명 똑같아요. [조사자: 아, 쌍둥이에요?] 쌍둥이에요. [청자(호민두): 네. 똑같아요. 두 명이 너무 잘해서 똑똑하고, 같이 서로 너무 사랑했어요.] [조사자: 사이가 좋았어요?] [청자: 네 사이가 좋았어요. 근데 나중에 형이] 형이 먼저 결혼했어요. [조사자: 형이 먼저 결혼하고] 네. [청자: 그 다음, 그다음에.]

어느 날에 오후에 일한 후에 형하고 남동생 같이 집에 들어왔어요. 하지만 남동생 먼저 들어오고, 그 형의 와이프? 아내. 형인 줄 알았어요. [조사자: 아, 형 와이프가 형인 줄 알았어요, 동생인데?] 네. 그래서 남동생에게 안았어요.

형 들어오고 그 봐서, [조사자: 봤어요, 그것을?] 네. 그래서 슬펐어요. 그런데 남동생도 사랑해서 말 안 하고 그냥 집에 나갔어요. [조사자: 형이 그냥 남동생 사랑하는 마음 때문에 뭐라고 안 하고 그냥 자기가 나가버렸어요?] 네. 어, 그냥 가고, 형은 그냥 가고.

강? 강. 강을 지나고 싶지만 배 없어서 그냥 서 있었어요. [조사자: 강가에 서 있었어요?] 네. 그래서 쩌우, 그 나무 이름이에요, 쩌우.

[조사자: 서 있다가 나무가 되어 버렸어요?] 네. [청자(호민두): 나무 아니에요, 나뭇잎.] [조사자: 나뭇잎이 됐어요?] 네.

(청자와 베트남어로 대화를 하다가) 그 남동생은 형이 집에 나가서 맘이 속상해요.

'나 때문에 형이!'

네. 그래서 형 찾으러 또 집에 나가 셨어요. [조사자: 형 찾으러 나갔어요?] 네.

(청자와 베트남어로 대화를 하다가) 어, 그래서 그 강을, 그 강에 올 때, 그 나뭇잎 볼 때 또 울면서 밤에 그 돌? [조사자: 아, 나뭇잎을 보면서 막 울었어요?] 네. [조사자: 그러다가 돌이 됐어요?] 네. 돌 되었어요.

그리고 마지막 그 아내도 남편 찾으러 갔어요. 그리고 그 나무 되었어요. [조사자: 아내도 나무가 됐어요?] 네. 세 개 같이. [조사자: 형 나무, 동생 돌, 아내 나무 이렇게 같이 있어요?]

[청자: 네. 그거 나무에 그거 쩌우 나뭇잎 같이 생겼어요.] [조사자: 등나무 말하는 건가?] 네. (사진을 보여주며) 이거 그 나무 그리고 그 안에 [청자: 동굴, 동굴처럼] 네, 동굴처럼 [조사자: 안에가 동굴처럼 이렇게 되어있구나?] 네.

나중에 왕 [청자: 왕 산책했을 때는 그거 봤어요.] 그 나무에 과일 생기고, 그 돌하고 그 잎, 잎 같이 먹었어요. 그거 먹으면 입술 빨개지고 맘이 따뜻해져요. [조사자: 입술이 빨개지고 마음이 따뜻해져요?] 네. [조사자: 형제랑 아내랑 너무 사랑했기 때문에 그런가요?] 네.

우리 할아버지 할머니 그거 자주 먹어요. [조사자: 어? 자주 먹어요?] 네. 전통 [청자: 풍습이 되었어요.] [조사자: 아, 풍습이 됐어요, 그거?] 네. 결혼식에 나와요. [조사자: 결혼식에서도 그걸 먹어요?] 네.

[청자: 지금 현대 사회니까 아마 할머니만 그거 먹었어요.] [조사자: 할머니만 먹었고 요즘엔 안 먹어요?] 네. 요즘엔 안 먹어요. [청자: 지금 결혼식에서 쩌우 나뭇잎 많은 형태 만들 수 있어요. 불사조처럼, 네, 불사조 새처럼.]

쩌우까우 유래 [3]

● **구연정보**

조사일시 : 2017. 06. 03(토) 오후
조사장소 : 전라남도 진도군 진도읍 성내리 공공도서관
제 보 자 : 호티홍녀(한수아) [베트남, 여, 1986년생, 결혼이주 11년차]
조 사 자 : 박현숙, 김현희

● **구연상황**

베트남 국적의 엔티터번 제보자가 괴담류 이야기 구연을 마친 뒤 조사자가 호티홍녀 제보자에게 베트남에서 결혼할 때 먹는 열매와 관련된 이야기가 있냐고 물었다. 호티홍녀 제보자가 안다면서 곧바로 구연을 시작했다. 엔티터번 제보자와 필리핀 국적의 메리안 제보자가 이야기판에 청자로 참여했다. 엔티터번 제보자도 아는 이야기여서 호티홍녀 제보자가 구연할 때 자주 개입하여 제보자의 구연을 도왔다. 구연이 끝날 즈음에는 메리안 제보자가 이야기판에 합류하여 필리핀에서도 먹는 열매라면서 엔티터번 제보자와 함께 열매와 관련된 경험을 대화로 주고받았다.

● **줄거리**

옛날에 쌍둥이 형제가 살다가 형이 결혼하여 동생까지 셋이 한집에 살았다. 하루는 형제가 함께 일하러 나갔다가 동생이 먼저 집으로 돌아왔다. 형수가 동생이 남편인 줄 알고 남편에게 하는 언행을 했다. 동생은 결혼 후 자신에게 소홀해진 형에 대한 섭섭함과 형수와의 일이 마음에 걸려 집을 떠났다. 동생은 계속 길을 가다가 큰 강을 건너지 못하고 강가에서 죽어 바위가 되었다. 형이 동생에게 미안한 마음을 안고 동생을 찾아 나섰다가 동생이 죽어서 변한 바위에서 죽어 까우 나무가 되었다. 아내도 돌아오지 않는 남편을 찾아 나섰다가 남편이 죽어서 나무가 된 자리에서 죽어서 쩌우 넝쿨이 되어 까우 나무를 타고 자랐다. 이후 베트남에는 결혼식 때 꼭 쩌우까우 나무 열매를 덩굴 잎에 싸서 먹는 풍습이 생겼다.

그 이야기 뭐냐면. 이 쌍둥이 그 형제, 쌍둥이이고. 형이 결혼했어요. 결혼했는데 이제 형수님이랑 같이 지내는 거예요, 세 명. 세 명 같이 지내고.

어느 날 형이 인제 일하러 갔어요. 아, 형하고 동생 같이 일하러 가고, 이 아내, 형의 아내가 집에서 옛날도 여기도 똑같애요. 여자는 집에서 밥 하구, 뭐 하구, 집에서 일하는데 이제 형제 쌍둥이라서 많이 닮았거든요.

그래서 동생 먼저 왔어요. 동생 먼저 왔는데 인제 이 아내가 자기 신랑인 줄 알고 이제 이렇게 이야기하고 뭐, 자세히는 인제. 왜냐면은 이 이야기인데. 인제 얘기하면은 좀 짧거든요? 이제 자기 신랑도 하고 신랑하고 이야기하고 장난하는 것처럼 이렇게 이야기하거든요. 그리고, 이제 시동생이니까 형수님인데 이렇게 하니까 기분도 그렇고 자기 입장도 그렇고.

왜냐면 이 형, 형이 결혼하기 전에 이 동생이 사이좋게 사랑하고 서로 챙겨주고. 아마 결혼했으니까 자기 와이프를 더 챙겨야 되니까. 동생을 덜 챙겨줬겠죠. 아내 사랑하고 이런 모습 같이 생활하니까. 인제 동생은 동생 나름대로 서운했고.

그리고 어느 날도 와이프도 착각하고 자기 신랑인 줄 알고 이렇게 하는데 이제 신랑 아직 오기 전에 이 시동생하고 이렇게 인제 어, 아, 남편이니까 편하게 장난하기도 하고 뭐도 하니까 인제 이 동생이 인제 형수님이니까 어색하기도 하고 그러잖아요. 이제 남편 오니까, 남편 오니까 이야기했죠. 근데 이 동생이 좀 서운하고 섭섭해서 떠났어요.

떠나가지구 산에 뭐 멀리 뭐 강에 넘어가고 뭐 해가지구 이제 떠났어요. 떠났는데 여기 좀 큰 강이 못 넘어가구 여기서 앉아서 계속 인제 앉으고 거기 못 넘어가니까 집에도 안 들어오고. 거기서 이제 죽었어요. 죽었는데, 죽었는데 이제 돌 이렇게 생겼어요. 자기 몸에, 변신. 뭐 어떻게 말해야 되나? 그렇게 이제 돌. [조사자: 바위?] 네, 바위. [청자 1(엔티터번): 바위 생겼어요.] 이렇게 쬐끄만 바위. 자기 거기 강 옆에.

그러면은 이 아내 이제 자기 탓이나 자기 때문에 시동생이 그러나, 뭐 조금 맘이 불편하죠. 그래가지구 시동생 이제 음, 아니 이제 어, 형도 마찬가지고. 이제 동생한테 많이 미안하고. 이제 아내 만나서 동생 덜 챙기고. 우리 이렇게만 행복하고.

이렇게 하니까 동생, 형이니까 동생 찾으러 갔어요. 쭉 똑같이 길이 가다가 거기서 강 못 넘어가니까 제자리. 그 돌, 바위자리 거기서도 죽었어요. 죽으니까 그 나무로, 나무로 커서, 그 제자리 나무로 컸어요. 그 나무는 '까우' 예요. 이름 '까이'는 나무예요. '까우'는 익은 거거든요.

그래가지구 이제 이 신랑이 가다가 며칠 동안도 안 오고, 뭐도 안 오니까 아내도 찾기 시작했어요. 또 글로 가가지구 거기 제자리. 이제 기다리다가 머무르다가 죽었어요. 죽었는데, 이제 그 자기 죽었는데는 '쩌우'. 그 줄 이렇게 나무에 (덩굴이 나무를 타고 올라가는 모양을 손가락으로 그리며) 이렇게 올라갔어요. 올라가가지구 그 나무 몸에 항상 이렇게.

그래서 이제 베트남에서 심을 때도 그 나무 먼저 심었고 그다음에 그거 심어요. 그래야 그 나무 몸에 올라가서 크거든요. 그래서 베트남에서 결혼할 때 항상 그 예물 중에 빠짐없이 그 그 쩌우 까우 있어야 돼요. 그 나무 올라가서 열매 있어요. 그 열매 따고 그 속에서 쩌우, 그 줄기 있는 잎, 여기에 (손바닥을 보여주며) 이 만큼 크거든요? 그 나무 그 열매에 그 속 알맹이 여기 넣고, 그리고 그 돌에 있는 그거, 돌에 아마 바로 아니고 가공하고 뭐하구 그 돌에 조금 묻혔고 싸서 먹는 거예요, 할머니들이.

먹다가 그 돌이랑 같이 씹으면 빨간, 입 안에서 빨간 색 생기거든요. 근데 그거 좀 맛있는 거 아니에요. 맵고, 저도 안 먹어봤는데 맵고 쓰고. 근데 조금 카페인도 있을 거 같애. 먹으면은 조금 중독성, 그 할머니들이 그 계속, 담배 피는 것처럼 드시고 싶으나 봐요.

[조사자: 신랑 신부가 꼭 먹어야 되는 건 아니고?] 결혼할 때 꼭 있어요. 그 베트남에서도 여기는 집 안에는 그 안 모시지만 베트남에는 인제 돌아가시고 있는 할머니 할아버지들이 집 안에 모시고 계셔요.

사진 놓고, 향도 매일 아침저녁도 하고. 뭐 맛있는 거 있으면 과일도 이렇게 놓고. 결혼식 때도 이제 할머니 할아버지 아니면 관객들이 참석하고 있는 사람들이 예물, 신랑이 신부 집에 항상 그거 두 가지 그거 있어야 돼요. 결혼식 때도 할머니들이 또 드시고.

[청자 1(엔티터번): 맛이 없어요. 무조건 있어야 돼요.] [조사자: 드셔 보셨어요?] [청자 2(메리안): 할머니들이 먹어요. 우리 필리핀에도 있어.] 안 먹어봤어요. [조사자: 안 먹어봤어요?] [청자 2(메리안): 먹으면 입이 빨개.] [청자 1(엔티터번: 이빨까지.) [청자 2(메리안): 할머니 잘 먹더라.] 그러면 입이 안 썩어나고 이도 그렇게 또 얘기해요. [청자 2(메리안): 그러니까 또 할아버지, 산에 살고 있는 할아버지 할머니 그거 없어서 못 먹어요. 먹으면 입이 빨개.]

[청자 1(엔티터번): 필리핀에도 먹어요? 언니?] [청자 2(메리안): 응.] [조사자: 필리핀에는 그거 뭐라고 불러요, 이름을?] [청자 2(메리안): 우리나라는 '마마'라고.] [조사자: 마마?] [청자 2(메리안): 네. 그러면은 이 마당에 막 뱉어가지고. (웃음) 있어, 우리나라는. 필리핀만 말고 인도네시아에도 그랬죠.] [청자 1(엔티터번): 먹으면 그 먹고 그냥 뱉어요.] [청자 2(메리안): 웃었으면 이빨이가 빨갛게. 우리 젊은 사람이니까 보면. (웃음)] [청자 1(엔티터번): 싫어요. (웃음)]

쩌우까우 유래 [4]

● **구연정보**

조사일시 : 2017. 08. 11(금) 오후
조사장소 : 경기도 가평군 청평면 상천리
제 보 자 : 쩐티아이수언 [베트남, 여, 1988년생, 결혼이주 7년차]
조 사 자 : 박현숙, 김현희

● **구연상황**

조사자가 제보자에게 베트남에서 유명한 옛날이야기를 묻자 베트남에서 결혼을 할 때 쩌우까우라는 열매가 꼭 있어야 한다며 그 유래담을 구연했다. 구연을 마친 뒤 조사자가 이야기를 누구에게 들었는지 묻자 어릴 적에 할머니 할아버지에게 들었다고 했다.

● **줄거리**

옛날 쌍둥이 형제가 살았다. 부모님이 돌아가신 뒤 형이 동생을 키웠다. 동생은 형이 결혼한 뒤에도 같은 집에서 살았다. 어느 날 형수가 남편인 줄 착각해서 동생을 껴안았다. 형이 들어오는 걸 본 동생은 창피하여 집을 나갔다. 집을 나간 동생은 굶주려 죽었고 돌이 되었다. 형이 동생을 찾아 나섰다가 돌 옆에서 죽었는데, 그 자리에 나무가 생겼다. 그리고 형수는 나무 곁에서 죽어 덩굴이 되었는데 그 열매가 쩌우까우이다.

그 옛날에 어느 집에 형제, 두 형제 있어요. 엄마 아빠 돌아가시고, 형은 동생한테 키워지고, 나중에 형이 결혼하고 동생이랑 같이 살았어요.

그때, 그 형이 밖에 나가서 일할 때, 근데 형제가 얼굴이 똑같애. 어떻게 똑같이 생겼어요. 근데 형 와이프가 밖에 들어와서 우리 동생인데 남편인 줄 알았는데, 갑자기 들어와서 안하구(안고), 등 뒤에 안하구, 남편이 들어와서, 형이 들어와서 보고, 동생이 창피해서 그냥 집으로 나갔어요.

나가고. 계속 산에서 계속 계속 걸어가고, 그때 계속 계속 가서. 그때 밥을 안 먹으니까 계속 가고, 그때 죽었어요. 그 돌 옆에 앉아 있다가 죽었어요. 그 죽고 나중에 그 나무 죽을 때는 나무 생겼어요. 큰 나무가. [조사자: 죽고 나서?] 네. 죽고 나서 큰 나무로 생겼어요.

그다음에 형이 며칠 동안 동생이 안 보이니까 형이 밖에 나가서 찾으러 가요. 그런데 계속 찾았는데 형(이) 동생처럼 계속 계속 가고 동생이 찾으고, 나중에 힘이 없고 밥을 안 먹으니까 힘이 없고. 또 옆에 그 돌에 옛날에 동생 앉을 때, 죽을 때는 옆에 돌이 있어요. [조사자: 돌이?] 네. 돌이. 앉아서 또 형이 들어와서 앉아서 갑자기 죽으고 나중에 나무에 생겼어요. (손으로 나무가 감고 올리는 시늉을 하며) 이렇게 [조사자: 칭칭 감고 올라가요?] 네.

그래서 '쩌우'요. 동생은 '까우' 그거 생겼어요. 나무. 이름이 '까우' 까이까우.

형은, 나중에 형은 앉아서. (앞의 내용을 정정하며) 아니 아니, 그거 말고. 와이프가… 남동생과 돌이 되고, 나중에 남동생이 돌이 되고, 그 남편은 형이 나무 생기고, 나무 생기게 되고, 와이프가, 형의 와이프가 나중에 그 뭐지? (잠시 단어를 생각하다가) [조사자: 이거 감고 올라가는 거? 덩굴?] 네. 그거 생겼어요.

나중에 그, 말하고 싶은데. 한국말로 어떻게 해야 하는지. [조사자: 그냥 설명하면 우리가 맞춰 볼게요.] 남편 동생이 돌 되고, 돌이 생기고, 세 명이 다 죽었는데. 남동생은 돌이 생기고, 남편은 그 나무로 생기고, 와이프가 [조사자: 덩굴이 된 거죠? 감고 올라가는 거?] 네. 그거 잎? 잎.

그거 그래서 나중에 결혼할 때는 사람들, 와이프 남편하고 와이프가 너무 사랑해서 나중에 그렇게 생겼어요. 나중에 결혼할 때 그거 꼭 있어야 돼요. 그래서 나중에 부부는 결혼할 때는 시간 오래오래 살고, 시간 오래오래 행복하게 살아요. [조사자: 오래오래 행복하게 살겠다고. 그럼 그 열매 이름을 뭐라고 부르죠?] '쩌우'. '쩌우'하고 '까우'. 그래서 지금까지 결혼할 때는 그 쩌우까우 꼭 있어야 돼요.

[조사자: 그럼 결혼식 하고 나서 언제 먹어요?] 그거 먹는 거 아니고 그냥 제사처럼 지내요. 그냥 결혼할 때는 남자, 남자분은 그거 꼭 챙기고 여자 갖다주라구요. [조사자: 아, 결혼할 때 남자가 꼭 챙겨서 결혼한 신부에게 줘야 된다고?] 네.

쩌우까우 유래 [5]

● **구연정보**

조사일시 : 2018. 02. 06(화) 오후
조사장소 : 경상남도 진주시 상대동 진주 YWCA 다문화작은도서관
제 보 자 : 찐티배트 [베트남, 여, 1985년생, 결혼이주 4년차]
조 사 자 : 박현숙, 김민수

● **구연상황**

조사자는 진주 YWCA 다문화작은도서관 사서의 도움으로 베트남 국적의 찐티배트, 이유나, 까오민리 제보자를 만났다. 찐티배트 제보자는 어린 자녀와 함께 동석했다. 인사를 나눈 뒤 조사자가 제보자에게 조사 취지를 설명하며 이야기를 청했다. 제보자들이 서로 눈치를 보며 망설이다가 찐티배트 제보자가 용기를 내서 구연을 시작했다. 제보자가 적극적으로 구연했으나 어린 아들이 엄마를 찾아서 구연 과정이 다소 어수선해지기도 했다. 이유나 제보자와 까오민리 제보자가 이야기판에 청자로 참여했다.

● **줄거리**

옛날 어떤 마을에 쌍둥이 형제가 살았다. 형제 중 형이 먼저 결혼하여 동생도 한집에서 살았다. 어느 날 형수가 시동생이 남편인 줄 알고 안았다. 시동생이 형에게 미안하여 집을 떠나 돌아다니다가 어느 계곡에 들어가 돌이 되었다. 형도 동생을 찾으러 돌아다니던 중 동생이 변한 돌에 기대고 있다가 나무가 되어 열매가 맺혔다. 형수 역시 남편을 찾으러 돌아다니다가 남편이 변한 나무에서 남편의 향기를 느끼다가 그 자리에서 죽어서 나무를 감고 올라가는 덩굴이 되었다. 그 후 베트남 전통혼례에서는 부부가 함께 있어야 한다는 의미로 쩌우까우 열매를 씹는 풍습이 생겼다.

아주 옛날 옛날에 어떤 마을에 쌍둥이 남자가 있어요. 형제 쌍둥이 남자 있는데 근데 형인가? 형이 먼저 결혼했어요. 어 근데 한 댁에

같이 사니까 음 좀 헷갈려요. 신랑이랑 시동생. 또 진짜 똑같으니까.

어느 날에 신랑이랑 시동생이 같이 논에 일하다가 동생 먼저 집에 들어왔어요. 근데 형수님은 못 알아보니까 신랑인 줄 알아서 안았어요. 어 그때 신랑이 뒤에 들어오니까 그렇게 보니까 마음이 상하고 그렇게 집을 나가버렸어요. 그때 그 오해는 그 여자 그 와이프가 알게 되고 마음 너무 미안하고 해서 신랑 찾으러 갔어요. 아, 그런 건가?

신랑 말고, 시동생이 그렇게 형한테 미안해서 집을 나갔어요. 나가니까 어디 그 계곡? 계곡에 건너가다가 큰 계곡에다가 물 있잖아요. 그 강물이 너무 커서 못 건너가가지고 큰 돌 옆에 그 물 옆에 큰 돌 있어요. 거기에 앉아서 죽었어요.

그 형이 동생이 너무 보고 싶어서 찾으러 갔는데 아무래 찾아도 못 봤어요. 그때 그 계곡에 가보니까 저 돌 옆에 뭐가 됐지? 그 흰 거. 그 흰 거 뭐라고 하지? 그 벽에 바르는 흰색 있잖아요. [조사자: 페인트? 벽에 바르는 거?] 어. 잠시만요. (혼잣말로) 그거 뭐라고 하지? 그거 베트남에 있는데 한국어로 어떻게 설명하는지 몰라요. [조사자: 벽에 바르는 하얀 게 있어요?] 네, 그런 그런 색 나오는데 벽에 바르는 게 아니고 그거 먹을 수 있는 거. [조사자: 아, 먹을 수 있는 열매예요?] 그 열매 아니고 [조사자: 돌?] 돌 같은데 뭐라 그러지? [조사자: 조약돌?] 아니에요. 석회, 석회 뭐라고 하지?

그 형이 동생 찾으러 갔는데 저 강물에 또 와서 못 건너가니까 돌 옆에 기댔다가 죽었어요. 그때 열매 나무 생겼어요.

근데 그 아내가 신랑 찾으러 또 가요. 신랑은 보고 싶어서 찾으러 갔는데 또 거기에 도착했어요. 근데 강도 못 건너가서 그 옆에 그 나무 보니까 기대해 보니까 신랑 기댄 느낌 들었어요.

"우리 신랑의 향기 나네."

그렇게 했어요. 그러다가 그 아내도 죽었어요. 죽고 나서 그 열매 나무에 그 돌아가는 [조사자: 덩쿨.] 넝쿨 그런 게 했어요.

그래서 사람들이 옛날 사람들은 그 나뭇잎이랑 열매랑 같이 섞으고 아까 그 하얀 돌 같이 섞어서 먹으면 입술이 빨개지고 그런 거는 심장의 피 같은 느낌이라고. 그리고 맛이 참 어떤 맛이냐면 약간 매콤하고 상쾌해요.

그런 이야기는 그 형제의 감정이랑 신랑이랑 신부의 감정이 느낀다고 해서 꼭 결혼할 때는 꼭 세 가지 같이 있어야 신부랑 신랑은 같이 죽을 때까지도 같이 옆에 있도록 꼭 있어야 된다는 의미예요.

[조사자: 꼭 같이 있어야 되는, 부부가. 그러면 다들 결혼식 때 드신 거예요?] 네. 다했어요. [조사자: 그럼 남편분들한테 설명해 주셨어요?] 아, 그 이번에 안 먹었어요. [조사자: 왜?] 그냥 베트남에 갈 때 식당에서 결혼식 간단하게 했어요. 그래서 전통하면 집에서 하면 전통적이라고 결혼하고 나서 그거 꼭 먹어야 한다고 해서요. 그런데 이번엔 안 먹었어요.

쩌우까우 유래 [6]

● **구연정보**

조사일시 : 2018. 04. 04(수) 오전
조사장소 : 충청북도 청주시 서원구 모충동
제 보 자 : 팜티루엔(김민주) [베트남, 여, 1987년생, 결혼이주 11년차]
조 사 자 : 오정미, 이원영

● **구연상황**

팜티루엔 제보자가 조사자들에게 다른 베트남 제보자들이 무슨 이야기를 했느냐고 먼저 물었다. 조사자가 중복되는 것이 있으면 말해주겠다며 시작해달라고 청하자 제보자가 쩌우까우에 대한 이야기를 시작했다. 중간중간에 스마트폰으로 관련 사진을 찾아 보여주기도 했다.

● **줄거리**

베트남에서는 결혼식 때 신랑 쪽에서 신부 쪽에게 쩌우까우 나무열매와 잎 그리고 석회암을 선물로 주는 풍습이 있고 이와 관련된 유래가 있다. 부모가 없는 형제 쌍둥이가 선생님께 공부를 배웠다. 쌍둥이 형이 선생님의 딸과 결혼했다. 어느 날, 늦게 귀가한 동생을 형수가 남편인 줄 알고 포옹했다. 형이 그 모습을 보고 오해했다. 그러자 동생이 형과 형수를 위해 집을 나가 울다 죽었고, 그 자리에서 동생은 석회암이 되었다. 동생을 걱정한 형이 뒤따라가서, 같은 자리에서 죽어 까우 나무가 되었다. 아내가 남편을 뒤따라가서 같은 자리에서 죽어 쩌우 나무가 되었다. 까우와 쩌우 열매와 석회암가루를 함께 치아에 문지르면 입술이 붉어지고, 이가 검은색으로 변하며 튼튼해진다. 그 이후 베트남의 결혼 풍습에서는 꼭 남편이 신부 쪽에 이것들을 선물한다.

쩌우 까우라고 이야기하는데, 쩌우 까우. 베트남말로 쩌우 까우인데. 베트남에 그거 있잖아요. 베트남에는 할머니들은 그 열매 먹어서 이가 새까맣잖아요. 이가 튼튼해져, 베트남에.

왜냐면은 우리가 이가 하얗게 해서 이쁘지만은, 그 시절에 그 당시에는 어, 이가 시꺼매야 이쁘거든요. 네, 그거는 이가 튼튼해요. 벌레없이 그냥 우리는 약간 코팅마냥 그런 식으로? 네. 그거는 열매는 이렇게 나무 보여드릴까요, 나무를?

(제보자가 사진을 찾느라 잠시 구연 멈춤.)

여기 있잖아요. 그 옛날에, 그때부터 있는 베트남의 전통문화예요. 그, 결혼식 때, 결혼식 암튼 남자 집이 여자 집에 가서는 이거 꼭 있어야 돼요. 이거는, 첫 번, 처음에 말 꺼내기 전에는 이렇게 있어야 돼요.

[조사자 1: 이거라는 게 이름이 뭐예요, 선생님?] 쩌우 까우. [조사자 1: 아 이게 쩌우 까우예요?] 네. [조사자 1: 이게 열매예요?] 네. 이거는 열매하고, 이거는 열매고, 이파리. 이렇게, 이렇게.

쩌우까우하고 여기 있는 그, 이름 뭐지? 암튼 세 가지 있어요. 우리 집을 지었을 때, 그 뭐지, 그. 갑자기 생각 안 나요. (웃음) (조사자가 쩌우까우 사진을 찍음.) 이거는, 석화암? 석화암 맞을까? [조사자 1: 석회?] (제보자가 사진을 보여줌) [조사자 1: 석회.] 아, 석회. 그 돌이랑, 그, 이거는 물에 놓으면은 얘는 막, [조사자 1 : 뽀글뽀글] 어, 뽀글뽀글 올라가서 있잖아요. 석회암 돌도 있구. 그, 나무는 보여드릴게요. 나무. 먼저.

[조사자 1: 아까는?] 그거는 열매만. [조사자 1: 쩌우까우 열매고.] 응. [조사자 1: 근데 그 쩌우까우를 먹으면 이가 검, 검, 검은색으로 변하는 거예요?] 네. 나무는 이렇게 생겼어요. 이거 나무 이렇게. 이거 이렇게거든요? 나무 이렇게? 이렇게. 여기 이렇게 나왔잖아요. 이거는 까우, 까우라고 불려요. 게이, 까우. 까우고. [조사자 1: 아, 쩌우랑 까우는.] 달라요. [조사자 1: 다른 거예요?] 네. 쩌우는, 쩌우는, 안 나오네.

(제보자가 사진을 찾느라 잠시 구연 멈춤.)

[조사자 1: 쩌우고?] 얘는 쩌우고. 아까는 얘, 까우고. 또 석회암 있잖아요. 그래서 항상 얘하고 얘는 같이 있어요. [조사자 1: 아, 쩌우랑 까우가?] 네. 베트남에서는 얘는, 얘 나무에서 올라왔거든요. 사람이

일부러. 그 전설 있어요, 이야기하는 거. [조사자 1: 해주셔도 돼요.] 네.

그, 이, 베트남에 어느 집에 그, 쌍둥이 있어요, 형제 쌍둥이 있어요. 근데 부모님이 일찍 돌아가셔서 두 형제랑만 같이 의지해서 그렇게 자랐어요. 자라고, 그 동네에서, 음, 교사, 교사 선생님 집이라고 말할까? 네, 거기에서, 거기에서 암튼 이 형제는 착하고 모든 거 다 조심하고 살았잖아요. 그래서 그 교사가 자기가 뭐 가르쳐주겠다고, 그래서 두 형제는 원래 똑똑하고 부지런하고 하니까 아무튼 항상 우등학생이라 그럴까? 네, 그런 식으로.

그래서 그 교사가 다른 한 명 있어요. 근데 그런 모습을 보고 너무 마음에 든 거예요. 너무, 두 형제 중에는 그, 한 명은 남편이. 네. [조사자 1: 딸을 주고 싶은 거예요?] 네. 네. [조사자 1: 사위, 사위로?] 그렇죠. 그렇죠. 근데 그, 근데 그 딸래미한테는 둘, 둘이는 다 좋은데 한 명만을 골라라. 근데 그 딸래미는, 자기 형으로, 형한테 남편, 자기 신랑감이 좋다고 하겠죠? 그래서, 그래서 둘이는 결혼하게 됐어요. [조사자 1: 딸이, 형을 좋아해서?]

그래서 음, 집까지 같이, 근데 결혼해서도 같이 살았죠. 근데 쌍둥이라서 똑같잖아요. 그래서 이, 이 보통도 구분이 힘들지만은, 그, 산에 가서 나무, 베라고 말할까? [조사자 1: 어, 나무를 잘르는 거?] 어어, 늦게 들어왔어요. 그때 좀 깜깜하겠죠? [조사자 1: 남편이?] 둘이 다.

형제는 다 갔다 왔는데. 근데 형보다 동생이 집에 먼저 들어왔어요. 아내가 집안에는 자기 남편 착각하는 거예요. 그래서 뛰어와서 이렇게 포옹해줬어요. 근데 저기 동생이 아, 자기가 너무 당황해서,

"왜, 왜 저기 형수 나한테 그랬어요?"

아니라고 소리 질르구 그랬는데 둘이는 너무 민망해서.

근데 마침 그때 형이 왔어요. 오해 생겼죠. 네. 혹시 동생이 나 와이프한테 무슨 저기, 감정이 있는지. 저기 뭐지? 오해해서 질투가 났어요. 그때부터는 형제 사이에는 갈라졌어요. 네. 그거는 뭐 한두 번 아니고 가끔 아마 있을 거예요. 네. 해서 동생이 그런, 느꼈어요.

'내가 형은, 옛날의 형 아니라.'구.

'혹시 나 때문에 형하고 형수랑 사이 안 좋으면 안 된다.'고.

그래서 자기 아무리 생각해봐도, 동생이 다시 생각해서 집을 나갔어요.

집을 나갔는데 어디 가는지도 모르고 계속 가는 거야. 산 깊, 산속 깊은 데 들어가고, 또 이 산 이 산 지나가고 암튼 지나가서 마지막에, 에, 거기에서 뭐라고 하지? 산에서 그 물 흘르는 강 있잖아요. 강 아니고 뭐지? [조사자 1: 폭포?] [조사자 2: 계곡?] 어, 계곡. 계곡인데 너무 깊고 넓었잖아요. 저기 못, 지나가지 못해서 거기 앉아서는 울었어요. [조사자 1: 동생이?] 네, 울었어요. 뭐, 어떻게 울었는지는 그냥 이유 안 나왔지만 그냥 울었어요. 생각해도 생각 울었어요, 울었고. 뭐 밤새까지 울었고.

또, 며칠에 계속 가잖아요, 배고파서. 그래서 굶어서 거기 죽었어요. 죽었는데, 그 화석, 화석 뭐지? 화석암 뭐라고 했지? [조사자 1: 석회암.] 아, 석회암. 새하얀 돌로 변했어요, 거기에.

근데 그날에는 형 어디 갔다 와서 동생 없었어요. 그때는 깨달았어요.

'나 때문에 동생이 나갔다.'고.

그래서 동생을 찾으러 갔어요. 찾으러 갔는데 또 그냥, 뭐, 그 길이 동생 길이 그냥 계속 갔어요. 또 거기에서 계곡, 동생이 죽은 데 있잖아요. 거기서 또 못 지나가니까 또 거기 앉아서 또 생각해보고, 동생을 보고 싶고 또 어떻게 하는지 울어서 또 죽었어요.

죽었구, 거기는 나무 하나 올라, 아, 아닌가? 동생은 나무, 먼저. 아 동생은 맞아. 동생은 돌이 되구. 그래서 다음에는 형은, 그 나무, 쩌우, 쩌우 나무라고 쩌우가 변했거든요. 바로 옆에, 그 돌 바로 옆에 있구.

또 아내가 남편 안 돌아왔잖아요. 그래서 찾으러 갔어요. 또 똑같애. 그 길을 따라가서 또 그, 거기에서 멈췄어요. 멈춰서 밤새 울었고, 남편 이름을 불르고. 또 죽었어요. 죽으고, 그, 쩌우, 쩌우라고 아까 그 나뭇잎 있잖아요. 그 줄, 아, 쩌우. 까우는 남편.

[조사자 1: 아, 남편이 까우예요?] 네, 남편이 까우. 아내는 쩌우. 에. 그, 그 줄 그 나무 줄, 그 나무 올라가서 이렇게 이거, 이렇게 까우,

이거 까우 나무고, 쩌우는 이거 줄이잖아요. 이렇게 계속 그 나무로. [조사자 1: 아, 덩굴이 돼서.] 네. 이렇게 올라갔어요. 그래서 그 이야기는, 그 이야기는 누구지?

(제보자가 전화를 받느라 잠시 구연을 멈춤.)

그래서 그 이야기는, 동네 사람이 주변사람의 이야기였잖아요. 아무튼 전설이라고 할까? 아무튼 이야기, 예. 그래서 그날에는 왕 지나갔어요. 왕이 지나갔는데 그 이야기 듣고 너무 저기, 아픈 마음이 가지는 거예요. 그래서 저기, 사람들한테

"그럼 혹시, 그, 그 나무에 나오는 열매하고 그 나뭇잎하고, 그리고 그 돌을 가루로 같이 섞으면 어떻냐."구.

섞어서 빨간색, 예쁜 빨간색으로 변했어요. 그 물, 그거. 그래서 뭐 어쩌다가 그때부터는 할머니들, 할머니들 그거 세 가지 같이 먹어서 입술도 빨게(빨갛게) 하고, 입술을 빨게 하고. 그러구 이는 새까매. 그냥 뭐, 그냥 뭐, 새까만 아니고 그 반짝반짝, 그 암튼 예쁜 색으로. 반짝반짝 까만색으로 이가 더 튼튼하고.

그때부터 베트남의 문화, 그 아무튼 이런, 세 사람이 죽, 죽어도 이렇게 감정을 꽉 느껴지잖아요. 베트남 사람이 남자 결혼할 때 그걸로 결혼하면은 더 오래오래 행복하게 죽을 때까지 행복하게 살을 수 있는 거.

[조사자 1: 신랑 신부한테 그걸로 이, 이 이렇게 닦게 하는 거예요?] 아니요, 닦는 거 아니고. 어른들한테 먹고. 근데 그거는, 어, 뭐라고 할까? 이거부터 시작, 의미 뜻으로 그 남자, 남자 아무튼, 남자 집이 여자 집한테 가서 이야기,

"딸래미 주세요."

그런 식으로.

그런데 그거는 말 아니지, 말로 안 하지만은 그거 베트남의 문화적으로, 전통적으로 베트남 사람이 그거 보면, 그거 무슨 의민가 다 알거든요. 그래서 지금까지도 결혼식 때는 그거 첫 번째예요. 그거는 먼저.

[조사자 1: 줘요?] 네. [조사자 1: 신랑 쪽에서 신부 쪽으로?] 네. 그걸

줘요. [조사자 1: 그, 섞은 것을?] 섞은 것은 아니고 그, 섞는 것은, 이런 아까 선생님이 찍은 사진 있잖아요. 그거는, 그걸로. 암튼 섞, 만드는, 암튼 세트 만들어 그냥 먹는 것도 있지만은 베트남에, 여자 집에 갔을 때에는 아까 그렇게 생겼는데. [조사자 1: 음, 그니까 그걸 어쨌건 선물로 신랑이 신부한테 주는.] 그렇죠.

우리, 한국에는 여기 뭐지? 함? 함 매고 그렇게 가잖아요. 베트남에는. 이렇게 만드는 거는 이거 만들구. 근데 결혼식에 갔을 때에는, 음. (사진을 찾아서 보여줌) 이렇게. 결혼식 했을 때에는 이렇게 거든요. 이렇게 만들어서 이렇게 갖다 줘야 돼요. 이렇게 예쁘게 만들 수 있고, 이런 식으로 결혼식 이렇게 하잖아요. 이렇게, 베트남에는, 에.

[조사자 1: 이거 못 받았네요? 한국남자랑 결혼해서.] 어, 저 못 받았어요. 아니 준비했어요. 거기, 그 호텔에서도 준비했어요. 준비 하나 있긴 한데. [조사자 2: 그렇게 선물용으로 만들 수도 있고.] 그렇죠. 선물용으로.

선물은 그 베트남의 전통 있잖아요. 그 일곱 개, 아니면 아홉 개. 뭐 사람마다 달라, 뭐 있으면은 저기, 일곱, 아홉 개 아무튼. 짝수. 짝수라고 하나? [조사자 2: 홀수.] 아, 홀수? 홀수라고. [조사자 1: 홀수 맞아요.] 그래서 그거 있어요. 그건 다른 사람이 먼저 들어가고. 네, 그거 사진도 있어요. 남자, 여자는 이런 식으로. 남자들은 이렇게 들고 여자 집에 가거든요. 네, 여자 집에서도 만약에 남자는 일곱 명, 여자도 일곱 명 그거 받아요.

[조사자 1: 아, 진짜 함 같다.] 함 같은 거 있거든요. 되게 그거는, 음, 그 의미적으로 그, 에, 잘 산다고. 그런 식으로 이렇게. (사진을 보여주면서) 이렇게 있잖아요, 여자 남자. 한국에는 그냥 하나만 있는데 베트남에 좀. 그렇게 받아요. 네, 그래서.

그때부터는 베트남에 이거 있어요. 이렇게 남자, 여자 집으로 가서 이렇게. 이거 하고 여자는 이제 받아요. 기다려서 받아요. 어른들 이거 들고 먼저 들어왔거든요. 남자, 남자의 뭐 한 명이 대표로 뭐. 고모이나, 뭐 그런 큰삼촌이나, 대표적으로 이렇게 가서 여자 집한테, 어른들 전달하고 다음에, 그다음에 이야기 꺼내는 거예요.

"우리 아들, 딸래미 그동안 뭐, 이렇고 저래서 이제는."

이런 식으로 이렇게. 결혼식으로 그거는 꼭 있어야 돼요. 남자, 여자 이런 식으로. 응.

이제는 뭐 먹는 사람이 그, 할머니들만 있거든요. 근데 그날에는, 결혼 하고 나서면은 그냥 먹어. 아마 아가씨들도 먹을걸요? 그때.

[조사자 1: 아, 그걸 문지르는 정도가 아니라 먹는군요?] 그 씹어, 삼켜 먹는 거 아니고 씹어서 다음에 뱉으고. 근데 그래도 입술이 빨개, 예뻐. 이가 시꺼매. [조사자 1: 그게 석회암 그거 때문에 그런 거 같애.] [조사자 2: 아니 그 열매 안에 염료가 있을 거 같애요.] [조사자 1: 열매가. 어.]

이거 할머니들이 이거 이가 이렇게. 있어요. 근데 이거 먹어서, 이거 먹어서 새까맣잖아요. (사진을 보여줌.) 이렇게 할머니들. 입술은 빨갛구 이는 새까맣게. (웃음) [조사자 1: 아, 진짜 입술이 빨개지네. 신기하다.]

지금 우리 보면, 좀 이상하지만은, 그때 이쁘라고 했거든. 그때 이쁘고. 근데 신기한 건 이가 벌레 없어요. 우리 저기, 그거잖아요. 충치, 그 뭐지? 이 벌레 먹는 거. 근데 이거는 벌레 먹지 않아요. 되게 신기해요. [조사자 1: 신기하다 진짜.] 네.

그래서 그때부터는 계속 베트남의 그런 문화예요. 베트남 문화. 이거 뭐, 진짜 이거 만드는 거. 그거 세 가지 넣고.

(제보자가 사진을 찾다가 실패함.)

아무튼. 그, 나무, 나뭇잎. 그 나무하고 줄? 줄기라고 하나? 그러구 돌, 세 가지는 죽을 때까지도 항상 옆에 있구. 세 가지는 종합하면은 예쁜 색깔로. 나왔잖아요. 그래서 베트남 사람이 그런 결혼하면, 둘이 남녀 결혼하면은 또 그것도 똑같이 죽을 때까지 같이 있는 의미로 그러거든요.

쩌우까우 유래 [7]

● **구연정보**

조사일시 : 2018. 11. 19(월) 오후
조사장소 : 서울시 관악구 신림동 서울대학교
제 보 자 : 쩐티빅프엉 [베트남, 여, 1977년생, 기타]
조 사 자 : 오정미, 엄희수

● **구연상황**

〈의붓자매 떰과 깜〉 구연을 마친 후, 조사자가 빈랑나무와 관련된 이야기를 해 달라고 하자 쩌우까우 유래를 구연했다. 한국의 현대소설 〈배따라기〉와 내용이 비슷한 부분이 있어 조사자가 이를 소개해주기도 했다.

● **줄거리**

옛날에 쌍둥이 형제가 부모님을 여의고 함께 스승 밑에서 공부를 했다. 스승의 딸이 형과 결혼을 했고, 형 부부와 동생 셋이서 함께 살았다. 어느 날 형수가 시동생을 자기 남편으로 오해한 사건이 있었는데, 이를 본 형이 동생과 아내를 의심했다. 동생은 자기 때문에 이런 일이 일어난 것으로 생각하고 집을 떠나 얼어 죽어 바위가 됐다. 동생을 찾아나간 형은 그 바위 옆에서 얼어 죽어 빈랑나무가 됐다. 남편을 찾아간 아내도 얼어 죽어 넝쿨이 됐다. 베트남 사람들은 혼인식 때, 빈랑나무 열매와 바위 가루를 씹는다.

그 빈랑나무에 대해서는, 원래 그냥 형제의 우정에 대한 이야기. [조사자 1: 아, 그게 빈랑나무예요, 선생님? 아, 네, 해주세요 선생님, 그거 〈배따라기〉. 한국의 〈배따라기〉 같은 이야기.] [조사자 2: 저는 〈별나무 이야기〉인 줄 알았어요.] [조사자 1: 아니에요.] 걔는 좀 다르게. [조사자 1: 별나무는 다른 거고. 이게 간단히 얘기하면 왜, 형수랑 그거랑 오해해갖고, 그 얘기죠?] 네, 맞아요. [조사자 1: 한국의 현대소설에 정말 비슷한 게 있

어요.] 그래요? [조사자 1: 네. 먼저 해주세요 선생님.]

좀 옛날에, 그 형제 두 명이 있는데 그냥 원래 그 생김새가 너무 닮아서 다른 사람이 좀 알아볼 수 없을 만큼 아주 비슷비슷해요. 그래서 그냥 그, 부모님 다 여의고 그냥 그 뭐지? 뭐랄까? 그냥 선생님. 선생님, 옆에 있는 마을. 이웃 마을에 가서 선생님 문하에서 공부하고 있어요.

문하에서 공부했는데 선생님 댁에 딸 하나 있어요. 따님이 세 명 있구요, 세 명 있는데. 그중에는 그냥 그, 세 명 중에는 제일 그 예쁘고 마음씨가 좋은 막내가 그냥 그, 그 동생, 그 형제의 동생에 정이 있어요. 마음에 좀 두고 있는데 그 계속, 그런데 그 형하고 동생이가 아주 비슷비슷하니까 어떤 사람이 형이고, 누구 형이고 누가 동생인지 모르잖아요.

원래 그냥 그 형이 먼저 결혼해야 동생이 결혼할 수 있다고 베트남에서 그래요. 그런 풍습이 있어요. 이제도 그래요. 그래서 그냥 어떻게 구분할 수 있는지 막 생각하고 있구요. 어떻게 해야 할지, 구분할 수 있는지.

그래서 그냥 어느 날에 여자가 그냥 죽 한 그릇만 대접해요. 형제 두 명에게 한 그릇만 대접해요. 대접해주고 그냥 안방에서 그냥 숨기고 보고 있어요. 어떻게 생기는지 좀 보고 있는데. 형하고 동생이 좀 계속 그냥 양보해요. 그냥 동생이 형이 먼저 먹으라고 양보해요.

'아, 이 사람이 형이구나.'

생각하고 그래서 형한테 아내가 되었어요.

형이 그 되어버렸는데, 그때는 그냥 동생도 그, 여자한테 마음이 있어요. 확실히 마음이 있죠. 그래서 그런데 이제는 형이 되니까 그, 우리 그 형의 아내가 되니까, [조사자 1: 형수.] 형수가 됐잖아요. 그래서 어쩔 수 없겠죠? 함께 살고 있는데 되게 전에는 그 형제가 아주 뭐지? 사랑, 서로 사랑하면서 살고 있는데 이제는 결혼하고 나서는 좀, 뭐가 금이 나요. 금이 났어요.

그 원래 형이, 원래 아우를 너무 사랑하고 뭐 보호하고 있었는데 이제는 그냥 그 결혼하고 나서는 생각이 좀 바뀌었구요. 그리고 가끔 뭐, 혹시 그 뭐라, 그 계속 그냥 아내 생각 좀 많이 하고, 아우 생각 덜 해요. 그래서 그냥 뭐 동생이 좀 섭섭해요. 이제는 그냥 부모님 다 여의고 그냥 형을 의존해서 살고 있는데 이제 형수가 생겨가지고 형은 형수 많이 생각하고 나를 좀 덜 생각하니까 좀 섭섭하고. 좀 외로워해요. 그, 그런 중에 어, 그 형수는 그 좀, 형제가 좀 비슷비슷, 생김새가 비슷비슷하니까 구별하기가 너무 힘들어요.

언제 어느 날 뭐, 어, 둘이 그 형제가 함께 논에 가서 일하고 그런데 그냥 형, 형은 동생이 먼저 오고 형이 좀 뒤로 왔구요. 그 아내가 그냥 집안일을 다 하고 나서 남편을 기다리고 있었어요. 많이 그냥 애타고, 애탈 정도로 기다리고 있었는데 그 동생이 나타나니까 오, 되게 너무 반가워서 달려가서 안았어요. 남편인 줄 알았어요.

그 막 그때 마침내 남편이 왔어요. [조사자 1: 아이고.] 남편이 왔어요. 오해 생겼구요.

'아, 동생이 다른 마음이 있구나.'

그런 생각 했구요. 그때부터는 동생을 더 멀리. 원래 형제끼리니까 다른 말도 못하고. 그런데 그때부터는 동생한테 좀 정을 덜 하고 그냥 신경도 덜 써요. 그래서 그 동생은 너무 마음을 쓰고 너무 외로워하고

'좀 떠나야 되겠다. 이제는 내가 오면, 내가 계속 여기 있으면 형이 좀 폐, 해가 될까 봐 걱정이 되고.'

그래서 어느 날 비가 좀 와요. 비가 오는데 그냥 혼자 형하고 형수가 밖에 나갔어요. 혼자 있다 보니 그냥 뭐 너무 외롭고 부모도 그냥 그리워하고 그래서 그냥 집을 떠나기로 했어요.

떠나기로 했는데 어디, 어디로 가는지도 좀 모르죠. 그냥 헤매, 정처해주는 없이, 정하는 곳 없이 그냥 네, 나갔어요. 그냥 계속 가보니까 그냥 뭐지? 숲도 둘러가고, 그 뭐지? 산도 둘러가고 뭐지? 시내도 많이 건너갔는데, 근데 그때는 해가 졌을 때 아주 큰 시내가 만나게 되었어요. 근데 그냥 다리가 없고, 그냥 너무 샘물이, 시냇물이 너무 많이 올라가 보니까, 되게 그 다른, 다른 편에 건너갈 수 없는 정도로 그냥 넓어져요. 그래서 어쩔 수 없이 그냥 앉아서 좀 생각해봐

요. 그냥 그때는, 그냥 밤, 밤, 깊은 밤.

계속 그냥 앉아서 생각해보니까 계속 그 서리가 내려가서 아주 찬 공기, 서리가 너무 차갑게 내려가서 그러니까 그 사람, 그 동생 그렇게 죽었어요, 그대로. [조사자 1: 그니까 약간 얼어 죽은 거죠?] 네, 얼어 죽었어요. 그래서 그 사람이 동생이 죽어서 바다가, 아니 그 뭐지? 바위가 되어버렸어요. 예.

그, 그 동생이 집을 떠난 후에 형하고 형수가 왔어요. 그냥 그 없다 보니 그냥 그 동생이 없다 보니 그냥 아내한테 물어봤어요.

"혹시 어디에 간다고 말하지 않았느냐?"

"아니야, 그런 말은 없어요."

그랬구요. 그래서 그냥 형이 너무 후회했구요.

'그동안에 그냥 동생한테 신경써주지 않고 그냥 정도 너무 설렁설렁하니까 동생이 섭섭해서 집을 떠났구나.'

그런 생각이 들어서 너무 후회해서 집을 떠나서 동생을 찾으려고 집을 떠났어요.

그래서 그냥 동생이 그냥 갔던 길, 계속 찾아가서 갔구요. 계속 그냥 동생이 바닥, 바위? 바위에 도착했구요. 도착해서 음, 또, 또 그때는 그냥 시내도 물이 뭐지? 올라가서 그냥 넓어져서 그냥 더 이상 건너가지 못하게 했으니까 바다, 바위 옆에 앉아서 그냥 기대, 기대면서 그냥 앉았어요. 앉았구요. 밤이 돼서 서리가 너무 차갑게 내려서 형도 죽었어요. 죽어서 그 나무가, 빈랑나무가 되었어요. 빈랑나무가 되어버렸구.

집에, 집에서 아내가 집에서 동생하고 남편을 많이 기다렸는데 그냥 아무도 돌아오지 않았어요. 너무 걱정이 돼서 또 떠나서 찾으려고 해요. 어, 그런데 그 또 그런 길. 또 그냥 남편하고 동생이 떠났던 길 또 밟아서 떠났구요. 그래서 그냥 또, 나무하고, 나무하고 바위에 있는 곳에 도착했구요. 그래서 그냥 시내가 너무 넓어서 그냥 자기가 혼자서 다리 없어서 그냥 건너가지 못하다고 생각해서 그냥 여기서 앉아서 그, 그, 뭐지? 그, 나무. 나무 기대서, 나무에 기대앉아서 그렇게 밤을 새웠어요.

밤이 되자 서리가 너무 차갑게 내려서 자기도 얼어서 죽었어요. 죽었는데 그 나무 그거, '께이저우형' [조사자 2: 덩굴?] 네, 덩굴. 그거 나무가 되어버렸어요. 그 나무가 그냥 계속 그냥 빈랑나무가 올라, 이렇게. [조사자 1: 감싸서 타고 올라가요.] 올라갔구요.

음, 그, 그렇게 되는데 그 사람들이 그냥 산, 산? 산에 올라가는 사람들 그렇게 보니까 너무 신기해서 그냥 뭐, 그, 그, 께이저우, 담쟁이 나무, 나뭇잎을 따서 그리고 그냥 빈랑나무 열매를 따고 같이 먹고. 그래서 그냥 같이 먹어서 그냥, 물, 물이 그냥 바위에 뱉어서, 뱉어보니 그냥 바위가 색깔이 좀 변했어요. 뭐지? 빨간 색깔, 피 색깔처럼 변했구요. [조사자 1: 빨간 색깔?] 빨간 색깔. 빨간 색깔로 변했구요.

그때부터는 그, 그리고 그, 사람들이 그 슬퍼보 니까 그거 함께, 그래서 그냥 빈랑나무 열매하고 그냥 담쟁이나무 열매, 그리고 거기 바위, 바위에 그거 함께 섞어서 그냥 씹어, 씹어보니 아주 따뜻하게 하고 뭐지 아주, 뭐지? 빨간, 아주 짙은 빨간색이 나타났다고 그래요. 네, 그때부터는 그런 습관이 돼버려요.

그냥 그, 훙왕, 어느 날에 훙왕, 왕님께서 훙왕, 임금이, 임금이 지나가는 길에서 사람들이, 마을 사람들이 그런 이야기를 들려줘요. 들려줘보니 왕이, 임금님이 그냥 그런 나무, 나뭇잎하고 나무열매, 그리고 뭐지? 바위, 바위를 타서. 바위를 그냥 타서, 태워서? [조사자 1: 그니까 담쟁이 나뭇잎, 그리고 빈랑나무 열매.]

그리고 그냥 바위는 그냥 그렇게 먹지 못하고 그냥 바위를 불로 태워서 그, 바위. [조사자 1: 바위를 긁어서?] 석회 있잖아요. 석회로 만들어서, 석회로 만들어서 그렇게 함께 먹어보니 아주 좋다고 그래요. 색깔이 예쁘게 붉은색으로 나타났으니까.

그때부터는 임금님이 그냥 결혼할 때 그 우정을 기념하기 위해서는 이제부터는 그 나뭇잎, 열매, 그 나무의 열매하고 바위를 석회로 만들어서 그냥 먹자고, 그때부터 풍습이 있어요. 그래서 그냥 그 베트남 결혼식에 꼭 이런, 있어야 돼요.

[조사자 1: 그니까 그 세 가지를 한꺼번에 씹어서 삼키진 않고 그냥 뱉

어내는 거죠? 선생님?] 삼켜도 돼요. 보통은 그냥 그 사람들이 좀 삼켜 해요. 왜냐면 그거는 삼켜해보니까 특히 겨울 때 그런 것을 먹으면 따뜻해져요. 되게 그 많이 따뜻해지니까. 그리고 그거 먹으면 되게 뭐지? 이, 이를 튼튼해진다고 그래요.

[조사자 1: 저 그거 사진 봤거든요. 결혼식 때 할머니들이랑 가족이 막 씹어 먹는데 빨갛다 못해 거의 시커멓게 변하드라구요.] 그래요. [조사자 1: 맞죠 선생님?] 그래요. 그래서 항상, 이거는 상징물이에요. 결혼할 때, 결혼식에는 이런 것을 꼭 있어야 된다고 그래요.

[조사자 1: 현대에도 그 전통문화가 이어져오고 있어요?] 네, 전통 이어지고, 네. 그때까지, 이제까지. 현대. 현재까지 계속 그 풍속이 있어요. [조사자 2: 할머니가 씹어 먹는] [조사자 1: 그래, 빨갛다 못해 까맣더라구. 왜냐면 그게 석회라서 그래.] 석회, 네.

[조사자 1: 재밌다. 저희 비슷한 한국 이야기가 있어요. 현대소설인데. 〈배따라기〉. 오해해서, 쥐 잡으려고.] [조사자 2: 저 그거 안 읽어봤어요.] [조사자 1: 필독인데. (웃음)] 비슷해요.

[조사자 1: 우리는 이제, 동생하고 형수가 집에 쥐 소리가 나니까, 쥐를 둘이 막 잡으려고 그러다 보니까 머리도 헝클어지고 옷도 막 풀어져 있는 거지. 형이 늦게 와서 보고 오해해요. 그래서 동생이 집을, '나 때문에 이렇구나.'하고 집을 나가요. 그러면서 형도 후회하고 그런 이야기.] 좀 비슷해요. [조사자 1: 좀 비슷하죠? 아, 재밌다.]

엄마의 젖 맛이 나는 과일 까이 부 스아

● **구연정보**

조사일시 : 2019. 01. 30(수) 오전
조사장소 : 경기도 안양시 만안구 석수동
제 보 자 : 도티탄(이정민) [베트남, 여, 1989년생, 결혼이주 8년차]
조 사 자 : 오정미, 한상효

● **구연상황**

제보자가 〈백 명의 자식을 낳은 시조신 락롱꿘과 어우꺼〉 이야기를 마친 뒤 준비한 이야기를 계속 이어 나갔다. 먼저 과일의 모양을 설명한 다음에 본격적인 이야기 구연으로 들어갔다.

● **줄거리**

베트남에는 까이 부 스아라는 과일이 있는데, 이 과일에는 유래담이 있다. 한 마을에 엄마와 아들이 살았는데 어느 날 아들이 엄마의 야단을 듣고 집을 나갔다. 엄마는 아들이 돌아오기만을 애타게 기다렸다. 아들은 온갖 고생을 하며 밖을 떠돌다가 엄마 생각이 났다. 집으로 돌아왔으나 집에 엄마가 없었다. 아들이 슬퍼서 나무를 잡고 우는데 나무에서 열매가 하나 떨어졌다. 열매를 먹어보니 떫은 맛이 나서 버렸다. 두 번째 열매가 떨어져 먹어보니 너무 딱딱해서 버렸다. 세 번째 열매가 떨어져 껍질을 까보니 하얗고 단 물이 나왔고 엄마 젖같았다. 과일을 보니까 초록색에 빨간색이 있었는데 엄마가 아들을 기다리다 너무 울어서 눈이 빨개진 거 같았다. 또 줄기를 만져보니 거칠거칠한 게 엄마의 손 같았다. 아들은 그 과일을 사람들에게 알렸고, 사람들은 그 씨를 심어서 나무로 키웠다.

네 번째는 무슨 나무 아마 그때 제가 잠깐 얘기해주었던 거 같아요. 나무 이름은 한국어는 아직 모르겠는데 그 무슨 나무는, 그 과일

은 무슨 과일이냐면 동그랗게, 한국에서 봤나? 아니 한국에 없어요. 동그란데 겉에는 딱딱하고 뜨, 그 뭐지, 감 덜, 덜 익은 거처럼 있잖아요. 무슨 맛, [조사자: 감, 떫은 감.] 떫은맛, 떫은맛 딱딱하고 떫은맛인데 남에서 이렇게 해보면은 하얀 물이 나와요. 그래서 엄마 젖이라는.

그래서 그 나무 이름 몰라요. 엄마 젖. [조사자: 엄마젖 같은, 베트남어로 뭐예요.] 까아 부 스어. [조사자: 그거 한국말로 쓰면 뭐예요?]

(종이에 한국말로 씀.)

[조사자: 꺼이 부스아 까이 부스아라는 과일인 거예요?] 네. 부스어 과일이고 까이는 '나무의'라는 뜻이. [조사자: 약간 떫은 감의 맛이 나고.] 겉에는 [조사자: 겉에가?] 겉에는 떫은 감인데 안에 그거 까시면은 안에서는 이렇게 약간 하얀 물이 엄마 젖처럼. 베트남에서는 그냥 병문안이나 그런, 그 과일 많이 사가더라고요. [조사자: 근데 이 과일에 관련된 이야기예요?] 네.

이것도 옛날에는 엄마하고 아들 같이 살았는데 엄마는 아들 되게 소중하게 여기고 되게 이렇게 예쁘게 키워가지고 되게 예뻐하고 그랬어요. 근데 아들은 반대로 청개구리였고 엄마 말도 안 듣고 그랬어요.

근데 어느 날 엄마 화가 나가지고 야단쳤어요. 근데 야단치니까 아들이 삐져가지고 집에 나갔어요. 집에, 집에 나갔는데 집에 나갔는데 근데 엄마가 아들 기다려도, 기다려도 아들이 돌아오지 않고 한 자리서 기다렸어요.

한편, 아들 같은 경우는 한 멀리 떠나가지고, 떠났는데 뭐 가니까 뭐 다 큰 형아들이 놀려, 놀렸당하고(놀림당하고) 맞고 그리고 배고프고 그래서 그때는 엄마 생각이 났어요. 방에서는 엄마는 나 때리지 않고 나 예뻐해주시고 배고프면은 밥도 주고 가르쳐주는데 여기서 이렇게 고생하다니 다시 집으로 엄마 찾았어요.

근데 집에 가서는 아무리 엄마 불러 봤자 엄마 보이지 않고 그래서 아들이 속상해서 배 있는 나무 안고 울었어요. 근데 그 나무 안고 울었더니, 눈물 뚝뚝 떨어져가지고 그 나무 갑작 움직이는 거예요. 갑자기 움직여가지고 나뭇가지로 그 아들이 안아줬어요. 그 나뭇가지로 아들이 안아줬는데 그래서 갑자기 아들 손에서 과일, 열매가 하나 뚝 떨어졌어요. 열매가 뚝 떨어지니까 그 아들이 그거 한 번 깨물어 봤어요. 그런데 떫은맛이 나요. 떫은맛이 나서 버렸어요. 또 두 번째 그 열매가 또 다시 한번 손에 떨어졌어요. 열매 손에 떨어지니까 이번에는 껍질 너무 딱딱하는 거예요. 못 먹겠다고 또 버렸어요. 다시 세 번째 열매가 떨어졌어요. 이때는 껍질 까서 안에 보니까 하얀 젖 같은 물이 나와요. 그래서 먹어보니까 달콤하고 향기로운 맛이 나가지고 막 맛있어요.

그래서 네, 그 아들 보니까 그 나무 뒤 보니까 나무는 초록색인데 한편은 한쪽은 초록색인데 나뭇잎이 근데 한 쪽 안에서는 빨간색이었어요. 그래서 엄마 아들 기다려서 많이 울어서 눈이 빨개지는 것처럼 보였어요. 그리고 나무, 나무는 이거 뿌리라고 해야 되나요? [조사자: 뿌리, 줄기?] 네 줄기는 [조사자: 기둥?] 기둥 만져보니까 까칠까칠하고 그래서 엄마 손 같았어요. 엄마가 고생해서 이 손 까칠까칠한 손 같고.

그래서 열매는 이렇게 달콤하고, 이렇게 하얀 젖처럼 해서 엄마 젖 같았다. 에 그렇게 해서 그 이후에서는 이 그렇게 해서 이 사람은 이 나무같이 이거 자라고 그런 거라서 되게 마을 사람들한테도 이 과일 알려가지고 그 다음에서는 이 과일은 그 마을에서 되게 유명하게 되었어요. 사람들이 이 나무 씨 가져와서 뿌리고 심고 뭐 그랬어요.

[조사자: 이 부 스아라는 과일이 베트남에서 되게 막 쉽게 먹을 수 있어요?] 네, 그래서 베트남에서 특히 남쪽에서는 잘 자라가지고 되게 많고 저희도 베트남 일반 사람들도 마트나 시장가면 쉽게 사 먹을 수 있어요. [조사자: 한국엔 안 파는 거죠?] 네. 한국에서 아마 베트남 분들 아마 팔고 있는 분들 계시겠지만 한국 마트 같은 경우는. [조사자: 안 팔죠.]

[조사자: 그럼 이 부 스아라는 뜻이 혹시 과일 열매 이름인 건 알겠는데 혹시 부 스아라는 단어에 무슨 뜻이 있어요? 뭐 엄마?] 부 스아가 스아 같은 거 젖이요. [조사자: 그게 궁금했어요. 스아가 젖이라는 뜻이에요? 엄마

젖?] 젖 있기도 하고 '우유의'라는 뜻이 있어요. 베트남은 젖하고 우유 구분하지 않아요. 그냥 '스이'라는 뜻이에요. 근데 한국에서 아마 젖이든 소젖이든 소젖도 '우유의'라고 하잖아요. [조사자: 사람의 젖은 모유라고 하거든요. 하여튼 젖의 뜻이에요?] 네.

[조사자: 실제로 부스아의 즙이 하얘요?] 아니에요. 밖에 겉에는 되게 초록색하고 그리고 초록색인데 매끈해요. 되게 반짝거리고 매끈하고, 까면은 안에서는 하얀 물 나와요. 하얀 물하고 안에 먹는 거 있고 물도 같이 먹고 그거는 약간 달콤하면서 향이 좀 나고.

[조사자: 아까 그리고 이 과일을 병문안 갈 때 많이 사간다 그랬잖아요. 그만큼 몸에 좋은 거네요. 엄마 젖처럼.] 네.

쥐가 열두 띠의 첫 번째가 된 이유

● 구연정보

조사일시 : 2017. 06. 03(토) 오후
조사장소 : 전라남도 진도군 진도읍 성내리 공공도서관
제 보 자 : 호티홍녀(한수아) [베트남, 여, 1986년생, 결혼이주 11년차]
엔티터번(이연아) [베트남, 여, 1984년생, 결혼이주 11년차]
조 사 자 : 박현숙, 김현희

● 구연상황

호티홍녀 제보자가 〈두꺼비가 이를 갈면 비가 오는 이유〉 이야기 구연을 마친 뒤, 아는 이야기가 있으면 더 들려달라고 하자 호티홍녀 제보자가 한국과 비슷하게 베트남에도 십이지지가 있다면서 구연을 시작했다. 엔티터번 제보자와 함께 돌아가면서 자신이 아는 이야기 내용을 구연했다. 베트남 십이지지에 해당하는 동물에 대해서는 두 제보자의 의견 차이가 있었다. 필리핀 국적의 메리안 제보자가 청자로 참여해서 구연 내용에 적극적으로 반응했다.

● 줄거리

옛날에 동물들이 자주 싸웠다. 그래서 하늘에서 동물들을 초대하여 도착하는 순서대로 동물의 순서를 정하기로 했다. 부지런한 물소가 아침 일찍 서둘러 나왔다. 그런데 쥐가 물소 뿔 위에 올라타고 오다가 도착지점에서 뛰어내렸다. 그래서 쥐가 일등을 하고 물소가 이등을 했다. 베트남의 십이간지는 쥐, 물소, 호랑이, 고양이, 용, 뱀, 말, 염소, 원숭이, 닭, 개, 돼지이다.

호티홍녀 : 베트남에서도, 여기 그 있잖아요. 간지. 열두 간지 있잖아요.
조사자 : 아, 십이간지. 그것도 베트남에 있어요?
호티홍녀 : 베트남도 있는데, 좀 인제 여기는 토끼띠인데, 거기는 고양이 띠예요.

조사자 : 그럼 거기는 십이간지 전부 어떻게 돼요? 베트남은?

호티홍녀 : 거의 똑같애요. 똑같은데 고양이하고, 토끼는 다르고.

조사자 : 그러면 소부터 시작해요, 아니면 쥐부터 시작해요?

호티홍녀 : 쥐부터. 쥐.

조사자 : 그다음에?

호티홍녀 : 쥐, 그리고 소.

엔티터번 : 호랑이.

조사자 : 호랑이.

엔티터번 : 고양이.

조사자 : 고양이.

엔티터번 : 영, 영, 영.

조사자 : 여우?

청자(메리안) : 용.

조사자 : 용.

엔티터번 : 또 있는데.

호티홍녀 : 뱀.

청자(메리안) : 돼지는?

호티홍녀 : 돼지 마지막.

청자(메리안) : 어, 그래?

엔티터번 : 원숭이. (베트남어로 혼잣말을 기억을 더듬다가) 뱀도 하고, 양. 원숭이, 그거 원숭이 뒤로.

조사자 : 그다음에 닭?

엔티터번 : (청자 메리안이 옆에서 말을 하자) 잠깐만요 언니, 기억 안 나요. 닭.

조사자 : 닭. 그다음에 돼지?

호티홍녀 : 닭. 그다음에는 원숭이.

엔티터번 : 아니야.

조사자 : 원숭이 다음에?

엔티터번 : (호티홍녀 제보자와 베트남어로 대화를 하다가) 닭, 또 개요. 돼지.

조사자 : 돼지.

엔티터번 : 그거 맞아요.

조사자 : 그럼 얘네 순서가 어떻게 이렇게 되게 된 거예요?

엔티터번 : 이야기 있어요.

조사자 : 그 이야기가 뭐예요?

엔티터번 : 근데 그, 기억 안 나는데. (웃음) 그 하늘 있잖아요, 그 열두, 열두 띠 있잖아요. 사람, 그렇게 태어나서 어떤 띠를 가졌잖아요. 그 하늘 모임 열었어요. 누가 열두 가지 동물 오면 그때 거기 열두 띠 있어요 그 먼저, 그 소 있잖아요, 소. 먼저 가요. 근데,

조사자 : 그 잔치에 소가 가요?

엔티터번 : 어, 가는데 그 쥐 만났잖아요. 그럼 둘이 같이 가요. 둘이 같이 갔는데 그 띠가 쥐띠 있잖아요, 소 머리 타요. 둘이 같이 가요. 근데 쥐띠가 나빠요. 자기 일등 하고 싶어요. 원래 일등 그러니까 하고 싶어요. 머리 타니까 그 소 있잖아요, 머리 뛰고 자기 일등 됐어요. 그 뒤로 소 하고, 그렇게 스스로 왔어요. 그 얘기 누가 먼저 가고 일등 해요. 이등 소. 쥐띠 좀 나빴어요. 자기 머리 쓰고, 1등하고 싶어서 위에 머리 탔잖아요. 뛰고 자기 일등하고, 소 뒤로 2등.

호티홍녀 : 그 여기 있잖아요. 여기에는 토끼띠 다 똑같아요 순서도. 여기는 토끼띠고 거기는 고양이에요. 그리고, 여기 양 띠 있잖아요 양. 양에는 양 있잖아요, 거기는 염소예요.

조사자 : 염소? 양 대신에?

엔티터번 : 아니야. 똑같은데.

호티홍녀 : 아니야. 그 이야기 나중에 준비하고 올 건데.

조사자 : 네, 나중에 준비해 주세요.

엔티터번 : (호티홍녀 제보자와 베트남어로 대화를 하다가) 다 달라요.

조사자 : 다 다르죠? 각자 아시는 대로 해주시면 돼요.

엔티터번 : 누가 고양이, 고양이띠 있잖아요. 여기 오면 토끼띠 되잖아요.

조사자 : 고양이 띠가 있네요, 어? 그죠? 고양이띠?

엔티터번 : 네, 우리 고양인데 한국 토끼띠잖아요.

조사자 : 필리핀은 어때요?

호티홍녀 : 열두 간지 있어요?

청자(메리안) : [청취 불능]

호티홍녀 : 거기 지금 쥐하고 다음에 소잖아요. 우리는, 여기는 그냥 소인데 우리는 물소.

조사자 : 물소? 강이 많아서 그런가 보다.

호티홍녀 : 왜냐면 베트남에서 옛날에 이제 농사할 때 물소 많이 이용하고. 이제 논에서 뭐 하고. 이제 소, 그 물소, 그리고 고양이띠는 여기는 토끼띠, 그리고 여기 양띠, 양띠는 우리는 염소. 세 가지만 다르고 나머지는 똑같애요.

조사자 : 그래도 많이 다르다, 그쵸? 중국하고는 거의 똑같거든요. 일본하고도 똑같애요. 동물은 똑같고 이야기가 좀 다르고. 베트남은 어떤 이야기인지 궁금해요. 아까 잔치 간다고 했죠?

호티홍녀 : 이제 서로 싸우니까, 순서 정리한다고 이제 하늘에 열었는 그날 열었어요. 이제 누가 가장 먼저 오면은 순서대로. 이렇게 갔는데 소는 항상 인제 부지런하는 동물이잖아요. 부지런하고 뭐 하구, 인제 일찍부터 일찍 준비하고 갔는데 소도 느릿느릿하잖아요. 그래가지고 갔는데, 쥐도 준비 없이 인제 거의 도착을 항상 소 머리 위에서 이제 그냥 거기서 얹었어요. 소는 인제 그 고생하게 인제 갔는데 마지막에는 소 위에서 뿔 그 위에서 그 어떻게 했냐면 확 그렇게 밀으니까 맨 앞에 가서 인제 그래서 제일 첫 번째 쥐띠 됐어요. 나머지는 똑같을 거 같애요. 그 돼지는 이제 마지막. 맨 마지막에 늦게 오고.

조사자 : 그럼 그 순서를 한번 쭉 말씀해주시겠어요?

호티홍녀 : 네. 쥐, 물소, 호랑이, 고양이, 용, 뱀, 말, 그다음에는 그 염소, 원숭이, 닭, 개, 돼지.

조사자 : 그, 고양이가 많아요? 베트남에?

엔티터번 : 네.

조사자 : 아, 토끼는 별로 없어요?

호티홍녀 : 있긴 있는데.

조사자 : 토끼도 많이 있어요?

엔티터번 : 토끼 있는데 원래 키우는 사람만 있어요. 그냥 잘 안 봐요, 토끼. 자연 거 안 봐요.

청자(메리안) : 원래, 원래 베트남 토끼 없죠. 우리나라처럼.

호티홍녀 : 있어요.

청자(메리안) : 있어?

호티홍녀 : 응. 있죠.

엔티터번 : 있어요, 근데 키우는 사람만 있어요. 자연 거, 자연 거 없어요.

청자(메리안) : 자연 거 없어. 원래 우리나라는 키우는 사람 없는데 특별히 우리 거만, 우리 동네 없어요.

소라게 유래

● **구연정보**

조사일시 : 2018. 04. 04(수) 오전
조사장소 : 충청북도 청주시 서원구 모충동
제 보 자 : 팜티루엔(김민주) [베트남, 여, 1987년생, 결혼이주 11년차]
조 사 자 : 오정미, 이원영

● **구연상황**

〈해골 물과 코코넛 아이〉 이야기 구연을 마쳤을 때 조사자가 이야기를 하나 더 해달라고 하자 팜티루엔 제보자가 소라게에 대한 전설 구연을 시작했다. 중간에 이야기를 헷갈려하자 누엔티한이 청자로서 제보자와 함께 기억을 되살려가며 이야기 구연을 도왔다.

● **줄거리**

농부 부부 집에 뱀 부부가 함께 살았다. 남편 뱀이 집을 비운 사이에, 아내 뱀이 다른 남자 뱀과 바람을 피우려고 했다. 그 모습을 보고 할아버지가 활로 남자 뱀을 쏘려다 아내 뱀을 맞춰 죽였다. 집으로 돌아온 남편 뱀이 오해하여 할아버지에게 복수하려다가, 농부 부부의 대화를 듣고 할아버지에게 동물의 말을 들을 수 있는 옥을 선물했다.

할아버지는 호랑이가 염소를 잡았다는 새의 말을 들었다. 새가 내장을 자기에게 달라고 해서 할아버지는 그러겠다고 약속했는데 이웃들이 다 먹어버렸다. 화가 난 새는 할아버지의 활을 죽은 사람에게 가져다 놔서 범인으로 만들었다. 끌려가던 할아버지가 다시 새의 소리를 듣고 전쟁이 난다는 사실을 관군에게 말했다. 그 덕에 전쟁에서 이겨서 할아버지는 풀려날 수 있었다.

친구가 할아버지에게 오리고기를 대접하려 했는데 오리의 대화를 들은 할아버지가 오리를 잡지 말라고 하고 대신 새우를 먹었다. 오리 가족은 그 보답으로 할아버지에게 바닷속으로 들어가는 옥을 선물했다. 할아버지가 바닷속을 구경하러 가자, 옥황상제가 놀랐다. 옥황상제는 할머니를 꼬여서 옥을 훔쳐오게 했다. 옥을 되찾아오기 위해 할아버지가 모래로 바다를 덮어서 길을 만들려 했지만 결국 죽고 말았다. 할아버지는 모래를 뿜는 소라게가 되었다. 이 이야기와 관련하여 가능성이 없는 일을 하지 말라는 속담이 있다.

어느 마을에, 그 농부 부부가 있습니다. 그, 농부가 농업, 일을 매일매일 저기, 바다, 논에서 일하잖아요. 거기에서 뱀 구멍. 뱀 집이야 그거? 뱀 집. 거기에서 뱀 부부가 있어요.

그 매일매일 이 할아버지가 그 뱀 부부가 지키고 있잖아요. 그 뱀이, 그, 기간 있잖아요. 그, [조사자 1: 허물을 벗어.] 어, 벗고. 아내는 뱀 아내는 벗는 기간에는 뱀 남편이 나가서 쥐 잡고 아무튼 먹는 거는 아내한테 갖다 주고. 그리고 이제는 남편 차례예요. 남편이 누워 있는데 아내 뱀이 나갔어요. 나갔는데 그 음식을 갖고 온 대신에 다른 남자 뱀을, 데리고 왔는 거야. 그래서 집, 뱀 집 앞에는 둘이는 아무튼 사랑하는 동작으로, 대화하는 그 할아버지가 모르겠지만 아무튼 그 둘이에는 연애하고 그다음에는 남자 뱀은 거기 들어가는 거예요. 그 속에서.

그래서 할아버지가

"아, 얘는 바람 피우고, 지금."

왜냐면 약하잖아, 아무것도 못해. 옷, 그 껍질 벗겼잖아요.

얘는 아마 얘 죽이구, 둘이는 살라구 그 할아버지가 생각을 해서. [조사자 1: 사람 할아버지가.] 예. 그래서 사람 할아버지가 그렇게 생각해서 그 양궁에 들써, 그 남자 뱀. 남자 뱀한테 쏠라고 하는데 실수해서는 아내 뱀으로 맞았어요. 그래서 뱀 아내가 죽구, 그 뱀 남자, 뱀 남자는 그걸 보고 도망갔어요.

그래서 할아버지가 실수한 게 좀 미안하다고 생각했지만은, 그거 생각하면은 뱀 아내가 바람피워서 그런 남편한테, 그런 일을 하면은 용서 안 된다고 생각해서는,

"아유."

라고 숨 쉬고 집에 갔어요.

갔는데, 그런 그런 지나고 또 그 남편 집안에, 뱀 남편이 이 할아버지가 자기 아내 죽였다고 알고 그래서 항상 할아버지 집, 이거 지붕에서 숨어서 기회 되면 할아버지 물려 죽일려고 했거든요. 근데, 그날에 할아버지가 저기, 할머니한테, 할아버지 아내한테 이야기했어요. 그런 일 이야기 했어요. 그래서 지붕 위에서 뱀 남편이 들었잖

아요.

그래서 내려서 할아버지한테 죄송해서

“그동안 내가 할아버지 오해했다.”고.

“어, 내가 사실 내가 저기 기다렸다가 할아버지가 죽일려고 했는데, 할아버지가 나의 은인이라.”고.

그래서, 그래서 옥 하나 줬어요. 옥을 할아버지한테 줬어요.

“이거는 할아버지의 감사 선물 드리라.”고.

“이 옥은 항상 갖고 다니세요. 이 옥은 있으면은 할아버지의 동물 이야기, 동물의 말 다 들을 수 있다.”고.

그래서 그거 할아버지 주고 가버렸어요. 할아버지가 그, 그 돌멩이가 들고, 어, 그래서 진짜로 동물들의 [청자: 동물의 말 다 알아들었어.] 동물들 말을 다 알아들었어요. 그리고 다음에 뭐지? 까먹었네? 큰일 났네. 다음에, 그랬는데. 음, 아 맞다.

그래서 그 할아버지도 농사했어요. 농사했는데, 어느 날에 그 새들, 새들 이야기 들었어요. 어떤 동쪽에 거기에서 곡식이 많다고. 그, 그때는 중국? 뭐라고? 암튼 외국 사람들 우리나라에 그 전쟁할라고 준비하고 있거든요. 근데 싸우고 나서 곡식이 다 떨어졌잖아요.

“거기에 먹는 거 많이 있다.”고.

“우리 가자.”

그 새들은 그런 이야기 들었거든요. 네네. 맞나? 아, 아니야. 그거 아직 아니고. 아무튼 새가 할아버지한테 그, 아, 산에, 산에 어, 호랑이가, 호랑이가 그치 맞아? 호랑이가. 그거 맞나? 너무 많아서 제가 헷갈렸어요. [청자: 헷갈려. 여기, 음.] 아 맞아. 산에 호랑이가 염소, 염소, 염소를 잡았어요. 근데 아직 못 먹었거든요.

“거기 있으니까 가서 염소고기 갖고 먹어라. 대신에 내장에 나, 나, 나 우리를 남겨줘라.”

그렇게 이거든요. [조사자 1: 새들이 직접 할아버지한테 말한 거예요?] 네, 직접 할아버지한테 말했거든.

근데 할아버지가 진짜 그 말대로 올라가고 진짜 있다. 근데 할아버지가 자기 먹을 만큼만 가져왔잖아요. 근데 너무 착하니까 또 동네 사람들을 알려줬어요. 그래 한 사람 알려주면 다음 사람도 알고 다 가서 올라갔는데 근데 그 사람들, 욕심 때문에 내장까지 다 가져갔어요.

그래서 새들은 할아버지가 욕심이 많아서 자기 약속 안 지켰어. 자기 거 안 남겨줘서 화가 났어요. 화가 나서 할아버지가, 화살? 뭐지? 활? 하나는 저기 가져갔어요. 가져가서, 복수한 거지. 진짜 화가 났거든요.

"내 거 남겨주라고 했는데 왜 안 남겨주는 건데."

근데 그래서 그, 강을 지나가서 거기 죽은 사람 있어요. 그 사람 어떻게 죽었는지 모르겠지만은 암튼 죽은 상태에서 새들은 그 활, 그 사람, 죽은 사람을 꽂았어요. [조사자 1: 아, 할아버지의 활을 물어다가?] 왜냐면 활에 그 할아버지 이름이 있거든요. 그래서 꽂았어요. 할아버지 범인이라고. 그런, 새도 똑똑해요.

그래서, 그리구 그 사람이 조사하면 관, 관들은 이 사람들이 왜 죽었는지 조사하잖아요. 거기 있는 할아버지 이 활이 있으니까, 할아버지가 분명히 범인이라고. 왜, 할아버지 잡으러 갔어요. 잡아갔는데. 거기, 암튼 궁으로 인가? 감옥으로 가는 길에는 할아버지가 얼마나 억울한데 자기 아니라고 변명할 수 없잖아요. 근데 가는 길에는 새들은 아까 이야기했잖아요.

"저기 동쪽에는 그런 곡식이 있다."고.

"우리 먹으러 가자."

그래서 할아버지가 그런 소리 들어서 그런 관한테 얘기했다. 지금 그 사람들은 우리나라의 준비, 전쟁 아 우리 그 뭐지? 전략? 뭐라고 해요? 준비하고 있으니까. 준비하고 있으니까 거기 그거. 그 관한테 알려줬는데 그 관들은 믿지 않죠. 어. 근데 할아버지가

"내가 사실대로 말하는데 그거는 진짜 아니면 내가 죽을게요."

라고 그렇게 약속 걸어서.

근데, 그래서 진짜 그 가서 진짜 그렇대. 그, 마침 그거 막았거든요. 안하면 그 사람이 준비 다 하면은 우리는, 우리나라는 다 죽잖아요. 그런데 그거 막았어요. 그래서 할아버지가 풀어줬어요, 풀어주고.

그래서 할아버지가 집에 가는 길에 친구 집에 잠깐 들렸어요. 들려서, 친구 집에 들렸는데 친구가, 오랜만에 친구 집에 찾아오니까 알아보고 오리, 오리 한 마리 잡아서 음식이 반찬을 만들어라 친구 위해서 해줬, 그런데. 할아버지가 그 밤에 그, 오리보고 얘기했거든요. 오리 남편이 자기 오리 아내한테 어,

"자기야 내가 이제 내일 아마 내가 죽을 거야. 내가 영원히 가니까 당신이 남아서 애들 잘 키워라."

[조사자 1: 아, 죽을 오리가?] 네. 왜냐면 자기 알, 들었거든요. 주인가, 주인이 새벽에 자기를 잡아서 반찬을 만드니까.

그래서 할아버지가 그 소릴 들은 거야. 일반 사람은 모르지. 근데 그 할아버지가 옥 있으니까. 알아들은 거야. 그래서 나 때문에 이 가정의, 이걸 깨니까 마음이 아파서. 어, 그래서 다음 날에는 친구가 오리 잡으러 갔는데 할아버지가 막았어요.

"니가, 이 오리 잡으면 내가 바로 나간다."

그렇게 이야기했거든요?

"나는 아무거나 먹어도 된다."

해서 친구는 할아버지가 혹시 그냥 뭐, 나한테 뭐, 부담, 아 부담 가지니까 그렇게 않을려나 그러고 했거든요. 근데 할아버지가 진짜 아니라고, 진짜 강한 식으로

"잡지 마!"

라고 그래서.

결국 안 잡았어요, 안 잡았어요. 아내보고 시장에 가서, 시장에 가서 뭐 좀 사와라. 그래서 아내가 시장에 가서 작은 새우 사왔어요. [조사자 1: 새우?] 응, 조그만 새우, 새우 사왔어요, 사왔는데. 할아버지가 먹고, 그래서 할아버지가 집에 가요.

가는데, 오리 부부하고 애들이 나가서 감사하다고 인사 갔거든요. 감사한 마음에는 옥 하나 또 줬어요. [조사자 1: 할아버지한테?] 네, 할아버지. 그 옥은 바닷속, 물속으로도 들어갈 수 있는 옥이야. 그래서 할아버지 주구, 할아버지한테 이야기했어요.

"그 새우, 새우들은 우리 대신에 죽었으니까, 이 새우 감사한 마

음으로 우리 오리들은 이제부터 새우 안 먹는다."

그래서 진짜 오리 새우 안 먹어요. (웃음) [청자(누엔티한): 정말? 어, 그래서 그랬구나.]

그렇게 하고 할아버지가 그거 받고 집에 갔어요. 집에 갔는데. 바다에 지나갔어요. 혹시 그거 진짜인지 안 진짜인지 할아버지가 그 옥은 바다 이렇게 걷는 거거든요. 그래서 진짜 물이 할아버지가 가니까 물이 뭐지? [조사자 1: 갈라졌어요?] 네, 갈라서 들어갔어요.

그런데 거기에서 바다 속에서 왕궁도 있잖아요. 그, 왕하고 관들은 회의하고 있는데 왜 갑자기 우리 지진처럼 암튼 그렇잖아요. 그래서 사람을 보고,

"무슨 일 있냐?"고.

[조사자 1: 옥황상제.] 네. 네. 와서 그렇게 보고했어요. 할아버지가 옥 있다고 했는데.

그래서 그, 그 바다 왕은

"그럼 그 할아버지 이리로 오시라."고.

와서 물어보고

"당신은 뭐했길래 우리 왕궁 그렇게 에에."

그래서 할아버지도,

"나는 이 옥 있다."고.

뭐 그러는데. 근데 그, 바다왕국 왕은,

'이 할아버지 그냥 지금 살짝 이렇게 해도 우리 왕궁도 잃었는데 만약에 뭐할려면은 우리 여기 없애버린다.'

라고 생각이 들어서 근데 어떻게 그 옥은 자기한테, 그 할, 그 옥을 뺏길라고 했지. [조사자 1: 뺏을려고.] 네, 뺏을라고 했지.

근데 못 뺏잖아요. 그런 이유 없이 사람 물건이잖아요. 그래서 그냥 할아버지가 그럼 다음에 우리 놀러, 우리 왕국에 놀러하고 싶으면 그냥 이야기해.

"우리 존중하고 우리 초대할게요. 이렇게 하지 마. 이렇게 하지 마세요."

근데 할아버지 집에 보냈어요, 보냈는데. 할아버지도 농사하구,

맞아? 농사하구 암튼 그, 그런데. 아, 할머니가 약, 약 줬나? 약 먹였나? [청자: 그니까 약 먹여가지구. 어떻게든 뺏을라구.] 암튼, 그 왕, 그 바다 왕은 할아버지 아내한테 그, 그, 옥은 가져오면은 황후로, 황후로. [청자: 아, 황후로 저거 해줄라고.] 만들어준다고.

그래서 그 할아버지 아내가 할아버지를 그, 자는 약을 먹여가지고 그거 뺐겼어요. 뺏어서 그 왕 갖다 줬지. 할아버지 일어나서 옥을 아무리 찾아 해도…

(제보자가 전화를 받느라 잠시 구연을 멈춤.)

그래서 속상하고 배신당한 그 느낌으로. 바다로 가서, 뭐 좀 하려고, 뭐 좀 모래. [청자: 모래 갖다가 기름 만들어서 수궁 들어가서 다시 찾아올려고.] 근데 안 되잖아요. 그런 식으로. 근데 어떻게 그 바다에 사람이, [청자: 길을 못 만들어요.] 할 수 없잖아요.

계속, 계속 가다가, 계속 왔는데 한 번 파도 올라가서 또 없애주고. 할아버지의 그만큼 힘드는데. [청자: 그래도 계속하고. 계속 계속.] 죽어도 계속 하는 거예요. 그래서 죽어서 그 게, 소라게 변해서. [청자: 죽고 나서 소라게로 변했어요.] 네, 그 사람이.

[조사자 1: 그래서 할아버지가 죽어서, 소라게가 돼서, 계속 그렇게 모래를.] 그치. 계속하고 있잖아요, 계속 예. [조사자 1: 뿜고 자꾸. 모래를 뿜게 되었다.]

근데 한국에는 소라게지만은 베트남의 그, 그 게는 할아버지 이름으로 붙어있거든요. [조사자 1: 아, 진짜요? 아, 이름이 뭐예요?] 자 장. 그리고 지금 사람이, 베트남에 그런 속담 있어요.

'무슨 일을 저질렀지만은, 그 어떤 결과 없으면 하지 말라.'

왜냐면 그런 할아버지처럼 힘 많이 내지만은 결과 없으니까. 그런 식으로 있거든요? 그런 속담. 그런 속담. [조사자 1: 아, 결과가 없는 일을 하지 마라?] 네. 네. 가능한, 가능성 보이지 않는 일을 하지 마라. [청자: 가능성 없는 일은 하지 마라.] 어떤 사람 진짜 엉뚱한 일을 하고 있잖아요. [청자: 불가능한 일을, 그니까 일은, 일은 하는데 결과, 근까 기능, 가능성이 없는 일은 하지 마라.] [조사자 1: 무모한 일.]

[조사자 2: 한국에도 있어요. 못 올라가는 나무는 쳐다보지도 마라.]

[청자: 에에, 그러네. 속담도 비슷해요.] [조사자 1: 스 틱 자 장이면 스틱이 무슨 뜻이에요?] 스 틱. 옛날이야기. [청자: 전래, 전래동화라는 뜻.] [조사자 1: 옛날이야기. 그리고 자 장이 할아버지 이름?] 할아버지 이름. [청자: 그 소라게라는 뜻이에요.] [조사자 1: 그 소라게를 베트남에서 부를 때 자 장이라고 부르는구나.] 네. 네. 한국에서 소라게지만은 베트남에서는 자 장.

[조사자 1: 근데 결론적으로는 이 할아버지가 좋은 일을 해서 슬프게 끝난 거네요.] [청자: 그래요, 네. 네.]

호랑이 털이 얼룩덜룩하고 물소의 윗니가 없어진 이유

● **구연정보**

조사일시 : 2018. 11. 04(일) 오후
조사장소 : 충청북도 진천군 진천읍 벽암리
제 보 자 : 웬태휴 [베트남, 여, 1987년생, 결혼이주 12년차]
조 사 자 : 황혜진, 오정미, 한상효

● **구연상황**

제보자가 〈혹을 가진 두 여자〉 이야기를 구연한 뒤, 곧바로 조사자가 제보자에게 다른 이야기를 청했고 제보자가 구연을 시작했다.

● **줄거리**

엉덩이를 맞으며 농부의 밭을 일구는 물소를 보며, 호랑이가 물소에게 너는 왜 매를 맞으며 저항하지 않느냐고 물었다. 물소가 사람은 작지만 지혜가 있다고 답했다. 호랑이가 지혜가 무엇인지를 묻자, 물소가 농부에게 직접 물어보라고 했다. 호랑이가 농부에게 지혜를 보여 달라고 하자, 농부가 지혜를 집에 가서 가져오겠다면서 그 사이에 호랑이가 물소를 잡아먹으면 안 되니 호랑이를 나무에 묶어 두겠다고 했다. 호랑이가 농부의 말을 믿고 나무에 묶이자 농부가 나무에 불을 지피며, 이것이 지혜라고 했다. 호랑이는 불에 그을려 얼룩덜룩한 털을 가지게 되었다. 그 모습을 보던 물소가 웃다가 바위에 자빠져서 윗니가 날아갔고, 그때부터 물소는 윗니가 없어졌다.

또 하나 있는데요. 약간 여기 제, 한국말로는 제목은 〈나의 지혜다〉, 〈나의 지혜〉. [조사자들: 나의 지혜.] 나의 지혜.

아주 옛날에 약간 그때는 동물도 말을 할 수 있는 시대였어요. 그래서 어느 마을에 농부가 있대요. 농부가, 어느 날 농부가 물소, 베트남은 물소 있잖아요. 물소 저기, 뎋다가 데려다가 저 밭이 일을 하는 거예요. 호랑이가 숲속에서 나오는 거야. 나오면서 그 논에 일하는 물소를 봤대요. 근데 보면서 이해가 안 되는 거고. 물소가 일하는, 열심히 일하고 있는데 근데 농부의, 농부가 가끔씩 엉덩이 때려주는 거예요. [조사자 2: 잘 하는데?] 네네, 잘 하는데.

"왜 때렸냐?"고.

그게 궁금했대요. 그래서 쉬는 시간에 물소에 다가오면서 물어봤대요.

"너는 무척 힘 쎄는 데 작은 사람한테 그렇게 막 때리게 해 놓냐?"고.

[조사자 1: 맞느냐고?]

"왜 맞냐?"고.

"뭐 반항하지 않냐?"

고 했는데 그래서 물소 대답했대요.

[조사자 1: 누가 물어봤어요?] 호랑이가. 그 물소 대답했대요.

"사람이, 사람은 작지만 지혜가 있다."고.

"머리가 생각이 많이 있다."고.

똑똑한 사람이라고 얘기했대요. 그래서 호랑이가,

"지혜? 지혜가 뭐냐?"

고 물어본 거예요.

"지혜 뭐냐?"고.

"먹을 수 있는 거야? 그거 어떻게 생겼어?"

이렇게 물어봤대요. 그래서 물소가 그렇게 대답했대요.

"지혜는 지혜지. 지혜는 지혜지. 어떻게 생겼는지 니가 궁금하면 농부한테 가서 물어봐."

그래서 호랑이가 농부한테 가서 물어봤대요.

"니 지혜가, 너의 지혜가 뭐냐?"고.

"나한테 조금 보여줄 수 있냐?"고.

물어봤대요. 그래서 농부, 한참 생각하다가 호랑이한테 말했대요.

"지혜? 아, 지혜. 그거 내가 집에 두고 나왔는데, 어, 너 기다려

내가 집에 가서 가져올게. 보여줄게. 니가 필요하면 내가 조금씩 나눠줄게."

그랬대요. 근데 호랑이가 그렇게 얘기 들으니까 너무 좋아하는 거예요. 너무 좋아서,

"그래, 그래 그 나한테 조금씩이라도 줘."

이렇게 말했대요. 그래서 생각하다가도 농부의 갑자기, 가다가 갑자기 멈췄대요.

"근데 내가 집에 가면은 혹시 니가 내 물소를 잡아먹으면 어떡해? 그럼 안 되잖아."

그럼 호랑이가

"그럼 어떻게 하면 돼?"

그 농부가 그랬대요.

"그럼 잠깐 니가 나무에 잠깐 묶어야 될 거 같애. 묶어서 기다리면 돼. 내가 올 때, 그때 풀러줄게."

그러는 거예요. 호랑이가,

"어, 그래? 뭐 그렇게 하지 뭐."

그래서 그렇게 했대요. 그래서 어, 동아줄, 동아줄 갖고 호랑이를 저 나무에 묶었대요. 그래서 또 볏짚인가 그런 거 돌려서 하면서, 불 저기 붙이는 거예요. 불을 붙이면서, 막 소리를 지르는,

"이게 이거 내 지혜다. 이게 내 지혜다."

이렇게 하는 거예요.

"이게 바로 내 지혜."

라고 그렇게 얘기했대요.

근데 옆에 물소 지켜보니까 너무 웃기는 거예요. 너무 웃었다가 돌에 부딪히면서 윗니가 다 날라간 거예요. 네, 다 날라가고. 그래서 어 나중에 불 피면서 동아줄이 끊어지면서도 호랑이가 도망을 갔대요.

그래서 사람 그 베트남 사람들이 저희 물소는 윗니가 없거든요. 그때부터, 그때부터 저기 물소 윗니가 없고. 호랑이는 나중에 약간 검은 줄무늬 있잖아요. 그거는 다 베트남 사람은 어, 그때부터 생기

는 거라고. 왜냐하면 저기 물소의 저기 웃다가 윗니가 빠지니까 나 나중에 자손을 낳을 때는 윗니가 없고, 호랑이는 저기 동아줄 묶으면서 타니까 약간 탄 자국이 났다고 그래서 나중에 호랑이 자국 그렇게 생긴다고 그렇게 믿었대요. 그냥 저희 베트남 사람들이.

[조사자 1: 탄 거 같다. 그렇게 그 줄로 묶은 자리가 윗니라는 것은 고기를 먹기 좋은 여기 윗쪽 이를 말하죠? 그러니까 그래서 소가 풀밖에 못 먹나 봐요?] 그래서 물소가 저기 저희 물소 윗니 아예 없거든. [조사자 1: 윗니가 아예 이 자체가?] 이가 없어. 이 자체가 없어요, 물소는.

[조사자 1: 이렇게 날카로운 고기 뜯어먹는] 아니 그 날라갔다고 들었는데요. [조사자 1: 너무 웃다가 그냥 자빠진 거예요?] 바위에 받혀가지고.

두꺼비가 이를 갈면 비가 오는 이유 [1]

● **구연정보**

조사일시 : 2017. 06. 03(토) 오후
조사장소 : 전라남도 진도군 진도읍 성내리 공공도서관
제 보 자 : 호티홍녀(한수아) [베트남, 여, 1986년생, 결혼이주 11년차]
조 사 자 : 박현숙, 김현희

● **구연상황**

필리핀 국적의 메리안 제보자와 베트남 국적의 엔티터번 제보자가 자기나라 귀신 이야기 구연을 마쳤을 때 조사자가 호티홍녀 제보자에게 다른 이야기를 청하자 제보자는 스스로 자연현상에 관한 이야기를 구연했다. 베트남의 날씨는 건기와 우기가 있다고 먼저 설명한 뒤 구연을 시작했다. 구연 도중 주인공 두꺼비를 도깨비로 잘못 발음하여 조사자가 정정해주기도 했다. 엔티터번 제보자와 메리안 제보자가 청자로 참여하여 제보자의 구연 내용을 경청했다. 메리안 제보자는 필리핀에서 할아버지가 두꺼비 소리와 비를 연결해서 말씀한 기억이 난다면서 이런 이야기가 있는 줄은 몰랐다고 했다.

● **줄거리**

옛날에 건기가 아주 오랫동안 이어지자 가뭄이 심해져 농사짓는 사람들이 어려움을 겪었다. 두꺼비가 사람들의 소원을 하느님에게 전하려고 하늘로 향했다. 두꺼비는 가는 길에 개, 꽃게, 닭 등 다른 동물들을 만나서 함께 길을 갔다. 두꺼비가 하느님을 만나서 사정을 말하자 하느님이 문제가 심각한 줄 몰랐다고 말했다. 하느님은 두꺼비에게 앞으로는 직접 올라올 필요 없이 이를 가는 소리로 신호를 보내면 비를 내려주겠다고 했다.

베트남에서는 뭐, 건기하고 우기만 있잖아요. 그 사계절, 남쪽에는 특히 사계절 없어요.

그래갖고 옛날에 건기 너무 오래 되고 그러니까 농사꾼, 농사 사람들이 많이 이제 안 돼가지고 이제 도깨비(두꺼비), 도깨? 도깨비? 하늘로 올라가서 보고,

“여기 세상에서 사람들이 비 오면 좋겠다.”고.

“비 많이 기다리고 있다.”고.

같이 가면서 아마, 같이 가면서 다른 동물들도 개, 강아지, 뭐 꽃게, 닭이랑 같이 가, 하늘로 갔어요. 가가지고 이제 얘기해주고,

“어, 그렇다.”고.

“모르고 있다.”고.

“비 내려줄 것이라.”고.

“근데 나중에 만약에 비 오라고 원하면 이렇게까지 고생 안 해도 되구.”

도깨비? 아니 뭐지? 개구리 비슷한. [조사자: 두꺼비.] 두꺼비. 도깨비 아니고 두꺼비. 두꺼비, 두꺼비 이제 소리 나잖아.

“자기 이제 이 갈았을 때, 그 소리만 들으면은 하느님이 비 내려줄 거라.”고.

“이제 직접 안 가도 된다.”고.

그래서 우리 농민들이 인제 지금까지 만약에 두꺼비, 두꺼비 이 가는 소리 들어보면 비 올 것이라고 이렇게 이야기.

[조사자: 아, (메리안 제보자를 쳐다보며) 필리핀도 그런 게 있어요? 같애요, 이야기가? 조금 달라요?] 비슷하지만 조금 달라요. [청자(메리안): 비 오는, 두꺼비 그 이 소리. 소리는 우리 할아버지 옛날에, “아, 이제 비 온다”고. [조사자: 아, 두꺼비가 소리 나면 이제 곧 비 온다고 이렇게 이제 어른들이 아셔요?] [청자(메리안): 응. 이런 특별한 이야기 몰랐었어요.]

두꺼비가 이를 갈면 비가 오는 이유 [2]

● **구연정보**

조사일시 : 2017. 09. 24(일) 오후
조사장소 : 경기도 의정부시 민락동
제 보 자 : 응웬후우통 [베트남, 남, 1986년생, 이주노동 7년차]
조 사 자 : 박현숙, 김현희

● **구연상황**

제보자가 〈나라를 구한 어린 장수〉를 구연을 마친 뒤 조사자가 어떤 이야기가 더 있느냐고 묻자 이어서 구연을 시작했다. 이 설화는 고등학생 때 책으로 접했다고 했다. 조사자에게 제보자를 소개한 한국어 교사가 청자로 참여했다.

● **줄거리**

옛날에 가뭄으로 땅이 갈라지고 식물이 말라 죽었다. 두꺼비가 하늘로 가서 왜 비가 내리지 않는지 물어보고 오겠다고 했다. 두꺼비는 하늘로 가는 길에 게, 물고기, 호랑이, 여우, 벌을 만나서 함께 동행했다. 두꺼비가 하느님을 만나서 비가 내리지 않은 이유를 묻자 하느님이 바빠서 비 내리는 것을 잊었다고 했다. 하느님이 두꺼비에게 앞으로 자신이 잊지 않도록 비가 안 오면 신호를 달라고 했다. 그 후 두꺼비는 날이 가물면 이를 갈아서 하느님에게 신호를 보냈다. 베트남 사람들은 두꺼비가 이를 갈면 하늘에서 비가 내린다고 믿는다.

옛날 아주 먼 옛날이었어요. 오랫동안 비가 내리지 않아, 샘은커녕 바닷물까지도, 물 마실 거조차 구할 수 없었어요. [조사자: 물 마시자고 할 수 없었어요?] 네네. 땅이 쩍쩍하고 갈라지고 사람들 식물도 말라가고 있었어요,

물 없기 때문에. 참다못한 두꺼비 땅 밖으로 나가서. 더 이상 참을 수 없었어요.

"왜 비가 내리지 않게."

그렇게 말했어요.

"내가 하늘로 가서 물어봐야겠다."

고 했어요.

[조사자: 아, 비가 왜 안 오는지 물어봐 준다고?] 네, 그래요. 왜냐면,

"몇 년이 비를 내리지 않으니까 물어봐 준다."

고 말했어요.

그리고 말하고 나서 길을 갔어요. 그리고 가다가 게 한 마리 만났어요. [조사자: 옆으로 가는 게?] 네네네. 게 한 마리 만나고,

"힘든 게 뭐고? 왜 그렇게 힘든지."

물어봤어요.

"물도 없고 힘들어서."

"그럼 나랑 같이 하늘에 비가 내리지 않느냐고 물어보러 같이 가자."

고 했어요.

"그럼 같이 갈까요?"

두꺼비하고 게가 가다가 가다가 물고기 만났어요. 얕은 강에 가서 물고기 만났어요. 물고기도 점점 기운이 없었어요. 물 없기 때문에 기운이 없었어요. 그리고 또 물어봤어요.

"왜 그래? 왜 그래? 힘든 게 뭐예요? 우리가 지금 하늘에 가고 있어요. 혹시 같이 가실래요."

그러니까 물고기도,

"아, 내가 일이 없고 힘들어 같이 가고 싶어요."

그래서 물고기하고, 두꺼비하고, 게하고 같이 가다가 숲에 강도 건너고 나서 숲에 들어갔어요. [조사자: 숲으로?] 네. 숲으로 들어가서 호랑이 만났어요. 호랑이 만나서 호랑이 소리를 지르고 있어요.

"왜 숲으로 들어왔어요?"

물어봤어요.

"우리가 또 물이 없어서 하늘에 왜 비가 내리지 않냐고 물어보라."

고 했어요. 그래서 호랑이,

“그럼, 내가 물도 없어서 마실 물조차도 없었어요. 문제없으면 좋겠다.”

고 했어요.

그래서 같이 호랑이도 두꺼비하고 물고기하고 같이 가서, 가다가 가다가 여우하고 벌을 만났어요. [조사자: 누굴 만났다고요?] 여우하고 벌을 만났고. 그리고 사람들이, 동물들이 왜 비는 내리지 않고 그냥 서로 물어봤어요. 그런데 목적이 같아서 여우와 벌이 물어봤어요.

“우리가 하늘에 가고 있어요. 혹시 가실래요?”

그래서 동의하고 나서 같이 하늘에 갔어요.

그런데 하늘에 도착하자마자 어떻게 하느님이 만나는지 방법을 모르겠어요. 생각한 후에도 그 방법 자꾸 하고, 며칠 후에 만났어요. 여우가 힘내고, 두꺼비 왕한테 만나고 이야기했어요.

“아, 내가 일이 너무 바빠서 깜빡 잊어버렸어요.”

“우리가 몇 년이 지나서도 비가 안 내렸어요. 그래서 땅에서 거의 죽고 있어요. 비를 좀 내리게 해주세요.”

그래서 바로 비는 내렸어요. [조사자: 비가 다 내렸어요?]

그래서 앞으로 베트남 사람들이 두꺼비 이를 갈면, 하느님이,

“앞으로 내가 바쁘면 비가 내리지 않으면 네가 신호로 좀 알려 달라.”

고 했어요.

[조사자: 그러니까 내가 비를 안 내리면, 네가 신호를 좀 보내라?] 그렇게 하고 앞으로 베트남사람들이 두꺼비는 이를 갈면 꼭 비가 올 거라고 믿었어요. 왜냐하면 이가, 두꺼비는 이갈면은 *보는 못했어요. [조사자: 이를 갈면?] 네네. 이를 갈면 소리 나잖아요. 그래서 하느님이 들어서 비 내려줄 때라고 한 것 같아요. 비가 그렇게 와요.

두꺼비가 이를 갈면 비가 오는 이유 [3]

● 구연정보

조사일시 : 2017. 11. 02(목) 오전
조사장소 : 인천광역시 미추홀구 용현동
제 보 자 : 융티탄프엉 [베트남, 여, 1988년생, 유학 3년차]
백옥장 [베트남, 여, 1982년생, 유학 10년차]
조 사 자 : 오정미, 한상효, 엄희수

● 구연상황

〈나라 구하고 승천한 거인 영웅 댕잠〉에 관련된 전설 구연을 마친 후, 백옥장 제보자가 베트남의 민속 문화를 소개하면서 이 이야기를 시작했다. 융티탄프엉 제보자가 함께 도와가며 이야기 구연을 진행했다.

● 줄거리

옛날에 오랫동안 비가 오지 않아 힘들었다. 그러자 동물들이 대표를 뽑아 하늘의 옥황상제에게 따지러 가기로 했다. 두꺼비가 대표를 자청했고, 호랑이, 곰, 여우, 벌, 게가 함께 했다. 하늘 문에 도착하자 동물들이 역할을 분담하여 북을 쳤다. 동물들은 하늘 문을 지키는 문지기를 계속 귀찮게 하여 결국 옥황상제를 만났다. 그들이 전하는 사연을 들은 옥황상제는 비를 관장하는 신이 잠을 자느라 비 내리는 것을 깜빡했다는 사실을 알게 되었다. 옥황상제는 앞으로 두꺼비가 이를 가는 소리를 내면 비를 내려주겠다고 약속했다. 베트남에서는 두꺼비가 입을 가는 소리가 나면 다음 날에 비가 온다고 한다.

백옥장 : 우리 도깨비가 입을 이렇게 하면 비 온다고.
조사자 1 : 도깨비가?
백옥장 : 도깨비요.
조사자 1 : 이빨을 이렇게 하면은?

백옥장 : 비 온대요.

융티탄프엉 : 개구리처럼 생긴. 그거 있잖아요.

백옥장 : 두꺼비, 두꺼비, 두꺼비.

조사자 1 : 두꺼비.

백옥장 : 못생긴 두꺼비 맞아요. 그런 현상 맞거든요.

조사자 1 : 아, 도깨비가 아니라 두꺼비구나.

백옥장 : 두꺼비. 이런 이빨을 에 이렇게 하면 비 온대요.

융티탄프엉 : 소리가 나면.

백옥장 : 소리만 들리면.

융티탄프엉 : 비가 와요.

백옥장 : 아니면 두꺼비는 보자마자 비 온 것 같다. 그런 거는 미리 다 예상하고. 옛날, 그 일기예보 같은 거 없어요. 우리, 우리 조상하고 할머니들은 그냥, 그냥 자연현상을 이렇게 보면서 미리 예측하는 거지, 일기에 내일 몇 도인지 그런 거.

융티탄프엉 : 비 올 건지 모르니까.

백옥장 : 왜냐면 테레비전도 전기도 없는데.

조사자 1 : 한국도 그랬어요.

백옥장 : 그러니까 이거 전설 엄청 많아요, 유형으로. 그리고 왜 나무 이런 이름이 있고, 지리 현상은.

융티탄프엉 : 그게 무슨 내용이었죠? 두꺼비가 하늘을 기소한다? 약간, 가서 따지는 거 있잖아요.

백옥장 : 소송?

조사자 1 : 소송한다.

융티탄프엉 : 소송한다.

조사자 1 : 그거 해주세요, 재미있다. 하늘을 소송한다. 스토리가 있는 거죠?

백옥장 : 네. 우리 옛날에 계속 비가 오지 않았어요. 농사하는 나라는 비 안 오면 너무 곤란하는 거죠. 그러니까 모든 동물들이 모임이 했어요. 우리 왕한테 찾아가야 돼.

융티탄프엉 : 하느님한테.

백옥장 : 하느님? 왜 비를 안 내려 주냐 물어봐야 한대요. 막 이야기 하다가 근데 누가 대신

융티탄프엉 : 그니까 대표자를 뽑아야 하는데 대표로 나가고 싶은 사람이 없는 거예요. 지금.

백옥장 : 없어요.

융티탄프엉 : 동물이 없어요.

조사자 1 : 동물 세계도 똑같애. (웃음)

백옥장 : 그러니까 업무, 뭐죠? 담당자는 못 찾기 때문에 결론은 두꺼비가 나타나서 “내가 하겠다. 혼자서.” 근데, 근데 혼자서 아니고 내가 몇 가지 동, 동행, 동행자는 몇 가지 뽑을 거래요. 근데 이거는 좀 봐야 하는데, 왜냐면 누가 이렇게 했는지 내가 기억 안 해. 그러니까 아마 두꺼비, 호랑이, 뭐, 결론 거의 대표 하나씩 있어요. 호랑이, 어, 원숭이, 뭐 장어까지도 다 하나까지도 다 하나씩 대표 있어요. 처음에 없지만 두꺼비는 하겠다고 한 다음에, 그 뭐죠? 임원들을 다 뽑는 거예요. 단체로.

융티탄프엉 : 두꺼비가 가면서 가는 길에 그 동물들을 만나서,

백옥장 : 같이 가자고.

융티탄프엉 : 어디 가냐고 물어보니까 그런 얘기를 하니까 동물들도 따라간다고.

백옥장 : 따라간다고. (웃음) 그런 버전. 오케이. 보면서 설명, 보면 안 돼?

조사자 1 : 봐도 돼요, 봐도 돼요. 보면서 해도 돼.

융티탄프엉 : 그래서 가서 따졌죠.

조사자 1 : 신한테 가서?

융티탄프엉 : 하느님한테.

백옥장 : 결론은 누가 갔지? 누구? 두꺼비, 표범, 뭐.

융티탄프엉 : 게도 갔나? 그 옆으로 가는 게.

백옥장 : 응. 게.

조사자 1 : 누구누구 갔다구요? 두꺼비가 먼저 인제.

융티탄프엉 : 그 옆으로 가는 게도 있고.

조사자 1 : 근데 이거는 중요한 거 같지는 않아. 누가 같이 따라갔는지.

백옥장 : 호랑이도 가고. 왜냐면 이런 그 역할 분담 다 되는 거예요.

조사자 1 : 아, 역할이. 아.

백옥장 : 가서 누가 뭐 해야 되는지. 왜냐면 우리 왕국에 갔는데 문 안 열어주면 어떻게 만나요. 그러면 열게 해야죠. 그게 열게 하려면, 뭐죠?

융티탄프엉 : 아, 언니. 호랑이랑 곰이랑 여우랑 벌, 그리고 게.

조사자 1 : 호랑이, 곰, 여우, 벌, 그리고 옆으로 가는 게.

융티탄프엉 : 그리고 두꺼비랑 같이. 두꺼비는 반장이었어요.

백옥장 : 당연하지. 하겠다고 하니까.

조사자 1 : 그래서? 어떻게 돼요?

융티탄프엉 : 언니.

백옥장 : 말씀드려.

융티탄프엉 : 사실 저는 이거 보니까 생각이 난 거지. 진짜 하나도 생각이 안 났어요.

백옥장 : 그거 재미있는 이야기였어요.

조사자 1 : 그래서?

융티탄프엉 : 그래서 두꺼비가 다른 동물들한테 내 말을 들어야 된다고 해서 같이 하늘로 갔는데.

조사자 1 : 다른 동물들에게 뭘 해야 된다구요?

백옥장 : 내 말, 명령하는 거.

융티탄프엉 : 내 말, 명령을 따라야 한다.

백옥장 : 아니면 그, 단체였기 때문에. 소송단.

조사자 1 : 소송단. (웃음)

융티탄프엉 : 그래서 하늘 문까지 갔는데 그때는 다른 동물들이 이미 다 좌절감을 느껴서, 그니까 무서워서 기죽었는데 두꺼비만 네, 소리 크게 내서 다른 동물들한테 명령을 했어요. 저기는 물 항아리 하나 있으니까 게씨는 그 물 항아리로, 숨,

백옥장 : 들어가서 있으라고.

융티탄프엉 : "숨어 있어라."

조사자 1 : 다른 동물들한테?

융티탄프엉 : 아니요, 게만. 게한테. 여우, 그리고 여우는 내 왼쪽에 숨어 있어라. 그리고 곰은 오른쪽, 그리고 호랑이는 뒤에. 두꺼비.

조사자 1 : 여우는 왼쪽에 숨어있고.

융티탄프엉 : 네. 왼쪽. 그 두꺼비의 왼쪽.

조사자 1 : 그다음에?

융티탄프엉 : 오른쪽에는 여우.

조사자 1 : 아니 여우가, 두꺼비 왼쪽. 그다음에 누가 오른쪽이라구요? 곰?

융티탄프엉 : 곰이 오른쪽이에요. 호랑이는 뒤에. 언니 여기까지 기억해요?

백옥장 : 아니. 왜냐면 왜 그렇게 해야 하는지 나도 기억이 안 나.

융티탄프엉 : 기억이 안 나죠.

백옥장 : 그때는 역할 분담만 하고 문 열게 하는 행동은 했어. 그 왜냐면 보통은 하늘 문에, 뭐죠? 징 같은.

융티탄프엉 : 북이 있어요.

백옥장 : 북.

융티탄프엉 : 북을 쳐야.

백옥장 : 문 열어주는데.

융티탄프엉 : 나와요.

백옥장 : 동물들은 너무 작잖아요. 그 뭐죠? 천우? 천우가 안 열어주잖아요.

융티탄프엉 : 아무튼 그 하늘에 문을 지키는 사람이 있어요. 아, 번개, 번개하고 천둥 관리하는 사람. 그런 신 있어요.

백옥장 : 천우예요? 천우?

융티탄프엉 : 천우인가? 모르겠어요. 한국어로.

조사자 1 : 천둥?

융티탄프엉 : 천둥.

조사자 1 : 막 우르르 쾅쾅 천둥소리, 천둥. 번개 찍.

백옥장 : 그거 만드는 신 뭐라고 해요?

융티탄프엉 : 그거 관리하는 신.

조사자 1 : 그걸 만드는 신은 따로 없어요.

융티탄프엉 : 우리 나라말로는 티엔로이예요.

조사자 1 : 셀로이?

융티탄프엉 : 티엔로이.

조사자 1 : 잠깐만, 만드는 신이 있어. 그 신의 이름이 틴로이. 네, 근데 신이 있는데? 그 신이 문을 지키는 거예요? 아.

백옥장 : 이거 하늘 경비실 같아요. 맞아요. 경비실. 왜냐면 정문에 지키는 경비실해야. (웃음) 우리 설화에 대해 설명하고 있는데 다 현대적으로 다 써야 되네요. 이야기해.

조사자 1 : 그래서?

융티탄프엉 : 그래서 그 두꺼비가 가서 북을 엄청 크게 쳤죠? 쳐서 옥왕, 옥왕이. 옥왕이라고 하나요? 옥황?

조사자 1 : 옥황상제?

융티탄프엉 : 옥황상제가 낮잠을 자고 있는데, 그 북소리를 들어서 그 신한테, 문 지키는 신한테 가서 보라고 했는데, 티엔로이라는 신이 갔는데 아무도 없고 그 못생긴 두꺼비 한 마리만 있는 거예요.

백옥장 : 여러 번 귀찮게 해야 그 왕 만나게 해주는. 왜냐면 처음에 안 만나게 해주지. 왜냐면 "너네들은 다 작은 동물들이 왜 황제, 하나님까지 찾아오냐." 그러니까 두꺼비하고 동물들은 좀 여러 가지.

융티탄프엉 : 협력을 했어요. 협력을 해서.

백옥장 : 그 까다롭게 했지. "안, 안 만나게 해주면 내가 이렇게 이렇게 할 거다." 근데 뭐 했는지 내가 기억 안 나.

융티탄프엉 : 계속 옥황상제는 계속 그 두꺼비를 안 만났어요. 그래서 이 여우랑 곰이랑 호랑이랑 두꺼비, 그리고 벌 네, 이렇게 협력해서 엄청 귀찮게 했어요. 그 옥황, 그 저기 하늘에 있는 신들한테. 그래서 결국 만나게 해줬어요. 근데 그, 그게 어떻게 동물들이 어떻게 했는지는 저도 솔직히 기억이 안 나는데.

조사자 1 : 괜찮아요.

융티탄프엉 : 재미있었어요 옛날에는 아주.

조사자 1 : 지금도 재미있어요.

융티탄프엉 : 왜냐면 그때 제 기억에는 그때 동물들이 아주 윤리 있게, 막 잘 협력해서 싸웠어요. 아니, 그런 거 마음에 와 닿았어요, 옛날에.

조사자 1 : 그 모든 동물이 협력해서 옥황상제를 드디어 만났어요?

융티탄프엉, 백옥장 : 네.

융티탄프엉 : 그다음에 어떻게 됐어요?

백옥장 : 그, 만났는데 옥황상제가 "왜 너네들은 여기까지 찾아 오냐." 물어봤더니 두꺼비가 그 존경 없이 이렇게 뭐죠? 손짓으로 가려서 물었어요. 왜 뭐죠? 여기 천국인데 뭐 땅을 뭐라고 불렀죠? 하?

융티탄프엉 : 하계?

조사자 1 : 천상. 지상.

백옥장 : 지상에 비는 오랫동안 비는 안 내려주냐고 물어봤대요. "우리는 물 없으면 다 죽어버리는 거라." 왜냐면 다. 그니까 옥황상제는 책임자를 불러서 물어봤어요. "왜 오랫동안 비 안 내려주냐." 물어봤더니 뭐죠? 그, "잠, 자버렸기 때문에 안 만들었다."고.

조사자 1 : 옥황상제가?

백옥장 : 옥황상제가 비를 담당,

융티탄프엉 : 비를 만드는 신이.

백옥장 : 담당자. 담당자 불러서 "왜 안 했냐." 물어봤더니 그분이 게을러서 잠을 오래 잤대. 그래서 비는 안 만들어 줬대. 그다음에 옥황상제는 화가 나서 "그러면 안 된다. 왜냐면 그 지상에 있는 식물하고 동물들을 잘 지켜주어야지. 이렇게. 그러니까 그때는 나랑 두꺼비가 약속해준 게 있어." 만약에 담당자가 그 뭐죠? 까먹으면, 아니면 오랫동안 안 해 주면은 신호가 하나는 주래. 그 신호가 바로 니네 소리. 이빨, 이빨 가는 거? "그러니까 나한테 그런 거 신호 주는 것처럼 내가 그거 들으면 바로 해준다." 그게 약속이에요, 그 옥황상제하고 두꺼비 약속.

조사자 1 : 아 그 신호가 두꺼비가 이를 이렇게 하는 거였어요? 아, 이를 가는 거였구나.

백옥장 : 그래서 지금 농촌에 가면 보통 오기 전날에 두꺼비들은 그 많이, 뭐죠? 집구석에 다 나타나서 그런 소리 많이 들어요. 저희가 들을 때마다 닭살 나와요. 그니까 비 오려는 구나. 이렇게 예측하고 다음 날엔 비와요.

조사자 1 : 비와요? 어어.

백옥장 : 그러니까 우리 비 오는 현상을 설명해주는 거. 그거 바로 이 신화예요. 그러니까 애들한테 우리 자연을 잘 관찰하면 다 미리 우리 주변에 다 알게 있는 거, 다 미리 되어있어요. 잘 관찰하라고. (웃음) 왜냐면 요즘 애들은 다 자연을 잘 모르잖아요. 소 어떻게 생겼는지, 뭐.

조사자 1 : 베트남도 그래요?

백옥장 : 네, 요즘에 도시, 도시에서.

융티탄프엉 : 특히 도시에서 자라서.

백옥장 : 몰라요.

융티탄프엉 : 그런 애들은.

훌륭한 선생님 쭈반안과 용왕의 아들

● 구연정보

조사일시 : 2018. 11. 05(월) 오후
조사장소 : 서울시 관악구 신림동 서울대학교
제 보 자 : 쩐티빅프엉 [베트남, 여, 1977년생, 기타]
조 사 자 : 황혜진, 오정미, 엄희수

● 구연상황

제보자가 〈바베호수 생겨난 사연〉 이야기를 마친 후, 조사자가 하롱베이 지역과 관련된 이야기가 있는지 물었다. 제보자는 이야기는 있지만 잘 기억하지는 못한다고 하고는 훌륭한 선생님인 쭈반안에 대한 이야기를 구술했다. 제보자와 조사자들이 이야기를 나누는 과정에서 '쭈반안'과 '추반안' 발음을 혼용하기도 했다.

● 줄거리

인품이 뛰어난 쭈반안 선생님이 있었다. 쭈반안에게 감복한 용왕의 아들 두 명이 사람으로 변해 지상으로 내려갔다. 가뭄이 들자, 쭈반안이 용왕의 아들들에게 비가 내리게 도와달라고 했다. 용왕의 아들들이 벼루와 붓으로 비를 오게 했고, 그 비는 검은색이었다. 갑자기 천둥소리가 나서 쭈반안이 나가보니, 용왕의 아들들이 이무기의 모습으로 죽어 있었다. 쭈반안이 용왕의 아들들의 장례를 치르고, 그 벼루를 던졌다. 벼루가 던져진 자리에 연못이 생겼다.

베트남 사람들이 '반다이쓰비유' 있잖아요. 만대사표(萬代師表)라는. [조사자 1: 아 만대사표. 만대에 사표가 되는 선생님.] 사표이라는 선생님이라고 있구요. 추반안(朱文安)chu van an●. 이제는 문묘에, 문

● 쭈반안 선생은 베트남 잔(陳) 왕조 시대의 최고 현인으로, 유학자로서 왕태자를 가르치는 스승이었다. 본문에서는 쭈반안과 추반안으로 발음을 혼용했다.

묘에서 좀. [조사자 1: 문묘에서 제사를 지내요?] 네, 모시고 있구요. [조사자 1: 우리나라의 이황이나 이율곡 같은 그런 존재네요?] 네, 좀 비슷한 존재.

[조사자 1: 이 추반안 선생님이 그러면 어떤 공부를 하시고 어떻게 가르쳐주셨는데요?] 네, 그 원래 그, 공부는 여러 가지 분야에서 했는데 아주 그 뭐지? 천(陳) 시대 있잖아요. 천 왕조 시대 말, 말. 그때는 그. [조사자 1: 고어(古語)? 옛날 말?] 네, 옛 날말. 때는 뭐지? 쯔놈(字喃)chữ Nôm 있잖아요. [조사자 1: 쯔놈?] 한자, 한문. 한문 쓸 때는 한문을 기반으로 쯔놈으로 만든 베트남 말을 기록하는 문자로 만든 거.

[조사자 1: 아, 그니까 신라의 향찰 같은 거.] 향찰 같은, 비슷한. [조사자 1: 한문을 활용해서 베트남 말을 기록할 수 있게 하는 쯔놈이라는 기호체계를 만들었네요?] 아, 그거 만든 거 아니라. 글은, 그 문자를 이용해서 그, 한문을 많이 번역해서 가르치는 그, 선생님. 그리고. [조사자 1: 한문 자체를 읽기가 힘드니까 쯔놈으로 베트남 사람들이 한문 경전이나 불경 등을.] 많이 풀어서. [조사자 1: 풀어서 그렇게 가르치는.] 가르치고 있고. 어, 그리고 그, 아주 뭐지? 성격이나 인품이 아주 훌륭한 인품을 가지고 있는 선생님이구.

그 뭐지? 그때는 그, 음, 말기 있잖아요. 천 왕조 말기 뭐죠? [조사자 1: 정치적인 혼란?] 정치적인 혼란, 혼란스러운 그, 정치 환경에서는 뭐지? 많이 간신 많이 있잖아요. 그래서 일곱 간신을 좀 머리 자르, [조사자 1: 효수. 목을 자르라고.] 효수는 그런 표를 해서 임금에게 올리는 그거는 아주 유명한 일을. [조사자 1: 아, 그럼 되게 정의로우시네.] 네. [조사자 1: 일곱 간신의, 일곱 간신을 잘라라. 그렇게 임금에게 그, 상소문처럼?] 네, 상소. 상소하는 거. 그, 그 일곱 명 중에는 한 명은 자기 뭐, 사돈 들어있는 사람. [조사자 1: 자기 사돈이 간신 중에 하나였는데도 목을 잘라라. 그, 예. 인품이 훌륭하다는 것에서 우선 정의로운 면모를 봤어요.]

[조사자 1: 또 다른 훌륭한 거?] 다른 훌륭한 거는 그냥 그, 뭐지? 그, 자기가 아주 뭐지? 학문, 학문이 아주 높은 학문을 가지고 있는데도 그냥 어, 음. 관직보다는, 아주 높은 관직보다는 자기 그냥 뭐,

어, 그 학교를 세워서 학생에게 가르치는, 제자를 가르치는 거를 좋아하는 그 선생님이세요. 그래서 선생님 그냥 그, 제자 많이 그, 현달. 현달해서 그, 많이 그, 고관고직을 하더라도 그냥 그 선생님 찾아 배울 때 가장 그, 뭐지? 가장 뭐랄까? 그,

"스승과 제자의 예의를 잘 지켜야 된다. 지켜야 돼. 그러지 못하면 선생님은, 선생님은."

어. [조사자 1: "나를 보러 오지 마라."] 그렇게 하고요. [조사자 1: "아주 현달한 제자들이 고위관직에 있어도 나를 보러 올 때는 스승과 제자의 예를 잘 지켜야 한다."]

"그렇지 못하면 그냥 그 만나주지 않는다."

[조사자 1: "만나주지 않겠다."] 그렇게 했고요.

그래서 그냥 그, 그렇게 유명해서 그런 면에서는 분명해서 어떤, 요, 용왕의 아들. [조사자 1: 여왕?] 용왕. 용왕의 아들 두 명이 그, 그, 그, 추반안의 품격을 흠모해서 그냥 사람으로 변해서 좀 공부하고 싶다. [조사자 1: 응, 제자가 되겠다고 용왕의 아들 둘이 찾아왔어요?] 찾아왔어요.

그 처음에는 그냥 아무도 그런 사실을 몰랐어요. 그런데, 어떤 때가, 어떤 사람이. 그 어부가. 그냥 그, 강에서 이른 아침에 강에 가서 물고기를 잡고 있는데 그런 그, 두 사람이, 강에서, 강 위에서는 그냥 그 사람, 뭐지? 어떤 용이, 두 마리가 사람으로 변해서 강 위에서는 강가에, 올, 뭐지? 가까이. [조사자 1: 상륙?] 네, 상륙했어요. 상륙하는 것을 봤어요. 그래서. [조사자 2: 누가 봤어요?] [조사자 1: 어부가.] 어부. [조사자 1: 물고기 잡던 어부가.] 어부가 봤어요.

그래서 그냥 추반안 선생님한테 알려주었어요. 그런데 추반안 선생님이

"어, 그런 사실을 다른 사람에게 알려주지 말라."

그렇게 했어요.

그, 그러다가 어느 날, 어느 해에, 어느 해가 그냥 그믐, 그믐인가? 비가 안 왔어요. [조사자 1: 아, 가뭄이 들어서.] 가뭄이 들어서 아주 큰 가뭄이 들어서 비가 오랫동안 내리지 않았어요. 그래서 화물,

농작물이 다 말라가고 있어요. 말라가고 있어요. 그래서 비가 안 오면 아마 다 죽을 거예요. 죽을 지경이 되었어요. 그래서 그, 추반안 선생님이 그, 농민의 심정, 심경을 생각해서 제자 두 명을 불러와요. 그래서 그냥,

"니들이 누구인지 내가 알고 있다. 그래서 이제 농민들이 그냥, 동네 사람들이 이제는 아주 힘든 환경에 처해 있으니, 좀 도와줘라."

그렇게 했구요. 둘이, 그 형제, 용왕 형제가 서로 좀, 서로 보고 있어요. 너무 힘든, 힘든 눈빛이 좀 보고 있어요. 또 선생님께 말씀드렸어요. 한참 동안 생각하다가 선생님께 말씀드렸어요.

"저희가 좀 도와드린, 그 생각이 없는 것이 아니지만, 그 하느님의 그 뭐지? 그, 명령에 어기면 좀 큰일이라."

고 그래요.

"그렇지만 도와드릴 수 없을, 도와드릴 수밖에 없습니다. 혹시 그 뭐지? 물이 들어있는 보만할 거 있으면 주세요."

[조사자 1: 보 만한 거?] 그, 물이. 물이 있는 거. 들어 있는 그 도구가. [조사자 2: 아, 물을 담을 수 있는 도구.] 도구가 있으면. [조사자 1: 물병 같은 거?]

"그 주세요."

그렇게 해서. 음, 추반안 선생님께서는 그 음, 뼈? 그거 아니고 뭐랄까? 연, 먹하고, 연묵. [조사자 1: 이렇게 해서 여기 움푹 파여져 있는 거?] 어. 연명. 뭐랄까? [조사자 1: 여기에 물을 따르는 게 있어.] 그거, 붓. [조사자 1: 연적, 연적.] 연적하고 붓. [조사자 1: 연적하고 붓.] 붓. 그 주었어요.

그래서 그, 선생님하고 둘이가 그 강에, 그, 강 아니고 강인가? 어쨌든 다른 곳으로 갔어요. 강이나, 강 아니고. 강 아니고 그냥. [조사자 1: 작은 시내?] 시내 아니고 그 가서, 논, 논에 갔어요. 논에 갔어요. 그래서 그 붓에 그냥 뭐지? 그 연적에 담가서 그래서 그냥 그 뭐지? 연적에는 먹 있잖아요. [조사자 1: 아, 연적이 아니라 그, 인제. 응, 연적이 아닌가 보다.] 그거 뭐라고 하죠? [조사자 1: 벼루 같은 거.] 벼루. 그죠? 벼루요.

벼루가 그냥 그거 먹이 담겨 있는 벼루 있구요. 그래서 그냥 붓을 담궈서 그냥 이렇게. [조사자 2: 뿌렸어요.] 뿌렸어요. 그래서 그, 예. 뿌려서 갑자기 비가 왔어요. 아주 신기하게 비는 그냥 거기 그, 그 동네만 내려왔어요. 그 동네만. 그런데 비가 빗물이 그냥 까맣게. 까맣게, 네. 까매요.

그런데 그 밤에 그런 밤에는 어, 천둥 소리가 막 내렸어요. 막 내렸어요. [조사자 1: 그날 밤에.] 네. 그날 밤에. 막 내렸는데, 그, 그 추반안 선생님 아주 이상한 일이 일어났나봐요. 그래서 좀 불안해서 그래서. 그 제자가 시켜서

"좀, 나가서 좀 봐봐. 나가 봐봐."

그렇게 시켰어요.

그래서 그 제자가 나가봐, 강가에 나가보니까 그 뭐지? 무, [조사자 1: 용들이?] 용보다는 뭐랄까? [조사자 2: 이무기?] 이무기 비슷한 거. [조사자 1: 구렁이? 뱀?] 뱀 아니고 뱀 비슷한 거. [조사자 1: 장어?] 그거, 아주 큰 거. [조사자 2: 그니까 그게 이무기.] 이무기. 이무기가 그냥 죽어서 떠 있어요, 떠 있어요. [조사자 2: 벌 받은 거네요?] 네, 그래서 그 선생님이 꺼내서 장례를 해주었어요. [조사자 1: 두 마리?] 두 마리, 두 마리.

[조사자 1: 처음에는 인제.] 그리고 그전에는 얘는 다 뿌려서 그 벼루가 던졌어요. 그, 벼루 던진, 던진 곳에 있잖아요. 그 곳에 연못이 생겼어요. 그 연못에는 이름은 '떰먹Đầm Mực'이라고 해요. (조사자가 발음을 확인한 후) 연못이라고 해요. [조사자 1: 먹 연못.]

[조사자 2: 용의 아들들이 그니깐 선생님을 도울려고, 벌 받을 줄 알면서두 도왔고, 그래서 하늘의 벌을 받아서 이무가 된, 이무기로써 죽은 거네요.] 네. [조사자 2: 재밌다 이거.]

[조사자 1: 요것두 비슷한 게 있잖아요. 우리나라에. 그래가지구 거기서는 음.] [조사자 2: 뭐죠 선생님? 비슷한 게?] [조사자 1: 거기서는 인제, 인제 그런 신령스러운 제자가 비를 내리게 한 다음에, 그다음에 이제 숨어요. 숨는데 대추나무로 변해서 마당에 있는 거야. 근데 이 대추나무가 이제 벼락을 맞아가지구 이제 불에 타 없어졌다.] 어, 베트남에서 이본도 그렇

게. [조사자 1: 아, 그런 게 있어요? 얘네들이 인제 하늘의 벌을 피하기 위해서 뭔가 다른 변신을 해서 나무로 서 있었는데 하늘은 그걸 또 찾아내서 벼락을 내려 죽였다.] 베트남도 이본 있어요. [조사자 2: 아, 이런 내용도 있어요? 음. 너무 비슷하다.] 그쵸? 아주아주 비슷해요. [조사자 1: 장자못도 비슷하고.]

[조사자 2: 지금 이 추반안이라는 분을 무슨, 모시는 무슨, 사당이나 이런 게 있나요 실제로?] 네, 있어요. 그냥 그, 문묘국자감. 문묘국자가. 실제 인물이구요, 아주 훌륭한, 네.

[조사자 1: 그러면은 언제 살았던 인물이에요?] 아, 잠시만요. [조사자 1: 레 왕조 전에?] 천 왕조. [조사자 1: 레 왕조 그 직전 왕조?] 15세기. [조사자 1: 15세기, 응.]

[조사자 3: 쭈반안 고등학교도 있네요.] 네, 맞아요. [조사자 1: 그 근데 쭈반안이 훌륭한 인재들을 많이 길러냈잖아요. 근데 왜 나라가 망해버렸을까요?] (웃음) [조사자 1: 혹시 쭈반안의 제자들이 레 왕조에서 훌륭한 인재가 되어서 활동을 했어요?] 네, 있어요. [조사자 1: 음, 그렇군요. 그럼 레 태조는 쭈반안에게서 배우지는 않고?] 네. [조사자 1: 레 태조는 공부하기보다는 장군이었으니까.] 네. [조사자 3: 문묘가 있네요.] 네, 문묘에.

[조사자 2: 베트남분들이라면 다 이 쭈반안을 다 대부분 다 아세요?] 네, 그럼요. 다 이제는 추반안 보통은 영재학교에는 추반안 이름을 세워요. [조사자 1: 역사적인 내용이랑 설화적인 내용이랑 같이 결합이 되어 있네요?] 네, 같이 결합돼서 좀 신기한.

[조사자 1: 쭈반안은 어떻게 돌아가셨어요?] 그냥, 그 자연스럽게 돌아가셨구요. [조사자 1: 혹시 뭐, 신이 됐다거나 그렇지는 않고? 인간적인 죽음을? 네. 쭈반안의 제자가 레 왕조에서도 많은 역할을 했대.]

[조사자 3: 혹시 아까 그 벼루 던진 곳에 생긴 연못 이름.] '떰먹'이라고 해요. (제보자가 베트남어로 적어준 뒤) 저희 애기는 다 알아요. 원래 제가 다 들려주었구요. 400편 이야기 다 들려줘요.

하늘과 땅을 닮은 떡 반쯩과 반자이 [1]

● **구연정보**

조사일시 : 2016. 11. 21(월) 오후
조사장소 : 강원도 고성군 토성면 봉포리
제 보 자 : 호민두 [베트남, 남, 1997년생, 유학 1년차]
조 사 자 : 조홍윤, 황승업, 김자혜

● **구연상황**

제보자는 이야기를 하면서 새로운 이야기가 잘 떠올랐던 듯 스스로 '반쯩(banh chung)'의 유래담을 구연했다. 제보자는 어렸을 때 설이 되면 온 가족이 함께 반쯩을 만들었다면서 고향의 추억을 떠올렸다. 제보자가 구연하는 동안 원황하이이옌 제보자가 청자로 참여하여 구연을 경청했다.

● **줄거리**

베트남 왕에게 아들이 여덟 있었는데, 왕위를 물려주기 위해 맛있는 음식을 가져오라고 시켰다. 다른 아들들은 각 나라에 있는 귀한 음식을 가져왔지만 다 왕이 이미 먹어 본 음식이었다. 그러나 한 아들만은 직접 하늘과 땅의 모양을 본떠 반쯩을 만들어 바쳤는데 모양은 평범했지만 맛이 아주 특별했다. 이에 왕은 그 아들에게 왕위를 물려주었다. 이후로 베트남에서는 설에 반쯩을 만들어서 먹는 풍습이 생겼다.

혹시 바잉쯩, 바잉자이Banh dai● 들은 적이 있어요? [조사자 1: 어떤 거요?] 그거 한국 [청자(원황하이이옌): 떡 같은 것이 있어요.] 떡 아니에요. [청자: 떡 같은 것이] [조사자 2: 떡? 떡 같은 거?] 네. [청자: 설날에 먹

● 제보자가 '바잉쯩'으로 표현했으나 제목과 줄거리는 다른 자료와의 통일성과 검색의 용이성을 고려하여 일반적으로 알려진 '반쯩'으로 표기했다.

는 음식이에요.] [조사자 1: 이름이 뭐라고 했죠?] [청자: 바잉쯩.] [조사자들: 맨쯩?] 네. [조사자 1: (종이에 '맨쯩'이라고 써서) 이거 맞아요? 맨쯩?] 네. [조사자 2: 한 번 써볼래요?] (제보자들끼리 한국어로 어떻게 써야 하는지 의논 후 종이에 씀.) [조사자 1: (제보자가 쓴 것을 읽으며) 바잉쯩?] 네. [조사자 1: 설날 먹는 떡이에요?] 네. [조사자 1: 이 떡에 관한 얘기가 있어요?] 네.

(제보자들끼리 이야기 내용을 확인함.)

베트남 옛날에 왕이 아들 몇 명? 아들 여덟 명 있었어요. [조사자 1: 여덟 명이요?] 네. 근데 왕이 죽을까 봐 생각해서 아들 빨리 뽑아야 했어요. 왕 되는 사람이요. [조사자 1: 다음 왕 뽑아야 돼요?] 네. 왕이 아들에게,

"지금 맛있는 음식을 제조해야 돼요. 제일 맛있는 음식 제조하는 아들 왕 나중에 될 거예요."

[조사자 1: 음식을 맛있게 하면 왕이 돼요?] 네. [청자: 음식이나 귀한 것이] [조사자 1: 음식이나 귀한 것을 가져오면?] 네.

아들 중에서 한 명 너무 걱정했는데, 어떤 것이(것을) 만들지 생각, 고민했어요. 다른 아들이 산에 바다에 귀중한 거 많이 뽑았어요. 어떤 밤에 걱정한 아들이 꿈꾸었어요. [조사자 1: 꿈꿨어요?] 네. 꿈에서 부처님 나타났고 아들이, 아들이 빵에 만들었어요. [조사자 1: 빵을 만들었어요?] 네. 그 빵을 하늘 모양하고 땅 모양 만들어요. 원래 하늘 모양이 동그란 모양이에요. 땅의 모양 네모 모양이에요. 그래서 그 다음 날 아들 빵 만들었어요. 그 '바잉쯩' 네모 모양이에요. 네모 모양이고 밖에는 찹쌀 있어요. 안에서 고기하고 후추 [조사자 1: 후추?] 네, 후추. 그리고 [청자: 콩, 초록색 콩?] [조사자 1: 완두콩?] 네. 그것을 같이 넣고 싸고 삶았어요.

제조할 때 왕, 다른 아들 음식 다 비슷해요. 산에 있는 거 바다에 있는 거 다 비슷해요. 특별한 맛 없어요. 그 음식이(음식을) 매일매일 왕이 먹었어요. [조사자 1: 맨날 먹던 거예요?] 네. 그래서 그 아들 바잉쯩 제조할 때 왕이 너무 깜짝 놀랐어요. 이거는 너무 간단해서, 특별한 모양 없어요. 근데 잘라서 먹었더니 특별한 맛 있어요. [조사자 1:

맛이 특별했어요?] 네. 너무 고소하고 너무 달지 않아서 맛있어요.

그 음식이 하늘하고 땅하고 향이 내포했어요. 그래서 그 아들 이겼어요. [조사자 1: 그래서 그 아들이 왕이 됐어요?] 네. 그래서 그때부터는 설날마다 베트남 사람들이 바잉쯩 꼭 만들어요.

[조사자 1: 그럼 고기 넣고, 완두콩 넣고, 후추 넣고 그러면 한국에 있는 만두랑 비슷하겠네요?] 만두는 좀. [청자: 모양 절대 달라요.] [조사자 1: 모양은 다르고, 맛은 좀 비슷해요?] 만두 맛 좀 달라요. 한국 만두는 베트남 월남쌈 비슷해요. [조사자 1: 아, 월남 쌈이랑 비슷해요?] 바잉쯩 절대 달라요.

[청자: 바잉쯩은 열 시간 동안 끓여요.] [조사자 1: 열 시간 동안?] 네, 열 시간 동안. [조사자 1: 굉장히 정성이 많이 들어가네요?] 네. 왜냐면 그거는 찹쌀. 찹쌀은 안 익는 거 끓여야 돼요. [조사자 1: 잘 안 익는 찹쌀 가지고 하니까?] 네. 밖에는 밑에는 나뭇잎, 나뭇잎 있어요. 찹쌀 넣고 고기하고 다른 것 넣고 삶았어요. 그건 먹는 것 죽, 나무 [청자: 대나무.] 대나무 그것은 얇게 잘라서 묶었어요. [조사자 1: 아, 나뭇잎으로 싸가지고 찌는구나?] 네. 열 시간 동안.

[조사자 1: 맛있어요?] 진짜 맛있어요. [조사자 1: 한 번 먹어보고 싶어요.] 근데 그 음식 고혈압 걸리는 사람 먹지 마세요. [조사자 1: 고혈압에 안 좋아요?] 종종 위험해요. 왜냐면 영양소 너무 많아서, 고기하고 찹쌀.

베트남 설날 지금 바잉쯩 만드는 사람 좀 많이 없어요. 지금 그냥 사 먹고. [조사자 1: 요즘에는 사먹어요?] 네. 이거 너무 시간 많이 걸려서. [조사자 1: 너무 힘들어서?] 근데 우리 집에서, 가족에서 어렸을 때부터 설날 다가오면 가족 같이 모여서 바잉쯩 만들어서 분위기 정말 따뜻해요. [조사자 1: 한국에서도 추석 때 송편 만들고 설날에는 만두 만들어요. 김자혜 선생님 잘 만들어요.] [조사자 2: 만두 장인.] [조사자 1: 마이스터.]

바잉쯩이 한국에서 사는 곳이 있어요. [조사자 2: 있어요?] 네. 근데 좀 비싼 것 같아요. 비싸지만 맛도 없어요. [조사자 1: 이 근처에서도 있어요?] 네, 여기 속초에 아마 없어요. 아마 서울에. [조사자 1: 아,

서울 자주 가 봤어요?] 저는 서울에 아마 세 번, 두 번 가봤어요. [조사자 1: 아, 두세 번 가 봤어요?] 네. 놀러 가 봤어요. 한국에서 바잉쯩 한 개 아마 만 삼천 원? [조사자 2: 한 개에?] 네, 한 개에.

[조사자 2: 얼마만 해요, 크기가?] (스마트폰으로 사진을 찾아 보여주며) 이, 이런 거. [조사자 1: 아, 이 정도 한 개에?] 네, 네모. 네모. 좀 비싼 거 같아요. 한국에서 바잉쯩에 안에서, 한국 사람 맛에 맞기 위해서, 안에서 그냥 찹쌀하고 팥, 팥만 있어요. [조사자 2: 고기도 없고?] 고기 가끔 있어요. [조사자 1: 팥을 넣어서 만드는구나, 한국에서는.] [조사자 2: 그냥 찹쌀떡인데 그거는?] 네, 베트남에서 팥 절대 넣지 않아요. [조사자 1: 고기가 더 좋은데, 난. 왜 팥을 넣지? (웃음)]

하늘과 땅을 닮은 떡 반쯩과 반자이 [2]

● 구연정보

조사일시 : 2017. 11. 13(월) 오전
조사장소 : 충청북도 청주시 가경동
제 보 자 : 팜티루엔(김민주) [베트남, 여, 1987년생, 결혼이주 10년차]
조 사 자 : 오정미, 한상효, 엄희수

● 구연상황

제보자가 생애담에 대한 구연을 마쳤을 때 조사자가 베트남 설화에 대해 묻자 한국에서 나온 베트남 동화책 한 권을 준비해왔다고 하고는 그 동화책을 보면서 이야기를 시작했다.

● 줄거리

왕에게 스물두 명의 왕자가 있었다. 왕좌를 물려 줄 왕자를 뽑기 위해, 왕은 세상에서 가장 맛있는 음식을 가져오라고 했다. 열여덟째 료우 왕자의 꿈속에 소녀가 나타나 세상에서 가장 맛있는 음식이 쌀이라고 알려주었다. 그래서 왕자는 그 쌀로 땅의 모양을 한 네모난 떡 반즈엉(반쯩)과 하늘 모양의 동그란 떡 반자이를 만들어 왕이 되었다. 베트남에서는 현재도 축제와 제사 때 이 떡들을 만들어 먹는다고 한다.

그냥 이제는 그 베트남에 베트남 왕자, 왕자. 그냥 어떻게 뭐라고 하지. 그래 이 임금님의 왕자는 스무 명이, 스물두 명이나 있어요. [조사자 1: 아, 왕한테 왕자가.]

스물두 명 있는데 나이 그 임금님이 나이 많이 들어가잖아요. 근데 스물두 명 왕자님 중에서 어떤 왕자한테 나라를 물려주는 거는 그거는 되게 고민하거든요. 솔직하면은 우리도 그렇잖아요. 회사 만약 나는 회장이고 나는 아들 스물두 명 말고 그냥 다섯 명만 있어라도 어떤 사람한테 물려줘야 하잖아요. 근데 스물두 명 중에서 어떤 사람이 제일 능력 같은 거 뛰어나지 알고.

이런 사람이 뭐 첫 번째 왕자님이 똑똑하지만 욕심이 좀 많아요. 욕심 많은 사람에겐 그 저기. [조사자 1: 안 돼.] 안되잖아요. 임금님이 될 수 없잖아요. 욕심 많은 사람. 둘째 왕자는 착하지만 마음이 좀 약했어요. 그래서 약한 남자는 나라를 못 지키잖아요. 그것도 안 되고. 셋째 왕자는 일을, 일을 적극적으로 하지만 머리는 쪼금 안 좋아요. 머리가 좋지 않아서요. 그래서 또 그래도 안 되고. 머리가 나쁘면은 백성들의 놀림감이 되곤 하잖아요.

그래서 왕자들은 한 명씩 한 명씩 따져 봐도 될 사람 하나도 없어요. 그래서 이걸 어떻게 해야 훌륭한 사람 착한 사람 욕심 없는 사람 찾을 수 있는지 그래서 고민했어요. 그래서 그때는 그 임금님이 좋은 생각이 떠올랐어요. 그러면은,

'세상에서 가장 맛있는 음식. 저기 만들어서 구해오는 그 왕자님에게 나라를 넘겨주자.'

라고 저기 생각이 들었거든요.

그래서 그 임금님이 왕자들에게 궁궐로 불러왔어요. 그래서 그 왕자님들에게 말했죠. 이렇게는,

"이 너희들 중에 한 명에 나라를 물려주겠다고 다만 이 세상에서 가장 맛있는 음식을 이고 해오라."고.

그렇게 왕자님 왕자님들에게 그렇게 말했어요. 근데 기간도 있어요. 근데 뭐 살구꽃이 피는 날 그렇게 오라고 했어요. [조사자 1: 살구꽃이 피는 날까지 가져오라고.] 그런 것도 있고요.

그래 갑작스럽, 저 갑작스럽게 임금이 그렇게 명령하니까 그 왕자님들 뭐 뭘 구해서 이거 저거 해서 여행해서 여기, 자기 그런 거는 찾아오라고 했어요.

근데 그리고 그중에서 한 왕자가, 한 왕자가 갈 곳이 없어요. 그것은 바로 열여덟 번째 왕자. 예. 그 왕자는 류우(료우)예요. 류우, 류우입니다. 그 왕자는 그 많은 사람 저 암 저기 다른 왕자처럼 멀, 멀

리 어떤 데 뭐 여행을 떠날 수 없고 도와줄 사람 없어요. 왜냐면 그 왕자가 어머니가 없어. 어머니가 없는 외톨이 외톨이기 때문에 그랬잖아요. 그래서 그 아무 저기 아무 생각해도 갈 곳 없고 날마다 걱정했거든요. 왜냐면 그 남자는 그냥 일반 사람처럼 평범하게 살아요, 농사짓고.

근데 어느 밤에 그 류우 왕자가 꿈을 꿨어요. 또 예쁜 소녀가 꿈에 나타났어요. 그리고 왕자에게 말했어요.

"이 세상에서 가장 맛있는 것은 바로 사람이 살 수 있는 것이라."고.

[조사자 1: 사람이?]

"사람, 사람이 살 수 있는 것. 도와주는, 아 사람 그 사람이 그거 없이는 못산다"고.

"그거 뭐냐?"고.

류 왕자가 물었어요. 류우 왕자가 쉽게 대답했어요.

"그거 바로 쌀이잖아. 쌀."

예. 왜냐면 류우 왕자가 농사하잖아요. 그 농부. 쌀을 저기 생산하는 사람. 음. [조사자 1: 농부.] 농부. 그리구 바로 쌀이라고. 발음이 쌀. 그리고,

"오 맞습니다. 바로 쌀이에요. 그거는 중요한 곡식이라."

고 말해줬어요. 여기 소녀가.

그래서 근데 그 쌀만 하면은 맛있는 음식을 못 만들잖아요. 그래서 그것이 그 쌀.

"쌀으로 정성을 다해 떡을 만드세요."

라고 말했어요.

그 떡 어떻게 만드는지 방법 거기 하나씩 하나씩 또 모양 어떻게 빚으는 거 왕자에게 다 알려줬어요. 꿈속으로. [조사자 1: 꿈속에서.] 꿈속에서.

그래서 마침 그거 왕자가 잠을 깼어요. 근데 신기하게 그거 선녀가 가려주는 거는 다 기억하고 있어요 그래서 그 바로 진행하죠. 에 그리고 정성으로 왜, 들판에 있는 반짝이는 햇볕 받고 벼이삭 이거

저거 다 했잖아요. 튀고 우리 옛날에 지금 뭐 그런 거 그런 없잖아요. 그 기계로 하나씩 하나씩. [조사자 1: 절구!] 절구. [조사자 1: 절구로 빻아서.] 하나씩 손으로 정성으로 말잖아요. 그래서 여러 과정이 힘든 과정으로 결국 그 하얀 쌀 얻었어요. 그래서 그 곱고 고운 해 새 쌀 얻으려면 정성으로 다 해서 졌잖아요.

또 이렇게 쌀을 얻었으니까 떡 어떻게 만들어야 되고, 또 모양이 어떻게 상징해주는 거. [조사자 1: 아. 떡 모양.] 하늘이 뚱그렇잖아요. 하늘이 본따는 둥그런 떡을 만들고, 또 땅은 네모이람. 있잖아요, 네모. 그래서 네모난 떡을 만들었어요. [조사자 1: 네모난 떡을. 딱 네모난 떡만 만든 거예요?] 똥그런, 동그란 떡. 동그런 떡하고 네모난 떡. 하나는 하늘이고 하나는 땅을 상징하고 그래요. 동그란 떡은 하늘, 네모난 떡은 땅.

그리고 그 노란 떡은 그냥 삶 삶아서 찌면 되잖아요. 네모난 떡은 나뭇잎으로 싸주구 속에는 녹두, 돼지고기 있거든요. 그래서 류우 왕자가 산속에서 가서 바나나잎 제일 크고 깨끗하고 골랐어요. 골라서 또 깨끗한 물로도 씻고 또 씻었어요. 그래서 가져와서 그 류우 왕자가 이거 물론 혼자 다 한 거 아니고 그 저기 농부들은 이웃들은 좀 도와줘서 그래서 만들었거든요.

이파리 닦으구 아까 씻었잖아요. 물기는 좀 닦고 쌀 넣고 또 속에는 녹두, 돼지고기 바나나잎 이렇게 싸고 예쁜 네모에 저기 이렇게 뭐지, 이러고 우리 뭐죠? 싸면 바로 모양 안 나오잖아요 이렇게, 이렇게 좀 눌르구. [조사자 1: 예쁜 모양을 찍었어요?] 예. 찍었어요. 열두 시간 동안 삶았어요. 그 삶아서는 향도 주고 향도 주고 맛있는 냄새 나거든요. [조사자 1: 향도 좋고.] 네. 맛있는 냄새도 나요.

그렇게 정성으로 다 하고 마침, 그날에 왔어요. [조사자 1: 날짜에 맞춰서.] 네. 날 맞춰서. 음, 그래서 그날에 와서 다른 남자들도 이거 저거 가져왔잖아요. 어떤 남자들은 뭐 보석, 금, 또. [조사자 1: 음식을 가져오라고 했는데 보석을 가지고 이랬어요?] 그러더라구요. 또 뭐 그 고기 있잖아요. 그 뭐지 코끼리고기, 말고기, 고급스러운 또 바다에 있는 고급스러운 음식 있잖아요. 또 가져왔어요.

근데 그거는 다만 이 왕자만 이런 음식만 가졌어요. 그래서 그때는 임금님이 맛을 음식은 볼 때 있잖아요. 한 명씩 한 명씩 지나 갈 때마다는,

"이건 아니다. 이건 아니라."고.

계속 그러니 임금님이 화가 좀 났어요.

"아니 다른 음식이 없단 말이냐. 왜 이런 것만 있냐?"고.

그래서 그때는 료우 왕자가 자기 가져온 음식 있잖아요.

'혹시 이것도 아닐까?'

이거 올리면은 저기 임금님 화가 또 날 수 있으니까 뒤로 이렇게 처음엔 이렇게 있잖아요. 이렇게 뒤로 이렇게 숨었어요. 에, 이렇게. 그래서 그 임금님이 계속 큰 소리로 외쳤어요.

"다른 거 없냐!"고.

크게 화가 난 뜻으로.

네 그거를 들어보고 료우 왕자가 용기, 좀 용기를 가져와고, 또 다시 앞으로 이거 밀었어요. [조사자 1: 용기를 내서. 용기를 가져서가 아니고 용기를 내서.] 용기를 내서 이거 저기 앞으로 이거 냈어요. 근데 그거는 형제는 그거 보고 좀 뭐였지, 비웃음 나왔어요. [조사자 2: 비웃었다고.] 비웃었다고. 응.

"이거 뭐냐?"고.

"그거 뭐냐?"고.

그러니까 그랬어요.

근데 임금님이 다가와서 맛을 좀 봤어요. 근데 다른 사람에 생각한 것처럼 아니고 머리가 끄덕끄덕했어요.

"이거 바로다. 이거 내가 원하는 거 바로 이거다."

그렇게라고 말하고 해서, 그래서 생각대로 약속대로 나라를 이 왕자에게 물려줬어요. [조사자 1: 료우 왕자에게?] 료우 왕자에게.

그래서 이 왕자의 임금님이 되어서 거기 농사 아 농부들에게 이런 이렇게 하나씩 하나씩 알려줬어요. 처음엔 혼자 본인만 알잖아요. 다른 사람은 그냥 옆에서만 도와주구. 이거를 농부에게 하나씩 하나씩 알려줬어요. 다들 먹어보고,

“오 이거 맛있다.”

이거는 제, 제사 뭐지. 조상? 조상들에게 올리는 음식이라고 생각이 들어서 일 년 동안 농업일 힘들잖아요. 근데 조상에 감사한 마음으로, 일 년에 한 번 설날 때 이 음식 만들어서 그래 제사상에는 꼭 올리는 음식이에요. [조사자 1: 실제로?] 네. 실제로 지금까지도 베트남에 아직, 하고 있어요.

[조사자 1: 그 떡의 이름이 정확히 베트남어로 뭐예요?] 거는 저기 동그란 떡은 하늘에 상징해 주는 거 있잖아요. 그거는 맹자이 [조사자 1: 망?] 맹. [조사자 1: 망?] 뱅. [조사자 1: 맹?] 반자이. [조사자 1: 아, 맹그자이.] 반자이. [조사자 1: 맹그자이? 한글로 쓴다면 어떻게 쓰실래요? 맹그자이, 망그자이?] 만자이. [조사자 1: 아, 반자이.]

이거는 반즈엉, 반쯩. [조사자 1: 이거는 딱 네모난 모양. 반증, 반증.] 이거는 하얀색이고 이거는 나뭇잎에 싸서 삶았잖아요. 그래서 이거는 여름에는 초록색 되거든요. [조사자 1: 아 반즈엉이 아까 바나나잎으로 싸서 얘가 바나나잎으로 싸고 초록색이고.] 쌀은 노란색이 되고. [조사자 1: 반자이는요?] 하얀색. [조사자 1: 그냥 하얀색?]

이거는 그냥 지어서 우리 떡처럼, 우리 한국의 떡처럼 밥을 지어서 다음에 이거 쿵쾅쿵쾅 찌거든. 예전에 기계 없으니까 완전 지금 우리 무슨 떡이지. 아, 제가 떡 이름을 잘 모르는데. [조사자 1: 저도 그래요. 그냥 어쨌건 이 떡은 그 속에 돼지고기.] 없어, 없어. [조사자 1: 아. 얘는 없고.] 그냥, 그냥.

[조사자 1: 아 그럼 그거네 우리 백설기 같은 거다. 하얀색 그냥 네모난.] 백설. 근데 그건 찰, 찰밥 아니잖아요. [조사자 1: 약간 더 끈적끈적한 거란 거죠?] 찰떡 안에, 밖에는 녹두콩 있는 거 그 떡 있잖아요. 그거 이름 뭐지. [조사자 1: 하여간 얘는 뭘 넣은 것은 아니고.] [조사자 2: 시루떡?] [조사자 1: 시루떡? 시루떡은 또 팥이 들어가니까.] [조사자 2: 인절미?] 인절미, 인절미, 인절미, 그거 어 그거 맞아, 그거 맞아요. [조사자 1: 인절미같이.] 예. 맞아요. [조사자 1: 겉에 콩가루 없이.] 콩가루 없어요. 그건 하얀 거만 있어요. [조사자 1: 그리고 얘는 이거 그냥 그렇게 먹는 거고 반쯩, 땅을 표현한 네모난 떡은 바나나잎에 싸서.] 속에는 녹

두하고 돼지고기.

[조사자 1: 그 궁금한 거는 얘가 설날 때랑 제사 때만 먹어요? 아니면 일상적으로 평상시에도 먹어요?] 물론, 요새도 저기 결혼식 때도 이거 하거든요 근데 사람이 옛날에는 뭐 가난해서 먹는 거 없어서 사람이 많이 좋아하긴 하지만 요새는 이런 거 좀 많이 좀 그래서 그렇지만 그 제사하고 설날 때는 꼭 올리는 음식이에요. 빠질 수 없는.

[조사자 1: 이 류우(료우) 왕자도 궁금한 게, 이야기 속에 왕자예요. 진짜 역사 속에 류우 왕자가 있어요?] 역사적으로. [조사자 1: 아 진짜로. 히스토리에도 있어요? 이 류우라는 이름이? 류우라는 왕자가?] 근데 한국말로 그냥 류우지 베트남은 그, 그거 류우, 류우 아니고 다른 이름이에요. [조사자 1: 뭐예요 베트남 이름으로?] 빨랑이에요. [조사자 1: 빨랑. 이 빨랑 왕이 반자이, 반증 떡을 만들어 이렇게 유포하시고, 그럼 베트남 사람들은 팔랑 왕을 존경] 네, 네 그렇고. [조사자 1: 이건 민담이 아니고 전설? 신화? 인물 전설? 떡에 관련된 전설일 수도 있고.] 이건 진짜 이야기. 옛날얘기는 이거 물론 저기 만들었지만은 저희 갈을 때는 그냥 할머니 말해주고, 저기 이야기해주고 그러다가 계속 옛날에 흘러가는 거.

[조사자 1: 그렇구나. 재밌어요. 너무 잘하시는데요.] 아니에요. 어떡해야 하지. [조사자 1: 너무 좋았어요.] 더 잘할 수 있을 건데, 준비하면은 미리 준비하면은 더 잘 할 수 있는데. [조사자 1: 아니, 걱정 안 하셔도 돼요. 저희 다음에 또 만나자고 할 건데.] 다음에는 더 좋은 이야기를 준비하겠습니다. [조사자 1: 너무 재밌다. 어렸을 때 이 이야기 많이 들으셨던 거죠. 그러니까는. 그쵸.]

아, 아까는 그 남자는 팔랑 아니고 랑이우, 랑이우Liêu, Liêu● [조사자 1: 왕자 이름이?] 네. 랑이우 랑이유. [조사자 1: 그거는 실제 진짜 이름은 팔랑? 팔랑?] 아니요. 랑이우. 랑이우. [조사자 1: 아. 진짜 역사 이름도 랑이루.] 여기는 그림 비슷한 거 나오긴 나왔는데, 이렇게는 저기 네모에 떡을 이렇게 만들고. [조사자 1: 바나나잎으로.] 이건 찌고 사진에 나온. [조사자 1: 잎으로 싸가지구.]

● 보통 랑이우가 아닌 랑리에루(Liêu, Liêu)라고 한다.

하늘과 땅을 닮은 떡 반쯩과 반자이 [3]

● **구연정보**

조사일시 : 2017. 12. 07(목) 오전
조사장소 : 인천광역시 미추홀구 용현동 인하대학교
제 보 자 : 융티탄프엉 [베트남, 여, 1988년생, 유학 3년차]
조 사 자 : 오정미, 한상효, 엄희수

● **구연상황**

제보자가 〈물배추 여신〉 구연을 마친 후, 이어서 어떤 이야기를 해야 할지 고민했다. 조사자가 떡과 관련된 이야기를 청하자 제보자는 〈하늘과 땅을 닮은 떡 반쯩과 반자이〉 구연을 시작했다. 구연 중간에 기억나지 않거나 확실하지 않은 부분은 스마트폰으로 검색한 내용을 참고하면서 이야기를 이어나갔다.

● **줄거리**

옛날 베트남의 열여덟 번째 흥왕이 왕자들을 불러서 가장 맛있는 음식을 가져오는 사람에게 왕 자리를 물려주겠다고 했다. 그러자 왕자들이 세상에 나아가서 맛있는 음식을 찾았다. 여러 왕자 중 효자인 랑료 왕자가 꿈을 꾸었는데, 꿈에서 신이 나타나 쌀이 가장 귀한 음식이니, 쌀로 각각 하늘과 땅을 상징하는 동그랗고 네모난 떡을 빚어서 바치라고 했다. 흥왕은 이를 인정하여 랑료에게 왕위를 물려주고, 명절 때마다 반증과 반자이를 만들어 제사를 지내게 했다.

반쯩Banh Chung이 베트남 구정 명절의 대표 음식이거든요. 그 진짜 명절, 구정에 반쯩 없으면 진짜 명절이 아닐 정도로. 한국의 떡국처럼. 음음. 베트남 구정 명절의 대표 음식인데.

옛날, 아, 우리나라 건국시대부터 말하자면, 근까, 흥왕이 있었어요. 흥왕. 근데 흥왕은 한 사람의 이름 아니고, 흥왕은 여러 대, 그니까 첫 번째 흥왕, 두 번째 흥왕이 있었는데. 음, 그래서 열여덟 번째 흥왕이, 아, 열여덟 번째 흥왕이 어느 날 갑자기 왕자들을 불러서 숙, 과제를 내줬어요. 그니까,

“지금 이 세상, 그니까 이 세상에서 제일 맛있는 음식을 올려라. 그니까 내가 제일 마음에 들을 만한 음식 주는 사람한테 그 왕 자리를 근까, 주겠다. 물려주겠다.”

라고 했어요.

그래서 왕자들이 엄청 열심히 그 세상으로 나가서 찾았죠, 귀한 음식들. 바다에 가서 바다의 귀한 것들, 그리고 어, 산에 가서 산의 귀한 것들. 아 근데 이게 몇 번째 흥왕인가? [조사자 1: 열여덟째 왕, 흥왕 맞아요.] 그중에서 [조사자 1: 그중에서.] 그중에서 랑료라는 왕자가 있었는데, 랑료가 반쯩, 반자이Banh Day를 만들었어요. 근데 이거 잠깐만요. [조사자 1: 열여덟 번째] [조사자 2: 왕의] [조사자 1: 아들.] [조사자 2: 왕자가.] [조사자 1: 이 왕자도 열여덟 번째라고 그러든데?] 아 그래요? [조사자 1: 료우 왕자? 아닌가?] 랑료 왕자. [조사자 1: 그건 뭐 중요하지 않으니까.]

저도 열여덟 번째라는 건 기억하고 있는데, 그게 왕이 열여덟 번째인지, 왕자가 열여덟 번째인지는 모르겠어요. 아, 왕, 네 그분이 맞아요. 왕자가 열여덟 번째이고, 흥왕은 여섯 번째 왕. [조사자 2: 아들이 총 열여덟 명이고 막내?] [조사자 1: 아니요, 스물두 명 있대. 왕자가 스물두 명인데 그중 열여덟 번째. (웃음)] 스물두 명이었어요? 아무튼. [조사자 1: 그건 뭐 중요하지 않고.]

그 사람이 막내인지 아닌지는 안 나와 있어요. 근데 아, 이 랑료라는 왕자가 되게 착하고, 도덕적인, 되게 효자였어요. 근데 어머니가 일찍 돌아가셨대요. 그래서 그런 과제를 받았을 때 어떻게 해야 될지 진짜 몰랐어요. 옆에 아무도 없으니까.

근데 어느 날, 근까 꿈을 꿨어요. 어떤 신이 나타나서, 죄송해요, 제가 (자료를) 봐야 돼요. [조사자 1: 아 그럼요, 보세요.] 봐도 돼요? [조사자 1: 저희도 그래요. 저희 나라 얘기도. 아 그럼 봐도 돼요. 봐도 돼요.] 아, 이 신이 그렇게 말했어요.

"이 하늘과 땅에서는 쌀만큼 귀한 것이 없다. 쌀은 인간을 근까 키워주는 것이기 때문이다. 그래서 너는 찹쌀을 사용해서 그, 동그란 떡을, 동그란과 네모난 떡을 만들어야. 그 동그란과 네모난 떡은 하늘과 땅을 상징하는 거고, 그 바깥에서는 나뭇잎으로 하고, 안에는 음, 안에는 그 양념 뭐, 고기, 그 땅콩 같은, 녹두 같은 거 그런."

아 떡 안에 있는 부분 이름이 뭐예요? [조사자 1: 고물.] 고물요? 네. 네.

"안에는 고물을 넣어라."

그니까, 그니까, 네. 그래서 그 약속날짜가 됐을 때는 어, 다른 왕자들이 되게 멋지고 맛있고 귀한 음식들을 많이 올렸어요. 근데 이 랑료라는 왕자는 그냥 반자이하고 반쫑만 올렸어요. 반자이는 그 동그란, 그리고 반쫑은 네모난 떡. 그니까 흥왕이 되게 그거 보고 신기해했어요.

"왜 니가 이런 거 올렸냐."

그래서 랑료가 그 꿈에서 신을 만났던 얘기를 해줬어요. 아 그래서 왕이 좀 먹어봤는데 되게 맛있고 의미도 있는 음식이라고 평가를 해서 이 랑료한테 왕을 이어줬어요.

그때부터 우리나라 구정 명절에는 항상 반쫑과 반자이를 만들어서 조상, 그리고 하늘과 땅을 위해서 차례를 지냈다는, 지냈답니다. [조사자 1: 하늘과 땅을 위해서?] 네. 조상, 하늘과 땅.

[조사자 1: 베트남에, 제가 이 얘기 물어봤던 이유가 앞에 이야기도 쌀 농사잖아요.] 네. [조사자 1: 그리고 이, 쌀로 만든.] 맞아요. [조사자 1: 베트남에 정말 쌀이 제일 중요한 것 중에 하나인 거 같애요.] 네. 우리나라는 벼농사가 주요 그런, 네.

나라를 구한 어린 장수

● **구연정보**

조사일시 : 2017. 09. 24(일) 오후
조사장소 : 경기도 의정부시 민락동
제 보 자 : 응웬후우통 [베트남, 남, 1986년생, 이주노동 7년차]
조 사 자 : 박현숙, 김현희

● **구연상황**

제보자가 취업 과정과 한국 정착담을 들려준 뒤 베트남에 유명한 아기가 있다며 구연을 시작했다. 제보자는 이 이야기를 초등학생 때 책으로 접했다고 했다. 조사자에게 제보자를 소개한 한국어 교사가 이야기판에 청자로 참여했다. 이 이야기는 영웅 댕잠에 관한 전설과 내용이 통하는데, 주인공 이름이 '용이'이고 승천 화소가 없는 것이 특징이다.

● **줄거리**

옛날에 어느 나라에 전쟁이 나서 임금이 영웅을 찾아오라고 신하들에게 명령했다. 그때 푸동마을에 세 살짜리 용이가 살았다. 용이는 아직 어려서 말을 못하고 하루 종일 침대에 누워 지냈다. 그런데 전쟁에 나가 싸울 영웅을 구한다는 소리를 듣고 용이가 갑자기 말을 했다. 용이는 어머니에게 왕을 불러달라고 부탁했다. 그리고 자신을 찾아온 왕에게 강한 철검과 철모, 철마를 준비해 달라고 요청했다. 왕은 믿을 사람은 용이밖에 없었기에 용이가 요구한 대로 모두 마련해 주었다. 용이가 이번에는 어머니에게 배가 고프니 밥을 지어달라고 했다. 용이가 매일 먹는 밥의 양이 너무 많아서 마을 사람들 전체가 용이에게 밥을 지어주었다. 용이는 엄청난 양의 밥을 한 달 동안 먹고 큰 몸집과 강한 힘을 키운 뒤 전쟁터에 나가 나라를 구했다.

[조사자: 옛날 시대 일이에요?] 네. 옛날 시대예요. 그때는 많은 사람들이 목숨을 잃었었어요. [조사자: 왜요?] 아, 나라가 위험. 다른 나

라하고 [조사자: 전쟁?] 네, 전쟁이요. 나라가 위험해서 그 왕의, 전하라고 왕은 신하들이 모아서 불러 오셨어요. [조사자: 신하들을 불러서 모았어요?] 네. 나라는 구할 수 있는 영웅을 찾아오라고 했어요. 그래서 그거는 왕의 명령이에요. 근데 그 시대는 푸동이라는 마을에, 푸동, 베트남 푸동이요. 푸동이라는 마을 있어요.

'용이'라는 사내 하나 있었어요. 그런데 용이는 세 살짜리예요. [조사자: 세 산이라는 이야기는 산이 세 개예요?] 아니요. [조사자: 그러면?] 나이가 세 살이에요. 용인데 나이가 세 살이에요. 그 애기는 말 못해도 그냥 침대만 누워갖고, 하루 종일 침대만 누워있었어요. 그런데 그때는 나라 위험해서 왕은 밖에서 가서 소리가 났어요. 영웅은 구하고 있어요. 그런데 아이가 들었어요. 갑자기 말했었어요. 엄마가 아이가 소리는 들었는데 엄청 깜짝 놀랐어요. 그리고 엄마한테,

"왕이 오라."고.

"불러 주시라."

고 했어요.

그래서 왕이 들어와서 아이 얘기해 주고,

"나라 구할 수 있도록, 구할 수 있도록 세 가지 좀 준비해 주시라."

고 했어요.

"첫 번째 철검. 철검하고 철마하고 그리고 강한 철모와 준비해 주시면, 내가 나라 구할 수 있어요."

그리고 왕이 좀 이상하지만 지금 동네에서 나라를 구할 수 있는 사람이 없어서 그냥 애기를 믿었어요. 그래서 며칠 전에 그 애기 조건대로 다 준비해 주셨어요. 그리고 애기는 엄마한테,

"배가 고파서 음식 좀 많이 준비해 달라."

고 했어요.

애기는 계속 먹고, 엄마 혼자는 준비 못했어요. 동네에서 시민들이 모아서 나라를 위해 애기는 막 준비해 주고, 사람은 준비하고 애기는 계속 먹고 한 달 동안 계속 먹고 소년은 강한 사람으로 자랐어요.

갑자기 그렇게 하고 왕이 만나고 준비하는 거 맞고 하고, 그리고

다른 나라하고 지금같이 전쟁하고 한참 후에 이겼어요. 애기 덕분에 나라를 구할 수 있게 됐어요. 그래서 앞으로 그 '용이' 이름으로 유명하게 됐어요.

나라 구하고 승천한 영웅 댕잠 [1]

● **구연정보**

조사일시 : 2017. 12. 09(토) 오후
조사장소 : 경상북도 경산시 자인면 다문화벗들 성바오로배움터
제 보 자 : 부티프엉 [베트남, 여, 1990년생, 결혼이주 7년차]
조 사 자 : 김정은, 황승업, 강새미

● **구연상황**

캄보디아 출신 제보자 씨앙리티아가 〈뱀이 많이 생겨 난 이유(낑껑뱀)〉를 구연한 뒤, 조사자가 부티프엉 제보자에게 힘이 센 장사에 관한 이야기가 있는지 물었다. 제보자는 탄동 장수가 베트남에서 매우 유명한 장수로 어릴 때 이야기를 자주 들었다고 했다. 캄보디아의 씨앙리티아 제보자가 청자로 참여했다. 다른 구연자는 '댕잠'이라고 했는데 제보자는 이름을 '동'으로 불렀다.

● **줄거리**

옛날에 혼자 사는 아주머니가 논에 나 있는 큰 발자국에 발을 대어 본 뒤 이상한 느낌이 있었는데, 임신을 해서 아이를 낳았다. 아이는 세 살이 되도록 말도 못하고 누워있기만 했다. 전쟁이 일어나 지혜로운 사람을 구한다는 말을 듣고 누워있던 아이가 신하에게 철로 된 말과 철로 된 갑옷을 만들어 달라고 했다. 신하 100명이 물건을 옮겨오자 아이가 계속 밥을 달라고 해서 먹고 키가 커졌다. 그는 하늘의 장수라며 철로 된 옷을 입고 적과 싸워 모든 적을 물리친 뒤 말을 타고 하늘로 올라갔다.

옛날 한 아주머니가 혼자 살았어요. 아주머니 어떤 날에 논에 가서 갑자기 한 발자국을, 큰 발자국에 봤는데 깜짝 놀라고. 어디 이런 발자국에, 큰 발자국에 있어요.

그 자세히 있고 그 발자국에 자기 혼자 발로 대보았어요. 그래서

하다가 기운이 좀 지나가는 느낌이 봤어요. 좀 이상한 느낌에. 집에 가서 좀 후에 임신 되었어요. 임신되어서 우리 베트남 그냥 임신할 때 9개월 10일만 되면 애기 태어나요. 그래서 태어나서 한 아기, 남자아기인데 세 살 되고도 말도 안 하고, 몸도 안 움직이고. 뒤집어도 못 했어요. 그냥 누워서만 했어요.

그때 나라 전쟁이 또 일어났고, 전쟁이 일어나서 적들이 지나가는 곳에 집을 다 태우고, 사람도 다 죽이고, 곡식과 재물들은 약탈하는 등 유독하고. 낮이든 (해가) 지든 용상에서 나라 임금님도 많이 걱정했어요. 지혜로운 사람이 찾으려고,

"다른 마을들을 가서 찾아."

라고 명령했어요.

그때 '다움(동)' 그냥 '다움'라고 해요. 그 동네도 가고 찾았어요. 그 소문을 듣고 갑자기 그때 아주머니하고 다움을 치워, 재워하고 있어요. 그냥 말대로만,

"이렇게 못 걷고, 말도 못하고, 언제 적군들을 물릴 수 있냐."

그냥 혼자서 말해요. 갑자기 그 애기도 말해요.

"엄마 밖에 나가서 신하? 그 신하 불러주라."

고 해요. 그 집에 들어와서,

"세 살짜리 애기인데 말도 못하고 걸어도 못하는데 왜 불러요?"

물었어요. 그 말 하자 그 애기 말했어요.

"궁궐에 가서 임금님한테 뭐지, 말. 철말(철마), 철으로 만든 말. 타는 말, 근데 철로 만들어 주라."

고 해요.

"철말 한 마리, 철갑 한 개, 갑옷과 모자 한 벌은 준비해 준다."고.

"적군들이(적군들을) 물리친다."

고 해요.

"전해주라."

고 해요.

가서 임금님한테 그렇게 이야기하고 많이 좋았어요. 기쁘면서 좋았어요. 그 신하들이 요구한 물건들 만들어 주고 했어요.

근데 만들어서 사람이 다 모여서, 뭐 열 명 정도도 못 들고, 백 명 정도 들어서, 동 집에서 옮겨라고 했어요. [조사자: 무거우니까.] 네. 그 엄마 보면서 너무 걱정하고, 동한테 이야기하고, 동네사람들도 이야기했어요. 동네사람들 뭐 그냥 놔두고,

'평범한 사람 아니야. 하는, 원래 저런 사람 같은데.'

생각해서,

"그냥 놔두고 오라."

고 했어요.

신하들은 요구한 물건들 다 가져오고, 그때 엄마 걱정해서 동한테 이야기했어요.

"어떻게 하냐?"고.

"사람들이 온다."

고 했어요. 물건도.

"엄마 걱정하지 마라."고.

"지금 밥 준비해 주세요."

라고 했어요.

계속 먹어도, 먹어도 못해요. 없어요. 계속 먹어도 배 안 불러요. 그래서 근데 먹어도 키도 자라, 커요. 밥이 너무 부족해서 사람들 다 모여서 도와주고. 옷도 작아서 계속 접어주고, 뒤에 연결해주고. [조사자: 계속 만들어줘야 되는구나.] 네. 그래서 엄마도 못 해잖아요. 마을 사람들도 다 모여서 해주고.

그래서 병사들은 다 모이고 물건들 다 가져오고, 옷 입고 다 있잖아요. 밖에 나가서 한 번 어깨 (어깨를 펴는 동작을 하며) 이렇게 하면 키도 많이 컸어요. [조사자: 또 컸어요.] 네 또 커요. 자기 자신으로,

"내가 하늘 장수라."

고 말하고,

"말로 타고 전쟁터 나간다."

고 해요.

엄마하고 마을사람들이 인사하고 나갔어요.

나가서 적군들이 다 물리쳤어요. 그 하다가 칼이 부셔졌어요. 부셔져도 당황 안 하고 무서워도 안 하고, 옆에 긴 대나무 있고 그냥 뽑아서 그 다시, [조사자: 무찔렀어요.] 그냥 무찔러서 다 이겼어요.

그때 후에 엄마하고 사람들 인사만 하고, 옷갑(갑옷)이도 벗고 놔둬서 그 말 타고 하늘 올라갔어요.

나라 구하고 승천한 영웅 댕잠 [2]

● **구연정보**

조사일시 : 2017. 12. 11(월) 오전

조사장소 : 충청북도 청주시 서원구 모충동

제 보 자 : 팜티루엔(김민주) [베트남, 여, 1987년생, 결혼이주 11년차]

조 사 자 : 신동흔, 오정미, 한상효

● **구연상황**

조사자가 준비한 이야기가 또 있느냐고 묻자 팜티루엔 제보자가 "또 해드릴까요?"라고 말하면서 이야기를 시작했다. 제보자는 매우 적극적인 모습으로 조사에 응했다. 함께 온 띵티름 제보자가 이야기판 청자로 참여했다.

● **줄거리**

산에 큰 발자국을 밟은 노부부가 아이를 낳게 되었다. 아이는 아무 말도 못하고 누워있었는데, 중국이 전쟁을 일으키자 아이가 갑자기 말을 하고 계속 밥을 먹기 시작했다. 큰 장군이 된 아이는 전쟁터에 나가 대나무를 뽑아 전쟁에서 승리한 뒤 말을 타고 하늘로 날아갔다. 베트남에는 댕잠 비석이 있고 축제가 있다.

그 이야기는 댕잠이라고 하거든요 댕잠. [조사자 2: 댕잠.] 네, 댕잠.

어느 마을에 어느 아줌마 한 명 있어요. 나이 많았는데 아기가 없어요. 근데 어느 날에 아주머니가 산에 올라가서 나무 패러 갔는데, 거기에서 그 발. 큰 모양 있어요. 여기저기. 바닥에서 자국 큰 [조사자 2: 큰 발자국이 있어요?] 네. 흔적 있어요. 그런데 아줌마가

'응? 사람 발인데 왜 이렇게 크냐.'

그냥 해봤어요. 자기 발 거기에서 맞췄어요.

근데 집에 가서 임신했어요. 신기하죠. 임신했어요. 그 많은 나이에 임신했는데 사람 똑같이 십 개월에 아이 태어났어요. 근데 그, 건강하고 씩씩한 아들 태어났는데 다만 그 아들 세 살이 됐는데 말도 못하고 다른 아이처럼 뭐 저기 걷지도 못하고 가만있어요. 그냥 누워만 있어요.

그때는 그 뭐라고 하지. 그 중국? 중국 저쪽에 나라 와서 [조사자 2: 전쟁.] 응. 전쟁이 와서 왕이 그런 명령 왔어요. 거기에 누가 저기 나가서 그런 그 뭐라고 불러요? 그 만약에 우리 와서 전쟁하는 사람 그런 거. [조사자들: 침략자?] 침략자? 그 사람은 지킬 수 있는 사람이 찾아라. [조사자 3: 장군.] 네. 장군! 네. 장군. 네 맞아요. 장군.

그래서 그 아이가 원래는 말 못하고 걷지도 못하고. 근데 그 소리 듣고 엄마한테 그랬어요.

"엄마, 그 사람 불러주세요."

왕궁 나온 사람. 그 사람. 불러와서 빨딱 일어나서 씩씩하게 이야기했어요.

"저기 왕에게 나는 그 말 한 마리, 말 한 마리하고, 그 장군이 입는 그 [조사자 3: 갑옷.] 그 뭐야? 갑옷하고, 칼, 큰 거 하나 만들어주세요. 그럼 세 가지지. 말, 갑옷하고 칼. 세 가지 만들어 달라."고.

그 사람도 그 말을 듣고 왕에게 전달했어요. 그런 조건으로 다 해줬어요.

그날부터는 그 아이가 먹고, 먹고, 계속 먹고 엄마 있는 만큼 모자라서 동네 사람들 다 저기 기부했거든요. 쌀, 쌀이나 고구마나 옥수수나 다 갖다 먹었어요. 그래 눈 깜짝할 사이에 가 세 살 아기 응애응애 아이가 씩씩한 그 남자. 장군이 됐어요.

그 와서 저기 씩씩한 군장, 아니 저 장군이 되고 그전에는 왕한테 만들어 달라고 그 말하고 뭐라고요? 갑옷, 칼 들고 나갔어요. 나갔는데 진짜 힘이 세요. 그 많은 저기 나쁜 사람이 다 저기, 암튼 뭐라고 하지? [조사자 2: 싸워서 이겼어요.] 이겼어요. 하다가 그 칼, 부러졌어요. 근데 그거 멈추지 않고 대나무 있잖아요. 대나무 그 다 뽑고 그걸로 또 이렇게 저기 사람 이렇게 때렸어요. 그, 그 중국 그 사람이

그거 보고. 이 사람이 보통 아니라고. 그래서 도망갔어요. 그럼 이겼죠. [청자(띵티름): 대나무.]

이겼는데, 그 장군님이 집에 돌아가지 않고. 왕궁으로 돌아가지 않고. 거기 있는 그 석선, 석선산이라고 거기 있거든요. 그 지역에 있는 석선산 이름이 있어요. 거기 올라가서 입는 옷은 벗고 내려놓고 그다음에 말이랑 말 타고 하늘로 날라갔어요.

그래서 왕은 그 사람의 고마운 할 마음으로 거기에 저기 그, 그 뭐라고 하지 암튼 어디에 지역에 역사 있으면은 그거 남았잖아요. 여기에 저기에 어떻게 잘 살아가고. 거기에 고마워서 그거 만들었어요. [조사자 3: 비석 같은 거.] 예.

그래서 이제 우리는 그런 저 지역에 가며는 그런 이야기도 있고. 진짜나(진짜였나) 봐요. 지금 아직 남았, 남았으니까 그런 그게 남았으니까.

[조사자 2: 지금 그 댕잠에 관련된 축제가 베트남에서 되게 크게 열린다 그러던데.] 어떤 거? [조사자 2: 그 지금 이 아이. 댕잠. 이 아이. 이 아이 관련된 축제가.] 축제 있어요. 저 지령축제. 있어요. 있어요. [조사자 1: 이 아이를 기리고, 영웅을 기리는 축제가 있다고.] 네. 있어요. [조사자 2: 그 아이 이름을.] 댕잠, 댕잠.

[조사자 1: 그 아버지는 어떤 사람이었을까요. 발자국.] 그, 그, 모르겠어요. 암튼 그냥 하늘에 뜻이었을까요. 그래서 저희가 어릴 때는 이 이야기 듣고 다음에 비가, 비가 오는 비 내리고 끝나서 (일동 웃음) 사람이, 사람이 걷는 그 흙탕에 있는 발 있잖아요. 그래 제가 그래서

"아! (베트남어로 말하고) 이렇게 야 발 넣어봐."

아 저희가. [조사자 2: 멋진 남자가 지나간 발자국이면 얼른 밟으시는구나.] 그냥 우리는 그렇게 같이 저기, 이렇게 놀았, 놀았거든요.

"어. 임신 안 하네!"

그랬더라고. 저 유치원 다닐 때 저희가 이렇게 놀았어요.

[조사자 1: 발자국 피하시는 게 아니라 이걸 다.] [청자: 맞아요, 맞아요 그때 저도, 소가 지나가서 소 발자국도 밟았어요.] [조사자 2: (웃음) 얼마나

소가 소발자국.] 저희가 그때 임신 뭐지. 그거 몰라요. 그때 지금 애들은 유치원 다닐 때도 그 뭐 성별도, 이렇게 어떻게 생겼는지, 아기 어떻게 생기는지 다 배웠잖아요. 저희가 그때 아직 그런 거 없었어요. 몰라요. 저희가.

[조사자 2: 그냥 임신은 모르고 댕잠만 생각하셔서 애를 가지고 싶다는 생각만.] 어릴 때는 진짜 재밌어요. 아무 생각 없이 그냥 재밌게 살았는데.

[조사자 2: 재밌는 상상 같아요. 거인의 발자국을 밟아서 임신을 했다는 게 되게 특이해요. 진짜.] [조사자 1: 원래 결혼하려면은 서로 발자국 맞춰 걸어야 되거든요. 같이 이렇게 같이 걸음을 맞춰야 그래야 부부가 되는 거니까. 발자국 맞춘다는 게 그런 뜻이.] 그렇구나, 신기하네.

나라 구하고 승천한 영웅 댕잠 [3]

● **구연정보**

조사일시 : 2018. 11. 05(월) 오후
조사장소 : 서울시 관악구 신림동 서울대학교
제 보 자 : 쩐티빅프엉 [베트남, 여, 1977년생, 기타]
조 사 자 : 황혜진, 오정미, 엄희수

● **구연상황**

제보자가 〈훌륭한 선생님 쭈반안과 용왕의 아들〉 이야기를 마쳤을 때 조사자가 대나무통에 들어있는 새끼손가락 이야기를 해달라고 하자 제보자는 그 이야기는 일본 이야기라고 했다. 다른 조사자가 〈영웅 댕잠〉 이야기를 해달라고 부탁하자 제보자가 바로 이야기를 시작했다.

● **줄거리**

어느 노부부가 아이가 없어서 기도를 했다. 하루는 아내가 논에서 일하는데 커다란 발자국이 있어 자신의 발을 대 보았더니 태기가 있었다. 댕잠은 태어나서 삼 년 동안 웃지도 않고 말하지도 않았다. 갑자기 은나라가 침략하여 나라에서 영웅을 구하러 다녔다. 그때 댕잠이 엄마한테 말을 해서 밥을 많이 해주고, 갑옷과 철봉, 철말을 만들어달라고 했다. 마을 사람들이 해 준 밥을 먹고 몸집이 커진 댕잠은 전쟁에 나가 적병을 많이 물리치고 영웅이 되었다. 이후 댕잠은 단비엔이라는 산에 올라가 말과 함께 하늘로 올라갔다. 단비엔은 댕잠의 다른 이름이며, 그곳에는 사원이 있다. 해마다 베트남에서는 댕잠을 기리기 위한 축제가 열린다.

옛날에 그냥 그, 한 부부가 아주 나이가 많은, 나이가 많은 부부가 있는데 그냥 좀, 행복하게 살았는데 아이가 없었어요. 매일매일 애가 있기를 기도해요.

그런데 어떤 때가, 어느 날 아내가 논에 가서 일하는데, 그때는 아주 큰 발자국 발견하게 됐어요. 논에서 그냥 좀 자기 발, 좀 놓여 보았어요. 놓아보았어요. 딱, 그, 그렇게 보니까 좀 집에 가서 그때부터는 태기, 뭐지? [조사자 2: 임신?] 임신했구요. [조사자 1: 태기가 있어.] 네, 태기가 있구요. 그런데 그냥 좀, 몇 년이 지나서 애기가 나왔어요. 애기 나왔는데, 음, 그 아주 신기하게 애기는 웃지 않고 말하지 않았어요. 3년 동안 계속 그냥 어, 누워 있어요.

그런데 갑자기 은나라, 은나라 침략하게, 침략, 그 우리나라를 침략했구요. [조사자 1: 은나라면 굉장히 오래됐는데?] 네, 그쵸. [조사자 1: 중국의 은나라가?] 은나라가 침략하게, 침략 왔죠? 왔어요. 그래서 그냥 사자, 임금의 사자 보내서,

"각각마다 좀 나가서 인재를 구해서 나라를 구해라."

그렇게 사자를 보냈어요. 그때는 사자 하는 소리를, 하는 말을 들으니까 그 댕잠●을, 그 아이가 엄마한테는 사자를 불러오라고 부탁했어요. 그때부터는 말을 해요. [조사자 1: "인재를 구합니다." 이 말을 듣고.] 듣고. [조사자 1: 엄마한테 모셔오라고.] 모셔오라고 했구요. 그래서 사자가 들어오자마자,

"내가 은나라 그 뭐지? 은적을."

[조사자 1: 은으로 만든 자?] 은 아니라, 은나라 그 뭐지? 병사. [조사자 1: 아, 은나라 적병.] 적병.

"은 적병을 무너줄 수 있다. 그러면."

[조사자 1: 은 적병을 이제 물리칠 수 있다.]

"물리칠 수 있다. 그런데 나한테 이렇게 만들어줘라. 갑옷, 그리고,"

어 뭐지? [조사자 2: 창?] [조사자 1: 칼?] 철말. 뭐, 그 쇠로 만든 말. [조사자 1: 아, 철말.] 철말. 그리고 어, 철, 철봉. 철봉이죠? 아주 큰 거. [조사자 1: 근데 뭐 날카로운 게 달려있진 않나봐요? 철봉만.] 네, 철봉.

"그렇게 만들어 줘라."

● 베트남어 발음은 Thánh Gióng으로, 실제로 '타앵 저엉'에 가깝지만, 본문에서 조사자들은 댕잠이라고 발음했다.

그렇게 했구요.

그래서 그, 그, 사자가 가서 그 임금에게 말씀드렸어요. 만들었는데 그동안은 아이가 일어나서 엄마한테 좀

“이제는 저는 밥은 잘 해 달라.”고.

“밥을 많이 해 달라.”

고 해요.

계속 먹어요. 그래서 그냥 원래 집이 너무 가난해서 밥이 부족하잖아요. 부족해서 그냥 다른 동네 사람들이 다 좀, 밥을 모아서 해줘요. 그래서 어, 밥 해주는데 댕잠이 밥 먹고 금방 커요. 아주 금방 크니까 그, 원래 그 사자가 그때는 그, 아이가 만났을 때는 아주 어리잖아요. 어리고 작으니까 그냥 그 말이 조그만한 거 그냥, 뭐지? 옷도 조그만한 거 그, 철봉도 조그만 거 만들었잖아요. 그런데 만들고 가지고 왔을 때는 아주 이만큼 컸잖아요. [조사자 1: 어, 밥을 많이 먹어서.]

그래서 그냥 또 다시 만들어야 되죠? 아주 큰 거 만들어야 되고. 다시 만들어야 되니까 그래서 그동안 계속 먹고, 계속 먹어서 그래서 그냥 큰 말, 큰 갑옷, 큰 철봉 만들고 그래서 너무 커서 무겁고, 크고 그래서 좀 한 사람이 옮기지 못하고 여러 사람을 동원해서 마을 사람들이 다 동원해서 옮길 수 있도록 동원해요. 그래서 그냥 동네에서 사람들이 그 어, 동원해서 그, 그, 좀 여러 번 해야 돼요. 그냥, 처음에는 그, 만들고 그, 댕잠은 입어서 다 깨져요. 안 맞아서 깨지고.

다시 만들고 계속해서 그냥 댕잠이 나중에 다 만들고 완성해서 계속 만들고 나서 다 입고 갑옷을 입고 그냥 그래서 입고 나서 음, 뭐지? 그 철말 그, 철말에 뭐지? 여기 그. [조사자 1: 안장?] 안장 아니고. 여기, 여기는. [조사자 1: 꼬리?] 꼬리 있고 여기. [조사자 1: 배?] 뭐랄까? [조사자 2: 안장?] 안장 말고 거기. [조사자 1: 아, 여기 밟고 올라가는 거 있어.] 여기, 여기. 음. 뭘까? 뒤. [조사자 3: 허벅지?] 허벅지인가? [조사자 1: 말의 허벅지?] 때려보고 그래서 아, 엉덩이, 엉덩이!

때려보니까 철말이라도 그냥 소리가 나서 ‘힝-힝-’ 소리가 나서 그래서 어, 그냥 살아있는 말처럼 소리가 나서 그래서 그냥 그, 어, 댕잠이 올라가서 어, 함께 그 말과 함께 달려가서, 그, 음, 말이 뭐지?

계속 그 소리 나서 풀, 불? 불이 나서, 소리나면서 불이 나서. [조사자 1: 아, 소리도 나고 입에서 불이 나요?] 불이 나요. [조사자 2: 누구 입에서요?] 말.

불이 나서 그러니까 그, 엄, 말이 지나가는 길에 대나무가 다 색깔이 뭐지? 변해져요. 그래서 그, 그 나무가 그, 대나무가 '당아', '체당아'라고 해요. 어, 뭐지? 노란색에 변했으니까. [조사자 1: 색이 바랬어요?] 네, 바랬어요. 그래서 그냥 그때는 그냥, 어, 그, 뭐지? 은, 은 적병에 적병에 들어가서 그, 그 싸웠으니까 적병에 바로 뭐지? [조사자 1: 무찔렀어요?] 바로, 물리쳤어요. 그리고 그냥 적병이 다 뭐지? 무너지고 도망쳤고 그리고 많이 죽어졌어요. 죽어졌고, 그리고 뭐, 나중에 그 철봉이 깨어지고, 없어졌어요. [조사자 1: 너무 사람들을 많이 죽이다 보니까.] 많이 죽이다보니까 깨지, 깨지구요. 그래서 그냥 무기가 없잖아요.

무기가 없으니까 그냥 대나무가 뽑아지고, 쳐요. 그냥, [조사자 1: 창처럼?] 뽑아서 창처럼 쳐요. 그리고 그냥 그, 은 적병을 다 물리치고 나서 그 뭐지? 산. 이제는 여기 '단비엔'이라는 산이 있어요. [조사자 1: 단비엔이라는 산.] 단비엔이라는 산 있어요. 그 산에 올라가서 그 갑옷을 벗어나고, 그리고 그, 말과 함께 나라로 올라, 날아가요. [조사자 2: 하늘로?] 하늘로. 네.

[조사자 2: 그래서 그 자리에 가보면 갑옷, 벗겨진 갑옷만 있고, 이 댕잠이랑 말은 없어졌겠네요?] 그래서 거기서 이제는 '넨단비엥đền Thần Vương'이라고 있어요. [조사자 1: 넨단비엥이 뭐예요?] 그, 넨đền. '단비엥'은 원래 거기는 그, 뭐지? 사원 있잖아요. 단비엥, 그 원래 댕잠이라는 이름이 단비엥이라고 했구요. 그 산은, 사원 단비엔. '넨'는 사원이구요. '단비엔'은 '댕잠'의 다른 이름이에요. [조사자 1: 아, 댕잠이 당비엥이어서. 그러면은 댕잠의 사원이 그 댕잠이 하늘로 올라간 단비엥산, 혹은 댕잠의 다른 이름인 단비엥이라니까.]

[조사자 2: 지금 그 댕잠에 관련된 축제가 베트남에서 커다랗게 있다라고 들었거든요? 언제 있는 거예요, 선생님?] 어, 그거. 보통은 정월. 음력 정월. 1월에서 2월. [조사자 2: 그럼 베트남분들은 댕잠을 되게 믿고 기리

는 거네요, 그쵸?] 네. [조사자 2: 근데 실존하는 인물이라고 믿지는 않죠?] 네, 그거 실존인물이 아니더라도 아주 신적처럼, 아주 신처럼 그러니까 신화이죠. 베트남 사람의 신화. 그 뭐지? 뭐랄까? [조사자 1: 샤머니즘?] 샤머니즘 그 신앙처럼 계속 믿고 제사 지내고 그거 있어요. [조사자 1: 그럼 댕잠에게.] '타앵 저엉Thánh Gióng'이라고.

(조사자가 직접 이름을 적어줌.)

[조사자 1: 댕잠에게 빌 때는 사람들이 뭘 빌어요? 그니까 '우리나라가 평화롭게 해 주세요' 비나요? 아니면 내가 잘 살게 해주고, 내 자식이 시험 잘 보게 해 주구.] 음, 이제는 좀 이렇게 원래 그 '타앵 저엉'이라는 사람, 나라를 좀 평화롭게 지켜주는. [조사자 1: 나라를 평화롭게 해 달라고?] 그렇게 하구요. 그리고 뭐 어떤 면에서는 뭐지? 가정을 평화롭게 지켜주시는 부분. 그리고 뭐, 저기, 그,

[조사자 1: 나라와 가정의 평화를 빈대요. 근데 은나라라면은] 그, 3세기 전. [조사자 1: 기원전 3세기도 아니야. 훨씬 더 전이야. 그리고 그게 너무 상상의 나라이기도 하니까. 하필이면 왜 은나라가 쳐들어온다고 했을까요? 은나라에 대한 생각은 어때요?] 글쎄요, 원래 그냥 그, 베트남 역사에 보니까 은나라 좀 관계가 있었다고 그러는데요. 네.

[조사자 1: 이게 이제, 하, 은, 주. 이렇게.] 네, 그렇게. 원래 제가 보기에는 그 옛날에 역사 있었잖아요. 그래서 그냥 옛날에 베트남에서는 사신이 그냥 은나라에 보낸, 사신을 보낸 적이 있다고 그런, 그런 기록이 있었다고 그래요. [조사자 1: 은나라에게 당한 경, 기억이 있지 않으면 이런 얘기가 힘들 텐데.]

[조사자 2: 근데 앞에 분도 이야기하실 때 은나라라고 지명을 딱 하셨었어요.] [조사자 1: 그 정도로 되게 오래된 원한이 있다는 거지.] [조사자 2: 마치 한국 일본처럼.] [조사자 1: 그래서 우리 오늘 이제 얘기하면서. 삼국시대에 일본이 왜나라, 왜에서 일본으로 바꿨는데 우리는 계속 왜라고 그러잖아, 그것도.]

[조사자 3: 이게 애니메이션도 있나봐요.] 네, 많이 있죠. [조사자 2: 이게 되게 유명한.] 왜냐면 그, 아주 신, 신령스러운 존재라서, 여기는 그, '단비엥' 사원이 그냥 거기는, '단비엥' 산에만 있는 거 아니라 여

러 가지 있거든요? 그냥 그 뭐지? 절말에 간, 지나가는 길에, 지나가는 곳마다 다 사원이 있어요.

[조사자 1: 댕잠은 다시는 지상으로 내려오지 않았어요?] 여러 번 내려가는 거죠. 거기 아까 말씀드린 거, 환끼엠(환검) 호수 있잖아요. 거기도 가끔, 가끔 어떤 시대가 그냥 단비엥 그. [조사자 1: 어려우면, 나라가 어려우면.] 또 내려오는. [조사자 2: 그렇게 믿으시는구나. 베트남 분들이]

그리고 그때 아시잖아요. 사원 있잖아요. 그냥. 거기 호수, 환끼엠 호수에 사원 있잖아요. '천흥다오' 거기 그 사원. 그, 좀 모시고, 모시고 같이 네. 그, 제사를 지내는 그 사원 있는데. 거기는 가끔 또, 뭐지? 그 단비엥 신령이 직접 내려오시는 그거는 좀.

[조사자 1: 아까, 그 호수에 있는 관련, 그 이야기하고는 관련이 없지만 거기에도 사원이 있어서 그 호수는 영험하니까 자주 내려 온대잖아.] 거기도 그 관련된 이야기가 있어요. 아주 어려운 때. 혹시 그 왕조가 바뀔 때, 또 그거.

[조사자 2: 아까, 이야기가 약간 뭉개졌는데 그 임신하는 게, 그 아내가 그 밭에서 큰 발자국을 보고 그냥 본 게 아니라 그 발자국을 밟죠?] 네, 밟아서. [조사자 1: 내 발을 거기다 집어넣어본 거지.] 네 임신해요. [조사자 2: 이게 중요하거든.] 네, 맞아요. 밟아서. [조사자 1: 발자국만 밟은 게 아닐 거야.] (일동 웃음)

[조사자 2: 그리고 이 부부도 나이가 많은 부부죠?] 네, 나이가 많은 부부예요. [조사자 1: 그래서 임신을 못 하는 상태였대. 그러면은 이런 아들이 되게 부담스럽고 말도 못하고 계속 3년 동안 누워만 있으니까. 이 부모가 되게 힘들었을 거 아니에요. 그래서 아들한테 투덜거리거나 그러지 않았나? 그리고 동네사람들이 밥을 같이 인제 해 멕여야 되는데, 이 아들이 클지 나라를 구할지 모르는 상태에서 "이 쪼그만 게 되게 많이 처먹네!" 그러면서 동네 사람들도 이 아이를 미워하고 원망하는 마음이 있었을 수도 있잖아요?]

처음에는 그냥, 처음에는 그냥, 그냥 많이 먹는 거 아니면 어떻게 얘기하지 않았어요, 그냥 그냥. 얘는 그냥 말도 못 하고 웃지 못하고 그냥 누워있고.' 그거만 얘기하고. 그냥 밥 어떻게 먹는지 그냥 얘기하지 않고 그냥 어, 사신이 와서 그냥, 나라를 네. 인재를, 나라에서는 인재를 구한다 이런 말만 듣고 바로 일어나서, 누워있는데 일어나서,

"엄마, 그분을 불러주세요."

일어나서 네. 딱. [조사자 1: 그때 처음 말을 하고?] 처음 말을 하고. [조사자 1: 처음 일어나고.] 네, 일어나서.

[조사자 2: 제 기억이 맞는지 모르겠는데, 앞에 다른 어머님이 얘기해주실 때는 "3년 동안 웃지 않고 말하지 않고 누워있고 밥도 안 먹는다." 그랬어요. 아무것도 안 먹고 있다가 인제 전쟁이 났다는 얘기를 딱 듣고는] 밥 안 먹는 거, 그거 아니구요. 얘기하지 않았어요.

나라 구하고 승천한 거인 영웅 댕잠 [4]

● **구연정보**

조사일시 : 2017. 11. 02(목) 오전
조사장소 : 인천광역시 미추홀구 용현동
제 보 자 : 백옥장 [베트남, 여, 1982년생, 유학 10년차]
융티탄프엉 [베트남, 여, 1988년생, 유학 3년차]
조 사 자 : 오정미, 한상효, 엄희수

● **구연상황**

백옥장 제보자가 생애담과 이주생활담 구연을 마친 후, 조사자가 베트남의 다른 설화 구연을 부탁하자 백옥장이 댕잠 전설 구연을 시작했다. 이야기 구연은 백옥장과 융티탄프엉이 함께 상의해 가며 진행되었다.

● **줄거리**

베트남에서 존경받는 네 명의 신 중 한 명에 대한 이야기다. 자식이 없던 부부에게 아이가 태어났는데, 아이는 세 살까지 말도 못하고 걷지도 못했다. 베트남에 전쟁이 나자, 아이가 갑자기 일어나 말을 하기 시작하더니, 갑자기 커다란 청년이 되었다. 이후 전쟁터에서 창이 부러진 청년이 대나무를 뽑아 무기로 사용해서 전쟁에 승리하고 하늘로 올라갔다. 그 청년의 이름은 댕잠이며, 현재에도 댕잠에 관한 축제가 매년 펼쳐진다.

백옥장 : 이거는 완전 영웅 아니지만 영웅보다 뭐죠? 신? 신화예요. 우리 역사, 민간 역사에서 우리는 제일 존경하는 네 신 중에 이분이 하나예요.

조사자 1 : 존경하는 신이 네 명이 있는데, 그중에 한 분이세요?

백옥장 : 한국은 뭐죠? 이순신은 진짜 사람이죠? 이순신 장군은 사람이지만 우리는 장군, 이순신 장군 비슷하신 장군도 계시지만

그 장군 전에 그 뭐죠? 우리 베트남 나라 세우면서 지키는 과정에 훌륭하시는 신. 그거는 이분이에요. 댕잠. 이거 시작한 거는 조금 신기했어요.

조사자 1 : 네?

백옥장 : 태어난 거도 조금 신기했거든요. 어떻게 하죠? 음. 어느 마을에서 그 부부가 있었어요. 근데 결혼한 오래는 됐지만 자식은 낳지 못했어요. 근데 어떻게 임신했죠?

융티탄프엉 : 어느 날 할머니가 논에 갔는데 어떤 커다란.

백옥장 : 그거는 다른 이야기예요.

융티탄프엉 : 어떤 물을 먹었나?

백옥장 : 다시 봐도 되나?

조사자 1 : 봐도 돼요. 아 그럼. 보면서. 당연히 됩니다. 읽지만 않으시면 돼요.

백옥장 : 다 까먹었어, 진짜.

융티탄프엉 : 진짜.

백옥장 : 사불신 아세요? 사불신?

조사자 2 : 사물신?

백옥장 : 죽어.

융티탄프엉 : 죽지 않는.

조사자 1 : 불사신?

백옥장 : 아, 불사신.

조사자 1 : 어, 죽지 않아. 불사신.

백옥장 : 이거 다시 확인하고 보충.

조사자 1 : 아니요, 확인 안 해도 돼요. 이거 진짜가 아니어도 되구요.

백옥장 : 근데 여기 나오지 않는데. 저희 어머니 어떻게 말씀드렸나?

조사자 1 : 그런 게 더 좋아요. 저희는.

백옥장 : 그러니까. 제가 다시 엄마한테 다시 이야기해야 돼요. (융티탄프엉 제보자와 함께 상의한 뒤) 근데 결혼은 오래 됐지만 자식은 낳지 못했는데. 근데 어느 날 그냥 엄마가 임신하게 됐구요. 근데 애기 낳는 후에 보통 일 년 정도 걷기도 시작하고, 말하

기 시작하는데 댕잠은 세 살까지 말도 하지 않고 걷기도 하지 않고 그냥 누워있기만 했어요. 근데 그때는 그, 베트남, 베트남 아니고 중국 북쪽에서 침략군이, 그 침략군은 바로 중국이에요. 근데 중국이라고 부르지 않고 그냥 북쪽에서 온 침략군이 우리나라 침입했어요. 그러니까 왕이 각 마을 가서 그 뭐죠? 인. 좋은 사람? 좋은 남자들은 다 뽑는 거예요.

조사자 1 : 군인으로?

백옥장 : 군인으로. 그러니까 댕잠 아기가 그거만 듣고 나서. 그때는 댕잠이라고 부르지 않았어요. 세 살 아기. 아기. 그 말을 듣고 바로 말하는 거예요. 번쩍.

조사자 1 : 어, 군인을 뽑는다는 얘길 듣고?

융티탄프엉 : 갑자기 일어나서 말도 하고.

백옥장 : 일어나서 말을 하고. "내가 하겠다." "성공하게 내가." 그 침략군이 다 뭐죠? 진압할 수 있다고.

융티탄프엉 : 언니 그때 뭐 엄청 많이 먹고 갑자기 커지지 않았어요?

백옥장 : 그건 나중에. 이거는 다 요거 한 다음에.

융티탄프엉 : 아.

백옥장 : "내가 하겠다."

침략군이 다 뭐죠? 진압할 수 있다. 근데 왕하고 못 믿었는데 근데 우리나라는 지금은 사람 필요하기 때문에 그냥 그런 뭐죠, 받아주라 했거든요. 근데 그, 세 살 아기가 "대신 나는 몇 가지 요구가 있다. 내가 무기하고," 뭐죠? 옷, "튼튼하게 만들어 줘라."

조사자 1 : 갑옷?

백옥장 : 갑, 예. 갑옷.

조사자 1 : 지켜주는?

융티탄프엉 : 그 철, 쇠로 만든.

조사자 1 : 그게 갑옷.

백옥장 : 갑옷. 무기하고 갑옷. 그거는 뭐라고 하죠? 긴 칼을 뭐라고 불러요?

조사자 1 : 칼?

조사자 2 : 창?

융티탄프엉 : 창. 창.

백옥장 : 찌르는 거. 그 뭐죠?

조사자 1 : 모기, 갑옷.

백옥장 : 모자. 여기부터 발끝까지 전부다 쇠로 만들어요. 몇 톤. 몇 톤이지 그때?

융티탄프엉 : 무거웠어요 엄청.

백옥장 : 톤으로는 계산하지 않는데 근데 그때 말하는 게 건강한 남자 열 명은 그거는 들을 수 없는 정도 무거운 옷이었어요. 군인 열 명 들을 수 없는 정도. 그거 만들으라고 했거든요? 그 세 살 아기 요구는 듣고 나서 병, 병사들은 왕궁에 들어가서 보고한 다음에 세 살 아기의 집에서 밥 많이 먹고 물도 많이 마셔서 갑자기 엄청 커다란 인물, 뭐죠? 남자가 되는 거예요.

조사자 1 : 커다란 남자가 됐어요.

백옥장 : 엄청. 그 청년, 그때부터 청년이라고 부르나? 청년이 그 왕궁에 주는 옷하고 무기하고 모자 다 신고 다음에 혼자서 전쟁, 전장에 나가는 거예요.

조사자 1 : 혼자서?

백옥장 : 혼자서. 근데 그 침략군은 많이, 많이 죽였고. 근데 싸움하면서 창은 부러졌어요. 그다음에 그 청년이 지나다니는 길에 대나무들은 다 뽑고 무기로

융티탄프엉 : 사용했어요.

백옥장 : 네, 사용했어요. 그때는, 그때는 그 전장에서 우리 쪽은 이겼죠? 이겼고 북쪽에서 온 침략군이 다.

융티탄프엉 : 물러났어요.

백옥장 : 물러났고, 귀군?

융티탄프엉 : 암튼 자기 나라로 철수.

백옥장 : 철수. 근데 신기한 게 그, 아. 말도 까먹었어, 말. 그 청년이 타는 말.

융티탄프엉 : 말도 타고 갔어요.

백옥장 : 타는 말도 그 일반 말 아니거든요? 이, 그, 그 말도 철로 만들었는데 뛰어갈 수 있고, 뭐죠? 소리도 날 수 있는. 생말처럼 하는 거예요. 왜냐면 그 청년은 탄 다음에 그렇게 신기하게 되는 거예요. 옷, 말하고 무기들은 다 철로, 철쇠로 만들었는데 그 말은 완전히 생말 되는 거예요. 살아있는 말처럼. 근데 그 전쟁 싸우면서 그 말은 불, 뭐죠? 뿌렸어요.

융티탄프엉 : 불을, 입에서 불이 나왔어요.

백옥장 : 나오는 거예요. 그러니까 침략군 많이 타버렸죠? 그거 어떻게 되는지 모르겠지만 이야기는 그렇게 나왔어요. 왜 갑자기 그 말은 생말처럼.

조사자 1 : 근데 이 청년의 이름에 댕잠.

융티탄프엉 : 아니요.

백옥장 : 그니까 그다음에 우리.

융티탄프엉 : 우승하고 나서. 그니까 그렇게 큰 공을 하고 나서 국민, 근까 그때 우리나라 국민들이 존중을 하니까 그 이름을 지어준 거죠. 댕잠. 댕잠에 댕[thần]이라는 말은 신이라는 뜻이에요. 네. 신성. 단.

백옥장 : 그리고 잠은 왜 잠인지 모르겠는데 댕은 아무튼 신이라는 뜻이에요.

조사자 1 : 댕이 신이라는 뜻이에요?

융티탄프엉 : 아무튼 잠신 그런. 잠은 그 신의 이름이고.

조사자 1 : 이 댕잠에 관련된 이야기는 베트남 사람들은 다 아는 이야기예요? 되게 유명해요?

백옥장 : 우리, 뭐죠? 유치원 학생들은 대부분 다 알고 있는 거예요. 대부분.

융티탄프엉 : 초등학생 때 배웠어요.

백옥장 : 우리도 동화는 옛날에 엄마가 집에서, 아니면 유치원에서 선생님들은 이야기해주는데 그때, 그 뭐죠? 훈화 같은 거는 초등학교에 가서 공부, 이야기 통해서 우리 무슨 뭐죠? 내용은 배웠는지 설명하고.

융티탄프엉 : 용감하거나.

백옥장 : 그리고 이야기는 좀 특별한 거 하나 있고요. 그 말하고, 불 나오는 거는 그 마을에 지나가는 길에 있는 그 대나무 좀 태웠거든요? 그러니까 그 지역에 있는 대나무하고, 전 베트남에 있는 대나무 완전 색깔이 달라요. 원래 대나무는 초록색인데 근데 말 태웠던 대나무는 노란색이에요. 그 지역도 가면 다 노란색이에요. 그러니까 왜 그 지역은, 왜 그 지역에서 자라는 대나무 노란색인지 설명해주는 전설도 있어요. 이런 거. 그리고 그 말하고 청년이 지나가는 길에 그 뭐죠? 흔적 남아 있잖아요. 그 흔적은 다 호수 되는 거고. 그러니까 우리나라 왜 강가하고 호수 많은지 설명해주는 거예요. 그리고 그 청년이 다 성공한 다음에 뭐 하늘나라 가는 거예요.

조사자 1 : 아, 성공. 다 물리치고.

융티탄프엉 : 하늘로.

백옥장 : 날아가는 거예요. 그리고 지금은 매년 우리는 이런 축제도 하고 있고. 예.

조사자 1 : 어떤 축제?

백옥장 : 댕잠 축제 있는 거예요. 그 지역은 바로 하노이에 있는 작은 마을이었거든요. 지금 하노이 땅이예요.

융티탄프엉 : 하노이가 수도라는 거 아시죠?

조사자 1 : 알죠 알죠. 근데 하노이 말고 하노이 근처에 있는?

백옥장 : 근데 그거는 지금은 하노이 땅이었거든요? 그 현이.

융티탄프엉 : 부근, 하노이 부근.

조사자 1 : 지금도 해요? 이 축제를?

백옥장 : 합니다. 매년 엄청 큰 축제이고요. 그리고 이 지역에서 출신하시는 사람들은 똑똑하고 베트남 정권에서 많은 좋은 위치를 잡고 있대요. 그런 설명해주는. '좋은 땅에서 좋은 인재가 나온다.'는 말이 있어요.

융티탄프엉 : 그 지역이 그런 지역이라고.

백옥장 : 그니까 이 이야기를 통해서 우리 배워야 되는 거는 베트남

사람은,

융티탄프엉 : 힘이 세고,

백옥장 : 힘이 세고.

융티탄프엉 : 용감하고

백옥장 : 그리고 우리는 애국심 너무 심해가지고 세 살 아기도 전장에 나갈 수 있다. 이렇게. 그런 거 교육을 시키는 거예요. 그니깐 남자애면, 남자애기면 작을 때부터 용감한, 용감하고.

조사자 1 : 갑자기 이 얘기 들으니까 아 왜 그런지 알겠어. 베트남이 전 세계에서 유일하게 전쟁에 한 번도 지지 않은 나라잖아요.

백옥장 : 맞아요.

조사자 1 : 이런 것들이.

백옥장 : 그리고 그 마을에서 왜 대나무가 노랗는지 설명해주는 거고.

조사자 1 : 캄보디아에 가도 노란색 대나무가 있드라구요. 아. 그렇구나.

백옥장 : 그리고 우리는 우리 대나무가 너무 익숙해요. 농사짓는 나라들은.

융티탄프엉 : 저는 하도 베트남에서 그니까 초등학교 때부터 그런 대나무에 대한 이야기? 막 글씨 같은 거 많이 배워가지고 그게 우리나라의 대표적인 나무라고 할 수 있는 거예요. 그래서 처음 한국 왔을 때 대나무를 봤는데 "어, 한국도 대나무가 있네? 우리나라만 있는 줄 알았는데?" 진짜. 무식하게. (웃음)

조사자 1 : 그럴 수 있겠네요 진짜.

백옥장 : 대나무가 우리나라의 되게 익숙한 이미지고. 근데 우리 이런 거는, 뭐, 베트남 너무 넓거든요. 넓고 길어요. 근데 북쪽에만 대나무 있는 거예요. 남쪽은 대표하는 나무가 야자예요, 야자. 코코넛.

융티탄프엉 : 있는데. 우리 있긴 있는데 많지 않아요.

백옥장 : 근데 북부.

융티탄프엉 : 북쪽 가면 어딜 가나 있어요.

백옥장 : 북부, 북부 마을마다 대나무 엄청 많이 있어요.

조사자 1 : 북쪽과 남쪽의 날씨가 많이 달라요?

융티탄프엉 : 많이 다르죠. 토지도 다르고 기후도 다르고.

백옥장 : 근데 특별한 게 베트남 땅은 16세기 전에.

융티탄프엉 : 북쪽에만 있었잖아요.

백옥장 : 북쪽에만.

융티탄프엉 : 베트남의 전통문화도 북쪽 위주로 하고 있죠. 나중에 베트남 사람들이 남쪽으로 이렇게 확대, 자기 영토를 확대하면서 지금 베트남 전체가 되는 거죠. 옛날, 그니까 원래 베트남의 본토는 북쪽 중심이었어요. 그래서 베트남 전통문화들도 북쪽 중심. 아까 티나무도 제가 아마 남쪽에는 대나무가 없다고 말씀드렸잖아요. 그런 거예요.

백옥장 : 그니까 교재에 나오는 신화들은 대부분 북쪽에.

융티탄프엉 : 맞아요.

백옥장 : 나오는 거예요. 근데 북, 남부 역사는 몇 백 년밖에 없어요. 삼백 년? 그러니까.

융티탄프엉 : 그쵸. 16세기부터니까 한 사백 년 정도?

백옥장 : 제일 늦게 나오는 탄생하는 지역.

융티탄프엉 : 왕조들이 확대, 자기 영토를 확대하면서 남쪽에 있는 나라들하고도 싸우고 막.

백옥장 : 베트남 중부는 캄보디아 땅이었어요.

융티탄프엉 : 라오스하고도 가까웠고, 아마 라오스 땅도 뺏지 않을까.

백옥장 : 근데 역사에서 그런 이야기 안 하죠?

융티탄프엉 : 근데 우리는 사실 우리는 중국을 많이 욕하잖아요. 미국을 더 많이 욕하고. 왜 우리나라를 와서 우리나라 땅을 막 침략하냐. 사실 우리도 우리보다 작은 나라들 막 참파왕국도 지금 완전 우리.

백옥장 : 근데 우리, 우리 입장에서 우리 역사에 대한 그렇게는 우리 시점은 뭐, 군인들을 데려가서 전쟁하는 게 아니고, 우리 결혼 통해서 그 땅을 받았다.

융티탄프엉 : 그런 게 있어요.

백옥장 : 그렇게 교육하거든요?
융티탄프엉 : 그런 거 아실 거예요.
백옥장 : 우리 왕이, 우리 왕이 공주님 하나를 시집보냈기 때문에
융티탄프엉 : 공주가 너무 예뻐서
백옥장 : 그 예물을 땅으로 받았다. 그러니까 설명했어요. 왜 우리 땅, 이런 거 땅은 더 넓혔는지. 왜냐면 교육은
융티탄프엉 : 정부에서,
백옥장 : 왜냐면 중국 사람이 얼마나 미웠는데 우리는. 그렇게 교육 안 시켰죠.
융티탄프엉 : 그 입장에 아니까. 중국보다 우리나라가 작잖아요. 그래서 우리는 당하기만 했던 이미지를 국가에서 만들었죠. 우리나라도 다른 더 작은 나라의 땅을 침략한 그런 얘기는 절대 없었어요. 교과서에서는. 그래서 저희도 그렇게 배웠는데 나중에 역사를 다시 알아보니까 아. 캄보디아 땅도 많이 뺏구나(빼앗았구나). (웃음) 왜냐면 우리나라는 원래 참바(참파) 문화가 없었는데 지금은,
백옥장 : 베트남 중부 지방은 다 그런 문화 특히,
융티탄프엉 : 베트남 중부에 가면 참바(참파) 왕국, 막 흔적들이 막 남아있어요.
백옥장 : 맞아요.
융티탄프엉 : 건축물도 많이 남아있고. 그러면 딱 거기는 우리나라 문화는 아니라고 봐야 되고. 근데 옛날에 이런 얘기 있었어요. 우리, 우리 그때 어떤 왕조의 공주님이 너무 예쁘게 생겨서 캄보디아 왕이 빠진 거예요.
백옥장 : 근데 왜 빠졌는지 어떻게 만났는지 이야기하지 않아요. (웃음)
융티탄프엉 : 어떻게 만났는지는. 아무튼. 캄보디아 왕이. 근데 그때는 캄보디아 아니고.
백옥장 : 참바.
융티탄프엉 : 진랍인가? 참파인가? 아무튼 그때 캄보디아라는 이름

아니었어요.

조사자 1 : 근데 지금 베트남에서 왕이 캄보디아의?

백옥장 : 아뇨, 아뇨. 베트남의 공주가 너무 예쁘게 생겨서 그 캄보디아 쪽에 있는 왕이 반한 거예요. 파티, 파티. 궁전 파티 열렸을 때 먼저 외국에서 초대하고 그런 거.

융티탄프엉 : 그래서, 결혼해서 우리나라한테 엄청 큰 땅을 예물.

백옥장 : 예물으로. 그러니까 우리 중부지방 그렇게.

조사자 1 : 그래서 중부지방 캄보디아 땅을 흡수했다?

융티탄프엉 : 네. 우리는 싸워서 땅을,

백옥장 : 얻었던 게 아니다.

나라 구하고 승천한 영웅 댕잠 [5]

● 구연정보

조사일시 : 2019. 01. 09(수) 오후
조사장소 : 경기도 안양시 만안구 석수동
제 보 자 : 도티탄(이정민) [베트남, 여, 1989년생, 결혼이주 8년차]
조 사 자 : 오정미, 강새미

● 구연상황

〈괴물을 이긴 남자〉 구연이 끝났을 때 조사자가 베트남 영웅 '댕잠'에 대해 물었다. 제보자는 무척 긴 이야기인데 기억이 잘 안 난다며 짧게 구연했다.

● 줄거리

자식이 없던 부부가 기도한 후, 아내가 커다란 발자국을 밟고 임신하여 아이를 낳게 되었다. 그 아이는 누워있기만 하다 나라에 전쟁이 나자 갑자기 말을 하고 일어났다. 아이는 갑옷과 말을 달라고 한 후 전쟁터에 나가 적군을 무찌르고 승리한 후 하늘로 날아갔다. 그 아이의 이름이 댕잠이다.

옛날에 가난하게 살았던 부부가 자식이 없어가지고 기도하고, 기도하고. 그래서 어느 날 아내분이 밭에 보니까 발자국이 되게 커요. 그 발자국 밟아서 집에 가서 임신하게 되었는데, 임신하게 되니까 임신하고 아기 낳았어요. 근데 아기 낳으니까 계속 누워있기만 하는 거예요. 누워있기만 하고 그래서 부부 되게 속상했는데도 잘 키웠어요.

근데 어느 날은 다른 나라, 중국이 침입해서 왕이 천재, 나라 구해줄 수 있는 사람 구하러 이렇게. [조사자: 인재를 찾으러 다녔어요?] 인재 찾으러 다녀가지고. 그래서 그 말 듣고 '댕잠'이 벌떡 일어나가지고 얘기했어요.

"엄마 나가서 나는 할 수 있다. 얘기해 달라."고.

엄마도 그 모습 보니까 되게 놀라운데도 아들의 말 듣고 가서 얘기했어요. 얘기하니까.

근데 댕잠은 준비해 달라고 한 거 있는데. 말하고 천이라 하나요? 이거 만드는 옷하고, 철사? 이런 만들 옷하고. 또 뭐 준비하라고 했어요.

그래서 준비하고 댕잠은 말 타가지고 거기 가서, 전쟁터 가서 다 이기, 싸워가지고 이겼어요. 근데 이때 이겨가지고 근데 댕잠은 말 타고 하늘로 날아갔다고. 그 정도만.

[조사자: 맞아요. 다 하셨네요. 혹시 그때 댕잠이 무기로 썼던 것들이 옥수수?] 대나무. 제 기억에서 대나무였어요.

나라 구하고 승천한 영웅 탄영

● 구연정보

조사일시 : 2018. 03. 24(토) 오후
조사장소 : 강원도 강릉시 입암동 제보자 지인의 집
제 보 자 : 저우티탄융 [베트남, 여, 1985년생, 결혼이주 9년차]
조 사 자 : 박현숙

● 구연상황

제보자가 〈코코넛에 고인 물과 코코넛 아이〉의 긴 이야기 구연을 마친 뒤, 이어서 탄영 이야기를 구연하겠다고 했다. 조사자가 긴 이야기인지 묻자 짧은 이야기라고 대답하고 구연을 시작했다. 이 이야기는 사람들에게 많이 알려진 이야기여서 다들 알고 있으며 책에서도 보았다고 했다. 보통 장수 이름을 '댕잠'이라고 하는데 제보자는 '탄영'이라고 했다.

● 줄거리

옛날에 어떤 여인이 큰 발자국을 발견하고 그 안에 발을 넣은 후 임신하여 아이를 낳았다. 그런데 아이는 다른 아이들과는 달리 네 살이 될 때까지 말도 못하고 누워만 있었다. 아이는 어느 날 전쟁에 참가할 군인을 모집한다는 소리를 듣고 처음으로 말을 했다. 군인을 불러서 자신이 전쟁 나가서 싸울 테니 쇠로 만든 말, 갑옷, 무기를 만들어달라고 요구했다. 나라에서 110일 동안 쇠로 말, 갑옷, 무기를 만들었고 아이는 그 동안 앉고 걷고 많은 양의 밥을 먹고 매일 쑥쑥 크기 시작하더니 엄청 큰 거인으로 자랐다. 거인이 쇠로 된 말을 타고 한 손으로 말을 때리자 쇠로 된 말이 살아 움직였다. 거인이 전쟁에 나서 싸우다가 칼이 부러지자 대나무를 한 줌 뽑아 싸워 승리했다. 거인은 나라를 구하고 난 뒤 가장 높은 산에 올라 승천했다. 그 산에는 지금도 승천할 때 남긴 커다란 발자국이 있다.

옛날에 어떤 집에서 어떤 아주머니가 농사하러 갔다가 갑자기 되게 커다란 발자국을 봤어요. 사람 발자국인데 되게 신기하고 사람 발자국이랑 똑같이 생겼지만 사람 발자국은 이만큼 클 수 없다고 그 정도 컸는데 자기가 신기해서 그냥 자기 발을 그 발자국 안에 채워 놔 봤어요. 얼마큼이나 컸는지 발 이렇게 집어넣고 보더니,

"어머어머, 큰 발자국이야."

자기 발자국에 집어넣고 그날에 집에 들어와 갖고 임신 됐어요. 임신이 됐는데 애가 나왔는데 애가 2년, 3년, 4년이 되고 말 한마디도 없어요. 뭐지? 일어나 걸어가지도 않고 다른 애들처럼 놀지도 않고 맨날 눕기만 하고 또 엄마가 주는 대로 먹고 옷 갈아입고 뭐든지 엄마가 다 했는데 애가 정상 아니었어요.

어느 날 나라에 적이 들어오고 전쟁 났어요. 왕궁에서 누구 나라 구할 사람 모으는 거예요. 누가 힘 세고 누구 똑똑하고 성실한 사람 모아서 나라 위해 싸울 사람 있으면 나와서 접수해 달라 이렇게 군인이 군데군데마다 가 갖고 소리 지르고 부르는 거예요.

"나오시라."고.

"누구든."

근데 갑자기 말하지도 못하던 애가 앉지도 못하던 애가 갑자기 엄마 불렀어요.

"엄마, 엄마, 엄마 그 군인이 지금 했던 이야기 그분을 불러주세요!"

이렇게. 엄마가 당황하고 애가 말도 못하더니 갑자기 왜 그런 말이 탁 나왔는지. 그래도 가서 군인을 관적 거기 뭐라 하지? 대장님한테 얘기하고 와서 딱 보니까 애, 애 있어요. 나라에서 어떻게 구했어요. 이렇게 애인데 그 애기가 갑자기 일어나갖고 하는 말이,

"왕궁 가서 왕님한테 얘기해주시고 저한테는 말. 쇠로 만든 말."

[조사자: 쇠?] 네.

"쇠로 만든 말 한 마리 만들어 주고 무기 되게 큰 무기 만들어 오고 보호대 그런 쇠로 뭐든지 다, 갑옷 같은 거 되게 커다랗게 만들어 주세요."

[조사자: 다 쇠로?] 네. 다 쇠로. 원래 말은 살아있는, 살아있는 말 움직이잖아요. 근데 그 부분에 또 당황하고,

'얘기해야 되는 건가?'

이렇게 하다가 근데 나라 구하기 위해서 이렇게 얘기하다가 위에다가 어쩔 수 없이 왕궁 들어가서 왕한테 보고 얘기하고, 얘기하고 왕이 신기해하기도 하고,

"그러면 나라 구할 수 있으면 뭐든지 해 주거라."

이렇게 얘기해주셨어요.

(제보자가 통화를 하느라 잠시 중단됨.)

[조사자: 쇠로 된 무기랑 옷이랑?] 옷이랑 무기랑 갖다가 거기서 110일 동안 군대 사람들이 씻지 않고 계속 만들었어요. 근데 커다란 말하고 그리고 뭐라 하지?

"모든 시킨 대로, 나라 구하기 위해서 시킨 대로 다 해주라."고.

이렇게 밑에 사람한테 있는 쇠들을 캐고 만들었어요.

만들었는데 몇십 일 동안 만드는 기간 동안에 탄영 이 아기가 아이가 말하지 못하는 세 살 애가 갑자기 엄마 부르고 그리고 마당에서 나왔다가 앉아갖고 밥을 먹기 시작했어요. 근데 집에서 있는 게, 엄마가 밥 해주고 뭐 있는 쌀 다 끓여주고 먹으면 먹는 대로 다 들어가요. 그래서 먹는 대로 다 쭉쭉쭉 크고 살도 크고 키도 크고 근데 먹는 건 너무 많이 먹어서 집에서 먹을 게 없어요. 근데 배부르지 않아요.

또 게다가 사람이 동네 사람들이 또 나라 구해야 하기 때문에 사람들이 다 모였어요. 먹는 게 먹는 고구마든 뭐든 있는 대로 다 모여주고 다 먹여줬어요. 다 먹고 그거 일어나서 손하고 발하고 쭉 폈더니 어마어마하게 큰 사람이 돼버렸어요, 그 커다란 사람이. 거인 같은 것.

관군에서 그 시키는 일 때 쇠하고 말하고 갖고 왔어요. 갖고 왔는데 탄영이 그 옷 입고 칼 잡고 말에다가 올라탔어요. 올라탔는데 말에 한 손으로 딱 때렸더니 갑자기 쇠로 되는 말 움직이는 거예요. 움직이게 돼갖고 천천히 나가고, 적한테 막 거기서 가 갈구는 거예

요. 너무 크니까 움직일 때마다 적이 다 거기 뭐지? 밟고 죽이거나 건들 수 없어서 도망가는 애들도 있고.

거기에서 싸우는 중에 갑자기 칼이 뭐라고 해야 되지? 거기 부러졌어요. [조사자: 칼날이? 아니 칼자루?] 아니 칼날이 부러졌다가 무기가 없어갖고 탄영이 그래서 옆에 있는 대나무. 대나무들이 이렇게 한 손으로 이렇게 모여 갖고 딱 그거 뽑아서 대나무 뽑아갖고 적한테 싸웠어요, 이걸로. 싸우고 끝나고 나라를 구해주고 그러고 그냥 그대로 제일 높은 산에 나라에서 동네에서 제일 높은 산 위로 올라가갖고 그냥 하늘 위로 쭉 가버렸어요.

그래서 지금은 어떤 사람이 얘기하면, 어떤 사람의 얘기하는 거, '그 산에 아직도 타고 간 말 발자국 있다.'고.

믿고 있어요. [조사자: 그러니까 말 발자국?] 네. 말 발자국.

[조사자: 이게 지금 탄융씨 사는 마을에 전해지는 건 아니고?] 아니 저 사는 마을에 좀 위로 올라가는 마을에서 외가 쪽에서 외할아버지 고향 [조사자: 거기 어디예요?] 거기 속사이라고 그 산이 뭐라지? 산 이름은 형락? 베트남 말로는 형락인데 한국에서는 형락? [조사자: 형락?] 네. [조사자: 형락산?] 네. 그 위에 발자국 아직 남아있다고.

[조사자: 그러면 그 할머니가 탄영 임신했다고 하기 전에 그 발 대봤다고 하는 커다란 발자국은 남아 있지 않아요?] 어, 네 그거는 얘기는 못 들었어요. 커다란 발자국 [조사자: 그거는 못 들었고? 하늘로 날아가는 말 발자국은 있고?]

"그 마지막에 그 높은 산 올라가고 하늘에서 날아가는 거는 아직 남았다."

얘기 이렇게 말하지만 정확하게 그 말 발자국인지 아니면 자연으로 되게 오래돼서 우물 생겨서 발자국이 이렇게 남은 건지. 이거는 이야기가 되게 오래 뭐지? 다른 사람이 많이 알고 있는 이야기이지만 뭐라 그래야 되지? 전설? 진짜 있는지 가짜 있는지는 모르겠어요. [조사자: 알 수 없어?] 네. 알 수가 없어요. 왜냐면 이 사람이 저 사람 얘기 옮기고 퍼트린 얘기이기 때문에 정확하게 어디 있고 그런 건 몰라요.

[조사자: 탄영이라 불러요? 이름이 탄영?] 탄영. [조사자: 탄영. 이야기는 외갓집에서 들었어요? 누구한테 들었어요?] 이 이야기는 외갓집에서 들은 거 아니고 그냥 뭐지? 재미있는 얘기 [조사자: 책?] 네. 책 중에 이게 막 돌아다녀요. 그 책으로 만드는데 옛날 사람들이면 다 알고 있어요. 그리고 옛날 사람 다 알고 있었는데 요즘 사람들은 이 얘기 모아다가 책으로 만드는 거예요.

미처우 공주와 중수이 왕자

● **구연정보**

조사일시 : 2018. 11. 19(월) 오후
조사장소 : 서울시 관악구 신림동 서울대학교
제 보 자 : 쩐티빅프엉 [베트남, 여, 1977년생, 기타]
조 사 자 : 오정미, 엄희수

● **구연상황**

제보자가 〈선녀 아즉과 나무꾼 장유〉 이야기와 이본들을 구연한 후, 조사자가 혹시 한국의 〈바리공주〉 이야기와 비슷한 것이 있냐고 묻자 있기는 한데 잘 기억하지 못한다고 했다. 본인이 들려주고 싶은 이야기를 해달라고 하자 역사와 관련된 〈미처우 공주와 중수이 왕자〉 이야기를 시작했다.

● **줄거리**

오우락이라는 나라를 다스리는 안양왕이 있었다. 안양왕이 성을 지을 때마다 무너지자 기도를 하자 거북이 사신 텡자이가 나타나 와성을 쌓게 도와주고, 발톱을 뽑아 석궁을 만들게 했다. 그 후로 안양왕의 오우락은 전쟁에서 지지 않았다. 안양왕의 석궁 때문에 오우락을 정복할 수 없었던 조 나라 왕 치우가 왕자 중수이를 보내 오우락과 동맹을 맺은 후, 중수이 왕자가 오우락의 공주 미처우와 혼인하게 했다. 그런 뒤 왕자 중수이는 공주 미처우에게 오우락의 석궁을 훔쳐오게 했다. 결국 안양왕의 오우락은 패망하고 말았다. 미처우 공주는 왕과 도망가면서 중수이가 자신을 찾아올 수 있도록 거위 털을 뽑아 떨어트렸다. 도망가던 왕이 거위 털을 보고 자신의 딸이 적군이라 생각하여 미처우의 목을 자른 뒤 자신도 바다를 갈라서 들어갔다. 죽은 미처우를 발견한 중수이는 그 시체를 안고 우물에 떨어져 죽었다. 그 후로, 미처우의 피가 흘러 바다로 갔는데 바다 조개가 그 피를 먹어 진주가 되었다. 중수이가 떨어져 죽은 물로 진주를 닦으면 진주가 반짝반짝해진다고 한다. 하노이에서 80km 떨어진 곳에 그 우물이 있으며, 음력 3월 8일에 제사를 지내준다.

그 관련된 역사, 역사 아주 오래된 역사인데. 그 맞는지 안 맞는지 그 베트남 사람들이 그냥 역사라고 생각하는데요. 유적, 유적지 있어요. 〈미처우청튀〉라는 이야기구요. 그냥.

[조사자 1: 그게 한국말로 하면 어떻게 되냐요?] 미처우. '미주중수'이라고 하고요, 한자로. [조사자 1: 미주중수이. 이게 번역하면 무슨 말이에요?] '미처우청튀' 이름이에요, 사람 이름. '미처우'는 그냥, 홍왕의, 홍왕의 딸. 공주이죠. 그리고 '청튀'는 '치우라'의 아들. 세자. [조사자 1: 중수이가?] 네, 중수.

네, 원래 베트남의 북쪽에 있는, 근접 있는 나라 있잖아요. '치우'라는 나라라고, '조' 나라. 아주 먼 옛날에 아마도 그 기원전, 200년 전에 그런가 봐요. 더 올라가야 되는 아주 먼 옛날이구요. 원래 '안즈엉브엉(安陽王)An Dương Vương'이라는 왕, 임금님이 있구요.

(조사자가 이름을 다시 묻고 제보자가 알려준 뒤) 안양왕이라는, 그 베트남 그, 오, 그때는 베트남 나라 이름이 오우락Âu Lạc이라고 해요. 오우락. 네. (제보자가 발음을 알려주고) 오우락이라는 나라가 있는데 그 나라를 다스리는 임금님 이름이 그냥 안즈엉브엉이라고 해요. 안양왕이라는 임금이 있는데.

그, 안양왕 그때는 그냥 나라를 어떻게 하면 그 잘 다스릴 수 있을까 많이 생각해보고 있구요. 결국 그냥 나라를 잘 다스릴 수 있기 위해서는 그냥 성곽을 만들어해야 한다는 그런 생각이 들어요. 그래서 사람을 시켜서 그 성곽을 만들, 만들도록 해요.

그런데 너무 이상하게 그냥, 그냥 사람의 높이만큼 그 성을 만들어, 만들자마자 밤이 되면 다 무너져요. 계속 그렇게 해요, 여러 번. 만들고 그냥 무너지고. 만들었다가 무너졌다가 그렇게는 반복, 여러 번을 반복했구요.

그래서 그냥 임금 안즈엉브엉 임금님이 너무 이상하게 생각해서 그 제단을 만들어서 계속 그냥 깨끗하게 목욕하고 제사를 드렸어요. [조사자 1: 아, 자꾸 만들면 성곽이 무너지니까? 아.] 네, 그래서 뭔가 이상하게 생각이 들어서. 그냥 제단을 만들고 그냥 목욕, 좀 깨끗하게 목욕하고 하느님께 제사를 드리려고 했어요. 그래서 그냥 밤, 그날 밤에 좀 어떤 신령이 나타나서 말했어요. 그, 임금님의 그, 뭐지? 뭐지?

"진성하는 마음에 감동해서 도와준다."고

그래요.

"내일 아침에 바닷가에 가서 아마 그냥"

뭐지? 사자, 이름이 그 제가 이름을 기억하지 않아요.

"'텡자이'라는 사자 있다."고

그래요. [조사자 1: 어디에 가면?] 바닷가. 바닷가. 네.

"바다를 가면 그런, 그 사자를 만날 수 있다."고

그래요.

"그 사자는 대신에 도와준다."고

그래요. 그래서 어, 그, 그래서 내일 아침에 이른 아침에 임금님은 사람을 데리고 바닷가에 갔어요. 가서 기다리고 있어요. 그 먼 바다에서 그냥 어떤 그, 큰 거북이, 거북이가 다가오고 있어요. 그 거북이는 자기소개 했구요.

"나는 텡자이라는 사자입니다. 임금님의 정성에 너무 감동해서 성곽을 만드는 것을 도와주겠습니다."

그렇게 말씀했구요.

그래서 그때부터는 그냥 그런데 원래 그 임금이 만드는 성곽이 자꾸 무너지는 이유는 요괴가 있다고 그래요. 요괴가 항상 뭐, 그, 뭐지? 전생인가? 전생에 임금과 뭐가 [조사자 1: 원수?] 원수다. 원수이다. 그래서 이제는 그냥 임금이 하는 일을 자꾸 파괴시키려고 해요. 그래서 그냥,

"내가 도와준다. 요괴를 다 잡아 죽이려고 다, 죽도록 도와준다."

그렇게 약속했구요.

그래서 그 어, 물론 그냥 신비로운 그, 계획을 세워서 요괴를 다 잡았구요. 물론 이야기는 너무 길어서 제가 다 기억하지 못하구요. 그리구 그냥 음, 요괴를 다 잡고 나서, 다 잡아 죽고 나서 그냥 성곽을 만들었구요. 그래서 그냥 한 달 동안 다 만들었어요.

아주 그냥 뭐지? 성곽이 어떻게 묘사할까? 아주 뭐, 위대한 성곽을 만들었구요. 아주 크고, 높이가 아주 높아요. 이렇게 성곽이 우렁

이처럼, 우렁이 모습처럼 생겨서 그냥 그 '롸탱'이라고 롸탱, '롸', 우렁이 그 뭐라고 할까? 한자로 '와성(蝸城)'. 와성이라고 해요. 이름을 지어요. 그리고 그때부터는 그 와성 완성한 후에, 그 거북이는 그냥 임금은 그, 인사하고 떠나려고 해요.

그런데 임금님은 성곽은 이렇게 지었는데, 튼튼하게 이제는 나라가 좀, 좀 잘 지킬 수 있다고 생각했는데 혹시 그밖에 외침이 당할 때는 어떻게 대, [조사자 1: 대항?] 대항할 수 있냐고 물어봤구요. 그래서 그 거북이는 그냥 그 자기 발톱 하나를 뽑아주고, 뽑아주면서 말했어요.

"이걸로 그냥 그 석궁을 만들어라. 석궁을 만들어라. 그럼 그런 석궁을 갖게 되면 모든 적이라도 다 이길 수 있다."

그렇게 하고, 어, 떠났구요.

떠났는데 어, 임금님은 그냥 발톱, 거북이의 발톱을 받고 인사드리고 그냥 그 장군, '까우로'이라는 장군한테 맡겼어요. 석궁을 만들도록 좀 맡겼는데. 석궁을 만들어 놓고 해보니까 아주 신기로운 석궁이구요. 그냥 하나만 쏘아도 되게 천만화살 나타나요. 네, 천만 화살이 나타나서 적군이 많더라도 그냥 죽을 수밖에 없어요.

그래서 그냥 '치우라'이라는 치우 나라 임금 있잖아요. 계속 그냥 오우락의 나라를 침략하고 싶었는데 그냥 올 때마다는 실패했어요. 크게 실패했구요. 그래서 그 치우 나라는 너무 궁금했어요.

'오우락은 아주 작은 나라인데 왜 우리는 항상 대군을 데리고 왔는데도 그냥 왜 실패했냐.'고.

계속 궁금해 했구요. 그래서 그냥 그,

'여러 번 세 번 네 번 정도는 실패했으니까 다시 생각해보니 다른 방법으로 하자.'

그렇게는 생각했구요. 그래서 아들, 그 치우라이라는, 그 청뛰, 중수이라는 아들을 보내서 이제는 그 강화 신청해요. [조사자 1: 강화를 신청해요?] 뭐랄까? 이제는 전쟁하지 않고 그냥 화합하라고. 아, 뭐라고 할까요? [조사자 1: 타협?] 타협하러 보냈구요.

보냈는데 아, 그냥 너무 그냥 안즈엉브엉 임금이,

'좋다. 이제는 전쟁 없으면 좋겠지. 그냥 평화롭게, 백성들이 평화롭게 살 수 있으니까 좋다.'

그렇게 생각해서 응낙했어요.

응낙하고 그냥 그, 그, 원래 임금님이 그냥 미처우라는 딸이 있잖아요. 아름, 아주 아름다운 그 여자이니까 그냥 청튀한테 주면서 그냥, 좀. 주면서,

"이제는 너는 내 사위가 되어줘라."

그렇게 했구요.

그런데 그때는 오우락의 나라 풍습에는 그냥 그, 결혼하고 나서는 처가에 일정한 기간 동안 살아야 돼요. 그래서 그 청튀, 중수라는 사람이 그냥 계속 오우락에 그 성곽에 뭐지? 궁전에 살면서 계속 염탐인가? [조사자 1: 염탐.] 염탐했어요. 그래서 어느 날에 그 아내한테, 미처우, 미추한테 물어봤어요.

"오우락 나라가 아주 작은데, 군사도 별로 없는데 왜 매번 우리나라는 그 대군을 데리고 왔는데도 실패했냐."고

그래 물었구요. 처음에는 그 미처우는 그 미추는 그냥 웃기만 했어요. 그런데 자꾸 정이 들어서, 정이 들어서 그래서 조금씩 조금씩 알려주었어요.

"우리나라가 신통스러운 석궁이 있다. 이런 석궁이 있으면 적군이 강하더라도, 얼마나 강하더라도 다 이길 수 있다."

그래서 나중에 다 석궁 있는 곳을 다 알려줘요. 그래서 성곽에 다 곳곳에 다 데리고 가서 알려줘요. 네. 여기는 무엇이 있는지, 어떻게 되는지 다 알려주구. 그리구 네. 그래요. 그래서 그냥 어, 그 미추가 그냥 뭐, 뭐지? 눈이 안 보이는데 중수는 그냥 그 석궁을 뭐지? 훔치고. 다른 가짜 석궁을 놓았어요. 대체했구요.

그래서 그냥 석궁을 갖게 돼서 중수는 미추한테 이런 말을 했어요.

"내가 이제는 여기 오랫동안 있으니까 이제는 부모가 너무 보고 싶다. 고향에 돌아가고 싶다. 그런데 혹시 내가 고향에 가 있는 동안 혹시 우리나라와 오우락 나라가 계속 전쟁이 나면 어떻게 할까? 어떻게 내가 너를 찾을 수 있느냐?"

고 물어봐요.

그래서 미추가 너무 그, 뭐지? 자신 있게 대답했구요.

“걱정하지 마세요. 우리나라는 석궁 있으니까 어느 적이 강하더라도, 얼마나 강하더라도 그냥 다 이길 수 있다. 그리고 내가 아주 신통, 신비스러운 옷이 하나 있어, 거위털 옷 갖고 있으니까 혹시 그냥 변화.”

그 뭐랄까? [조사자 1: 변신?] 그거 아니라.

“난리가 생기면 생기면 내가 그 옷을 입고 도망갈 테니까 그냥, 내가 그냥 도망가면서 그 털 뽑아서 길에 떨어뜨려 놓겠다. 그런 흔적을 보고 찾아가면 나를 볼 수 있다.”

그렇게 말했구요.

그래서 그 중수가 그런 말을 듣고 안심하게 자기 나라로 돌아갔구요. 돌아갔는데 그래서 그, 아버님한테 그냥 자기 훔친 석궁은 네, 드리고. 그냥 뭐지? 모든 일을 다 알려주었어요. 그래서 그 치우라이라는 사람이,

“아 이제는 오우락을 칠 수 있다!”

그래서 그냥 대군을 끌고 침략했죠. 그런데 그 안즈엉브엉이라는 임금이 너무 자신이 있어요.

“괜찮다.”

다른 군사가 찾아와서

“큰일났다. 큰일났다. 그 치우라 군이 왔다.”고.

알려줬는데 그냥 임금이 너무 당당하게 말했어요.

“걱정하지 마. 우리가 석궁 있잖아. 석궁 있잖아. 걱정하지 마.”

그렇게 했구요. 근데 그 계속, 그냥 더 다른 일을 보지 않고 계속 앉고 있기만 했구요. 그런데 그냥, 적군이 그냥 다가왔어요. 그때부터는

“그냥 석궁을 꺼내서 쏘아라.”

명령했구요. 석궁을 꺼내고 쏘더라도 그냥 효험이 없어요. 그래 어쩔 수 없이 그때는 아직 그냥 아직 가짜 석궁인지 몰랐구요. 말을 꺼내서 말을 타고 그 뭐지? 미추를 데리고 도망갔어요. 도망쳐요. 동

쪽으로, 바다. 바닷가로 도망쳐요.

그냥 밤에, 밤에 되자 가만 보니까 다른 치우 나라 군들이 몰라요. 어디 가는지도 몰랐는데 치우라만 청퉈, 중수는 알고 있어요. 왜냐면 거위털 때문에 알고 있어요. 계속 중수가 가고 있어요 뒤로.

그래서 그냥 그 이틀 정도는 계속 그냥 달려왔는데 바닷가에 왔구요. 바닷가에 와서 그때는 그냥 어, 다 사방에 사람이 없는 것으로 알고 있는데 그때는 그 뭐, 어, 한 농민? 농촌, 뭐랄까? 아주 나이가 든, 농군이. 농촌 사람. [조사자 1: 농부.] 농부, 농부가 나타나서,

"여기는 어디냐?"

고 물어봤더니,

"우리나라의 끝, 국경이다. 그래서 더 이상 못 간다."

그렇게 생각하니까 그냥 그, 사자. 그 텡자이라는 사자한테 빌었어요.

"우리 좀, 우리나라 좀 살려 달라.

고 빌었는데 거북이 나타났어요.

먼 바다에서 다가와서 이렇게 말했어요.

"적이 바로 임금님 뒤에 있다."

그때, 그때는 임금님이 알게 되었어요. 깨달았어요.

'아 우리 딸이 바로 우리 적이다.'

그래서 칼을 빼서 좀 꺼내서 그냥 딸을, 딸 머리를 잘랐어요. 그래서 그냥 그때는 그리고 거북이가 그 물을 뭐지? 내려놓고 임금을 모시고 바다로 들어갔어요. [조사자 1: 바다를 갈라서.] 아, 갈라서. 바닷물을 갈라서 네. 임금을 모시고 들어갔어요.

그때는 중수, 중수는 그냥 따라, 거위 털을 따라가서 그냥 도착했구요. 도착했는데 이미 미추는 이미 죽었어요. 너무 슬프고 후회했어요. 그 미추의 그 뭐지? 시체를 안고 그냥 거기 근처에 있는 연못, 우물에 던져 죽었어요.

그래서 그 원래 그, 피 있잖아요? 미추가, 미추는 어, 아들, 아버지한테는 칼을 받고 죽었잖아요. 그래서 피가 좀 많이 흘러, 했고요. 흘러서 그 피를, 미추의 피를 바다, 바닷물에 흘러내렸어요. 그래서

바다의 그, 뭐랄까? 조개. 바다 조개는 그 피를 먹어서 그 뭐지? 구슬인가? 뭐랄까? 옥 같은 거. [조사자 1: 진주?] 진주가 됐어요. 그래서 그 진주는 그 가지고, 그 중수가 뭐지? 던져 죽은 물, 그 우물에 닦으면 옥(진주)이 반짝반짝해요. [조사자 1: 반짝반짝해요?] 네. 그 진주가 반짝반짝해요. [조사자 1: 반짝반짝 빛나요?] 네, 빛나요.

이제는 그냥 유적지가 있거든요. 하노이 쪽에는 그, 하노이에서 떨어져 있는, 30km 정도 떨어진 곳에 있는 그곳이 바로, '고울락성'이라고 해요. 그거. 옛날에 그 왕. 안즈엉브엉의 나라의 성곽이라고 해요. [조사자 1: 아, 그 성곽이 전설처럼 아직도.] 남아있어요. [조사자 1: 어, 그 성곽의 이름이?] '고울라'예요. '텡고울라' 그냥 '와성'이라고 해요.

그리고 여기 원래 단군처럼 우리 그, 베트남 나라도 그냥 뭐지? 시조의 뭐, 모시고 있는 그 사모(사당) 있잖아요 그냥. 사원. [조사자 1: 사당.] 사당. 있잖아요 거기 그, 베트남 그 하노이에서는 100km, 80km 정도 떨어져 있는 곳에는 '덴훙Đền Hùng'이라고 그 훙왕 사원인가? 사원, 사당. 훙왕 사당이라는 그곳이 있구요. 거기서는 그냥 미처우청퉈라는 우물이 있어요.

[조사자 1: 아, 그 사당은 누구의 사당인 거예요?] 여기는 원래, 그 시조. 시조의 사당이고 그냥 밑에는 사원이 있어요. 미처우청퉈 사원이 있거든요. 밑에 있는 거. 아주 높은 산에서는 그냥 시조의 사당. 그리고 밑에 있는 거는 그.

[조사자 1: 그, 80km 떨어진 곳이 이름이 뭐예요? 그 지역 이름이?] '덴훙'이구요. (제보자가 직접 발음을 적어 준 뒤) '푸토Phu Tho'라는 성에 있는 곳이에요. 매년에 3월, 음력 3월 8일에 제사, 큰 제사, 국사라고 해요. 베트남도 한국이랑 똑같애요. 단군 왕검이 제사 지내는 거.

[조사자 1: 이게, 이 이야기가 아름다운 사랑 이야기면서도 안타까운.] 안타까운 역사 이야기예요. 그래서 그냥 이런 주제를 가지고 문학이 되게 많이 있어요. 시나 그냥. 문학작품이 되게 나와요. [조사자 1: 미주와 중수. 〈로미오와 줄리엣〉이네요.] 네. (웃음)

[조사자 1: 이 이야기는 전설이네요.] 네, 역사 전설. 네 이거는 다 베트남 사람들이 다 알고 있는 널리 알려져 있는 그 이야기구요.

[조사자 1: 이 이야기도 선생님한테 계속 선생님께서 해주신 이야기는 다 선생님께 들을 수 있는 이야기예요. 너무 귀해요. 귀한 이야기예요. 재밌다. 근데 요기도 거북이가 나타나는 걸 봐선 베트남에서 거북이가 자주 등장하고. 신령한 존재인가 봐요.] 맞아요. 맞아요. 계속 등장해요. 여러 이야기 속에는 그 거북이가 등장하구요.

어머니를 구원한 아들의 효심

● 구연정보

조사일시 : 2016. 11. 17(목) 오전
조사장소 : 강원도 횡성군 횡성읍 읍상리
제 보 자 : 누구엔티미두이엔(원지영) [베트남, 여, 1989년생, 결혼이주 6년차]
조 사 자 : 박현숙, 김현희

● 구연상황

제보자가 베트남의 식용 금기 동물에 대한 구연을 마친 뒤, 개 이야기를 하다 보니 생각이 났다면서 구연을 시작했다. 구연 중에 제보자 자녀가 방안에 들어와 엄마와 대화하기도 했다.

● 줄거리

어떤 부잣집에 못된 여인이 착한 아들 하나를 두고 있었다. 어느 날 부잣집에 스님이 찾아오자 여인이 집에서 키우던 개를 잡아서 찐빵 속에 넣어 주었다. 그 후, 여인은 병들어 죽었다. 여인은 저승에서 자신이 때려죽인 개에게 응징을 당했다. 착한 아들이 저승까지 찾아갔으나 어머니가 벌 받는 모습을 보고 마음이 아팠다. 착한 아들은 부처님에게 찾아가 어머니의 죄를 용서해 달라고 빌었다. 부처님이 음력 10월 15일이 되면 저승 문이 열린다고 알려주어, 착한 아들이 저승에서 어머니를 구원했다. 이후 베트남 사람들은 음력 10월 15일이면 귀신에게 먹을 것을 던져 준다.

개 이야기니까 그때 생각나는데, 우리 그 전통 그거 있어요. 음력 10월 15일. 그때는 자녀가 부모님한테 효도해 주는 거예요. 그때 그 어떤 집에, 그 부잣집인데 엄마만 있고 아빠는 없고, 그런데 엄마는 집안에 해주는 사람 많아요. 부자이니까. 돈 많으니까. 자기가 안 하고.

그래서 아들, 아들이 하나 있었어요. 그런데 그 할머니가 원래 못됐어요. 사람 막 때리고 자기 집 말 안 들으면 뭐 혼내고 그랬는데. 그리고 거기 스님들한테, 스님들 원래 개고기 안 먹잖아요. 고기 안 먹잖아요. 자기 그거 알면서도 일부러 그 개고기에다 찐빵 그 안에 속에 넣는 거예요. 야채 같이 섞어서. 그래서 그 개 잡으러 그 자기 집안에 있는 사람 시켰어요. 그 개 키운 개.

"머리 때리고 죽여 버리라."

그랬는데, 그 사람이 마음이 약해서 못했어요. 자기 그 부인이 열 받아서 가서 그 나무로 탁 때려서 개 죽여 버리는 거예요. 그다음에 찐빵 속에 넣고 그 스님들 해 드시라고, 스님들 모르고 먹는 거예요.

(제보자가 구연 도중 자녀와 대화를 나누느라 잠시 구연을 중단함.)

그 스님들 그거 먹고 아예 약간 느낌이 안 좋은데 그래도 사람 많으니까 먹었는데, 나중에 그 할머니가 점점 가난해지고, 그 개 죽여 버렸으니까. 점점 가난해지고 나중에 아파서 죽었어요. 죽었는데 자기 지은 죄는 살았을 때, 죽을 때 가서 밑에 거기. [조사자: 저승?] 우리 전에 그런 이야기 있잖아요.

'죽을 때 사람이 죄 받아야 된다.'

그래서 그 세상에 가서 자기가 죽인 개 만난 거예요. 개가 이야기한 거예요.

"그때 당신이 날 죽여 버렸다. 이제 당신이 한 대 맞아야 된다."

다시 머리 때렸어요. 자기 머리 때린 거하고 똑같이.

그래서 그 아들 어렸을 때부터 되게 착했어요. 그래서 부처님 찾아가서,

"엄마 죄 좀 치워버려 달라."고.

"자기가 모든 걸 다 할 테니까."

그래서 부처님이 가르쳐 줬어요.

"며칠 날 가서 엄마 만나게 해준다."

그러면 자기 원래 보통 사람 아니고, 옛날 하늘에 살았는지, 죄 있는지, 그래서 우리 보통 사람 되는 거예요. 그 엄마 만나러 갔어요.

엄마 죄 받고 있는 거 보고 많이 속상했어요. 그 엄마 밑에 풀 나는 동그란 거. 가시 있고. [조사자: 네. 가시 있고, 덤불 안에.] 그러니까 밑에 귀신을 막 때리고 그 본인이 많이 속상했어요.

그냥 돌아갔어요. 부처님한테 기도하고 맨날 이거 절에서 이렇게 탁탁 치는 거 있잖아요. [조사자: 목탁?] 네. 우리 기도할 때 하는 거 있잖아요. [조사자: 거기서는 그걸 뭐라고 불러요?] 나무아이라바. 그래서 그거 막 부르고 늘 엄마 기도해 주고.

그래서 마지막 부처님이,

"그날. 10월 15일. 되면 그때 그 밑에 세상 문 여는 거야. 그러면 귀신 막 나와. 그때 그 길에 가서 엄마 구하라."고.

그래도 마지막 가서 엄마 구했어요. 자기 막 고생하고 가서 엄마 구해 줬어요.

그래서 우리 전통은 그날이 되면 그 먹는 거. 막 이렇게 던져. 왜냐하면 귀신 먹으라고. 그날 막 나오니까. 그리고 부모님한테 그날도 잘해 줘야 한다고. [조사자: 그래서 이날 자식이 부모한테 효도하는 날로 정해진 거예요?] 예.

[조사자: 그날을 뭐라고 불러요? 베트남에서는?] 베트남에서요? [조사자: 네.] 나이꾸홍. 그냥 먹는, 귀신, 그런 거 먹는 거, 과자, 애들 먹는 과자 이렇게 다니면서 막 던져줘요. [조사자: 던지면서 하는 말은 없어요?] 네. 말 안 하고 먹으라고, 그냥. 그날은 정해졌어요. 지금도. [조사자: 항상 매년 음력 10월 15일이면?] 네.

[조사자: 아들이 진짜 효자다. 그렇죠?] 아들이 엄마 죄 짓는 거 찾았을 때도.

"엄마. 그렇게 하지 마시라."

해도, 엄마니까 말 안 듣죠. 원래 그런 사람인데.

[조사자: 그런데 안에다가 고기를 넣었던 그걸 뭐라고 부른다고요? '신빠?'] 진빵. [조사자: 찐빵?] 한국에는 찐빵 있잖아요. 찐빵인데 모양은 만두 같아요. 왕만두 같아요. 근데 우리는 그거 찐빵이라고 해요. [조사자: 그거를 거의 일상적으로 먹어요? 찐빵 같은 거? 왕만두 같은 거를? 평상시에도 먹는 음식인 거죠?] 네. 저번에 저도 만들었어요. 여기. [조

사자: 안에는 만두처럼 고기랑 야채랑 넣어서 먹는 거예요?] 네. 당근하고, 당근 얇게 썰고, 그 무하고 돼지고기 볶아, 그걸 볶아서 간을 대충 만들고, 밀가루가 이렇게 만두처럼 이렇게 얇게 가운데 속에 넣고 잡아줘요. [조사자: 위로?] 예, 위로. 만두처럼.

어머니 구제한 효녀 율란

● **구연정보**

조사일시 : 2017. 06. 03(토) 오후
조사장소 : 전라남도 진도군 진도읍 성내리 공공도서관
제 보 자 : 호티홍녀(한수아) [베트남, 여, 1986년생, 결혼이주 11년차]
조 사 자 : 박현숙, 김현희

● **구연상황**

호티홍녀 제보자가 〈쩌우까우 유래〉 이야기 구연을 마쳤을 때 조사자가 베트남에서 큰 행사가 있는 날에 대해 묻자 호티홍녀 제보자가 가장 큰 행사인 7월 15일 축제와 관한 이야기를 들려줬다. 이 이야기에 덧붙여서 10월 15일 행사와 관련된 내용도 간략하게 덧붙였다. 베트남 국적의 엔티터번 제보자와 필리핀 국적의 메리안 제보자가 이야기판에 청자로 참여했다.

● **줄거리**

베트남에서는 불교를 믿는 사람이 많아서 1년 중 음력 1월 15일, 7월 15일, 10월 15일에 세 번 큰 불교 행사가 열린다. 그중 음력 7월 15일의 행사는 자식이 살아 있는 부모, 세상을 떠난 부모 가리지 않고 부모의 평안을 비는 가장 큰 축제이다. 효도의 날과 관련된 이야기로 효녀 율란 이야기가 유명하다. 율란의 어머니는 못되고 심술궂고 욕심이 많았다. 절에 공양을 바칠 때도 그냥 쌀을 내지 않고 벼의 껍질만 내고 스님에게 술과 고기를 주는 일도 있었다. 율란의 어머니는 세상을 떠난 뒤 지옥에서 재판을 받고 3년 동안 형벌을 받게 되었다. 율란은 어머니가 이승에서 지은 죄를 씻고 평안하기를 바라는 마음에서 절에 가서 열심히 기도를 했다. 율란의 정성으로 어머니는 3년이 되기 전에 지옥에서 구제되었다. 이후 사람들이 이날이 되면 절에 가서 부모의 평안을 빌며 육식을 하지 않고 채식만 한다. 그리고 이날은 귀신이 자유롭게 돌아다니는 날이라고 믿어서 어린 아이들이 귀신처럼 변장하여 가가호호 찾아다니며, 집주인은 귀신을 대하듯이 문 밖으로 음식과 돈을 던져준다. 아이들은 집안으로 들어가지 않고 음식과 돈을 가지고 사라진다. 한편, 음력 10월 15일에는 어떤 두 인물이 1년에 한 번 무지개다리에서 만나는 날이다.

1년에 세 번요. 1월 15일, 7월 15일, 10월 15일. [조사자: 그럼 10월 15일이 무슨 날이에요? 그 1월 15일, 7월 15일, 10월 15일이 각각 뭐하는 날이에요?] 음, 아무튼 절에서 큰 행사. [조사자: 절에서 하는 큰 행사예요?] 네네네. 엄청. 전날부터 이제 기도하기도 하고 모든 절 다니는 사람들이 다 절으로 가요.

여기는 1년에 한 번이잖아요. 그, 석. [조사자: 석가탄신일.] 거기는 1월 15일은 이제 새해 맞고 절에 가서 기도하고 뭐 하고. 뭐, 음, 뭐 살아있는 사람도 가서 기도하고 편하게 살라고 하고 뭐 건강하게 뭐 그런 거 하고. 돌아가신 분, 자기 할머니 할아버지 엄마 아빠한테도 기도하기도 하고. 이제 돌아가신 분들이 더 편하게 계시라고 하고.

이제 특히 7월 15일은 그날 이제 옛날이야기, 그 효녀. [조사자: 효녀.] 네. 7월 15일에 효녀 엄마 뭐, 엄마 옛날에 그날 가서 기도하는 거는 엄마 돌아가신 부모님 아니면 뭐뭐 살고 있어도 똑같애요. 이제 뭐 기도하고 자기 편안하게 뭐 이렇게 인제 죽은, 돌아가신 분이든지 계신 [조사자: 살아계신 분이든지.] 분이든지 돈도 내고, 이제 기도도 같이 하고 [조사자: 기도하는 날.] 큰 행사인 거 같애요. 그거도 이야기 있어요.

그 이름 뭐냐면은 율란이거든요? '율란' 그 이야기 있어요. 율란 그 효녀.

뭐냐면, 그 율란의 엄마 엄청 좀 독하게 살았어요. 조금 그 나쁜 사람. 뭐 욕심도 많고. 뭐 자기 절도 다녔지만 옛날이야기, 할머니 이야기 또 뭐냐면 어, 쌀 갖다, 갖다 절에 갖다 이제 그 후원, 여기는 후원이라고 이렇게 하는데 자기는 벼 껍질 하나씩 까고 정성 있게 인제 갖다 드렸는데 이제 양이 많지 않잖아요. 그리고 자기는 욕심만 하고 조금 놀부처럼 조금 그럴 수, 돈을 안 쓰고.

그래서 갖다 놨는데 스님이 이제 조금 말 어떻게 뭐 이렇게 적었다 어쨌다 해서 기분 나빴대요. 나중에 스님들이 고기 안 먹잖아요. 그래서 다음에는 술이랑 고기랑 스님 갖다 드리고 먹고 뭐 암튼 조금 나쁜 짓 많이 했어요, 율란네, 엄마.

그래서 죽고 나서 이제 그냥 이야기잖아요. 죽고 나서 거기서 그, 뭐 여기는 천국 아니고 그 반대는 뭐. [청자: 하늘 안 올라가고 그 밑에 땅속.] [조사자: 지옥?] 네. 지옥에서 뭐 몇 단계 있잖아요. 몇 단계 많이 인제 고생하고 뭐 만약에 옛날에 뭐 동물 죽으면은 동물 뜯어 먹고 막 그 이야기 그 있잖아요. 그래서 율란이는,

"엄마 빨리 살려, 뭐 이렇게 빨리 이제 편하라."고.

이렇게 많이 기도했어요. 기도하고 또 뭐 율란은 착하게 효녀라고 어떤 부처님 아니면은 뭐 요술 할머니 같은 거? 이렇게 잠잘 때 이렇게 했어요.

"엄마 만나고 싶다."고.

엄마 따라가서 만났어요. 근데 엄마랑 이야기하면서 이렇게 이렇게 한다고 자기는 뭐 기도 많이 했어요. 뭐 여기 칠, 칠 사십구? 사십구 일 동안 기도하고 뭐 하고 아마튼 하다가 엄마 빨리 만약에 삼 년 감옥에서 살아야 하는데 빨리 풀어주는 걸로 그렇게 이야기됐어요.

그래서 그날 꼭 자기 엄마, 아빠 뭐 효녀, 효도 하면 그날 이렇게 절에 가서 기도하고 뭐 하고. 이제 돌아가시지 않은 엄마, 부모님 계셔도 미리 기도하고 나중에 편하라고. 자기 죗값 조금 줄이기 위해? 아니면 돌아가셨더라도 이제 율란처럼 기도하고 하고 빨리 편하게. [조사자: 해드리는 거예요?] 그런 이야기.

아, 그리고 그거는 절에서 이야기고 아니면, 그러면 그날도 특별한 먹는 음식도 있을 거 같애요. 그날 이제 애기들이, 그날도 귀신이, 하루 종일 귀신이 많이 다니는 날이에요. 그날 이제 풀려. 귀신이 나올 수 있는 날. [청자(엔티터번): 채식 먹어요, 고기 안 먹고.] [조사자: 채식?] [청자: 네, 채식요.]

그러면은 어린이들이, 어린이들이 이제 귀신처럼, 이제 귀신이라고 생각해요. 어린이들이 이제 집집마다 오면 먹는 음식, 그냥 주는 거 아니고 던져주고. 돈도 던져주고. 이제 줏어. 이제 어린이들이 돈도 주웠고. 음식도 막 주고 그러니까 그 애들이 오면 귀신, 그, 대신 하는 거라고 생각해요. 그래서 집집마다 오면 또 이제 돈이랑 뭐랑 같이 던져주면. 집까지 못 들어오게 해요. 문 앞에, 문 앞에까지만 하고. 갖고 가라고.

[조사자: 그 엄청 큰 축제가 축제 같은 그런 날이겠어요?] 네네. [조사자: 그게 음력 7월 15일이고.] 네네.

[조사자: 10월 15일도 비슷하게 하는 거예요?] 음, 근데 그냥 절 많이 다니고 기도하고 있는데 어, (엔티터번 제보자에게 베트남어로 물어보다가) 여기, 여기 중국, 이제 7월은 특별히 그렇고. 1월은 이제 아까 그 기도하고. 10월은, 근데 제가 기억이 잘 안 나는데 또 한 이야기도 있어요. 여기 중국, 그때 제가 중국 갈 때도 이 이야기 비슷하더라구요.

여우, 꼬리 아홉 개 있는 그 여우랑, 아니면 사랑 많이 사랑해가지고 같이 못 사니까 죽고 나서 1년에 하루만 만날 수 있는, 그, 보름달 뜨면은 그날만 어, 다리 이렇게. [청자: 네, 무지개처럼 있잖아요. 두 분 만났어요.] 다리. 있어서 만날 수 있는 날. 아마 10월인 거 같애요. 이거는 정확하게 기억 안 나서. 그런 이야기도 있어요. 그날만 이제.

그 옛날에 인제 이 ** 율란 치그노 있거든요. 율란하고 치그노라는 여자 만날 수 있는 날 또 보름날이더라구요. 딱 그날만 다리에 갖추지고 만날 수 있는 걸로. [조사자: 근데 왜 1년에 한 번만 만나요? 그 두 사람은?] 그 약속했대요. 아니면 그 암튼 그 이야기 옛날에 할머니한테 들으니까. 암튼 그날. 그리고 드라마도 하고 그 이야기하니까 보니까 그렇더라구요.

[조사자: 그럼 그 다리는?] 소원 아니면은, 약속 아니면은 그 하루만. [조사자: 만나는 걸로 약속이 되어 있어요? 근데 그게 무지개처럼 그 다리가 만들어져요?] [청자: 무지개처럼 다리가 만들어져요. 둘이 만나요.] [조사자: 그래서 둘이 만나요?] 네. [조사자: 그날은?] 아마 베트남에서 제일 알다시피 그 있잖아요. 종교는 거의 7-80% 불교라서 그런 신 같은 거는 많이 믿고 있을 거 같애요.

아내 개심시킨 효자의 지혜

● 구연정보

조사일시 : 2017. 09. 24(일) 오후
조사장소 : 경기도 의정부시 민락동
제 보 자 : 응웬후우통 [베트남, 남, 1986년생, 이주노동 7년차]
조 사 자 : 박현숙, 김현희

● 구연상황

제보자는 〈두꺼비가 이를 갈면 비가 오는 이유〉 구연을 마친 뒤 곧바로 이 이야기 구연을 시작했다. 제보자는 이 이야기를 청자로 이야기판에 참여한 한국어 선생님에게도 들려준 적이 있다고 했다. 구연 도중 기억나지 않는 부분에 대해서는 스마트폰 검색을 통해 확인한 후 구연을 이어나갔다.

● 줄거리

옛날에 한 부부가 살았는데, 남편이 장사를 다니느라 집을 자주 비웠다. 아내는 남편 없이 혼자 시아버지 수발을 드는 게 힘들어서 시아버지를 빨리 죽게 하려고 음식을 줄여서 주었다. 아들은 아버지가 배가 고프다고 하는 말을 듣고 화가 났지만 참고서 꾀를 냈다. 남편이 아내에게 아버지를 살찌워서 비싸게 내다 팔자고 하자, 아내는 시아버지를 잘 봉양하여 시아버지가 살이 많이 올랐다. 그러자 시아버지가 집안일을 하며 며느리의 일손을 많이 도왔다. 아들이 돌아와서 살이 오른 아버지 모습을 보고 매우 기뻤으나 아내에게 티를 내지 않고 아버지를 이제 팔자고 했다. 그러자 아내는 안 된다고 반대했다.

옛날에 한 부부가 살았어요. 어, 남편이 장사하느라 집에 자주 비웠어요. 그리고 며느리 집에서 아버지와 시어머니는 다 해준다고 했어요. 그래서 시간 지나면 시어머니 돌아가셨어요. 그래서 혼자에, 와이프는 혼자에 할아버지 다 밥하고 빨래하고 다 드렸어요. 지나갈

수록 힘들다고 해서,

'어차피 할아버지가 얼마 안 돼서 그냥 밥을 적게 줄여서 먹게 주면 빨리 돌아가겠냐.'고.

생각했어요. [조사자: 어떻게 해주면 빨리 돌아가실 것 같다고? 그러니까 음식을 어떻게 해주면?] 음식을 처음엔 많이 준다고 했지만 지금은 [조사자: 조금 줄여서 적게 주면?] 적게 주면 빨리 돌아가실 것 같다고 했어요. 그래서 매일매일 음식을 줄여서 조금씩 조금씩 먹어요. 그래서 아버지는 지날수록 몸이 약해서 많이 가난했어요. 그래서 갑자기 아들이 나갔다가 들어왔어요.

"왜 아버지 몸이 아프냐?"

고 했어요. 아버지는 며느리보고,

"아. 괜찮다."

고 했어요.

그런데 아들이 생각해보니 신기한 것 같아요. [조사자: 이상해?] 네. 어디 이상한 것 같아요. 나가다가 갑자기 들어왔어요. 그때는 아버지만 있고 와이프는 나갔어요.

"사실 왜 그렇게 하냐?"

고 물어봤어요. 아버지는,

"내가 배고프다."

고 해서,

"음식 좀 많이 주세요."

그렇게 하고 남편은 많이 화났어요. 근데 지금은 내가 장사하느라 매일매일 나가서 와이프 혼자이라서 근데 어떻게 할지 몰라서 화내면 그거 안 좋을 거 같아요. 그래서 와이프 들어와서 이야기했어요.

"한 동네 노인들이 뚱뚱 노인들이 건강 있으면 잘 판다."

고 했어요.

"비싸게 샀어요. 그래서 우리가 음식 좀 주고 그렇게 하면, 아버지 뚱뚱하면은 시장 가서 잘 팔고 돈을 벌 수 있다."

고 했어요. 그래서 와이프가 듣다 보니,

"정말로?"

물어봤어요. 그래서,

"정말로요."

그래서 아들은 나가고 와이프는 매일매일 열심히 하고 밥 잘 주고 해서 1년 동안 지나서 아버지는 뚱뚱하고 건강도 좋고 하고. 매일매일 조카하고 손자는 안아 주고 하고. 농사는 열심히 해주고, 청소해 주고. 그래서 1년 지나면 남편 들어와서 아버지 건강해서 보이는 게 너무 기뻤어요.

와이프(아들)는 모르고,

"아버지는 건강해졌으니 시장가서 팝시다."

그래서 와이프는,

"안 된다."

고 했어요. [조사자: 왜 안 된대요?]

"아버지 덕분에 청소하고 집에 깨끗하고, 조카 잘 살펴주고, 내가 더 많이 편해졌어요. 그래서 팔면은 안 된다."

고 했어요.

아드님 듣다 보니 너무 기뻤지만 말은 안 했어요.

새가 된 할머니와 개심한 손자 [1]

● **구연정보**

조사일시 : 2019. 01. 09(수) 오후
조사장소 : 경기도 안양시 만안구 석수동
제 보 자 : 도티탄(이정민) [베트남, 여, 1989년생, 결혼이주 8년차]
조 사 자 : 오정미, 강새미

● **구연상황**

제보자가 〈지혜로운 막내 사위〉 구연이 끝나고 정확한 내용은 기억나지 않지만 생각나는 이야기가 있다며 이 이야기를 구연했다.

● **줄거리**

할머니가 부모 없는 아이를 키우며 살았다. 아이는 늘 말썽만 피웠고 아픈 할머니가 물을 가져다 달라고 하는 말도 듣지 않았다. 결국 할머니가 새로 변해 떠나려는데 아이가 할머니를 붙잡으면서 물을 가져다줄 테니 가지 말라고 했다. 할머니는 이제 물이 아니라 멀리 있는 옹달샘 물을 먹어야 한다고 했다. 아이는 멀리 있는 옹달샘까지 가서 물을 구해와 할머니와 사이좋게 살았다.

옛날에는 엄마 아빠는 다 돌아가시고 할머니 같이 살았는데. 할머니는 이 애기 되게 많이 챙겨주고 많이 아꼈는데 이 남자 같은 경우는 말썽부리고 할머니 말씀도 안 듣고 놀러 다니고 그랬는데.

어느 날 할머니 아프셔가지고 이 사람한테 뭘 갖다 달라고 했어요. 근데 그 말 듣고도 그냥 못 들은 척하고 놀러 다녔어요. 또 한참 이따가 오니까 할머니가 새가 되어서 날아가 버렸어요.

그래서 남자가 붙잡아가지고,

"할머니 어디 가세요. 어디 가지 마세요."

했는데 할머니가,

"나는 목이 너무 말라서. 안 갖다 주니까 이제 새가 되어서 물 찾으러 가겠다."

그래서 이 남자는,

"나는 할머니 같이 살고 싶다. 정말 미안하다. 할머니 다시 와주세요. 물 갖다 줄 테니까."

그래서 할머니는,

"이미 늦었다. 나는 물 말고."

그 산에 나오는 물. [조사자: 약수? 옹달샘?] 네.

"옹달샘에 있는, 저쪽에 되게 멀리 있는데 그쪽에 있는 물만 마셔야 다시 돌아올 수 있다."

그래서 그 말 듣고 전에 같으면 그냥 안 했는데. 근데 이번에 할머니 떠날까 봐 겁이 나가지고 그 남자는 그쪽 가서, 멀리 가서 떠와가지고 할머니 새한테 줬어요. 그래서 먹고 다시 새는 할머니한테 변신해서 다시 되돌아왔다고.

[조사자: 그래서 아이가 물을 갖다 줬고, 그 옹달샘 물을 갖다 줘서 할머니가 새에서 할머니로 다시 돌아온 거예요?] 네. 그 이후는 같이 사이 좋게 지내고 뭐.

새가 된 할머니와 개심한 손자 [2]

● **구연정보**

조사일시 : 2019. 02. 11(월) 오후
조사장소 : 서울시 용산구 효창동
제 보 자 : 부티킴하(김하연) [베트남, 여, 1993년생, 결혼이주 6년차]
조 사 자 : 황혜진, 오정미, 김민수

● **구연상황**

준비해 둔 노트를 보며 고민하던 제보자가 긴장이 풀리자 이야기를 본격적으로 구술했다. 제보자의 품에서 아기가 잠이 들어서 전보다 차분한 상황 속에서 조사가 이루어졌다. 그러나 조사장소인 카페에 여전히 소음이 있어서 원활한 구연에 어려움이 있었다.

● **줄거리**

할머니가 아이를 키우며 살았다. 아이는 늘 말썽만 피웠고 아픈 할머니가 물을 가져다 달라고 하는 심부름조차도 듣지 않았다. 결국 할머니는 죽어 제비로 변해 날아갔다. 집에 돌아온 아이가 울고 있는데, 산신 할아버지가 나타났다. 산신 할아버지는 아이를 타이르며 높은 산에 있는 황금 연꽃을 가져오면 할머니가 다시 돌아올 것이라고 알려주었다. 아이는 황금 연꽃을 가지러 가서 무서운 도깨비를 만났지만, 도깨비조차도 아이의 마음에 감동을 받아서 황금 연꽃을 아이에게 줬다. 그 후로 아이는 할머니와 사이좋게 살았다.

그런데 이거 좀 옛날이야기 아닌 것 같아요. [조사자: 아, 괜찮아요. 옛날이야기 아닌 거 같아도 괜찮아요. 그래도 어쨌든 스토리가 있는 이야기인 거잖아요. 괜찮아요. 요즘 유행하는 베트남의 이야기여도 상관없어요.]

(주저하며) 이름도 생각이 안 나고. [조사자: 이름도 정확하게 생각이 안 나셔도 상관없어요. 그 주인공 이름 말씀하시는 거죠?] 네. [조사자:

그러면 그냥 대충.] 아이. [조사자: 어 그 '아이가' 이렇게 하셔도 돼요. 그 남자아이가 아니면 그 소년이 이렇게 하셔도 되세요.] 한 아이가? [조사자: 응, 한 아이가.]

(펜으로 이야기를 종이에 쓰면서 구연함.)

외할머니랑 같이 살고 있었어요. [조사자: 저희 때문에 일부러 쓰시는 건 아니죠?] 네네. 지금 생각이 나면 적어야 돼요. 아니면 나중에 또 생각이 안 나요. [조사자: 어어, 오케이, 말씀하세요. 한 아이가 외할머니가.] 외할머니가 같이 살고 있어요. (적으면서) 살고 있습니다. 아까처럼 부모가 일찍 돌아가시고 불쌍하게 혼자 남겨져서 할머니가 데리고 같이 산다고 말씀하셨어요.

그런데 그 아이가 할머니 마음도 모르고 자꾸 놀기만 하고 공부는 안 하더라구요. 그래서 할머니가 마음이 너무 속상하지만 불쌍한 손자 때문에 힘을 내서 일을 많이 했어요. 그런데 어느 날 할머니가 아프시고 아이한테 불렀어요. 할머니한테 물 한 컵 달라고 그랬는데 아이가,

"나 지금 바쁘다."고.

"친구하고 놀아야 된다."고.

그랬어요. 그래서 아이가 밖에 나가버렸어요. 할머니 아픈 할머니 혼자 두고 가버렸어요. 그래서 할머니가 너무 목마르고 너무 배고파서 돌아가셨어요. 돌아가시고 돌아가셔서 그 뭐지? 제비로 변했어요. [조사자: 아! 할머니가?] 네. 네 할머니가. 할머니가 제비로 변해서 날아가버렸어요.

그래서 그 아이가 집에 다시 배고파서 집에 다시 오니까 할머니가 없어졌어요. 그래서 엉엉 울어서 산신 할아버지가 나타나서 아이한테 왜 할머니 말씀을 안 듣느냐 물어보고 아기가,

"저는 많이 후회했어요. 할머니 다시 돌아오게 해주세요."

하고.

그런데 할아버지는

"너 할머니 돌아오게 하고 싶으면 높은 산에 올라가서 거기 있는 황금 연꽃 가져오면 할머니가 돌아올 거다."

그랬어요.

그래서 그 할머니가 없어서 애가 많이 배고픈데 산에 올라가는 길은 엄청 어려웠어요. 어려웠는데 그 애가,

'할머니 보고 싶다.'

하고 막 올라갔어요. 산에.

그리고 거기 산에도 도깨비가 나타났어요. 도깨비 나타났는데 애가 하나도 안 무섭고 도깨비한테,

"나는 할머니 만나고 싶어. 그러니 보내줘라."

그렇게 말했어요.

효자인 아기 때문에 도깨비도 감동받아서 보내줬어요. 그다음에 아기가 산꼭대기에 올라가서 연꽃도 따고 집에 돌아왔어요. 그리고 그 제비한테 맡기고 그 연꽃을 맡기고 할머니가 돌아왔어요. 그래서 산신이 나타나서,

"지금부터 할머니 말씀 잘 듣고 그래야지 할머니가 계속 계실 거다."

그렇게 말씀하셨어요. 그래서 그때부터 아이는 외할머니하고 행복하게 살았어요. (웃음)

[조사자: 너무 좋아요. 너무 잘하셨어요. 그렇게 하시는 거예요. 그런데 여기서 궁금한 게 혹시 베트남에서 '제비' 하면 이 아이를 떠올려요? 이 이야기가 많이 일반적이어서?] 제가 그 베트남하고 한국하고 새가 좀 달랐어요. 그래서 제가 그냥 제비라고 말했거든요. [조사자: 아, 그렇구나. 그러면 그냥 샌데 베트남 이름으론 뭐예요?] 새는 뭐지? 앵? [조사자: 앤?] 앵. [조사자: 그럼 베트남 분들은 이 새를 보면서 앵이라는.]

아이, 아는 거예요. [조사자: 알아요? 오 그럼 할머니를 생각해요?] 네네. 그 아이가 할머니 말 안 들어서 할머니가 사랑하는데 그 마음도 모르고 할머니 말도 안 들어서 그 교육할 때 그 이야기 해주는 거예요. [조사자: 아 그렇구나, 재밌다.]

어머니의 병환 서신 받은 세 자매

● 구연정보

조사일시 : 2017. 12. 11(월) 오전

조사장소 : 충청북도 청주시 서원구 모충동

제 보 자 : 띵티름(이지우) [베트남, 여, 1983년생, 결혼이주 9년차]

조 사 자 : 신동흔, 오정미, 한상효

● 구연상황

함께 이야기판에 참여한 팜티루엔 제보자가 이야기를 마친 뒤 띵티름 제보자가 준비해 온 이야기가 있다면서 구연을 시작했다. 팜티루엔 제보자가 청자로 함께 했다.

● 줄거리

세 딸을 시집보낸 후 홀로 사는 노모가 병이 났다. 노모는 너구리를 불러서 딸들에게 편지를 보내달라고 했다. 너구리가 큰딸에게 찾아가 편지를 전하며 아픈 어머니에게 가자고 하자 큰딸은 시집의 일을 마무리하고 가겠다고 했다. 그렇게 말한 큰딸은 거북이로 변했다. 너구리가 다시 둘째 딸에게 가자 옷의 실을 만들고 있던 둘째 딸은 그걸 다 만들고 가겠다고 했다. 둘째 딸은 거미가 되었다. 마지막으로 너구리가 셋째 딸에게 가자 빵을 만들던 셋째 딸은 밀가루를 버리고 바로 어머니한테 갔다. 모든 사람들이 셋째 딸이 효녀라고 칭송했다.

저는 갑자기. 떨려서 그런지. [조사자 2: 편하게, 그냥 편하게 하시면 되세요. 선생님.] 네.

제가 애기하고 싶은 애기는 그 자식이 부모님께 효도감 돼서. 효도감이에요. [조사자 2: 효도감?] 에. 효도감. 그래서 그냥. 편하게 얘기할게요. [청자(팜티루엔): 저처럼 그냥 막 기억 안 나면 선생님은.] 기억

나는 대로. 네. [조사자 2: 네, 해주세요.]

그 전래동화이라고 저희 배웠는데, 어릴 때부터 그래서 세 자매예요. [조사자 2: 세 자매.] 예. 세 자매.

옛날에 어느 마을에 엄마하고 딸이 세 명이랑 같이 살고 있었대요. 그래서 남편은 먼저 돌아가서 먼저 떠나고 그래서 엄마가 농사일 하시는데, 열심히 그다음에 고생하게 열심히 딸을 키웠어요. 딸은 엄마의 딸 세 명은 엄마의 사랑을 받구 또 잘 컸고, 엄마 집안일도 많이 도와주고, 그렇게 지냈어요.

딸은 시간이 지나서 딸이 또 결혼할 나이가 되었대요. 결혼할 나이가 돼서 큰딸, 둘째 딸, 셋째 딸 다 시집에 가게 되었어요. 엄마가 혼자 남게 되고 혼자 외롭게 지내고 있었어요.

어느 날 시간이 지나서 엄마가 힘이 약해서 많이 아프게 되었는데 딸이 보고 싶어서 그래도 직접은 가질 못해서 직접 가는 대신에 편지를 보냈어요. 그 동네 전설이에요. 저도 이상하게, 너구리가 사람의 말을 할 수 있대요. 그래서 전설에 그렇게 나와서. 그래서 너구리를 불러서 부탁을 했어요.

"내 딸한테 이 편지를 보내 달라. 엄마 좀 보러 와라."

그렇게 너구리한테 부탁해서 딸을 찾아가서 편지를 보냈어요.

너구리가 근데 그 집에 딸을 보내도 같은 동네 시집을 보내는 거 아니라 어느 한 하루하고 하룻밤 2박, 2일은 2박, 2일이 지나야 딸 시집은 걸러서 가면 딸 시집에 도착하고.

그 너구리는 그렇게 먼저 큰딸에게 갔어요. 큰딸에게 갔는데 편지도 전해주고,

"당신의 엄마가 많이 아프시다. 엄마를 보러 와라."

근데 옛날 얘기는 좀 시집에 가면 친정집에 많이 못 챙겨줘요. 시집에 식구들도 허락받아야 되고. 큰딸은 엄마 아프시는 소식은 들었는데 마음은 아프지만 그래 자기는,

"시집에서 하고 있는 일을 일단은 마무리하고 엄마 보러 가겠다."고.

너구리한테 얘기했어요. 너구리는 하도 화가 나서,

"엄마가 많이 아프신데 당신이 집안, 시집이 하는 일을 다 하고 엄마 보러 갈 거냐."고.

그래서 화가 나서 그중에 또 야단을 했어요. 너구리 야단하고 나서 큰딸이 거북이로 변했어요. 벌을 받은 거죠. 그리고 벌, 왜 거북이로 바뀌었냐면 엄마는 빨리 빨리 보러가야 되는데 너무 느릿하게, 느리게 시집에 하는 일 다 하고 엄마 보러 가겠다고 해서 느린 거북으로 변했어요.

그래서 또 일박이일 떠나고 둘째 딸에게 또 갔어요. 둘째 딸에게 갔는데 그때 둘째 딸은 신을 만들고 있었어요. 신. 이거 옷감. 실. [조사자 2: 옷감. 실.] 실을 말고 있었어요. 편지는 엄마의 편지는 전해줬는데 둘째 딸도 편지를 받고 읽었는데 엄마가 아프시는 소식을 듣고 나서도 마음이 아팠고, 근데,

"실을 다 해야 엄마를 보러 갈 수 있다."고.

너구리한테 말했어요. 너구리 또 화가 났죠.

"엄마가 아프신데 당신은 실은 중요하냐?"고.

"실 만드는 게 중요하냐?"고.

"엄마한테 바로 보러 가자."

근데 둘째 딸은 안 된다고 했어요.

"실을 다 만들고 나서 엄마한테 보러 가겠다."

근데 너구리가 화가 나서 야단을 했어요. 갑자기 둘째 딸도 거미로 변했어요. 또 거미로 변한 이유도 있어요. 거미는 실을 만들잖아요. 그쵸.

그래서 또 일박이일 떠나고 막내딸에게 갔어요. 그때는 막내딸도 빵. 빵을 만들고 있었는데, 엄마가 아프시다는 소식을 듣고 빵 만드는 밀가루, 빵 만드는 밀가루 다 쏟아버리고 빨리 엄, 빠른 대로 엄마 보러 갔어요. 되게 이 이 동화는 짧아요. 내용은. 그래서 엄마에게 갔는데 엄마 돌봐드렸고, 또 그래서 동네 사람들은 다 셋째딸보고 효녀라고 불렀어요. 착하고 효녀라고. 네. 그래서 거기서 끝난 거예요.

동네가 어린이에게 해주는 동화라서 짧아요. 내용이. [조사자 2: 좋아요. 아주.] 십 분도 안 걸려요. [조사자 1: 전설은 좀 짧은데, 막내딸은

나중에 어떻게 부자가 돼서 잘 살았다라고.] 네! 그런 내용까지 나왔으면 좋은데, 그냥 효녀라고 그래서 결론은 효녀라고 끝났어요.

[조사자 2: 아까 이 이야기 제목이 뭐라고 하셨죠? 효녀감?] 아니에요. 아, 세 자매. 세 자매, 세 자매. 세 자매, 아 그래서 끝에서는 물어봐요.

"큰딸은 엄마에게 바로 갔어요? 그 왜 안 갔어요? 또 뭐로 변했어요? 왜 변했어요?"

그렇게 어린이들한테 물어봐요. 그, 그 동화 끝나고 둘째 딸도 똑같이 물어보고, 셋째 딸도 똑같이 물어보는데. 막내딸은.

"그럼 우리는 부모님 아프실 때는 어떻게 해줘야 해요?"

에. 그렇게 결론으로 끝났어요.

[조사자 1: 좋은 이야기네요. 건전해. 베트남에 이렇게 효자나 충신들한테, 이렇게 상, 나라에서 상 내리고 이런 건 없어요?] 네, 저희 엄마, 저희 엄마가 보면 정말 부모님에 대해서 효도감이 많고요. 저희는 좀. 사실은 엄마처럼 하는 거는 자신이 없어요.

의좋은 형제

● 구연정보

조사일시 : 2019. 01. 09(수) 오후
조사장소 : 경기도 안양시 만안구 석수동
제 보 자 : 도티탄(이정민) [베트남, 여, 1989년생, 결혼이주 8년차]
조 사 자 : 오정미, 강새미

● 구연상황

제보자가 베트남의 문화에 대한 이야기를 마친 뒤 이 설화 구연을 시작했다. 문화 이야기를 들려준 뒤라 그런지 전보다 자연스럽고 편하게 구연했다.

● 줄거리

의좋은 형제가 밤마다 서로를 생각하며 형은 동생 집 앞에 그리고 동생은 형 집 앞에 자기가 수확한 것들을 놔두고 왔다. 형제는 자신의 수확물이 줄지 않는 것이 이상하다고 생각했다. 그러다 서로에게 이야기를 한 뒤 그 사실을 알고서 더욱 사이좋게 지냈다.

옛날에는 부부 가난했는데. 가난해서 살았는데 이 집에서는 형제 둘이 있었어요. 그런데 엄마아빠 돌아가시니까 남아있는 재산은 형은 되게. 두 이야기였어요. 근데 한 이야기 같은 경우는 형하고 동생은 사이좋게 지내서. 그래서 재산도 똑같이 나눠줬어요. 똑같이 나눠줘서 동생도 이제는, 형도 결혼하고 동생도 결혼해서 농사짓고.

근데 이 농사철에 수확 철 오니까 동생 생각했어요.

'형은 아내도 있고 자식도 있으니까 나는 아내만 있으니까 이거 좀 나눠줘야 되지 않는가.'

동생 그렇게 생각하고. 동생 결혼 안 했어요. 맞아요. 근데 형도 마찬가지였어요.

'나는 또 아내 있고 자식 있는데, 동생은 혼자 사는데 이거라도 좀 붙어줘야 되지 않는가.'

둘이 생각하고 또 수확하고. 그 앞에서 막 사이에 있어요. 그래서 밤이 되니까 형도 나오고 동생도 나와가지고. 형은 형 것 가져와서 동생한테 갖다 주고. 또 동생도 마찬가지 자기 것 형한테 갖다 줬어요.

근데 열심히 갖다 주는데 아침 가보니까 다 똑같은 거예요. 다 똑같아서,

'왜 이렇게 되지?'

하고 얘기, 둘이 다 황당하는 거죠.

'나는 어젯밤에 분명히 이렇게 옮겨놨는데. 어떻게 아침에 보니까 이럴 수 있냐.'

그래서 다시 보니까 둘이 얘기하다가 알게 되어가지고. 그래서 둘이 잘 지내고 잘 살았다고 이야기.

[조사자: 베트남에도 이 이야기가 있어요?] 네. [조사자: 한국에도 있어요. 똑같아요.]

츠엉 성을 가진 형제

● 구연정보

조사일시 : 2019. 01. 30(수) 오전
조사장소 : 경기도 안양시 만안구 석수동
제 보 자 : 도티탄(이정민) [베트남, 여, 1989년생, 결혼이주 8년차]
조 사 자 : 오정미, 한상효

● 구연상황

조사자들은 도티탄 제보자와 세 번째 만남을 가졌다. 세 번째 조사는 제보자의 자택에서 이뤄졌다. 어린 아들이 함께 있어 조금 소음이 있는 상태에서 구연을 진행했다.

● 줄거리

츠엉 성을 가진 두 형제가 있었는데 형은 부자고 동생은 가난했다. 나이가 들어 둘은 따로 살았는데, 가난한 동생이 아들을 보내 형에게 밥을 얻어오라고 했다. 그러나 형수가 이를 거절하고 아들을 내쫓았다. 어느 날 형네 집에 도둑이 들었는데 동생이 형을 구해주었다. 형은 동생이 고마워서 먹을 것을 주려고 했지만, 형수가 이를 막았다. 가난한 동생이 또다시 아들을 보내 먹을 것 달라고 했으나 형수가 주지 않았다. 화가 난 동생이 자기 집을 형네 부부에게 팔고 그곳을 떠나 먼 곳으로 갔다. 그런데 도둑이 형의 집에 들어 형 부부를 죽이고 아들만 남았다. 동생이 아이가 불쌍하여 데려다가 키웠는데, 꿈속에 형수가 나타나 그동안의 일을 사과하고 아들을 잘 키워달라고 했다.

첫 번째 이야기는 그냥 츠엉이라는 성 갖고 있는 형제인데요. [조사자 1: 츠엉?] 네, 츠엉 [조사자 1: 츠엉.] 츠엉이라는 성 갖고 있는 형제, 베트남어로는 그 어떻게 자연스럽게 말해야 되는데.

그런데 그거 무슨 이야기냐면, 그 집 옛날에는 두 형제가 같이 살았는데, 같이 살다가 결혼하고 그래서 따로따로 살게 되었는데, 형은 부자였고. 동생은 가난하게 살고 있었어요.

근데 거기서 바로 옆에 살다보니까 그때 동생이 얘기는 배고파 가지고 근데 뭐 자기 친척 가서 부탁하기가 좀 그렇고 그래서 애들 시켜가지고 아주머니 집에 가서 쌀이나 조금 쌀이나 얻어오라고 했어요. 그랬더니 얘기 갔는데 근데 거기 가서 근데 큰 아버, 한국어 따지면 큰아버지죠. 큰 아버지는 그냥 주고 싶은데 자기 와이프가 큰 엄마가,

"그냥 너네 집 일이니, 너네 집이 알아서 해라. 해결하라."고.

"우리는 줄 것이 없다."

그렇게 말하고 그다음에 먹을 것도 없이 그냥 애는 다시 돌려 보내줬다고.

또 동생은 그다음에는 형, 형은 이제 형네 집에서 도둑이 들어와 가지고 도둑이 들어와서 형은 막 때리고 묶어가지고 죽이려고 했던 건데. 동생 그 소식 알고 그 집에 찾아와서 또 형 구해줬어요.

형 구해주니까 또 그 형이 말했어요. 자기 와이프한테.

"우리 동생은 우리, 우리."

[조사자 1: 도와주는데?]

"이렇게 우리 도와주는데 우리 쌀이라도 조금 주자."

했는, 했느니, 그 아내의,

"아 도와주는데 늦게 와서 우리 고생, 고생만 했잖아. 그러니까 뭘, 뭘 주기는 뭐를 줘야 되나?"

그래서 그냥 아무 것도, 그렇게 말았어요.

근데 한참 지나니까 그 동생네 집에서도 쌀이 떨어져 가지고 애기 시켜가지고 큰아빠 집에 가서 조금 얻어 좀 먹을 것 좀 얻어오라 해서 이때는 저번에 한 번 구해줬으니까 쌀 밑, 주먹만 하는데 두 주먹만, 그냥 줬어요.

그래서 그 모습 보니까 동생 되게 화가 나, 화가 나기도 하고 속상하기도 해서 그래서 자기 직접 형 네 집에 찾아와가지고 형수한테 말했어요.

“저희는 가난해서 가질 것도 없고, 그래서 이제 딸랑 집 하나만 있어요. 이거 좀 사주세요.”

말했어요.

그래서 그랬더니 형수가 웃으면서 말했더라고요.

“그래요. 내가 사줄게요. 근데 내가 사주는 이유는 너네 집에 가진 것이 가치가 있는 것이 아니라, 그냥 너는 이거 팔고 떨어져라. 떨어져,”

[조사자 1: 쌀을 팔아서?] 아니 집, 집 가지고. 그래가지고,

“이 집 팔고 너는 멀리 떠나라. 멀리 떠나서 더이상, 우리한테 와서 뭐 해달라고 하지 마라.”

그렇게 말했어요. 그래서 동생은 그 집 파는 집, 돈 가지고 멀리 가서 살게 되고.

근데 얼마 뒤에 그 형 네 집에 다시 도둑 찾아와가지고 또 그때도, 도둑이 찾아와서 형 죽이고 또 그 형수도 죽이고 애기 하나만 남았어요. 그래서 그 소식 듣고 동생도 다시 형네 집 찾아와 가지고 애기 키우고, 또 형, 형 네 아들 키워 가지고 살게 되었어요.

그래서 그다음에는 꿈속에서는 형수가 나타나가지고,

“너네들은 착해서 사니까 이렇게 되는구나. 우리 아이만 좀 돌봐달라. 그래서 내가…”

[조사자 1: 누가? 누가?] 형수. 꿈속에 나타나가지고. [조사자 1: 아, 꿈속에.] 꿈속에 나타나가지고,

“너 착하게 사니까 이렇게 되는구나. 우리 아기만 부탁한다. 나는 저세상에서는 너희들 기도해 주겠다.”

그렇게 얘기 마무리되었어요.

민병대를 조직하여 프랑스에 맞선 응우옌쭝적

● **구연정보**

조사일시 : 2018. 03. 24(토) 오후
조사장소 : 강원도 강릉시 입암동 제보자 지인의 집
제 보 자 : 저우티탄융 [베트남, 여, 1985년생, 결혼이주 9년차]
조 사 자 : 박현숙

● **구연상황**

제보자 자택 근처 지인의 집에서 저우티탄융 제보자를 2차로 만나 조사를 진행했다. 제보자는 베트남 국민영웅에 관한 이야기 구연을 시작했다. 구연 과정에서 감정이 이입되어 눈시울을 적시기도 했다. 제보자는 구연을 마친 뒤. 구연 과정에서 왜 눈시울을 붉혔는지에 대해 설명했다. 이야기 주인공은 응우옌쭝적으로 알려진 인물인데, 제보자는 '윙쭝적'으로 발음했다.

● **줄거리**

베트남 독립운동의 영웅인 응우옌쭝적은 1838년에 태어나 1868년에 사망했다. 태어났을 때 이름은 쩡, 학창시절에는 윙쭝럿, 베트남 전쟁 때는 응우옌쭝적이라고 불렸다. 응우옌쭝적은 갑자기 나타나 식민지를 지배하는 프랑스에 대항하여 싸웠다. 결혼잔치를 하는 배로 위장한 뒤에 프랑스 배 에피랑을 습격하고 태운 일화가 유명하다. 응우옌쭝적은 친구의 배신으로 은신처가 발각되어 프랑스군에게 잡혔다. 응우옌쭝적은 1868년 10월 27일 공개 처형당했다. 그때 베트남 사람들은 응우옌쭝적을 위해 모두가 생업을 포기하고 광장에 나와 응우옌쭝적의 죽음을 지켜보았다. 그때 응우옌쭝적이 앉고 머리가 땅에 떨어지지 않도록 광장에 나온 사람들이 만든 깔판에는 그의 핏자국이 선명하게 남아있다. 응우옌쭝적은 마지막으로 프랑스를 향해 잡초를 다 뽑을 수 없듯, 자신이 죽어도 또 다른 사람이 나타나 프랑스와 맞서 싸울 것이라고 유언을 남겼다. 프랑스군은 독립운동가들에게 본보기를 보여주기 위하여 응우옌쭝적의 머리를 매달아 놓았다. 그런데 누군가 응우옌쭝적의 시신과 머리를 빼돌려 몰래 제사를 지내주었다. 그래서 현재까지 응우옌쭝적 시신을 찾지 못하고 있다. 국민 영웅 응우옌쭝적의 죽음을 기리기 위하여 사망한 날

전후로 3일 동안 축제가 열린다. 그 기간 동안 많은 베트남 사람들이 낀양으로 찾아와서 응우옌쭝적의 죽음을 기린다.

제가 이 얘기 하는 거. [조사자: 응. 준비해 온 얘기가?] 국민 영웅이 있어요. [조사자: 국민 영웅?] 네. 저 나라에서 사는 동네 있는데 이분은 인생의 이름을 세 번 바꿨어요. 1838년에 태어났고, 그리고 돌아가신 연도는 1868년에 돌아가셨어요.

지금 현재로 이름은 '윙쭝적'●라는 게 어렸을 때는 그냥 엄마가 지어주는 사람이 그냥 '쩡'이라 이름을 의미가 똑바로 그거 저기 보면은 반질반질 똑바로 가는 게 있잖아요. 그게 이름은 어렸을 때는 쩡이라고 지어주는데 학교에 다닐 때는 선생님이 볼 때는 이분은 쩡의 이름은 좀 그렇고 1하면 1하고 2하면 2해요. 1, 2는 합쳐서는 * 거기라고 그래서 너무 성실하니까 이름은 레떼라고 '윙쭝럿'이라고 지어주고 전쟁하고는 프랑스하고 베트남 전쟁할 때는 그분이 또 한 번 더 이름 바꿨어요. 지금 현재로 이름 윙쭝적이시고.

가족 중에는 형제자매가 8명의 제일 첫 큰 아들이세요. 부모는 어부로 [조사자: 부모님이?] 네, 부모님은 어부 생활 가족이 다 어부 생활하고 그냥 평범한 사람이었는데 다음에 프랑스하고 베트남 전쟁날 때는 그분은 애국해서 나라 사랑해서 사람을 모으고, 애국 사람을 모아서 거기서 싸우는 거예요.

뭐라 하냐면 관에서 관군을 지키라고 자기가 자리 지키기 위해서 뭐 어떤 관은 밑에 사람들이 관심 없고 말로 하면 그냥 나라 파는 거죠. 나 프랑스 사람한테 넘어가고, 자기 편하게 살려고 자기만 챙기고 밑에 사람은 죽이든 말든 상관없고. 그러니까 국민의 자기 왜 프랑스인이랑 싸우냐면은 자기가 태어난 고향에 그전에 그 할아버

● 응우옌쭝적(Nguyễn Trung Trực, 阮忠直)은 1839년에 태어나서 1868년 10월 27일에 사망했다. 끼엔장 하띠엔에 동상이 있다.

지가, 할아버지가 살고 있는데 갑자기 다른 사람이 와서 땅의 주인이 되어버리고 땅을 뺏고 집도 뺏고 죽이니까 자기가 살 데가 없잖아요. 내 고향에 내가 살기 위해서 일어나서 싸운 거예요.

근데 윙쫑적이 어렸을 때 같이 다니는 학교 다니는 친구가 한 명 있어요. 그 친구도 잘 지내고 같이 애국해서 같이 일하다가 그 소식해서 다 모으고 되게 한 스무 살 때부터 시작했어요, 그 일 하는.

스무 살부터 시작하고 프랑스 국민이랑 같이 싸우고 되게 유명한 때는 에피랑이라는 배가 큰 배 그 프랑스 배였는데 그날에 밤에 저녁에 윙쫑적이 하고 다른 사람이가 합쳐서 가짜 결혼식 만드는 거예요. 가짜 결혼시켜서 밑에가 무기하고 칼하고 그리고 위에서 보고 결혼식하게 하고 양쪽 부모 이렇게 가짜로, 가짜로 그 배에 지나가는데 오후쯤 해가 떨어질 때 지나가고 거기서 프랑스 사람 군인들이 딱 그 배 못 넘어가게 하는 거예요, 막아갖고.

"어디 가냐?"고.

물어보는데, 거기 배에 살짝 붙었는데 그때 밑에 수많은 사람들이 배 밑에 물속으로 같이 가는데 만약에 배 이렇게 배 있으면 밑에가 잠수 있는 분도 있고 배 이렇게 깔고 위에 사람은 부부하고 가족 이렇게 가짜로 만들었지만 밑에도 수많은 사람들이 있어요. [조사자: 숨어 있구나] 네.

수많은 군대 이렇게 배 밑으로 따라 다니다가 붙어가지고 갑자기 한 방에 일어나고 그 프랑스 사람들이 무기 총도 있고 센 무기 있지만 당황스럽게 갑자기 공격하니까 그때는 어쩔 수 없이 당하는 거예요. 기름하고 배하고 부어서 불태우고 붙어고 싸우다 보니까 그 배가 엄청 불 크고 태웠어요, 그 배.

거기 대장 지휘하는 사람도 죽고 군인도 또 많이 죽고 그날 저녁에 그 끝나고 나서 바로 거기서 있지 못하고 그래서 뒤 섬으로 베트남 보면 섬에 큰 섬 하나 있어요. 거기다가 섬으로 들어가가고 거기 숨고 거기 계속 사람 모으고 싸움 가르쳐 주고 글씨 가르쳐 주고 무기도 만들고 숨고 살았는데, 그 어느 날 친구분이 되게 어렸을 때 친하던 친구분이 같이 애국의 모금하고 일하는데 그분이 배신했어요. 그분의, [조사자: 그분이 배신을 했다는 거죠?] 네 그분의 윙쭝적의 할아버지 아니 그때 젊었을 때니까 그분이 배신하고 그 정보들이 다 갖고 거기 프랑스 사람의 대장 위엔데(위에게) 가서 파는 거예요. [조사자: 아! 정보를?]

“어디 어디에서 준비 들어가고, 어디 어디에서 준비 싸우려고 하고 무기 어디서 숨겨놓은 거고 가족은 어디 어디 있다.”

고 정보 갖고 다 알려줬어요.

다 알려주는 순간에 프랑스 사람은 배 한 척 큰 배 가지고 그 사람을 태우고 섬으로 갔어요. 자기가 와고. 뭐지? 되게 좋게 얘기하고,

“네가 살기 위해서 그렇게 고생하는 거 못 보고 못 봐서 네가 이거 정보 알려주고 국민에 사람들한테 다 얘기하고 프랑스 사람한테 싸움 걸지 말고 행복하고 뭐든지 그렇게 평화하게 하면 네가 원하는 거 다 있다고 뭐 새 옷도 있고 큰 집도 있고 네가 원하는 금액만큼 다 주라.”고.

그렇게 하는데 할아버지가 하는 말이,

“네가 친구인지 적인지 모르겠다. 만약에 지금 날 친구라고 생각하면은 당장 떠나라.”

근데 선택할 수 없으니까 그분이 엄청 화나갖고 거기 프랑스 거기 군대 이렇게 뭐라고? 군인들이 근무하는 데 있어요. 거기 다시 들어가고 알려주는 거예요.

“이제 윙쭝적이 거기 섬에서 사람을 모으고 정보가 지금 들어왔는 때는 자기가 확인하고 그 위치가 확인하고 알려줬어요. 저쪽에서 윙쭝적 지금 가족 거기 있고 애도 있고 부모, 어머님 있고.”

그리고 프랑스 사람은 이 사람 윙쭝적 잡으려고 군인 보냈어요. 군인은 폭탄하고 총하고 섬에 전체로 덮쳐놨어요. 덮쳐놨고 근데 거기서 윙쭝적을 잡지 못하고 거기 사람 동네 사람들이 보호해주려고 숨겨 놨어요. 잡지 못하는데 근데 그때는 뭐지? 어머님이 잡혔어, 프랑스 사람에게, 어머님이 잡혔고 형제 아니고 뭐라고 해야 되지 애국같이 하고 형제처럼 친하던 친구들이 다 잡혔어요. [조사자: 의형제같이] 의형제 같은. 다 잡혔고 협박하는 거예요.

“네가 안 나오면 이 사람들이 다 죽여 버릴 거고. 삼 일 동안 선택해라.”

이렇게 계속 삼 일 동안 기다려주는데, 근데 하루는 딱 하루는 동네 사람들이 20명씩 잡아갖고 거기서 하루해가 지날 때까지 기다렸다가 안 나오면 총 쏴버릴 거고. 하루 20명씩 죽었잖아요. 그래서 할아버지가,

‘나 때문에 여러 사람들이 죽고 그러고 여러 사람이 살기 위해서 엄마도 되게 효도(효자)였기 때문에 마음이 아파갖고 그래서 못 참겠다. 내가 그 사람들이 살기 위해서 내가 나가서야 되겠다.’

그래서 나가서 항복했어요, 자기가 죽었더라도. 분명히 나가는 거 죽는 거 알고 있어도. 근데 엄마가 풀어주고 자기가 들어가는 거예요. 엄마가 풀어나고.

풀어났는데 근데 그때 그 당시에는 싸움 기간에 마누라가 총에 맞고 되게 몸이 상하는 상태에 죽어가고 있는데 애 하나 있어요, 갓난애기가. 윙쭁적이 애기 있는데. 그 프랑스 사람의 엄마가 어? 뭐지 젖에, 동네 사람들이 애기가 젖에 주고 사이 나왔는데 누가,

“그 애한테 젖 주면은 그 가족도 죽여 버릴 거라.”고.

그러니까 겁을 먹어가지고 줄 수가 없어요. 그 사람들이 자기 가족 지키기 위해서 어쩔 수 없어서 그 애도 죽고 마누라도 죽고.

근데 잡아다가 일 년 내내 잡았어요. 잡았는데 바로 죽이지 않고,

“항복해 달라.”고.

국민들이 밑에 설득하게 프랑스 사람한테 따라가고 그러면은 그렇게. 만약에 따라가게 되면 평생에 **가 돼 있잖아요. 근데,

“자기 죽이더라도 나라 팔지 않겠다. 평생에 더럽게 살지 않았다.”라고.

“가난했더라도 나라는 팔지 않았다. 그러니까 차라리 날 죽여달라.”

그때 1868년에 10월 27일에 프랑스 사람이 그 시장에서 저 동네 긴양이라고, 긴양이란 도시가 지금 가쨔시? [조사자: 가쨔시?] 네, 거기 시장에서 머리가 잘렸어요. 머리가 잘리고 근데 목은 내려가는

데 딱 한 시간의 뭐지? 인사해 주는 한 시간이 주는 거예요, 죽기 전에. 말하고 싶은 거 다 얘기하고 밥상을 하나 주는데 끝까지 안 먹겠다는 거예요.

"내가 죽더라도 프랑스 밥은 안 먹고 굶어 죽어도 어떻게 죽든 이쪽에서 뭐든지 주는 거 물 한 방울이라도 안 먹겠고 죽겠다."고.

그러니까 그날에 국민, 사람들, 동네 사람들이 그 명령 내린 게 들으니까 이번에 윙쭝적이 죽이라고 하니까 밤새도록 안 자고 그 깔판을 만들어.

옛날에 저 나라에서 깔판을 어떻게 만드냐면 갈대, 물 갈대 있어요. 그 실 안에 뽑아갖고 이렇게 옷감처럼 이렇게 [조사자: 짜요?] 짜는 거예요. 이렇게 짜고 기계 만들어갖고 깔판을 만드는 건데, 그 동네 사람들이 밤새로 깔판을 두 개 만들어가지고 한 사람은 술 끓여갖고 술 만들어서 한 동네는 어디냐면 저 지금은 제 도시에서 되게 유명한 술에 그때 그분의 그 당시 드시고 돌아가셨기 때문에 그 술 되게 유명해졌어요.

[조사자: 술 이름이 뭐예요?] 거랭이요. 소주, 거랭소주. 그리고 그 깔판도, 깔판에 그분이 쓰면서, 죽기 전에 그거 쓰면서 머리 떨어지지, 그 깔판에 떨어지기 전에는 그 깔판에 사람들이 밤새로 만들어가지고 할아버지 발밑에 하나 깔아주고 그리고 나가는 길에 하나 깔아줬어요. 거기서 올라가는 순간에 윙쭝적이 울었어요. 감동받아갖고.

국민 사람들이 그 시장에 그날 아예 장사 안 하고 다 모여서 나왔어요. 맞아주려고. 저 나라에서 사람 죽이면 뭐라고 하냐면 하얀 수건에다 머리 이렇게 매는 거예요. [조사자: 아, 띠를 매듯이?] 네, 띠를 매듯이. 이렇게 죽은 사람 위해서 하는 게 한국 말에는 하얀 핀 있잖아요. 근데 전체 시장에서 어르신부터 애들까지 [조사자: 다 띠를 두르고 있었어?] 네. 거기서 나와갖고 한 시간 주는 시간에 얘기하는 거는 뭐라고 하냐면, 지금은, 지금까지도 되게 유명한 한 마디가 있어요. 프랑스 사람인데 보고 손가락 찌르면서,

"거기 잡초들이 보이냐?"고.

"언제 당신들이 그 잡초 다 뽑을 수 있으면 우리 국민 사람들이

프랑스 사람들이랑 싸워한다."고.

"만약에 다 뽑을 수 없으면 언제든지 나 같은 사람이 일어날 거고 끝까지 싸우니까 그렇게 알고 있어라."

죽이기 전에 그렇게 얘기하지만 그 프랑스 사람이 불안하지. 이 사람이 죽이더라도 불안한 거예요.

그분이 죽기 전에서는 그 딸 어 뭐였지? 절 세 번 했어요. 한번은 나라 위해서 절하고, 다음 한 번은 부모 위해 절하고 감사하고, 그리고 세 번째 절에는 모든 사람 위해서 와서 보내주는 사람이 때문 보내주는 전해주는 감사하는 마음으로 절 세 번 딱 하고. 그리고 거기 사람들이 한국말로 약밥이 똑같은 거 있어요. 비슷한데 찹쌀 끓여갖고 그리고 찹쌀에 바나나 잎사귀 이렇게 싸고 이렇게 되게 가난하니까 드리는 게 마음에 있는데 많이 없으니까 그냥, 그리고 프랑스 사람들이 또 때문에 겁이 나요. 그거 주고 술 주고 깔판 주고 한마디 했는데 ,

"오늘은 당신 보내기 위해서 이렇게 만든 자리 아니고 당신을 데려오기 위해서 죽었더라도 영혼은 항상 살아있는 우리한테는 항상 살아있을 거라."고.

"그렇게 알고 있으라."고.

이렇게 인사하고 근데 죽기 전에 머리 자르기 전에 원래 이렇게 까만 띠다가 [조사자: 눈 가려요] 눈을 가리잖아요. 근데 그분은, 윙쭝적은

"죽기 전에는 절대로 감기게 안하겠다."고.

왜냐면 자기가 국민 사람들이, 가족들이 그러고 모두 경치, 거기서 자기 고향을 보고 싶어서 그냥 머리 자를 때는 그냥 자르더라도 안 그거, 자기 소원이, 마지막 소원이래요. 그래서 프랑스 사람이 또 허락해 줬어요. 눈 안 가리, 안 가리고.

근데 그 머리 자르는 분은 또 되게 손을 떨고 무서웠어요. [조사자: 그 사람은 프랑스 사람이고?] 네, 베트남 사람을 잡아와갖고 협박했어요.

"니가 가족이 있기 때문에 니 가족들이 너 기다리고 있는데 니

가 이렇게 알고 있어라. 만약에 이번에 웡쫑적 머리 안 자르면 가족을 죽이거나 아니면 자길 죽이거나 둘 중 하나 선택하라."고.

그러니까 이분은 어쩔 수 없어 무릎 꿇고 오면서 빌었어요.

"용서해 달라."고.

"저 용서해주세요. 제가 당신의 머리 자르고 싶어서 자르는 거 아니고."

"네가 만약 나 생각하면 그냥 힘껏 있는 대로 한 번만 그냥 나한테 잘 보내줘 달라."고.

웡쫑적이 이렇게 얘기하니까 그분이 일어나서,

"감사하다."고.

인사하고 그리고 머리 잘렸어요.

머리 잘라가지고 그 뭐지? 프랑스 사람이 그 머리 갖고 시장에서 매달았어요, 다른 사람들 겁주게.

"우리한테 안 달아매는 그 싸우는 사람들은 인생 이렇게 될 거라."고.

이렇게 겁줬어요. 머리 매달아갖고.

그날 저녁에, 이 그날 저녁에 누군지 모르는데 그 머리가 빼서 몰래 돌리고 지금까지도 어디 묻혔는지 모르고 찾지 못하는 상태에 있어요. 지금 어떤 데 있지만 거의 깔판에 피 묻은 거 그거 있잖아요. 그 깔판을 들어갖고 절 같은 게 만들어요. 절 같은 거 만들어갖고 그분을 거기 모시고 있어요.

그 군데군데 그분의 싸우고 다닌 군데군데 그 동네동네마다 다 절에 하나씩 짓고 제사 지내고 그렇게 해주고 지금까지도 계속 해주고 있어요.

근데 이제는 좀 뭐라 그럴까? 다른 나라도 알리기 위해는 아니고 우리나라의 그런 문화가 돼 버렸어요. 이제는 그 제사는 지금은 누구 어디든 다 얘기하면 다 알아들을 정도로 유명하고 그 날짜에 10월 27일날, 27일, 28일, 29일 그 제사가 삼 일 동안 열어요. 처음에는 하루 하다가 그거 뭐지 사람이 너무 많이 와서요 근데 하루 끝나면 길이 먼 사람은 올 수가 없으니까 점점 이틀 점점 삼 일이 돼버렸어요. 아예 죽이는 날부터 3일 27일 28일 29일 이렇게 돼 버려서 남쪽이든 북쪽이든 그날 잘 되면 사람들이 배 타고, 차 타고 와서 인사해요.

근데 다른 군데 군데 있지만 제일 큰 데는 저희 동네 현재 살고 있는 긴양의 남쪽에 있어요. 그거 그 일 때문에 지금은 이쪽 저 동네에서 남쪽에서는 깔판 유명한 거 사람들이 그때 그 당시에 그 영웅 할아버지가 피가 흘린 깔판이 장판을 그거 뭐라고 그래야 되지? 기억하기 위해서 일부러 깔판을 빨갛게 염색하는 분도 있어요. 빨갛게 염색하거나 아니면 그 깔판의 중간에 빨간 글씨로 쓰세요. 되게 장수 살 수 있는 사람. [조사자: 오래 사는 사람?] 네, 장수. [조사자: 장수 하는 사람?] 한자로 쓰는 거예요. 그 중간 깔판 중간에 빨간 글씨로 한자.

그 깔판은 되게 유명하고. 또 그 남쪽 사람들은 다 알고 있어요. 유명하고 잘 팔고 그리고 왜 뭐지? 수출까지도 있어요. 다른 나라에 수출하는 것도 조금 작지만 기념품처럼 그런 거.

이분은 사람들이 왜 영웅이 되느냐? 그 수도가 남쪽에서 시도가 여섯 군데 있어요. 여섯 군데 다 가서 프랑스 사람이랑 싸우고 불지르고 그리고 되게 유명한 거는 배 프랑스 배 에테랑(에피랑) 배 태우는 거는 마지막에 그거 태우고 그리고 중요한 것도 자기가 효도하고 나라에 충성하고 되게 똑똑한 사람이고 그때 많은 사람들이 멋있는 거예요. 가족 다 돌아가셨기 때문에 나라 위해서 모든 게 다 자기가 다른 사람의 그거 거울 되는 거죠.

그분이 돌아가시고 나서 계속 이어서 계속 프랑스 사람들이 계속 여러 사람 영웅이 있어요. 여러 사람 영웅이 있는데 이어서 몇십 년 동안 계속 프랑스 사람들이랑 싸웠어요 .[조사자: 잡초?]

"잡초이지만 잡초 무시하지 마라"고.

그때는 뭐라 해야 되나? 총이 없고 무기 그런 거 폭탄 그런 거 없으니까 싸우기는 칼하고 대나무 깎아서 만든 양궁 같은 거 만들고 그렇게 싸우다가 이어서 몇십 년 그냥 싸우다 보니까 사람들이 어떻게 하면 적한테 뺏은 무기들이 그 무기 가지고 다시 싸우는 거예요.

[조사자: 뺏어서?] 네. 그런 적도 하고 많이 제가 알고 있는 거 몇십 년은 된 50년인지 60년인지 정확하게는 제가 잘 몰라요. 근데 그때부터는 더 여러 영웅들이 생기는 거죠. 지금까지.

[조사자: 이분 얘기하면서 탄융이 조금 울먹거렸잖아요. 왜 그랬어요?] 제 동네이고, 솔직히 말하면 제 동네이지만 그만큼 관심은 없었어요. 죄송한 마음이 있어갖고 매년마다 사람들이 어마어마 왔어요. 그래서 제가 어렸을 때 그걸 즐기는 거예요. 사람들이 뛰어가기 위해서 아픈 역사였는데 자랑스럽고 그런 걸 제가 알지 못하는 거예요. 그래서 그날 되게 좋아하고 잘 놀고 그날만 기다리는 거예요. 그 축제 되는 날이라서 신나게 놀고. 근데 크다 보니까 점점 알고 보니까 되게 슬픈 역사에 엄마도 잃고, 형제도 잃고, 가족에 자식까지 다 잃고 나라 지키기 위해서, 내가 살기 위해서가 아니고 여러 사람 살기 위해서 그것 때문에 되게 자랑스러운 내 동네고. 내가 살고 있던 동네고 나는 똑같은 뭐랄까!? 똑같은 동네, 똑같은 나라 고향이고 되게 뿌듯해요. 자랑스럽고.

이렇게 얘기하는 것도 중간중간 울먹울먹하는 게 왜냐면 저도 가족 있고 애도 있는데 그 얘기 들을 때마다는 가슴이 아파요, 슬프고. 되게 거울 하나 계속 이어서 다른 사람이 그거 보고 일어날 수 있는 거예요. 그분이 죽을 때는,

"자기가 바람이 되어 그 국기가 날게 해줄 거라."고.

이렇게 얘기하고 남기고 갔어요.

"내가 죽으면 내가 바람이 될게. 국기가 날기 위해서 내가 계속 몸은 죽지만 내 영혼은 계속 살아남을 거다."

이렇게. 되게 감사한. 이제 제가 크니까 감사하다고 생각 들고 그렇게 하는데 이제 여기 살다 보니까 그 축제 생각나요. 내가 갈 때는 갈 수 있으면 그날도 가고 이제 가면은 노는 게 아니고 감사하다고 인사하러.

[조사자: 그러니까 어릴 때는 마을에 사람도 많이 오고 마냥 그게 즐겁고 재밌었는데 점점 이분의 삶을 이렇게 돌아보고 알아가고 나라 떠나있고 하니까 좀 그 스토리가 더 달리 느껴지고 다가온다는 거죠?] 저는 한국에

오니까 보는 눈도 달라졌어요. 이건 고향애고, 내 고향 이야기고. 되게 많이 추억이 되고.

제가 베트남에 작년에 들어갈 때 그 절에 가서 할아버지 인사했어요. 인사하고 돌아왔는데 근데 지금 되게 슬픈 일 하나 있는 게 그 분의 시신을 어디 있는지 몰라요. [조사자: 아직 못 찾죠?] 못 찾아요. 지금도 왜냐면 잘라놓은 거 몸통에 뭐지? 국민 사람들이 프랑스 사람들이 해치지 못하고 몰래 밤에가 빼돌려서 어디 옮겨서 묻어놨어요. 묻어놓고 머리는 또 누가, 누군가 또 데려가서 묻었는데 또 나라에서 지원을 많이 하고 많이 찾으러 다녔는데도 아직 찾지 못해요.

또 옛날에가 만약에 무덤을 못 하면 이렇게 간판 만들어 묘지 간판 만들면 또 프랑스 사람들이 알으까 봐 또 못하게 되고 그때는 금지 많아요. 사람 대해서 뭐 제사하거나, 제사해주면 그 가족들 다 해치는 건데 군인 사람들이 그 밑에 아는 사람들이 다 몰래몰래 숨기고 제사해주고 향 올리고 많이 했어요. 지금 되게 알려주고 싶으는 게 이제 축제가 되고 되게 축제인지 몇백 년 됐지만 단 한번이라도 까먹지 않아요. 그날 되면 다 모여요, 거기.

그 시장에서 머리 자르는 자리가 큰 동상으로 만들었어요. 큰 동상에서 거기 세우고 그 동으로 만들었는데 되게 사람 키 큰 만큼 만들었어요. 크고 하나 거기 세우고 그리고 절 안에서, 절 안에서 하나 동상 새로 만들어서 거기 갖다 놓고 그래서 동상 두 개 있는데 군데 군데, 어떤 데는 그냥 몸통 몸으로까지 아니고 머리만 만들고 이렇게 놔논 데도 있고.

[조사자: 그거 어디 인근에다가 묻긴 묻었을 텐데 그쵸? 그거 찾기 되게 힘들죠 그쵸.] 근데 어떤 사람의 말로는 아마 섬으로 가서 묻을 거라고 멀리 갖다가. [조사자: 아 멀리 갖다, 못 찾게?] 빼돌려서 섬으로 가는 건지, 자기 태어난 고향으로 가는 건지, 안 그러면 죽은 근처 동네에서 묻은 건지 그 세 군데 있어요.

그 세 군데 있는데 프랑스 사람이랑 싸움 끝나고 또 미국에서 싸움 끝나고 이어서 백 년 넘게 싸우다가 되게 오래돼 버린 전쟁이라서 찾기 너무 힘드는 거예요. 그래서 어디 뭐지? 어디서 '시신 하나 나왔다.' '해골 나왔다.' 하면 다 거기 달려들어서 검사도 하고 이것저것 하 지원 많이 들어왔는데 그 사람 동네에 할아버지들이 그 이야기들이 그 자손들이 따라다녀도 찾기 그만큼 힘들어요.

어떤 사람은 프랑스 사람은 그 시신을 빼서 태워버리라는 얘기도 있고, 그리고 어떤 사람은 프랑스 사람이 이 사람이 영웅이라서 또 몽타쥬라고 얘기도 있고. 이렇게 얘기, 사람들이 그 시신 찾지 못하니까 여러 얘기 나오는데 근데 지금까지는 아직 소식이 없어요. [조사자: 없어.] 네.

기억하기 위해서 묘지는 제 동네에도 있고 군데군데 싸우는 군데 섬에서 하나도 있고 그냥 만드는 거죠. 피 묻은 깔판에서도 또 말라갖고 거기서 더 모셔서 제사한 곳도 있고

[조사자: 그럼 그 깔판이 아직 그때의 핏자국이 남아있다는 거죠?] 네, 그 핏자국 남은 거 보호, 보관해서 거기서 제사하고 있는 것도 있어요. [조사자: 대단한 분이시네, 이름이?] 윙쭝적. (제보자 노트에 영문 이름을 적어주며) 영문으로 쓰면 [조사자: 여기다 적어주세요.]

몸을 태워 적군의 무기고를 폭파한 소년 영웅

● **구연정보**

조사일시 : 2018. 03. 24(토) 오후
조사장소 : 강원도 강릉시 입암동 제보자 지인의 집
제 보 자 : 저우티탄융 [베트남, 여, 1985년생, 결혼이주 9년차]
조 사 자 : 박현숙

● **구연상황**

제보자가 〈나라 구하고 승천한 영웅 댕잠〉 구연을 마쳤을 때, 조사자가 제보자에게 1차 조사 때 제대로 마무리하지 못했던 나라 구한 어린 소년의 이야기를 다시 들려줄 수 있느냐고 물었다. 제보자는 주인공의 당시 나이가 열여섯 살이었음을 확인한 뒤 구연을 시작했다. 제보자는 소년의 희생에 감사하면서, 무명의 소년 영웅이 국가에서 수훈을 받지 못하는 현실을 안타까워했다. 하지만 베트남 국민들이 그 소년을 다 기억하고 있다고 덧붙였다.

● **줄거리**

베트남전쟁 때 전쟁통에 부모를 잃은 열여섯 살 고아 소년이 있었다. 소년은 역 근처에서 간식과 신문을 팔면서 돌아다녔다. 소년이 그 일을 하는 이유는 생계를 유지할 목적과 적군의 동향을 살필 목적이었다. 소년은 적군 기지에 기름을 납품하는 일꾼에게 의도적으로 접근하여 친한 관계를 유지했다. 소년이 하루는 일꾼에게 일을 도와주겠다고 자원하여 일꾼과 함께 적군의 기지에 들어갔다. 소년은 기지 내에 숨어 버렸고 일꾼은 차량 출입시간에 쫓겨 혼자 나가버렸다. 소년은 자신의 온몸에 기름을 붓고 촛불을 안은 채 적군의 군량과 무기 창고에 뛰어들어 폭파시켰다. 적군은 결국 다른 동네로 철수했다.

[조사자: 그리고 지난번에 되게 어린 애가 나라 구하는데. 되게 짧은 얘기인데 했었던 거 기억나시죠?] 네. 역사. [조사자: 그 이야기 짧지만. 그때

조사가 제대로 안 된 거 같아서 오셔서 빨리 끝내야 된다. 그래가지고 그 이야기 좀 한번 다시 해줄 수 있어요?]

그거는 열여섯 살인가? 열 살? 열여섯 살인가 열 살? 열여섯 살 아이야. [조사자: 열여섯 살?] 네. 열여섯 살 청년? 뭐라 그래야 되지? [조사자: 소년.] 네. 소년.

소년이 그때 전쟁 날 때 그냥 신문 팔고 간식을 기차 돌아온 길에 그냥 팔고 다니는 애예요, 그냥. 소년인데 뭐 전쟁나면 가난해서 먹은 거 없으니까 그런 일 하지만, 나이 작지만 뭐라 그래야 되지? 적 뭐 외국 사람이 와서 자기 나라에서 괴롭히고 뭐 사람 죽이고 전쟁나면 엄청 아픈 일들이 다 거기 지켜보기 때문에 되게 용감하게 되고, 사람이. 작지만 되게 어른스럽게 생각하는 거예요.

근데 소년이고 물건 팔고 다니니까 사람들이 거의 눈에 뭐 관심이 없어요, 관심이 없고. 군인도 군인들이 또 봐도,

'그런 애다. 동네에서 사는 애다.'

관심 없는데.

근데 왜 물건 팔고 다니냐면 위치 확인하기 위해서 이렇게 돌아다니는 거예요. 어디에서 군인이 지키고 있나. [조사자: 아 위치를 알려고?] 네. 몇 시 교대. 몇 시에 비우고 밥 먹는 시간 확인하기 위해서 그 팔고 돌아다니면서.

근데 뭐 그분이 전쟁날 때는 뭐 부모 다 돌아가시고 가족도 없고 그냥 고아였어요. 그래서 지금은 여기저기 (소년 이야기가) 돌아다니지만 뭐라고 그러지? 나라에서 그 인정 안 해주는 거 그런 거 때문에 되게 슬픈 거 있어요. 가족도 없고 애는 이름도 모르고 어디서 사는지도 모르고 그냥 전쟁났다가 돌아다니는 고아 애들 뭐.

그 프랑스랑, 미국이랑 싸울 땐가? 그때 적의 뭐 창고 있어요. 창고. 기름하고 폭탄하고 먹는 거 창고에서 모으는 군대가 있어요. 근데 그날,

'어떻게 하든 그거 없애야.'

그분의 생각 그 소년의 생각 그런 거예요.

'그 창고가 없애야 적의 먹는 거 없는 거 아닌가.'

적의 먹는 것도 없고 무기도 없애버리면 싸울 수 없잖아요. 그러면 사람들을 괴롭힐 수 없고. 그래서 자기가 그날에 기름 배달하러 가는 게 그 아저씨인데 차에 매달렸어요.

"같이 도와주라."고.

이렇게 일부러 뭐라고 해야 되지? 원래 군대 적에 입구에 들어가면 다 검사하고 들어가요. 근데 맨몸으로 들어갔어요, 그날에. 차, 봉고차 이렇게 기름 태우고 왔다갔다하는 아저씨인데 일부러 친했어요. 친했는데 그날 자기가,

"도와주겠다."고.

기름 나를 수, 할아버지 그분이 혼자 아저씨가, 혼자 나르니까 힘들 거 같다. 그거 친한 사이라서 그래서,

"도와주라."고.

"따라오는 거니까."

그분은 또,

"도와주면 좋지."

차 태워줬어요. 들어가고 검사하니까,

"이분은 누구세요?"

이렇게 군인이 앞에 딱 지키고 이렇게 막 원래 혼자 들어가는데,

"오늘 내가 몸이 안 좋아서 얘가 도와준다고 그래서 얘가 데려오는 데 뭐 나이가 얼마 안 되는 애, 뭐 어때서?"

이렇게 그냥 대충 얘기하고. 근데 그 사람들이 또 눈에 안 띄니까 뭐라 그러지? 약간 몸이 마르고 새까맣고 고아 때문에 챙겨줄 사람 없잖아요, 얘는. 몸이 약하고 연약한 애니까 무시하고,

"어, 그럼 들어가라."

이렇게 보내줬어요.

기름에 다 갖다 놓는 순간에 같이 같이 나오지 않고 숨어 버렸어요. 없어졌는데 그 아저씨가 찾지 못하니까 기간이 들어가는 기간하고 빠져나오는 기간이 있어요. 거기 법으로 배달하는 거 지켜야 되고. 그러니까 적한테 들어가는 거, 일하는 거 되게 까다로운 게 있어요. 기간에 교대하고. [조사자: 교대시간.] 네, 교대시간 때문에 들어갈

시간에 딱 기간 기름 날라가면 거기서 지키고 다 나가야 되고 뭐든지 근데 얘가 못 찾으니까 어쩔 수 없이 혼자 나갔어요, 시간이 됐기 때문에.

"니가 알아서 해라."

이런 식으로.

"거기서 살든지 말든지."

근데 그 소년가 이분의 차 빠져나오고 자기가 그 창고 기름 안에서 그거 다 몸에 부어버렸어요. 몸에 부어갖고 촛불을 갖고 자기 몸에 찔러 갖고 그 창고 깊숙이 뛰어들어가 갖고 거기 불태웠어요. 거기 불에 태우고 거기 기름도 많이 있으니까 구할 수, 구할 수도 없고 거기서 엄청 폭파해 버렸어요. 거기 창고가 엄청 거기 불나고 그 식장에서 열기가 3-4일 동안 팍팍 팍 일어났어요. 그러면은 시신도 없어버렸어요. 거기 다 태워버려 갖고.

그게 되게 유명한 창고 그거 하는 거 되게 유명한데. 그해에 적이 되게 당황, 혼란스러웠어요. 거기서 거기 그 동네에서 적이 그 동네에 버리고 다른 데서 남은 사람들이 옮겨 갔어요. 화상에 죽은 사람도 있고 거기 폭탄들이 창고니까 엄청 크게 크게 한 방만 터지면 엄청 크게 뻥뻥 소리 나면서 3-4일 동안 뻥뻥 소리 계속 났어요. 무기들이 다 태우고 그래 남은 사람들은 다른데 옮겨가고.

이 소년가 열여섯 살에다가 죽었지만, 나라에서 인정 안 해주는 거 되게 아쉽지만, 사람들은 다 알고 있는 이야기예요. [조사자: 다 기억해 주고.] 네, 기억해 주시고.

베트남 최초의 장애인 대학교수 응엔응옥기

● **구연정보**

조사일시 : 2019. 02. 11(월) 오후
조사장소 : 서울시 용산구 효창동
제 보 자 : 부티킴하(김하연) [베트남, 여, 1993년생, 결혼이주 6년차]
조 사 자 : 황혜진, 오정미, 김민수

● **구연상황**

제보자는 〈금상자와 은상자〉를 구연한 뒤 자신감을 얻고 현대사회의 전설적인 인물에 대하여 구술해도 되는지 질문했다. 좋다고 하자 이 응엔응옥기 이야기를 구연했다. 조사장소인 카페가 시끄러워서 내용 전달에 어려움이 있었다.

● **줄거리**

베트남에서 최초의 장애인 교수가 있다. 그의 이름은 응엔응옥기이다. 어린 시절에 그는 공부를 배우기 위해 학교에 찾아가 공부하고 싶다는 의사를 밝혀 허락받은 후, 바닥에 글을 쓰며 공부를 했다. 결국 그는 최초의 장애인 대학교수가 되었지만, 다시 고향으로 돌아가 어린이들을 가르치는 선생님이 되었다.

저 현재 이야기도 될까요? [조사자: 아 그럼요 좋아요.] 제가 저번에 대학교때 이 이야기를 들었어요. 선생님의 이야기예요. 장애인인데 선생님이 되었어요. [조사자: 아하 장애인인데 선생님이 된 이야기? 좋아요. 선생님.] 그 유명해요, 인터넷에도 나오고 [조사자: 아 베트남에서?] 그 선생님은 유명한 사람이에요. [조사자: 현대 어떻게 보면 영웅이야기네요?] 네.

그 선생님 어릴 때 병이 나서 몸이 손이 움직일 수 없어요. 그리고 다리도 말랐어. 다리도 움직일 수 없는데 발가락 두 개만 움직일 수 있어요. 발가락. 그런데 어렸을 때 집도 가난하고 그래서 학교도 못 다녔어요. 그래서 선생님이 친구, 동네 친구 있어요. 그래서 그 친구가 업고 등에 업고 학교 같이 갔어요.

그런데 그 친구가 수업에 들어갔는데 선생님이 밖에서 수업을 들어요. 그래서 그때 선생님이 장애인인데 공부하고 싶은 마음이 커서 좀 도와주라고 학교에 [조사자: 요청을 했어요?] 네네. 다른 선생님한테 얘기했어요. 그래서 선생님도 도와주고 수업을 들을 수 있게 했는데 의자에 못 앉, 의자에서도 못 앉고 밑에서 그 뭐지 [조사자: 바닥에.] 네. 바닥에, 바닥에 앉아서 발가락 두 개로 글을 썼어요. 글을 쓰고 그리고.

정말 대단하다고 그래서 계속 들을 수 있게 고등학교 때까지 들을 수 있게 정부한테 편지 썼어요. 그리고 뭐지 학비도 내지 않고 공부할 수 있게 도와줬어요, 정부도. 그래서 선생님이 열심히 공부하고 글도 엄청 예쁘게 썼어요. 그리고 대회도 나오고 상도 받고 그래서 정부는 그러면 대학교까지 나오게 해줬어요.

그래서 선생님이 공부도 엄청 잘하고 문학과에 수상자 되었어요. 그런데 뭐지 장애인 선생님 처음, 베트남에서 처음 장애인 선생님 되었어요. [조사자: 의미가 있네요, 진짜.] 네. 그런데 선생님이 고향에 돌아가서 애들한테 가르쳐주고 싶었어요. 그 뭐지 대학에서 선생님 말고 강사 말고 고향의 초등학교 선생님 되었어요. 그리고 지금은 교수 되었어요. [조사자: 그러면 첫 장애인 선생님이고 지금 교수까지 됐고.] 네네네.

[조사자: 그러면 혹시 이분 베트남 이름이 뭐예요? 이름을 혹시 한국어로 써 주실 수 있을까요?] 네 잠깐만 그러면 핸드폰을, 아니요 제 핸드폰을. 저번에 좀 찾았거든요. (핸드폰을 받아서 잠시 내용을 검색함.)

[조사자: 이름을 몰라도 되기는 하는데 실존 인물인 거잖아요. 이분이, 그래서 이름이 궁금해서. 저희는 이런 이야기도 좋아해요. 선생님.] (웃음) 여기 있네요. 응엔응옥기. [조사자: 응에? 제가 한번 봐도 돼요?] 네. 네. 이 이름이에요. [조사자: 어려운데? 대충해도 돼요?] 네. [조사자: 응응옥

기?] 응엔? [조사자: 응엔?] 응엔응옥기. [조사자: 응을 뺄까요? 응엔옥기?] 응옥기. 영문은 이렇게 써요.

[조사자: 이분은 그럼 현재는 대충 나이가 어느 정도 되세요? 아 알겠어요. 여기 써 있어요. 1947년생. 지금도 현재 살아계신 건가?] 네 살아계셔요. [조사자: 연세가 할머니신데, 할아버지, 여자분? 남자분?] 남자분이요. [조사자: 할아버지시네요. 칠순이 넘으셨네요.] 네. 산대 명예교수.

[조사자: 근데 또 궁금한 게 베트남에서 이분이 훌륭한 분으로 이렇게 된 건 장애인인데 혼자 이렇게 공부해서 선생님이 되고 교수님이 되고 하신 분인 거잖아요? 그러면 궁금한 게 저희 나라도 좀 그렇긴 한데 베트남도 실제로 장애인에 대한 그런 어떤 배려나 이런 게 없죠?] 배려는 있어요. [조사자: 있긴 있어요? 근데 막 공부하기 쉽고 그래요?] 어 공부는 좀. [조사자: 하기 어렵죠.] 하기 어려워요. 그래서 장애인의 학교 있어요. [조사자: 아 따로?] 따로 공부하더라구요.

[조사자: 아 그렇구나. 예를 들면 우리나라는 지금도 많이 변하고는 있지만 장애인들이 일반 대중교통을 타고 막 돌아다니거나 이러기가 불편한 부분이 많거든요. 그런데 베트남도 그렇지 않나요?] 베트남은 장애인은 별로 밖에 나가지 않아요. 그래서 사실은 밖에서 장애인 보는 것도 좀 많지 않아요. [조사자: 그렇죠.] 그래서 뭐랄까 사람들도 장애인 보는 거 좀 불편한 느낌도 있어요. [조사자: 비슷할 거 같아요 한국도 그랬어요.] 네. 네.

강가에 사는 귀신의 신부

● **구연정보**

조사일시 : 2017. 06. 03(토) 오후
조사장소 : 전라남도 진도군 진도읍 성내리 공공도서관
제 보 자 : 엔티터번(이연아) [베트남, 여, 1984년생, 결혼이주 11년차]
조 사 자 : 박현숙, 김현희

● **구연상황**

베트남 국적의 호티홍녀 제보자와 엔티터번 제보자 그리고 필리핀 국적의 메리안 제보자가 공동으로 한국에서의 생활에 대한 구연을 마친 뒤, 조사자가 베트남 제보자들에게 베트남에 어떤 무서운 귀신이 있느냐고 묻자 엔티터번 제보자가 베트남에는 귀신 이야기가 많다고 했다. 조사자가 들려달라고 청하자 옛날에 할머니한테 많이 들었다면서 구연을 시작했다. 호티홍녀 제보자와 메리안 제보자가 청자로 참여했다.

● **줄거리**

한 여인이 강가에서 발을 씻고 있었다. 그런데 물 위로 반지와 목걸이 같은 패물이 올라왔다. 여자는 그 패물들을 가지고 집으로 돌아왔다. 그런데 다음 날 남자 귀신이 찾아와 어제 자기가 준 결혼식 예물을 가져갔으니 이제 자신의 신부라고 말했다. 여인이 강가에 가보니 배 한 척이 떠 있었는데 거기에는 남자의 아버지와 어머니가 있었다. 여자는 죽은 남자와 결혼식을 해야 했고, 다시는 자기 집으로 돌아가지 못했다. 베트남에서는 강가에 있는 물건을 절대로 주워오지 말라고 하며, 여인들이 강가에 자기 물건을 떨어뜨리면 안 된다고 한다. 죽은 남자 귀신이 물건의 임자를 찾아와 신부로 삼으려 하기 때문이다.

그때, 그 옛날 있잖아요. 강 사는 사람 있잖아요. 강. [조사자: 강. 강가에 사는 사람?] 그 사람 많이 죽어요. 그 어떤 여자 있잖아요, 강

나와서 발 씻었잖아요.

거기 강 위로 그, 결혼식처럼 반지 있잖아요. (호티홍녀 제보자에게 단어를 물어보다가) 그 반지 있잖아요? 선생님 반지, 목걸이 그냥 남자, 남자집처럼 반지 주잖아요, 시집 갈 때? [조사자: 아, 예물.] 네네.

그 강안에 올라서요. 아무도 없어요. 사람 없어. 그 여자한테 와요. 그 (호티홍녀 제보자에게 단어를 물어보다가) 쟁반처럼. 그거 결혼식처럼 다 준비해요 남자. 근데 원래 그 남자 죽었어요. [조사자: 헤, 죽은 남자라고?] 네.

그 여자 모르고 그거 든 거 집에 갖고 와요. 그다음 날 그 죽은 사람 있잖아요, 남자. 그 강 위에 배 하나 있어요. 그 남자도 있고 그 시아버지 시어머니 식구 다 있어요. 근데 그 원래 죽은 사람이에요. [조사자: 그러면 그 남자만 죽은 사람이에요?] 네. 여자 살은 사람이요. 여자는 살아요. 그 남자 죽어, 죽은 사람이에요.

근데 그 여자 받았잖아요. 그럼 그 남자 시집 알았잖아요. 그 남자가 와요. 결혼식처럼 다 해요.

"그 어저께 내가 보냈잖아요?"

[조사자: 예물.] 네. 이 여자가 갖고 왔잖아요, 집에 들고 가잖아요. 그럼 이 남자 집에 시집가야 돼요. 그럼 그날도 옷도 신부처럼 다 해요. 반지 이렇게 끼고. 결혼식처럼, 이 산 사람처럼 똑같아요.

근데 그 남자 같이 가면 이제 안 와요. [조사자: 여자도 죽어요?] 네. 같으면 그 남자 간 데 이제 아빠 엄마 집에 못 가요. 같이 죽어요. [조사자: 그러면 그 여자는 그 남자가 죽은 남자라는 걸 모르고 받은 거예요?] 모르고 받아요.

[조사자: 일단 주는 걸 받으면 신부가 되는 거예요?] 네네. 받으면 신부 돼요. 그거 죽은 사람인지 몰라요. 그래서 그 강이 있잖아요. 뭐든지 갖고 가져가지 말라 그래요. 자기 빗, 머리 빗는 거도 강에 떨어뜨리지 말아요. 그거 안 좋아요. 죽는 사람이잖아요, 남자. 그거 이 갖고 왔잖아요. 그 여자 찾아요.

[조사자: 그럼 그 남자는 항상 거기 물가에 그 죽은 남자가 있어요?]

네. 거기 있어요. [조사자: 그 남자를 부르는 이름이 있어요?] 이름 모르고. [조사자: 그냥 강가에 사는 남자?] 네, 있어요. [조사자: 거기다가 목걸이나 자기 핀 같은 거 떨어뜨리면 안 되는 거야?] 안 돼요. 여자. [조사자: 그럼 그 사람을 신부로.] 그거 죽은 남자 있잖아요. 그거 갖고 오잖아요. 그거 가지고 여자 찾아요. 그 옛날에 많이 들었어요.

[조사자: 어느 강이든 많이 있는 거예요?] 네네. 그럼 무조건 강 있잖아요. 무조건 갖고 가지 말아요. 있는 거 갖고 오지 말아요. 안 좋아요. 그거 죽은 사람 거예요, 우리 거 아니고. [조사자: 음, 그니까 그 강가에 떨어져 있는 거 주워서 오면 안 된다.]

그 여자 모르니까 받았어요. [조사자: 그니까, 주니까.] 응, 주니까. 내 신부잖아요. [조사자: 목걸이도 주구.] 다음날 와요. 그 집에 가요. 내 거 받았잖아요, 그럼 내 신부잖아요.

[조사자: 그 얘기를 어릴 때 들었어요? 어릴 때?] 네. [조사자: 할머니한테?] 네. 할머니, 많이 들었어요. 조금 다른 얘기도 많죠. [조사자: (호티홍녀 제보자에게) 들어보셨어요?] [청자: 비슷한.] [조사자: 비슷한 얘기 들어보셨어요?] [청자: 왜냐면 여기 한국 처음에 왔을 때 베트남에서 남쪽에는 산 별로 없어요. 대부분은 강. 강 많이 있거든요.] 그 얘기 많이 나와요. [청자: 저희 집 앞에도 강 큰 강 메콩 강 있잖아요, 메콩강.] 응, 그 얘기 많이 나와요.

선생님. 어디 가든 있잖아요. 갖고 오지 마요. 이뻐도 가져오지 마요. (일동 웃음) 무조건 하지 마요. 내 거 아닌 거.

[청자: 여기, 여기 한국에는 조금 산, 산 많고. 거기는 강 많거든요.] 강물 많아요. [청자: 강물 빠져서 죽는 사람도 있고. 많아요. 애기도 있고. 그래서 강에서 그 인제 귀신 많이 있다고 인식되고. 아니면 인제 만약에 여자들이, 옛날에 강물에서 빨래도 하잖아요, 빨래할 때 속옷이랑 뭐라 떨으면은 그럴 거라구. 조심해야 된다고. 할머니, 옛날 할머니들이 많이 주의하라고 그렇게.] 그거 엄청 여자들 조심해야 돼요.

아빠를 부르는 죽은 아이의 목소리

● **구연정보**

조사일시 : 2017. 06. 03(토) 오후
조사장소 : 전라남도 진도군 진도읍 성내리 공공도서관
제 보 자 : 엔티터번(이연아) [베트남, 여, 1984년생, 결혼이주 11년차]
조 사 자 : 박현숙, 김현희

● **구연상황**

엔티터번 제보자가 〈강가에 사는 귀신의 신부〉 이야기 구연을 마친 뒤 조사자가 또 다른 귀신 이야기를 청하자 엔티터번 제보자가 구연을 시작했다. 호티홍녀 제보자와 메리안 제보자가 청자로 참여하여 구연 내용을 경청하고 적극적으로 반응해 주었다.

● **줄거리**

한 남자가 사랑해서 임신까지 한 여인을 배신하고 다른 여인에게 가버렸다. 여인은 남자에게 자신이 죽으면 꼭 남자를 데리고 가겠다고 말하고 아이와 함께 강물에 빠져 죽었다. 남자는 밤에 무언가에 홀린 듯 강다리로 갔다. 강물 속에서 죽은 아이가 남자에게 아빠라고 부르면서 들어오라고 했다. 남자는 그 소리에 이끌려 물속으로 들어갔다.

[조사자: 죽은 남자 귀신 말고 여자 귀신은 없어요?] [청자 1(호티홍녀): 있죠.] 있어요. 있긴 한데. [조사자: 어떤 귀신이 있어요?] [청자 1(호티홍녀): 있는데 기억 안 나.] [청자 2(메리안): 나도 기억 안 나.] [조사자: 그럼 이연아 선생님이 해 주세요.] [청자 1(호티홍녀): 응. 얘기해요.]

여자요? [조사자: 네, 여자 귀신.] 있잖아요, 많이 들었어요. 여자 죽어하는 거, 남자 여자 죽어하는 거요.

둘이 사랑했는데 이 남자잖아요. 같이 살았어요. 임신했어요. 근데 남자가 여자 버리고 다른 여자 가요. [조사자: 다른 여자한테로 갔어요?] 네, 그 여자 강 가서 자살했잖아요. [조사자: 자살을 해요?] 네.

그럼 그 강 다리 있어요. 지난 그 나무처럼 그렇게 작은 다리 있잖아요. 그 남자 밤에 그때 그쪽 가요. 죽는 여자한테 애기도 있어요. 거기 강 밑에 있잖아요. 애기도 있고 손잡고. (이쪽으로 오라는 손짓을 하며) 이렇게 아빠한테 불러요. [조사자: 죽은 여자가?] 네. [조사자: 애기도 그럼 같이 죽은 거예요?] 네. 애기 같이 죽어요.

그 남자 그냥 밤에 지났잖아요. 그럼 거기 여자하고 애기 왔어요. 그럼 여자하고 애기, 그 애기 있잖아요. 아빠 불러요.

"아빠, 일로 와세요."

그거 그 남자. 귀신, 귀신 소리 들으면 우리 정신 몰라요. 그냥 따라가요.

"일로 오세요."

그럼 와요. 그 남자 같이 그 강 내려가요. 그럼 어떻게 됐어요? [조사자: 죽어요.] 죽어요. 같이 죽어요. 그 여자 죽기 전에.

"내가 죽으면 너는 못 산다."

그렇게 말했어요. 데리고 간다고요. [조사자: 그럼 결국에 이제.] 응. 데리고 가요, 애기하고.

"일로 와요, 아빠."

그럼. [청자 2(메리안): 그러니까.] 아니 그냥 우리 귀신 말만 하면, 귀신 불러. 정신 똑바르면 괜찮잖아요. 듣고 그냥 따라가면 우리 못 살아요.

[청자 1(호티홍녀): 아마 그 이야기하는 거, 왜냐면 베트남에서 절 다니는 사람 거의 70% 이상 불교거든요. 근데 여기는 뭐 기독교랑, 뭐 이런 거 하면 그런 쪽 믿지 않잖아요. 이제 아마 그쪽에는.] [청자 2(메리안): 그러니까 우리나라는] 우리는 믿어요. [청자 1(호티홍녀): 신 같은 거는 많이 믿고 있을 거 같애요.] 믿어요.

남편의 오해로 죽은 여자 [1]

● **구연정보**

조사일시 : 2018. 12. 13(목) 오전
조사장소 : 서울시 서초구 양재동 카페
제 보 자 : 도티탄(이정민) [베트남, 여, 1989년생, 결혼이주 8년차]
조 사 자 : 오정미, 김민수

● **구연상황**

제보자가 〈대나무 백 마디〉를 구연한 뒤, 더 생각나는 이야기가 없는지 묻자 새로운 이야기를 한다고 하면서 구연을 시작했다. 이 이야기는 베트남에서 '남섬에 사는 여자 이야기'로 전승되고 있다고 한다.

● **줄거리**

부티탭이라는 여자와 청싱이라는 남자가 결혼한 후 얼마 지나지 않아 남자가 군대에 갔다. 그 사이, 여자는 아이를 한 명 낳고 시어머니를 모시며 남편을 기다렸다. 시어머니가 돌아가신 후 남편이 군대에서 돌아왔는데, 어린 아들은 아빠를 낯설어했다. 한참 말을 배우는 어린 아들이 아빠를 밀치며 자신의 아빠는 밤에 온다고 말하자 남자는 그때부터 여자를 의심했다. 결국 남자의 의심이 슬펐던 여자는 자살을 하였다. 장례식 후 남자가 집으로 돌아와 아들을 안으며 깜깜한 집의 불을 켜자, 아들이 그림자를 보며 자신의 아빠라고 외쳤다. 남자는 자기가 오해했음을 뒤늦게 깨달았다.

[조사자 1: 다시, 이 이야기 제목이 뭐라구요 선생님?] 그어이 티어푸 남서. [조사자 1: 제목 한국말로는?] 어 여자 대한 남섬이라는 지역에 사는 여자에 대한 이야기인데요. [조사자 1: 잠깐 다시 한 번만, 여자?] 남섬이라는 지역에 사는 한 여성에 대한 이야기.

[조사자 1: 그럼 궁금한 게 남섬이라는 게 남자 얘기하시는 거예요?]

아니요 지역. [조사자 1: 지역 이름이에요? 아하. 네, 해주세요. 선생님.] 그 옛날에 뭐 거기 그 지역에서 뭐 둘이 여자는 이름이. 이름까지 얘기해야 하나요? 아니면 뭐 어떻게 [조사자 1: 여자 이름?] 또 이분 이름하고 여기 보니까 이름까지 나오네요. [조사자 1: 이름이 뭔데요?] 부티탭? [조사자 1: 부티탭?] 네, 부티탭. 그리고 남편은 청승이라고 해요. [조사자 1: 청승?] 청싱. [조사자 1: 청싱.] 싱 [조사자 1: 싱.]

네, 청싱이라고 하는데 두 분은 같이 한 마을에 살았대요. 저도 둘이 뭐 되게 사랑하고 그래서 결혼했는데 그런데 되게 가난했죠. 근데 가난한데도 둘은 거의 싸우지 않고 사이좋게 지냈었는데 남편분 같은 경우 되게 의심이 많았어요. 그런데 결혼하고 나서는 얼마 안 돼가지고 남편은 군대? 군대로 가서 군대 가니까 그때는 뭐 임신해서 아기가 곧 낳게 되어서. 그

런데 남편은 가서 한 반달? 반달 오니까 여자 뭐 출산해서 아들 하나 낳았어요. 그런데 여자는 혼자 집에서 아들 키우면서 시어머니까지 간병했어요. 그런데 간병 그렇게 잘해도 어쩔 수 없이 시어머니는 돌아가시게 되고 이 여자 같은 경우 시어머니도 간병하고 돌아가니까 장례도 치르고 그래서 주변 동네사람들이 되게 칭찬 많이 했어요. 되게 잘한다고. 칭찬했는데 남편은 한 일 년 있다가 오니까 이때는 아들이 한 한 살 넘잖아요.

그래서 아들은 좀 약간 말 배우는 시기가 되고 아들이 남편이 아빠가 아들 안아주려고 했는데 그런데 아들이 거부했어요. 도망가고. [조사자 1: 뭘 거부했어요?] 안아주려고 하는데 아들 못 안아주게 하는 거죠. [조사자 1: 뭘 못 안아주게?] 아들. 아빠가 군대에서 한 일 년 있다가 오잖아요. 그러면 아들이 한 한 살 되잖아요. 그래서 아들 보고 반가우니까 아들 안아주려고 했는데 [조사자 1: 아!] 아들이 좀 약간 [조사자 1: 아들이 싫다고 그랬어요?] 네 싫다고 거부한 거죠. 그래서 물어봤어요.

"나는 네 아빠인데 왜 안아주지 못하게 하냐?"

그래서 그 아들이 말했어요. 그때 말 배우는 시기니까.

"우리 아빠는 저녁에 온다."

그렇게 말했어요. 그런데 의심 많은 청싱이라는 분이 의심이 많아서 아들 말 듣고 되게 화가 났는데 이제 말 안했어요. [조사자 1: 음.] 그런데 이따 아들이 잠깐 앉아있는 사이에 보고 다시 가서 물어봤어요.

"너 아빠가 저녁에 와?"

물어봐서 그 아들이 말했어요.

"우리 아빠는 저녁에 와요. 우리 아빠는 우리 엄마 어디 가면 다 따라가요. 엄마가 앉으면 아빠도 앉고."

그렇게 말했어요. 그래서 그 말 듣고 아들의 말 듣고 청싱이라는 분이,

'아, 내 아내가 다른 남자하고 바람을 피웠구나. 우리 와이프 얼마나 사랑하길래 그렇게 떨어지지 못하지?'

그래서 아내는 되게 그냥 베트남어로는 자식 하나 있으면 되게 예쁘다고 하거든요. 아내는 되게 예쁘고 아들 하나만 예쁘다고 하니까 또 그 모습 보니까 더 질투가 나가지고 아내한테 가서 물어봤어요.

그런데 아내는 아니라고 그러는데 남편은 안 믿고 계속 욕하고 때리고 [조사자 1: 헉!] 때렸어요. 그래서 옆 동네 사람들이 그거 보고 와서 말렸는데 남자는 그 말을 믿지 않고 그냥

'아, 우리 와이프는 말을 잘하니까 동네 사람들한테 되게 인기가 있다고 해서 그런 말한 거라.'고.

그런데 아내 같은 경우는 너무 억울하잖아요. 억울하고 그래서 아들 안고 안으면서 울었어요. 안으면서 울고 그래서 남편은 다른 집에 갔을 때 아들 침대에 눕히고 강에 가서 자살했어요. [조사자 1: 누가 누가?] 아내가 [조사자 1: 아내가? 아유!]

왜냐면 되게 억울하니까 바람핀다고 해서 억울해가지고 아들 놓고 자살했어요. 남편은 집에 들어와서 안 좋은 일이 생긴 거라고 강에 가서 찾았는데 여자 못 찾게 되었고 저녁에 오니까 아들이 울고 남편이 아들 안고 그리고 불 켜잖아요.

그런데 불 켜니까 이거 이름이 뭐죠? [조사자 1: 그림자.] 네, 그림자 보고 아들이,

"이거는 우리 아빠다."

이래서 이때는 남자가 물었어요.

"너 아빠 어디 있니?"

그래서 그림자 가리키면서,

"어 우리 아빠는 여기야."

그래서 지금 여기서 이거 아들의 말 듣고 아내는 바람 피는 게 아니라는 걸 알게 되고 그래가지고 그렇게 끝났어요. [조사자 2: 아유.] [조사자 1: 너무 슬픈 얘기다.]

남편의 오해로 죽은 여자 [2]

● **구연정보**

조사일시 : 2019. 01. 03(목) 오후
조사장소 : 서울시 광진구 화양동 건국대학교
제 보 자 : 팜하뷔 [베트남, 여, 1993년생, 유학 1년차]
조 사 자 : 신동흔, 오정미, 엄희수, 박현숙

● **구연상황**

제보자가 〈형제와 까마귀 그리고 별나무〉 구연을 마쳤을 때 조사자가 남편의 오해로 죽은 여자 이야기를 아는지 물었다. 처음에는 잠깐 내용을 듣고는 자기도 알고 있는 이야기라고 했다. 이야기 전체 내용을 잘 기억하지는 못한다며 아는 대로 들려주었다.

● **줄거리**

옛날에 어느 남녀가 결혼을 했는데 전쟁 때문에 남편이 바로 군대에 끌려갔다. 아내는 혼자서 부모를 모시며 아이를 키웠다. 전쟁이 끝난 후 남편이 돌아왔는데, 아이가 그를 보고 당신은 우리 아버지가 아니라며 자기에게는 아버지가 따로 있다고 했다. 의심이 생긴 남편은 아내를 죽였다. 어느 날, 남자가 아이와 함께 노는데 아이가 그림자를 보고 아빠가 왔다고 말했다. 비로소 오해가 풀린 남편은 후회를 했다. 그때부터 남편은 아이를 잘 키우고 부모에게 효도했다. 또, 다른 결말로는 남편이 결국 자살한 이야기도 있다.

그 여자가 결혼하자마자 남편은 군대에 가야 해서 그 여자는, 아내는 혼자 아이도 챙기고 부모도 챙겨야 해요. 근데 전쟁 끝날 때 남편이 다시 돌아가서, 그 아이는 자기 아이인지 아닌지 의심해서 물어봤어요. 아이한테 물어보는데. 근데 아이가,

"당신은 우리 아빠 아니고, 아빠 있는데요. 엄마가 이렇게 말했

는데."

라고 답해서 그 남편은 조금 의심이 많이 있어요.

그래서 맨날 아들은 항상 그렇게 답해서 그 남편은 한 날에는 아내를 죽였어요. 근데 그 나중에, 죽인 후에는, 한 다른 날에는 아들이랑 같이 놀 때, 그 그림자에, 아들이 그 그림자를 볼 때,

"어. 우리 아빠 왔다."

고 해서 그때는 남편은 아내의 마음을 이해했어요.

남편은 군대에 가서 아이가 다른 가족보다는 우리 가족은 아빠가 없어요. 아이가 조금 불쌍하고 조금 미울 수 있으니까 이렇게 착각? 아빠를 이렇게 만들었어요. 근데 그 남편은 아예 몰라서 이렇게 의심해서 굉장히 후회되었어요.

그때는 버전이 두 개 있어요. 하나는 그때부터는 그냥 아이를 잘 키우고 부모님도 효도하는데, 다른 이야기는 남편은 그냥 자살했어요. 아내같이 미안해서. 아내랑 이렇게 자살하고 아내 만나기 위해 죄송하다고 말하고 싶어서 이렇게 자살했어요. 그때까지는 기억해요.

[조사자 1: 어떤 그림자를 아빠라고 한 거야?] 자기 그림자. 엄마 그림자예요. [조사자 2: 아니, 아이가 자신의 그림자를 보고, "어, 또 아빠 왔다."] [조사자 1: 엄마의 그림자예요? 아니면 아들의 그림자예요?] 제가 기억에는, 엄마 말대로는 엄마와 아이가 같이 놀 때는 아빠라고. 그쪽에는 아빠라고 해서 아이는, 아마 아이 그림자인지 엄마 그림자인지 그 이야기 안에는 자세하게 말하는데. 그냥 그림자 있을 때마다 아이가 그 그림자는 아빠라고 생각해요. 옛날에는 불빛 없잖아요. 항상 초 켜서, 항상 초 킬 수 없잖아요. 가끔만 초가 있을 때 그림자가 나올 때마다 아빠라고 생각해요.

[조사자 1: 많은 아빠를 가지고 있는. 근데 그 아이 그림자보단 엄마 그림자가 맞을 것 같아.] 그건 자세하게 말 안 하는데, 제 생각에는 엄마 그림자? 뭔가 하나 작은 그림자, 하나 큰 그림자잖아요. [조사자 1: 엄마랑 항상 짝을 이루니까.]

그래서 아마 엄마 그림자, 큰 그림자를 보고 나중에는 아빠 그림자도 커서. 자기보다 더 크면. 그런 이야기도 있어요. [조사자 2: 그래

서 아빠가 있을 때니까, 또 어른 그림자가 있으니까.] 네, 아빠라고 생각할 수 있을 것 같아요.

[조사자 1: 엄마가 왜 그림자가 아빠라 그랬냐면, “지금 보이지는 않지만 네 옆에는 항상 아빠가 있단다.”] 네. 그런 의미 담기고. 좀 슬픈 이야기인데. 왜 그렇게 슬픈 이야기.

[조사자 2: 근데 이 이야기가 유명해요? 왜냐하면 많이 만났는데, 처음 들었어. 지난번에.] 그거는 책 안에 나오나 봐요. [조사자 2: 책 어떤 책? 교과서?] 교재요. 나오나 봐요. 중학교인가 봐요. 근데 책은 몇 번을 바꿔서 지금 있는지 없는지 몰라요. [조사자 2: 그건 상관없어. 확실하지 않아도 돼.] 확실하지 않아요.

물귀신이 나오는 서호

● **구연정보**

조사일시 : 2019. 01. 03(목) 오후
조사장소 : 서울시 광진구 화양동 건국대학교
제 보 자 : 팜하뷔 [베트남, 여, 1993년생, 유학 1년차]
조 사 자 : 신동흔, 오정미, 박현숙, 엄희수

● **구연상황**

제보자가 〈남섬이라는 지역에 사는 여자〉 이야기를 구연한 후, 조사자들이 '쩌우까우' 유래담을 아는지 물었으나 제보자는 제대로 기억하고 있지 않았다. 잠깐 그 이야기를 나누다가 조사자가 혹시 도시 전설을 알고 있는 것이 있느냐고 묻자 제보자가 다녔던 학교 근처에 있는 서호와 관련된 괴담을 들려주었다.

● **줄거리**

제보자가 다녔던 쭈반안 고등학교 근처에는 서호라는 큰 호수가 있다. 이 호수는 수영이 금지되어 있지만, 수영을 하는 사람들이 있다. 여기서 수영을 하다가 자기도 모르게 일행과 점점 멀어지거나, 발이 잡혀 실종되는 사람들이 있다. 또는 호수 근처에 아무도 없었는데 갑자기 누가 와서 말을 걸기도 한다. 사람들은 이 호수에 사는 물귀신이 외로워서 사람들을 잡아간다고 믿는다.

[조사자 3: 아까 처음에 학교 전설 이야기했잖아요? 혹시 뭐 그 본인이 다닌 학교 말고 다른 학교나 그런데 유명하게 퍼진 도시전설? 귀신이나 이상한 할머니나 마스크 쓴 할아버지나 막 이런 그런 이야기들을 기억나는 게 있으면 한 번.] 우리 도시에, 우리 고등학교는 귀신 이야기 제일 많아요. 제일 오래된 학교라서. 근데 다른 대학교도 아마 있는데. 중학교 때는 그거는 관심 없어요.

고등학교는 우리 학교 이야기 너무 많아서. 다른 학교도 있는데 지금은 갑자기 기억이 안 나요. 근데 무조건 있어요. 학교마다 다 있어요. 특히 환검 호수 근처에는 고등학교도 있어요. 몇 개 있으니까 그쪽에는 귀신 이야기 많아요. 호수 근처에 항상 귀신이 많아요. [조사자 4: 근데 학교에서 많은 그 이야기들 해주세요.] [조사자 3: 아까 했어요.] 처음에 했어요.

[조사자 1: 이 학교 위에 있는 호수가 엄청 크던데.] 우리 학교에요? 고등학교. [조사자 1: 여기 호수에 관련된 이야기는 없어요?] 호수 관련된 이야기요? 서호•에요. 그리고 건너편도 작은 호수도 있잖아요. [조사자 1: 건너편 어디요?] 서호수 반대쪽으로. (스마트폰으로 지도를 보며) 여기에 이렇게 보시면 사실 호수 두 개 있어요. 큰 거 있고 작은 거 있어요. 이렇게. 그래서 이 길에는 진짜 추워요. 겨울에는 진짜 장난 아니에요. 두 개 있어요. 호수는.

[조사자 2: 뭐 물귀신 이야기 없어?] 물귀신이요? 있기는 있는데 그냥 아마 한국이랑 비슷해요. 항상 그냥, 호타이 호수에는 뭔가 사람 수영? 수영하는 사람이 진짜 많아요. 수영하는 사람도 많고, 실종한 사람도 많아요. 왠지 모르는데요. 옛날에는 그냥 수영하고 싶으면 그냥 하면 돼요. 근데 지금은 뭔가 다 수영 금지 있는데, 그래도 수영하는 사람 아직 있어요. 있는데, 뭔가 실종한 사람도 있고 죽을 뻔한 사람도 있어요.

그 사람의 말에 따르면 뭔가 같이 뭔가. 혼자 수영하는 사람 아마 없어요. 그냥 항상 몇 명 같이 하는데. 그냥 같이 하는데, 내가 모르게 갑자기 점점점점 옆에 멀어지고. 이렇게 먼 곳에는 주변에는 한 명도 없고요. 한 명도 없고. 갑자기 다른 사람이 나타나거나, 뭔가 말 걸거나 아니면 이렇게 멀어져서 발이 잡히고 이렇게 끌려요. 그런 이야기 많이 있어요. 근데 그냥 죽을 뻔해서 이렇게 만들거나 진짜 있는지 그건 몰라요.

• 서호(湖西, Ho Tay)는 베트남 하노이에 있는 민물 호수이다. 둘레 길이는 약 17km로, 하노이에서 가장 큰 호수다.

[조사자 2: 그 혹시 그런 물귀신에 어떤 이름이 있거나 그렇지는 않고?] 없어요. 그냥 물귀신이에요. 그냥 물귀신.

그쪽에는 사실 죽은 사람 진짜 많아요. 그래서 수영 금지잖아요. 그래도 뭔가 아마 죽은 사람 많아서. 그래도 외로워요. 그거는 진짜 큰 호수인데요, 한 바퀴 돌려면 한 15, 17km 정도요. 진짜 큰 호수라서. 그래도 큰 호수인데, 그리고 외로워서 같이 놀자고 해서 이렇게 발도 잡히고 끌리는 것 같아요. [조사자 3: 먼저 죽은 사람이?] 네. 옛날에 죽은 사람이.

근데 거의 다 젊은 사람만 잡나 봐요. 항상 그래요. 이상하게 그때는 실종하면 바로 찾아야 하잖아요. 근데 그때는 찾을 수 없어요. 거의 다 실종해요. 찾을 수 있는 사람이 거의 없나 봐요. 호수가 너무 클 수 있고, 그냥 찾을 수 없어요. 보통 바다에서 실종하면 찾기가 힘든데 이렇게 호수인데요. 호수는 (바다보다) 작은데 왜 찾을 수 없는지도 몰라요.

[조사자 3: 물속에 무슨 큰 뱀이나 용이나 이런 게 산다는 이야기는 없어요? 뱀 같은 거 커다란 뱀.] 뱀이, 뱀이 없나 봐요. 용이 아마 있는데 뱀이 없어요. 용은 조금 존중하는 동물이라서 왕의 상징? 왕의 상징이잖아요. 그래서 용에 대한 이야기 있는데 뱀은 없나 봐요.

무슨 이야기 있죠? 무조건 있어요, 용은. 그거는 왕에 관련 있으니까 용에 대한 이야기는 무조건 있어야 해요. 근데 무슨 이야기 있는지는 그거는 잘 몰라요.

원래는 옛날이야기는 많이 아는 게 아니에요. 조금 검색하고. 다시 읽는데. [조사자 3: 기억을 잘 해내면 되는데.] 저는 제 기억에는 물고기처럼 3초밖에 없어요. (일동 웃음) 3초도 안 돼요.

백주년 학교 괴담

● **구연정보**

조사일시 : 2019. 01. 03(목) 오후
조사장소 : 서울시 광진구 화양동 건국대학교
제 보 자 : 팜하뷔 [베트남, 여, 1993년생, 유학 1년차]
조 사 자 : 신동흔, 오정미, 박현숙, 엄희수

● **구연상황**

제보자가 한국으로 유학 오게 된 사연에 대한 대화를 거쳐 화제가 학교 전설 이야기로 흘러갔다. 제보자는 자신이 다녔던 고등학교에 얽힌 귀신 이야기를 들려주었다. 제보자의 친구가 겪은 일과 자신이 직접 경험한 것들을 말해주었다.

● **줄거리**

쭈반안 고등학교는 100년이 넘은 학교다. 오래된 학교다 보니 괴담도 많다. 학생회실에는 과로로 죽은 학생회장 귀신이 있다고 전해진다. 제보자의 친구가 밤에 학생회실에서 일을 하다 잠들었는데, 어떤 목소리가 들리며 서류에 있는 오류를 지적해주었다. 실제로 확인해보니 틀린 부분이 발견되었다. 이후 학생들은 밤에는 학생회실에서 일을 하지 않았다. 또한 그 학교에는 잘 사용하지 않는 도서관이 있는데, 그곳에서 책을 정리할 때면 책 정리가 엉망으로 되어있거나 누가 썼는지 모를 메모가 적혀있기도 했다. 이밖에도 원래 창고로 쓰던 교실에서 잠을 자면 가위에 눌린다든지, 학생도 없는데 시끄러운 소리가 나는 이상한 사건도 벌어지기도 했다. 그리고 학교 근처에 있는 호수에서는 낯선 교복을 입고 있는 학생 귀신이 목격되기도 하는 등 학교와 관련된 괴담이 여럿 전해진다.

[조사자 2: 그러면 해볼까요?] 조금 지역적으로는, 옛날에 우리 학

교? 우리 학교 먼저 할까요? 우리 학교는, 우리 고등학교는 원래는 한 100주년 정도 학교인데. 제가 입학할 때는 딱 100주년 기념 년이라서 진짜 건물도 100년 정도 된 건물도 있고, 진짜 오래된 학교예요. 그래서 오래된 학교인 만큼 진짜 이야기도 많아요.

항상 처음에는 우리, 저는 1학년 때 학생회처럼 지원하고 학생회에서 활동한 적이 있어요. 그때는 학생회 사무실? 학생회 사무실은 조금 유명한 이야기 하나 있어요. 9시 이후는 학생회 사무실에는 있으면 안 돼요. 9시 이후에는 뭔가 다른 사람 나타날 수 있으니까 무조건 우리 일 할 때에도 9시 전에는 나가야 해요.

근데 한 번은 제 친구는 축제 준비해서 서류도 많고 뭔가 돈 계획서도 써야하고 진짜 할 일이 많아서 잠이 조금 들었어요. 시간을 보는데 갑자기 옆에는 조금 소리가 뭔가, 소리가 났고. 누가 옆에 있고. 서류를 이렇게 펴 보고,

“여기 안 돼. 여기 안 돼. 이거는 수정해. 아 이거 안 돼. 왜 이렇게 써.”

많이 코멘트처럼 많이 하고. 그 돈 계획서도 보고, 계산 잘못되었다고 해서 제 친구는 진짜 꿈인지 진실인지 몰라서. 근데 화가 나요. 일하고 있는데 주변 사람은 그렇게 이야기해서 너무 화가 나서. 일어나고, 뭔가 화가 나는데 일어날 수 없어요. 주변에 소리가 있는데 일어날 수 없어요.

근데 많이 들어서 화가 진짜, 너무 화가 나서 조금 잠이 깨었어요. 소리치고,

“야! 너 누구야? 왜 이렇게 말하는데?”

소리치고 이렇게 봤는데 옆에는 사람 한 명도 없어요. 혼자 있는데요. 한 명도 없는데.

근데 서류는 그 옛날, 원래 자리가 아니고, 그 페이지도 아니에요. 나중에는 서류는 검토할 때는 진짜 문제가 있어요. 진짜 그 부분에 진짜 문제가 있고. 그 친구도 그거는 마음에 안 들어서 다시 수정했어요.

그래서 그분은 옛날에 학생회장인데 조금 과로? 일 과해서 그렇

게 해요. 원래는 우리는 그거는 안 믿는데 그 친구 때문에 나중에는 우리는 일 있어도 학생회 사무실에서 일 안 해요. 밖에 가서 카페나 다른 교실을 찾고 그쪽에서 일해요. 너무 무서워서.

그 학생회 사무실은, 그 건물은 진짜 옛날 건물이라서 원래는 교실이 몇 개 있는데 그 건물 너무 오래 되어서 지금은 교실 사용도 안 하고 그냥 학생회 사무실만 있어요. 근데 지난 한 3년, 4년 전에는 저는 학교에 다시 돌아갈 때는 그 건물은 없애 버렸어요. 다시 새로운 건물을 지었어요. 너무 예쁜데요. 그래서 제가 학교에 다닐 때는 건물이 많지 않은데, 예쁜 건물도 없는데. 딱 제가 졸업한 후에는 새로운 건물도 짓고. 뭔가 실험, 화학에 실험실도 있고. 그렇게 많이 새로운 실이 생겼어요. 재밌는 거는 생겼어요. 그거도 있고.

그리고 우리 학교는 도서관? 도서관하고 박물관은 그 팔각형 건물이라서, 그거는 우리 집 앞에는 부적처럼 붙이는 거? 그 모양이라서 사실 그거는 좋은 모양 아닌데요. 그 부적은 뭔가 악귀나 귀신을 쫓으려는 의미? 부적이라서 그 건물을 그렇게 생겨서 사실 우리는 마음에 안 들어요.

근데 우리 학교는 옛날에는 프랑스, 프랑스 사람이 지은 건물이라서 어쩔 수 없어요. 우리 학교는 그거는 도서관으로 사용하는데, 사실은 이름은 도서관인데 사실은 사용하지 않아요. 1년에는 한두 번만 문을 열고, 그냥 새로운 책은 넣고 조금 상한 책은 버리고. 사실 사용하지 않는데, 그거 제가 들어간 적이 없는데 제 친구는, 항상 제 친구는 그거는 우리 반은 뽑혔어요. 한두 명은 도서관에 가서 책 정리하라고 해서, 우리 반은 뽑혔어요.

다행히 저는 아닌데 제 친구는 도서관에 들어갈 때에는 책을 원래는 우리 책 정리할 때는 순서대로 이렇게 하잖아요. 예쁘게 정리하는데. 제 친구 들어갈 때는 아닌데요. 원래는 우리는 1, 2, 3, 4 이렇게 하는데, 이렇게 1, 3, 4, 5, 2 이렇게 순서 아니고. 가끔은 메모도 있어요. 근데 학생 사용한 도서관도 아니고, 선생님도 들어간 적도 없는데 왜 이렇게 메모도 있고 새로운 책이 있네요. 메모도 있고, 조금 흔적이 있어요. 가끔은 떨어진 책도 있으니까. 그거 무슨 일, 무슨 일 있어도 지금까지도 아직 몰라요. 3년을 공부하고 졸업했는데 지금까지도 우리 학교는 그거는 그냥 이야기예요.

가끔은 주변 사람, 우리 학교 옆에는 호수 있어요. 길도 있고 호수 있어요. 가끔은 밤에 지나가면, 그 도서관에 지나가면 학생 몇 명 도서관 앞에 있는데 우리 학교 교복 아니에요. 너무 옛날 교복인지 다른 학교 교복인지 모르는데, 어쨌든 지금 현재 교복 아니에요. 우리 학교는 몇 번은 교복 바꿨어요. 근데 어쨌든 지금 아니라서. 주변 사람도 놀랐어요. 근데 처음에는 놀랐는데, 지금 점점은 나이 조금 먹는 사람들이 지금은 놀라지 않아요. 자주 만날 수 있으니까요.

근데 저는 어쨌든 학교에는 늦게까지는 있는 게 거의 없어요. 있어도, 있어도 그쪽에는 안 가요. 조금 무서워서. 학교는 오래되어서 건물도 오래되고 큰 나무도 많아요. 그래서 항상 햇빛도 없어요. 햇빛도 들어갈 수 없으니까 어둡고. 학교에는 공포영화를 찍으면 진짜 대단, 딱이에요. 지금까지도 옛날 건물 많아서. 한 세 네 개 정도 있으니까 공포영화 찍으면 진짜 딱이에요. 학생 공포영화.

[조사자 1: 학교 이름은?] 쭈반안. [조사자 3: 쭈반안 들어봤죠? 엄청 유명한 선생님 아니에요?] 네. 그분은 유명한 선생님이고. [조사자 2: 그 선생님하고 관련된 학교예요?] 아니에요. 그냥 이름을 그렇게 지었어요. 우리나라는 학교 이름은 거의 다 그 지역 이름이나 유명한 인물 이름으로 지을 거예요. 그래서 뭔가 다른 학교 이름을 들어도 거의 다 이렇게 도로, 길 이름처럼요.

[조사자 2: 워낙 쭈반안 이분이 되게 유명하신 분이신 거죠? 그래서 그 분의 이름을 따서 학교를 만든 거고.] 원래는 학교 그 이름 아닌데. 원래는 그 학교는 프랑스 사람이 만든 학교라서 다른 이름 있는데. 베트남이 다시 그 학교 관리할 때는 이름을 바꿨어요. 그래서 이름이 되게 길어요. 제 지금까지 기억을 못해요. 원래 긴 이름인데 그냥.

학교 근처에도 호수 두 개 있어요. 학교 옆에도 하나, 학교 건너편에도 하나 호수 있어요. 그래서 겨울에는 진짜 추워요. 바람도 불고. 어쨌든 호수 있으니까 더 추워요. 학교 좋아요. 학교 좋은데 그냥 귀신 이야기 좀 많아요.

우리 반도 원래는 이렇게 건물이면 층마다 구조가 비슷하잖아요. 원래 1층, 2층은 괜찮은데 우리 반이 3층에 있어요. 3층에 갑자기 마지막에는 창고 하나 있어요. 작은 창고. 근데 교실이랑 똑같은데 왜 갑자기 창고가 생긴지. 우리 반은 그때 인원수 좀 많아요. 마흔몇 명 정도? 원래 이렇게 많으면 안 되는데 우리 반은 좀 특별하게 다른 언어를 배워서. 외국어 수업 때마다는 나눠야 해요. 그래서 하나는 그 큰 교실을 사용하고 하나는 작은 교실을 사용해요.

저는 운이 좀 안 좋아서 두 번째 반에 작은 교실에서 공부해요. 근데 그 교실에는 창문은 이렇게 앞에 있는데 앞에는 칠판 있으니까 창문 있어도 빛이 없어요. 너무, 완전 없는 게 아닌데 많지 않아요. 근데 원래는 그 창고에는 잠겨요. 원래는 잠기는데. 딱 우리는 그때는 2학년, 2학년에 우리는 3층에 올라가서, 딱 그때는 창고는 정리하고 우리 교실은 되었어요. 원래는, 우리는, 우리 반은 수업은 다른 반보다 수업이 좀 많아서 항상 오전 수업도 있고 오후 수업도 있어요. 그래서 우리는 낮잠 자야죠. 우리 교실은 두 개 있잖아요. 그래서 우리는 나누고 자면 더 편해서.

가끔은 다른 친구도 작은 교실에서 자는 친구도 있는데. 한 번은 가위눌림? 그 친구는 자다가 소리 조금 소리가 들려서 일어나고 싶은데, 일어날 수 없어요. 주변에는 다른 사람이 이야기하거나 뭐 하는지 다 아는데 일어날 수 없어요. 그래서 나중에는 우리는 그 교실에서 잔 사람이 한 명도 없어요. 너무 무서워서. 왠지 모르는데 한두 명 정도 있으니까 우리는 항상 그 교실을 피하고 싶어요. 오래된 학교라서 귀신도 많아요. 그리고 옛날에는 전쟁 때부터 있는 학교라서 어쩔 수 없어요.

그 호수에도 귀신도 많아요. 물귀신. 2학년 때 우리는 그 교실을 사용하고, 3학년 때 우리는 다른 건물로 이동했어요. 근데 그 건물은 원래는 교실 있는데 사용하지 않아요. 1층만 사용하고, 1층에는 교장님 사무실, 부교장님 사무실, 그리고 선생님 휴게실. 세, 그거만 있는데 우리 반만 그 건물에 있는 2층에 이동했어요. 그 건물에는 우리만 학생이에요. 그리고 딱 우리 반은 밑에는 교장님 사무실이라서 우리 반은 그냥 얌전하게 착하고 공부했는데.

근데 많이 혼이 났어요. 교장님은 왜 이렇게 시끄럽고 의자, 그리고 책상 끄는 소리 많이 나와서 혼이 났어요. 근데 우리는 그냥 얌전하게 앉았는데요. 우리도 뭔가 위층에는 가끔도 그 소리가 나오는데, 근데 사실 그 건물에는 학생이 없어요.

옛날에는 우수한 학생? 우수한 학생들을 모으고 과외 받고, 대회에도 나온 학생도 있는데. 우리는 저는 다닐 때는 그 수업, 그 반이 없어요. 그래서 우리는, 우리 반만 그쪽에 있는데 왜 소리가 나는 지도 모르고. 화장실이라도 우리만 사용하는데 가끔은 수상한 사람도 만나요. 저는 관심이 없으니까 처음에는 안 믿어요. 그래서 저는 그냥 지나가고. 가끔은 제가 그 사람이 보일 수 있는데 친구가 사람이 없다고 해서. 아마 우리 학교는 귀신 많아요. 건물마다 다 귀신 있나봐요. 근데 원래는 아마 원래는 그 건물이 이야기가 많아서 귀신 이야기가 많아서 사용 안 하는데, 왜 우리 반만.

우리 반은 좀 특별한 과정에 공부해서 우리는 초등학교 때부터, 초등학교 1학년부터 고3까지는 항상 영어는 공부 안 하고 그냥 프랑스어만 공부해서, 무조건은 그 학교는 들어갈 거예요. 고등학교는 두 개밖에 없으니까 거의 다 그 학교 들어가는데. 아마 그래서 우리 반은 좀 항상 이렇게 특별한 케이스라서. 근데 공부할 때는 좋아요. 다닐 때는 좋아요. 그냥 가끔은 무서운 이야기 많아서 좀 그래요.

[조사자 2: 베트남에 학교들이 팜하뷔 학교만 그런 게 아니라 좀 오래된 학교가 많고, 그래서 이렇게 관련된 귀신 이야기들이 전체적으로 많아요? 전반적으로?] 학교마다 최소는 한두 개가 있어요. 너무 뭔가, 한 10년 정도, 10주년 정도 학교는 아마 없는데. 근데 거의 고등학교는 국립 고등학교? 거의 다 한 30년, 50년 정도 학교들이니까. 거의 다 있어요. 오래된 건물도 많고. 아마 본 적이 없는데 선배님부터 그렇게 입소문에 말해서 그렇게 좀 그냥 믿고. 피할 거예요. 피할 수 있으면 더 좋아서, 피할 수 있으면 그냥 피해요.

제보자 정보

누구엔티미두이엔(원지영)

[베트남, 여, 1989년생, 결혼이주 6년차]

누구엔티미두이엔 제보자는 1989년에 베트남 껀터에서 막내로 태어났다. 2010년에 결혼하여 강원도 횡성군에서 6년째 살고 있다. 슬하에 어린 형제를 두고 있다. 현재 직장생활과 육아를 병행하고 있다.

누구엔티미두이엔 제보자는 수줍은 표정을 하며 작은 목소리로 구연했지만 비교적 차분하고 섬세하게 이야기를 구연했다. 한국어 'ㄱ' 발음을 어려워했지만 비교적 정확하게 발음했고, 비언어적인 표현 없이 천천히 구술에 집중했다. 기억력이 좋아서 구연한 이야기의 완결성이 높으며, 장면 표현이 풍부한 편이다. 구연할 때 청중과 눈을 맞추고 반응을 살피며 부연 설명을 덧붙였다.

누구엔티미두이엔 제보자의 조사는 총 2회 진행되었다. 1회는 소개자 오숙민 작가의 자택에서, 2회는 제보자 자택에서 진행했다. 2회 조사 때는 한국에 방문한 친정어머니가 청중으로 참여했다. 제보자 자택에서 조사를 진행할 때에는 어린 자녀들이 함께 있어서 다소 어수선한 분위기였지만, 제보자의 적극적인 구연 태도로 이야기판을 잘 마무리할 수 있었다. 2회에 걸친 이야기판에서 총 12편의 자료를 구연했다.

누엔티김퍼

[베트남, 여, 1990년생, 결혼이주 7년차]

누엔티김퍼 제보자는 두 어린 자녀와 남편, 시어머니 그리고 베트남에서 온 친정 부모님과 함께 생활하고 있었다. 그녀는 하노이에서 멀리 떨어진 작은 시골에서 태어나, 농사를 짓는 아버지를 도와 유년시절을 보냈다. 한국에 대한 긍정적인 생각이 있어서 한국 남성과 결혼한 뒤 수원 등의 지역을 거쳐 충청북도 진천에서 살고 있다. 한국어는 결혼 직후에 살던 수원에 위치한 다문화센터에서 배웠으며, 고급 수준의 말하기와 듣기가 가능했다. 누엔티김퍼 제보자는 조사 당시에 진천의 청소업체에서 근무하고 있었다. 어린 자녀의 양육을 위해 베트남의 친정 부모님을 한국으로 초대했다.

누엔티김퍼 제보자는 베트남의 다양한 설화를 직접 구술하기도 했고, 친정아버지의 구술을 한국어로 통역하여 설화를 구술하기도 했다. 총 8편의 설화를 구연했다.

누엔티한

[베트남, 여, 1991년생, 결혼이주 7년차]

팜티루엔 제보자의 소개로 만난 제보자이다. 한국 남성과 결혼하여 청주에서 살고 있으며, 처음에는 시부모님 및 시조부와 함께 살았다. 남자를 하늘로 대하는 한국 문화가 낯설어 결혼 초기에 적응하기 어려웠으며, 한동안 아기를 갖지 못해 고생했다. 현재는 분가하여 살고 있으며 직장생활도 하고 있다. 시간상의 문제로 총 2편의 설화만 구술했지만, 고급 수준의 한국어를 구사하며 완결성이 있는 이야기를 들려주었다.

도티탄(이정민)

[베트남, 여, 1989년생, 결혼이주 8년차]

도티탄 제보자는 베트남 하이퐁이 고향으로, 6남매 중 둘째이다. 고등학교를 졸업 후 대학에 진학하고자 했지만, 집안 형편상 한국 남자를 소개받아 결혼했다. 특히 어머니의 권유로 한국 남자와의 결혼을 결심했으며, 2010년에 결혼하여 한국으로 이주했다. 한국에 이주한 뒤로 인터넷 강의와 사회 통합프로그램을 통해 한국어와 한국문화를 학습했고, 성공적인 문화적응을 거쳐 워킹맘으로 살고 있다. 동남보건대학교에서 베트남 유학생을 관리하는 일을 했고, 서초인력센터와 코트라 등에서 베트남에서 온 여성들의 멘토로서 강의를 하고 있다.

고급 한국어 수준을 가진 도티탄 제보자는 한국어가 유창하여 설화 구술이 훌륭했다. 총 3회에 걸친 조사를 통해 베트남의 다양한 설화를 구술했다. 구연한 이야기는 총 20편에 이른다.

띵티름(이지우)

[베트남, 여, 1983년생, 결혼이주 9년차]

띵티름 제보자의 고향은 하노이에서 2시간 정도 떨어진 하이정이다. 앞서서 한국 남성과 결혼한 사촌 언니의 소개로 남편을 만나 결혼했고, 계속 청주에서 정착하여 살고 있다. 처음에 출입국 사무소에서 운영하는 한국어교실에서 한국어를 배웠으며, 다양한 베트남 커뮤니티 활동을 하면서 한국어를 더 공부할 수 있었다. 팜티루엔 제보자와 함께 베트남의 전통춤을 추는 활동을 하고 있다. 조사 당시에 남편과 함께 가게를 운영하며 일을 하고 있었다. 띵티름 제보자는 한국에서 가장 힘든 점이 다문화가정에 대한 선입견과 편견이라고 했다. 베트남을 알리고 싶은 마음이 조사에 응한 이유라고 밝혔다. 능동적인 태도로 총 6편의 설화를 구술했다.

백옥장

[베트남, 여, 1982년생, 유학 10년차]

백옥장 제보자의 고향은 하노이 근처에 있는 박닌Bắc Ninh이다. 하노이에 위치한 대학을 졸업한 후 베트남에서 한국 회사에 3년 동안 다녔다. 그 후 대구로 유학을 왔고, 2007년에 인하대학교에서 석사과정에 입학했다. 과정 중에 공과대학에서 유학 중인 베트남 남자를 만나 연애한 후 결혼했다. 현재는 2명의 딸을 낳고 단란한 가정을 꾸리며 인천에 살고 있다. 남편은 박사과정 졸업 후 인하대학교에서 연구교수를 했으며, 제보자도 출산 후 다시 복학하여 학업을 이어나가고 있다. 베트남으로 다시 돌아가기보다 한국에서 계속 거주하며 안정적인 생활을 영위해 나가고 싶다고 했다.

백옥장 제보자는 본래 베트남 문학을 전공하였고, 이러한 이유로 설화를 자세하게 기억하며 구술하는 특징을 보였다. 융티탄프엉 제보자와 함께 이야기 구술에 나섰는데, 기회가 될 때마다 이야기를 주도해 갔다. 총 5편의 자료를 구연했다.

부티킴하(김하연)

[베트남, 여, 1993년생, 결혼이주 6년차]

부티킴하 제보자는 베트남 하이퐁이 고향으로, 2013년에 한국 남성과 결혼하여 이주했다. 처음에 대구에 정착했는데 대구 사람들의 따뜻한 배려가 그녀의 문화적응에 많은 도움이 되었다. 3년 동안 대구에서 산 후, 남편의 직장 때문에 서울로 이사했다. 서울은 대구보다 적응하기 어려웠지만, 다문화센터 선생님과 가족, 특히 남편의 배려로 두 딸과 함께 서울에서도 잘 적응하고 있다. 현재 부티킴하 제보자는 남편과 다문화센터 선생님의 권유로 한국방송통신대학교의 유아교육과에 입학하여 공부하고 있다. 베트남에서도 유아교육을 전공한 만큼 그 경험을 바탕으로 장래에 유치원 선생님이 되는 목표를 가지고 있다.

부티킴하 제보자는 어린 딸을 안고 설화를 구술할 만큼 적극적인 의지를 가진 제보자였다. 다만 첫 만남이어서 긴장을 많이 했고 시끄러운 주변 환경 때문에 구연에 어려움이 있었다. 총 6편의 설화를 구술했다.

부티프엉

[베트남, 여, 1990년생, 결혼이주 7년차]

부티프엉은 1990년에 베트남 북쪽 하이퐁에서 태어났다. 21살에 결혼으로 이주해 경산시에서 남편과 1남 1녀의 자녀와 살고 있다. 제보자는 한국에 올 때 한국어를 배우지 못했었는데, 경산시에 있는 다문화벗들 성바오로배움터에서 한국어를 공부하며 많이 늘었다고 했다. 다문화벗들에서 많은 이주민들과 교류를 하고 있었다.

제보자는 조사자와 만남을 약속한 뒤 베트남의 책들을 구하고 한국인들에게 소개하고 싶은 좋은 이야기들을 한국어로 바꾼 뒤 수녀님들과 구연 연습을 했다고 했다. 조사를 시작하자, 한국어를 천천히 정확하게 발음하려고 노력하면서 이야기를 이어갔다. 베트남에만 있는 이야기 요소들을 한국 사람들이 잘 이해할 수 있도록 변형하기도 했다. 들려준 이야기들은 모두 긴 것들이었는데 차근차근 잘 풀어나갔다. 한국 설화와 비교할 수 있는 이야기들을 중심으로 총 5편의 이야기를 구연했다.

엔티터번(이연아)

[베트남, 여, 1984년생, 결혼이주 11년차]

엔티터번 제보자는 1984년에 베트남에서 태어나서 결혼 전까지 베트남에서 살았다. 남편과 결혼해서 한국에 왔으며 전라남도 진도군에 11년째 살고 있다. 슬하에 2녀를 두고 있으며, 한국명은 이연아이다.

엔티터번 제보자는 한국 이주 경력에 비하여 한국어 구사 능력이 부족한 편이다. 한국어 표현이 서툴러 구연할 때 이야기 전달력이 떨어졌다. 그럼에도 제보자는 이야기판에 적극적으로 참여하여 자신이 아는 이야기를 들려주고자 했다. 신이담이나 신이체험담을 즐겨 구연했다. 조용한 목소리로 이야기를 풀어갔으며 손짓을 자주 곁들였다. 결혼과 출산에 관한 경험담을 구연할 때는 옛날 일을 떠올리며 울먹이기도 했다. 단독으로 3편의 이야기를 구술했고, 베트남 국적의 호티홍녀 제보자 및 필리핀 국적의 메리안 제보자와 함께 3편의 자료를 구연했다.

원황하이이옌

[베트남, 여, 1997년생, 유학 1년차]

이 제보자는 '이옌'이라는 약칭을 썼는데, 정식 이름은 원황하이이옌Wonhoang Hi lyen이다. 1997년에 베트남에서 태어났다. 호민두 제보자와 함께 이야기판에 참여했다. 한국어 학습 기간에 비해 꽤 유창한 한국어 구사 능력을 나타냈다. 이야기판에서 호민두 제보자의 구연을 적극적으로 돕기도 했다. 원황하이이옌 제보자가 단독으로 구연한 이야기는 1편이다.

웬태휴

[베트남, 여, 1987년생, 결혼이주 12년차]

웬태휴 제보자는 2006년에 한국 남성과 결혼하여 한국으로 이주했다. 결혼 후 지금까지 계속 충북 진천에서 거주하고 있으며, 남편과 시어머니 그리고 두 아들과 함께 살고 있다. 이주 초기에는 교회와 다문화센터를 통해 한국어와 한국문화를 배웠지만 베트남과 다른 한국 문화에 적응하기 어려웠다. 2012년부터 진천 다문화센터에서 통번역 일을 하면서 한국에서 성공적으로 문화적응을 했다.

통번역 일을 하는 웬태휴 제보자는 한국어가 유창하여, 설화를 구술하는 데 전혀 어려움이 없었다. '엮어라. 스스로 엮어라.'와 같은 고급 어휘를 사용할 만큼 표현력이 뛰어났다. 총 7편의 설화를 구연했다.

융티탄프엉

[베트남, 여, 1988년생, 유학 3년차]

융티탄프엉 제보자의 고향은 베트남 중부에 위치한 광빈성이다. 중학교 때 가족이 남부로 이사하여, 성장기 대부분을 남부의 잘라이성에서 보냈다. 대학생 때 고려대학교로 1년 동안 교환학생을 왔고, 그 경력을 토대로 달랏대학교에서 한국어 강사를 했다. 강사생활 중에 베트남 남편을 만나 결혼하여 딸도 낳았다. 그 후 더 큰 꿈을 위해 2015년에 인하대 석사과정으로 홀로 유학을 왔다. 현재, 딸은 베트남에서 친정 부모님이 키워주고 있으며, 남편도 베트남에서 직장 생활을 하고 있다. 박사과정을 마치고 베트남으로 돌아가 교수가 되는 것이 꿈이다.

제보자는 통역 일까지 할 정도의 고급 수준 한국어 능력으로 다양한 베트남 설화를 구술했다. 다른 베트남 제보자에게 들을 수 없었던, 〈물배추 여신〉, 〈네모난 뱀〉 등의 문화교육적 가치가 있는 설화를 다수 구술했다. 2회의 조사를 통해 총 17편의 이야기를 들려주었다.

응웬후우통

[베트남, 남, 1986년생, 이주노동 7년차]

응웬후우통 제보자는 1986년 베트남에서 태어났다. 2007년 한국 취업을 희망했으나 한국 경기가 좋지 않아 베트남 터미널에서 관리직으로 근무하다가, 2010년에 포천에 있는 소 사료 제조공장에 취업했다. 취업 초창기에는 한국어 교육을 수강하기 위하여 새벽 3시에 수강신청 줄을 서는 열정을 보이기도 했다. 제보자는 2015년에 취업 비자 만기로 베트남으로 일시 귀국했을 때 현재 아내와 만나 연애를 시작했다. 이후 한국에 재취업했으며, 회사의 배려로 아내와 함께 기숙사에서 함께 생활하고 있다. 아내와 한국에서 안정적으로 살기 위해 성실히 일하며 살아가고 있다.

응웬후우통 제보자는 이목구비가 또렷하고 둥근 얼굴형으로 수줍음이 많다. 한국어 ㄹ 발음을 다소 어려워했으나 발음을 정확하게 하려고 애썼다. 성격이 꼼꼼하여 민담 구연을 할 때에는 스마트폰 검색을 통해 내용을 꼼꼼하게 살피고 메모를 한 뒤 구연했다. 이주 생활담 외에 베트남 설화 3편을 구연했다.

저우티탄융

[베트남, 여, 1985년생, 결혼이주 9년차]

저우티탄융 제보자는 1985년에 베트남에서 태어났다. 남편과 결혼하여 한국에 왔으며 강원도 강릉시에서 9년째 살고 있다.

저우티탄융 제보자는 두 번에 걸친 조사자와의 만남에서 모국의 이야기를 할 수 있어서 좋다면서 이야기판을 적극적으로 이끌어 나갔다. 이야기를 구연할 때의 한국어 구사 능력은 중급 수준이었으나, 표현력이 풍부하고 인물 간의 대화체를 자주 사용했다. 조사자가 베트남의 설화 구연을 요청했을 때 제보자는 어릴 때 여름이면 달빛 아래에서 할머니에게 이야기를 반복적으로 자주 들었다면서 기억을 되살려 즉석에서 구연했다. 저우티탄융 제보자는 이야기 구연을 하면서 어린 시절의 추억에 잠기곤 했으며, 나라를 위해 싸운 인물에 대해 구연할 때는 감사한 마음을 나타내며 울먹이기도 했다.

저우티탄융 제보자는 주로 고향의 전설과 역사 인물담 위주로 구연했다. 이야기 내용과 관련된 실존 배경이 있는 경우에는 사진을 찾아서 직접 보여주기도 했다. 이야기와 관련되는 많은 정보를 상세하게 제공하려고 했다. 구연한 설화 중 총 8편을 정리 대상으로 삼았다.

전티흐엉

[베트남, 여, 1992년생, 결혼이주 6년차]

전티흐엉 제보자는 1992년에 베트남 하이즈엉에서 태어났다. 스무 살에 베트남에서 3개월 동안 한국어를 배운 뒤 남편과 함께 한국에 왔다. 경기도 안산에서 시부모님, 남편, 딸과 거주하고 있다. 제보자는 한국어를 시부모님께 배우고, 복지관과 센터에서도 배웠다고 하는데, 안산에서 베트남 관련 행사가 있을 때 통역을 맡을 정도로 한국어가 유창한 편이다. 한국 생활에 만족한다고 했다. 안산의 〈세계문화체험관〉에서 다문화강사로 활동 중이며, 안산 다문화 작은도서관에서 이주민들과 옛이야기 모임을 하고 있다.

제보자는 조사의 의도를 바로 알아차리고 어린 시절부터 들었던 이야기를 들려주었다. 조사자들이 내용을 이해했는지 살피며 차근차근하는 내용을 구연했다. 행사에 일을 하러 가야 하는 상황이라서 3편의 설화만 들을 수 있었다.

찐티빅프엉

[베트남, 여, 1977년생, 기타]

찐티빅프엉 제보자는 베트남 하노이대학교의 한국어 및 한국 문화학부 교수이다. 서울대학교에서 박사과정을 수료한 후 학위논문을 위해 베트남과 한국을 오가며 연구를 하고 있다. 조사 당시에 여행 방문자로서 단기간 한국을 방문해서 청강생 자격으로 논문 준비를 하고 있었다.

찐티빅프엉 제보자와는 총 2회에 걸쳐 설화 조사를 진행했다. 설화를 구술하면서 이야기와 관련한 역사적 배경에 대하여 설명하는 특징을 보였다. 예컨대 〈환검호수 유래〉를 구술하면서 '레 왕조'에 대해 자세하게 설명해서 이해를 도왔다. 학문적 지식을 바탕으로 설화를 구술하는 것이 특징적이었다. 한국 설화에 대한 이해도가 높아, 한국 설화와 베트남 설화를 비교하여 비교문학적 관점에서 설화를 구술하기도 했다. 2회의 조사를 통해 총 14편의 설화를 구술했다.

찐티배뜨

[베트남, 여, 1985년생, 결혼이주 4년차]

찐티배뜨 제보자는 1985년 베트남 동탑에서 태어났다. 4년 전 남편과 결혼하여 경상남도 진주시 상봉동에 거주하고 있다. 현재 어린 자녀의 육아와 화장품 판매 일을 병행하고 있다.

찐티배뜨 제보자는 이야기 구연에 적극성을 나타냈다. 구연할 때 온화한 표정을 띠며 차분한 목소리로 베트남 설화와 이주생활담을 들려주었다. 한국어 발음이 비교적 정확하고 구연 속도도 적절하여 전달력이 뛰어났다. 알고 있는 이야기를 가능한 한 많이 들려주려고 했으나 구연 과정에서 어린 자녀를 돌보느라 구술이 중단되곤 했다. 이주생활담 구연 과정에서 타국에서 받은 서러움과 외국인에 대한 차별적 시선에 관해 말할 때는 감정이 북받쳐 울먹이기도 했다. 구술한 자료 중 정리 대상으로 삼은 설화는 2편이다.

팜티루엔(김민주)

[베트남, 여, 1987년생, 결혼이주 10년차]

팜티루엔 제보자는 베트남의 하롱베이가 고향이다. 한국 드라마를 통해 한국 남성에 대한 호기심이 생겼고, 우연한 기회에 베트남에서 남편을 만났다. 당시 제보자는 20살이었는데 남자는 22살이나 연상이었다. 제보자의 할아버지가 남편을 본 뒤 결혼을 허락했다고 한다. 결혼하여 2명의 자녀를 출산했으며, 시어머니와 함께 청주에서 지금까지 계속 살고 있다. 시어머니와 남편의 지지를 받으며 한국어를 공부하여 현재 청주의 다문화센터에서 통번역을 하고 있다. 다양한 커뮤니티 활동을 하며 한국에서 성공적인 문화적응을 하고 있다. 고급 수준의 한국어 구사 능력을 갖추고 있다.

팜티루엔 제보자는 총 3회에 걸쳐 조사에 응했다. 2·3차 조사에서 다른 베트남 이주여성을 조사팀에게 소개해서 함께 조사에 임했다. 설화를 구술하는 내내 적극적이고 유쾌한 태도를 나타냈다. 구연한 설화는 총 11편이다.

팜하뷔

[베트남, 여, 1993년생, 유학 1년차]

팜하뷔 제보자는 베트남의 하노이가 고향이다. 고향에 부모님과 여동생이 살고 있으며, 한국에서 혼자 유학 중이다. 한류의 영향을 받아서 2017년 12월에 한국에 처음으로 왔다. 한국에 처음 도착했을 때, 무엇보다도 하얀 눈이 가장 신기했다고 한다. 제보자는 건국대학교에서 석사과정에 재학중으로, 한국 생활을 잘 즐기고 있다. 베트남 친구와 방을 얻어서 생활하고 있으며, 시간이 나면 좋아하는 한국 가수가 나오는 프로그램에 방청객으로 가기도 한다. 제보자는 다양한 경로를 통해 한국어를 공부하고 있으며, 장래 희망은 한국어 선생님이다.

팜하뷔 제보자는 고급 수준의 한국어 실력으로 베트남 설화와 문화에 관해 총 9편을 구술했다. 구술한 설화는 다른 제보자들도 아는 유명한 것들이었다.

호민두

[베트남, 남, 1997년생, 유학 1년차]

호민두 제보자는 1997년에 국영 공장의 관리직에 종사하는 아버지와 자영업을 하는 어머니 사이에서 베트남 응웨안Nghe Ahn에서 태어났고, 고등학교를 졸업할 때까지 그곳에서 살았다. 한국에 유학오기 전 3개월여 간 한국어를 공부했으며, 양호한 수준의 한국어 실력을 갖추고 있다. 유학 생활을 마친 후 고국으로 돌아가면 베트남 발전을 위해 일하겠다는 포부를 갖고 있다.

호민두 제보자는 학창시절에 학교에서 배운 건국신화와 유래담, 민요 등을 구연했는데 구연 과정에서 자료들의 의미를 설명했다. 이야기 내용을 최대한 자세하게 구연하기 위해 노력했다. 정리 대상으로 삼은 이야기는 총 4편이다.

호티홍녀(한수아)

[베트남, 여, 1986년생, 결혼이주 11년차]

호티홍녀 제보자는 1986년에 베트남 기엔장에서 태어났다. 남편과 결혼하여 한국에 왔으며 전라남도 진도군에서 11년째 살고 있다. 슬하에 두 명의 자녀를 두고 있고, 진도 다문화지원센터에서 직장생활을 하고 있다.

호티홍녀 제보자는 한국어 수준이 매우 뛰어나다. 구연할 때 약간의 비음이 있으나 발음이 비교적 정확하고 어휘 구사력도 뛰어났다. 성격이 밝아서 이야기판을 주도적으로 이끌어 나갔다. 조사자가 질문하는 이야기에 관해 알고 모름의 답변이 명확했으며, 아는 이야기는 적극적으로 구연에 나섰다. 구술한 자료 가운데 공동구연 설화 2편을 포함해 총 5편의 설화를 정리 대상으로 삼았다.